冰与火之歌

卷五 魔龙的狂舞 [上]

13

[美]乔治 R.R. 马丁 著

屈畅 赵琳 译

Copyright ©1999 by George R.R. Martin
The Song of Ice and Fire (Book 5)
A Dance with Dragons
By George R.R. Martin
Simplified Chinese Translation Copyright © 2018 by Chongqing Publishing House Co., Ltd.
This edition arranged with The Lotts Agency Ltd.through Andrew Nurnberg Associates International Limited.
All rights reserved.

本书中文简体字版通过美国 Lotts Agency 公司及安德鲁·纳伯格联合国际有限公司独家授权出版
版权所有，侵权必究
版贸核渝字（2016）第 154 号

图书在版编目(CIP)数据

　冰与火之歌.13：卷五，魔龙的狂舞.上／（美）乔治·R.R. 马丁著；
屈畅，赵琳译.—重庆：重庆出版社，2018.1
　ISBN 978-7-229-12866-1

　Ⅰ.①冰… Ⅱ.①乔… ②屈… ③赵… Ⅲ.①长篇小说－美国－现代
Ⅳ.① I712.45

中国版本图书馆CIP数据核字(2017)第 280262 号

冰与火之歌 13
【卷五】魔龙的狂舞（上）
BING YU HUO ZHI GE 13
〔JUAN WU〕MOLONG DE KUANGWU（SHANG）

[美]乔治·R.R. 马丁 著　屈 畅 赵 琳 译
责任编辑：邹 禾　唐弋淄
装帧设计：谢颖设计工作室
封面图案设计：罗 烜
插图：曹 珂
责任校对：李小君

重庆出版集团
　重庆出版社　出版

重庆市南岸区南滨路 162 号 1 幢　邮政编码：400061　http://www.cqph.com
重庆出版社艺术设计有限公司 制版
重庆市鹏程印务有限公司 印刷
重庆出版集团图书发行有限责任公司 发行
E-mail:fxchu@cqph.com　邮购电话：023-61520646
全国新华书店经销

开本：890mm×1230mm　1/32　印张：12.675　字数：303 千
2018 年 1 月第 2 版　2024 年 4 月第 4 次印刷
ISBN：978-7-229-12866-1
定价：49.80 元

如有印装问题，请向本集团图书发行有限责任公司调换：023-61520678

版权所有　侵权必究

序幕

人味在夜空中飘荡。

狼灵停在一棵树下，嗅了嗅，灰棕色毛皮上洒满了斑驳阴影。松林的风为他送来人味，里面混合着更淡的狐狸、兔子、海豹、鹿，甚至狼的气味。其实这些东西的气味也是人味：旧皮的臭气，死亡和酸败的气息，且被更浓烈的烟、血和腐物的味道所覆盖。只有人类才会剥取其他动物的毛皮毛发，穿戴起来。

狼灵不怕人，就和狼一样。他腹中充满饥饿与仇恨，于是他发出一声低吼，呼唤他的独眼兄弟，呼唤他的狡猾小妹。他在林间奔跑时，族群的同胞紧跟在后。他们都闻到了气味。奔跑时，他也能透过他们的眼睛看出去，看到奔跑在前的自己。群狼透过长长的灰下巴喷出温暖的白色蒸气。他们的爪子结了冰，像石头一样硬。狩猎开始了，猎物就在前方。血，狼灵心想，肉。

落单的人类是脆弱的。尽管人类身材巨大、体格强壮，有双锐利的好眼睛，但他们耳朵不灵，鼻子也不灵。不过，虽然鹿、麋鹿乃至兔子跑得更快，熊和野猪的战斗力更强，但结成族群的人类却最危险。狼群靠近猎物时，狼灵听到了幼崽的哭嚎，听到昨晚的积雪在粗糙的人爪子下碎裂，还听到人类的硬皮和灰色长爪碰撞的叮当声。

那是剑，他心中有个声音在说，那是矛。

树上长出了冰齿，从光秃秃的灰色枝条上垂下。独眼闯过灌木丛，溅起一阵雪。他的族群同胞紧跟在后。他们冲上一座山，冲下一道坡，来到前方的树林——人类就在那里。其中一个是母的。她抱在胸前的毛皮包裹装了她的幼崽。把她留在最后，一个声音低语道，男的更危险。那些男人冲他们咆哮呐喊，但狼灵能嗅出他们的恐惧。有个人拿着跟他一样高的木齿。他把木齿朝狼灵丢来，但由于手在发抖，木齿飞得太高。

下一秒，狼群已扑了上去。

他的独眼兄弟把扔木腿的人撞倒在雪堆里，趁对方挣扎时撕开了他的喉咙。他的妹妹窜到另一个男人背后，偷袭成功。现在只剩下母的和她的幼崽。

她也有支牙，骨头做的小玩意儿，但当狼灵的牙齿咬住她的大腿时，她扔掉了这个。她倒下去，还用双臂护住吵闹的幼崽。她那身毛皮底下皮包骨头，但奶子里全是奶。最美味的是幼崽。狼把最美味的部分留给他的兄弟吃。在屠杀现场，狼群大快朵颐，冻雪凝成了粉红和鲜红色。

几里格外，在一栋有泥巴稻草墙、茅草屋顶和一个烟孔的单间硬泥地房屋里，瓦拉米尔浑身颤抖地咳嗽，舔了舔嘴唇。他双眼血红，嘴唇开裂，喉咙极度干燥。尽管他浮肿的肚子饿得咕咕叫，热血和脂肪的味道却充盈在他嘴里。美味的孩子肉，他心里想着小肿，人肉。难道他堕落得如此之深，以至于贪恋人肉了吗？他几乎能听见哈根在冲他咆哮："人可以吃野兽，野兽也可以吃人，但人若吃人，就变成了孽畜。"

孽畜，是的，这几乎成了哈根的口头禅，孽畜，孽畜，孽畜。吃人肉是孽畜。占据狼的身体与狼交配是孽畜。夺取其他人类的身体更是孽畜中的孽畜。哈根是个弱者，惧怕自己拥有的能力，而我撕碎了他的第二次生命，令他哭叫着孤单地死去。瓦拉米尔吞食了他的心脏。他教会了我太多太多，最后一样就是人肉的滋味。

当然，实际上是狼干的。他从没用人类的牙齿吃过人肉。但他不应嫉妒他的族群，狼群就跟他本人一样形容憔悴，饥寒交迫，而

那些猎物……两个男人、一个女人,还有怀抱里的婴儿,他们从战败中逃离,却逃向了死亡。不,反正他们过不多久也会死,要么因为严寒,要么因为饥饿。这样死更加干净利落。这是慈悲。

"慈悲,"他大声说。干燥的喉头发出的声音也极为干涩,但能听见人类的声音真的很好,即便这是自己的声音。空气潮湿发霉,地面又冷又硬,火堆发出的烟比热多。他尽最大可能靠近火焰,不断咳嗽不断发抖,体侧的伤口阵阵抽痛。鲜血把他马裤膝盖以上的部分完全浸透了,又凝结成干硬的褐色血痂。

大蓟警告过他伤势可能演变至此。"我已尽力帮你缝合伤口,"她说,"但你必须好好休息,让伤口自己长好,否则会再度撕裂的。"

大蓟是他最后的同伴,一名像老树根一样顽强的矛妇,她风蚀的脸上长了个疣子、且爬满皱纹。其他人陆陆续续抛弃了他。他们一个接一个地掉队或是去前方搜刮,实际上是逃回了自己的村子,或逃向乳河,或逃向艰难堡,或在森林里孤独地死去。瓦拉米尔不清楚他们的下场,也不想知道。我本该抓住机会占据他们中的某个。那对双胞胎之一,或是疤脸大汉,或是红发少年。但他害怕,害怕被人识破,害怕遭人围殴。哈根的警告也仍然在他脑海里徘徊。犹豫中,机会就这么失去了。

战斗结束后,几千人逃进了森林,他们又饿又怕,只想摆脱长城下的大屠杀。有人提出要返回被自己抛弃的家园,有人想重整旗鼓再攻打长城,但大多数人茫然失措,不知该去哪儿,也不知该做什么。纵然他们摆脱了黑斗篷的乌鸦和灰铁衣的骑士,但更残酷的敌人始终不离不休。他们每天都扔下更多尸体,饿死,冻死,或是病死,甚至在这些曾一同追随塞外之王曼斯•雷德南下攻打长城的同胞兄弟里,也开始了自相残杀。

曼斯完了,幸存者们绝望地互相转告,曼斯被俘,曼斯死了。

"哈玛被杀，曼斯被捉走，其他首领狼狈逃窜，抛弃了我们。"大蓟给他缝伤口时声称，"托蒙德、哭泣者、六形人，这些'英勇'的掠袭者都上哪儿去了？"

她不认得我，瓦拉米尔这才意识到，有什么好奇怪的？没了野兽的他看起来哪像个大人物。我是"六形人"瓦拉米尔，我跟曼斯·雷德同桌吃饭。他十岁时给自己起了瓦拉米尔这样一个名字。一个适合领主的名字，一个适合歌谣传唱的名字，一个伟大的、令人畏惧的名字。然而他依旧像受惊的兔子一样从乌鸦面前逃开，可怕的瓦拉米尔大人最终成了懦夫。他不能让矛妇知道这个，所以他告诉她他叫哈根。事后他疑惑自己为何偏偏挑中这个名字。我吃了他的心、喝了他的血，但他仍然纠缠着我。

逃亡途中某日，有个人骑着憔悴的白马从林子里跑出来，呼吁大家赶往乳河，说是哭泣者正在那里集结战士，计划杀过头骨桥，占领影子塔。很多人随他去了，但更多的人没去。后来，又有个穿戴毛皮和琥珀饰品、面色阴沉的战士在篝火间走动，敦促所有的幸存者前往北方，到瑟恩的峡谷避难。瓦拉米尔搞不懂这些人为什么要跑去瑟恩人自己都觉得不安全、不想再待了的地方，但总之有几百人去了。还有几百人追随森林女巫，那女巫声称自己预见有舰队会从南方赶来搭救自由民。"我们得去海边，"鼹鼠妈妈宣称，于是她和她的追随者们向东而行。

瓦拉米尔若是够强壮，也会随他们去。然而冰冷的灰海实在太遥远，他心知自己到不了。他已死过九次，但这一次将是真正的死亡。松鼠皮斗篷，他怨恨地想，为一张松鼠皮斗篷就捅我。

斗篷的主人已死，她的后脑勺被撞成一团掺着骨头渣子的红泥，但她的斗篷实在温暖厚实。当时正是大雪天，瓦拉米尔又把所有的斗篷都丢在了长城，连同睡觉盖的兽皮、羊毛内衣、绵羊皮靴、毛皮镶边的手套，贮藏的蜜酒与食物，从睡过的女人头上取下

的发束,乃至曼斯送他的黄金臂环。这些他统统丢在了营地,一样也没带。我燃烧,死亡,然后我逃了。我被痛苦和恐惧折磨得几乎发了疯。这份记忆依旧让他感到羞耻,但逃跑的不止他一个。其他人也逃了,成群结队地落荒而逃。战斗失败了。骑士们来了,他们身穿坚不可摧的盔甲,杀掉每一个敢于抵抗的人。不逃就只有死路一条。

不过,要逃离死亡可没那么简单,所以瓦拉米尔在森林里撞见那个死女人之后,立刻跪下来剥她的斗篷,一点也没注意她的孩子。直到那男孩从藏身之处猛扑出来,将一把长长的骨匕首捅进他体侧,并从他攥紧的手指间扯走那件斗篷。"那是他娘的斗篷,"男孩逃走后,大蓟向他解释,"是他娘的。他看见你抢劫她……"

"她已经死了,"瓦拉米尔说。她的骨针刺穿皮肉,他不禁一缩。"别人砸碎了她的脑袋。乌鸦干的。"

"不是乌鸦,是硬足民。我瞧见了。"她用针把伤口缝好。"真是一伙野蛮人。现在谁来约束他们呢?"没有人了。如果曼斯死去,自由民就全完了。瑟恩人、巨人、硬足民、牙齿如锉刀的穴居人,驾着骨制战车的西海岸人……大家全完了——连乌鸦也不例外。他们或许还不知道,但到头来,那帮黑衣杂种会跟所有人一起死。因为大敌已临。

哈根粗嘎的嗓音又回荡在他脑海。"你会死上十几回,孩子,每回都很痛苦……但当真正的死亡到来时,你反而会重生。大家都说,第二次生命更单纯也更甜美。"

六形人瓦拉米尔很快就能知道真相了。从混浊的烟气中他能闻到死亡的味道,他把手伸进衣服里触摸伤口,更能觉察到真正的死亡正向他走来。他体内冰凉,冻彻骨髓。刺骨的严寒将把他带走。

讽刺的是,他上一次死亡却是由于火。我被点着了。一开始在惶恐中,他以为是长城上的弓箭手用火箭射中了他……但火焰是从

内部冒出来的，吞噬了他。那种痛苦……

瓦拉米尔死过九回。一次被长矛戳死，一次被熊咬破喉咙，一次是生下死产的幼崽时失血过多。他六岁时被父亲的斧子劈开头颅，死了第一回。但哪回都没体验过这样五内俱焚的痛苦。肚肠首先起火，火沿着翅膀燃烧，吞噬了他。他挣扎着企图飞离，却惊恐地发现拍打翅膀反而让火势更旺。前一刻他还翱翔在长城之上，用鹰眼监视下方人们的一举一动；后一刻他的心脏已被烈火烧成黑炭。他的精魂号叫着缩回了自己的身体。他短暂地发了疯。这份记忆令他战栗不已。

他这才注意到火堆已熄。

只剩烧焦的灰黑木头，余烬中有几点火星。它还在冒烟，只是需要加柴。瓦拉米尔咬紧牙关忍住痛，爬到大蓟去打猎前为他收集的那堆断枝边，抓了几根木条投进灰烬。"着啊，"他沙哑地哀告，"烧啊。"他冲余烬吹气，并向统治森林、山丘和原野的无名神祇发出了一声无言的祈祷。

诸神没有回应。过了一会儿，连烟都没了。小屋正变得越来越冷。瓦拉米尔没有打火石，没有火绒，也没有干燥的引火物。单靠他自己，绝无办法重新点火。"大蓟，"他嘶声叫嚷，声音充满痛苦，"大蓟！"

她下巴尖、鼻子平，一边脸颊生了颗带四根黑毛的疣子——这是张丑陋、坚韧的脸，却也是他现在最渴望在小屋门口看到的脸。我应该在她离开前就占据她。她到底去了多久？两天？三天？瓦拉米尔弄不清。小屋里总是很黑，而他又总是迷迷糊糊，搞不清外头是白天还是晚上。"等着，"她说，"我会带吃的回来。"于是他就像白痴一样等着，回想着哈根、小胖和他漫长的一生里犯下的其他无数过错。昼夜交替，大蓟始终没回来。她不会回来了。瓦拉米尔怀疑自己暴露了身份。也许她看透了我的打算？或是我在高热之

梦中说漏了嘴？

孽畜，哈根的话声再度响起。好像他就在这里、在这个屋子里。"她不过是个丑陋的矛妇，"瓦拉米尔辩解，"而我是个伟人。我是瓦拉米尔，狼灵和易形者，她活下去而我死了，这不公平。"没有回答。没有人。大蓟已经走了。她抛弃了他，正如其他所有人一样。

正如他母亲。她为小肿哭泣，却从未为我掉眼泪。那天早上，父亲把他从床上抓起来交给哈根时，她甚至没看他一眼。他被拖进森林，一路尖叫、踢打，直到父亲给了他一巴掌，叫他安静。"让你的同类料理你吧。"父亲把他丢到哈根脚边，扔下这么一句狠话。

他没说错，瓦拉米尔颤抖着想，哈根教会了我太多东西。他教我如何打猎捕鱼，如何处理动物尸体，如何剔除鱼骨，如何在林间穿行。他还教会我狼灵之道和易形者的秘密，虽然我的天赋远在他之上。

多年后，他动身寻找父母，打算要他们知道当年的小瘤已长成伟大的六形人瓦拉米尔，然而双亲皆已死去又被火化了。树归树，溪归溪。石归石，地归地。尘归尘，土归土。小肿死的那天，森林女巫就是这样对他母亲说的。然而小瘤不想化为尘土。这个男孩梦想有朝一日诗人们会传颂他的事迹，少女们会渴望他的亲吻。长大以后，我要当塞外之王，小瘤暗暗发誓。他没能达成这个目标，但也相去不远。六形人瓦拉米尔是众人敬畏的对象，身为曼斯·雷德的左右手，骑在十三尺高的雪熊背上参战，还驱使着三匹狼和一只影子山猫。都怪曼斯，我不该听他鼓惑。当初我该用熊爪把他撕成碎片。

被曼斯收服以前，六形人瓦拉米尔是个土霸王。他霸占了哈根从前的居所，一个由苔藓、泥巴和粗木搭建的大厅。周围十几个

村庄向他进贡面包、盐和苹果酒，献上果园的水果和菜园的蔬菜。肉他自己搞，而想要女人时，他派出自己的影子山猫去尾随。凡是他看得上眼的姑娘都会乖乖上他的床。没错，许多女人是流着泪来的，但这没关系。瓦拉米尔会把自己的种子给她们，并留下她们一束头发作为纪念，然后将她们遣走。时不时，村里会派出手执长矛的英雄，前来杀死野兽，解救自己的妹妹、情人或女儿。这些家伙被他统统干掉了，但他从未伤害过女人，甚至让她们中的许多人怀上了孩子。一帮小兔崽子，跟小瘤一样弱小，但没一个有天赋。

恐慌驱使瓦拉米尔站起身，他感到天旋地转。他按住体侧不断滴出的血珠，踉跄着挪到门口，一把掀开门上蒙的那块褴褛兽皮，发现面前是堵白墙。好大的雪啊。难怪里面这么黑这么多烟雾。积雪把小屋给埋了。

他用力推雪，雪往两边分，那么柔软湿润。门外的夜晚犹如白色寒神降临：苍白的薄云围绕在银月周围，一千颗星星冷冰冰地注视大地。他可以看见其他被积雪掩埋的小屋在雪地中的隆起，前方则浮现出一棵身披冰霜铠甲的鱼梁木的暗淡形影。南边和西边的丘陵已化为一片广袤的白色原野，除了吹雪，没旁的动静。"大蓟，"瓦拉米尔虚弱地叫喊，不知她走了多远，"大蓟。女人。你在哪里？"

遥远处，一匹狼回以嗥叫。

瓦拉米尔不禁浑身颤抖。他像小瘤熟悉母亲的声音一样熟悉这嗥叫声。那是独眼。是他那三匹狼中最大、最老、最威猛的。潜行更瘦、更快、更年轻，而狡猾狼如其名，但他们两个都生活在对独眼的恐惧中。那匹老狼无所畏惧，手段残酷野蛮。

在鹰体内死亡的同时，瓦拉米尔也失去了对其他野兽的控制。影子山猫逃进森林，雪熊开始胡乱攻击周围，在被长矛刺穿前一共把四个人撕成了碎片。不过它最想收拾的是瓦拉米尔——这头母熊

对他恨之入骨,每次他占据它的身体或是骑到它背上,它都怒不可遏。

然而狼对他来说不一样……

他们是我的兄弟。我的族群。多少个寒夜里,他和他的狼相依而眠,他们毛茸茸的身躯挤在他周围,为他保暖。等我死后,他们会享用我的血肉,仅留下骨头去迎接春天的融雪。这个念头让他感到怪异的欣慰。一直以来,都是他的狼为他寻来猎获,他死后让他们分享尸体似乎是唯一合适的回报。他的第二次生命,或许将以吞食自己温热的尸体开始。

狗是最容易建立联系的野兽,因为它们跟人类最亲,几乎就是人类。占据狗的身体如同套上旧靴子——套的次数越多,皮革就越软。靴子是为脚打制,狗则最称项圈,即便是无形的项圈。要占据狼的身体则困难得多。人类可以与狼为友,乃至摧残狼的意志,但没有人能驯服狼的野性。"狼和女人都是男人一生的伴侣,"哈根常说,"找到你的真命天子,就可以相伴至死。跟你结合的狼将成为你的一部分,你的一部分也会成为狼。人和狼都将发生改变。"

这位猎人说,其他野兽最好别碰。猫虚荣薄情,随时可能背叛;鹿和麋鹿是天生的猎物,若是占据它们的身体太久,勇士也会变懦夫。至于熊、野猪、獾、黄鼠狼……哈根根本不予考虑,"有的形态跟人类格格不入,小子,你决不会喜欢变成那个样子。"按照哈根的说法,鸟类又是其中最糟糕的。"人必须脚踏实地,若在云间逗留太久,或许就不想下来了,从此生活在虚空中。我认识一些喜欢占据老鹰、猫头鹰和乌鸦身体的易形者,即便回到本体内,他们也总是忧郁地呆坐着仰望那该死的蓝天。"

并非所有易形者都这么想。小瘤十岁那年,哈根带他去参加了一次易形者的聚会。与会者大多是狼灵,与狼结合,但也有其他更为陌生、奇妙的易形者:波罗区跟他的野猪长得太像,缺的只是两颗獠牙；欧瑞尔带着他的鹰；荆棘带着影子山猫（看到它的第一眼，小瘤就想拥有自己的影子山猫了）；还有山羊女吉赛拉……

然而他们的天赋都没有六形人瓦拉米尔强，连高大严峻、双手刚硬如石的哈根也做不到。瓦拉米尔生生把他从灰皮体内赶走，抢走了他的灰皮，猎人最终哭泣着死去。你没有第二次生命啦，老头。当时的瓦拉米尔还是"三形人"，灰皮成了第四形，但老狼虚弱得很，又几乎掉光了牙齿，很快便随哈根去了。

如今的瓦拉米尔可以占据任何野兽，令它们屈从他的意志，让它们的身体成为他的身体。无论狗还是狼，熊或者獾……

包括大蓟，他心想。

哈根会说这是孽畜的行为、是最黑暗的罪行，但哈根已死，被吞食后又被烧掉；曼斯同样会诅咒他，然而曼斯要不是死了要不就是被抓了。没人会知道这件事。从今以后，我会以矛妇大蓟的身份活着，而六形人瓦拉米尔将永远消失。放弃这具身躯，他也就等于放弃了自己的天赋，可以预料，他将失去狼群，作为一个脸长疙瘩、骨瘦如柴的女人度过余生……但他至少能活下来。只要她回来。只要到时候我还有力气占据她。

瓦拉米尔感到又一阵眩晕袭来，这才发现自己已跪倒在地，双手被雪掩埋。他抓起一把雪，塞进嘴里，雪在蓬乱的胡须和干裂的嘴唇上摩擦，他急切地吸进里面的潮气。但雪水过于冰冷，几乎不能下咽，他意识到自己实在烧得厉害。

融雪让他更饿。他需要食物，不是水。雪停了，风却越刮越大，冰晶飘散，打在他脸上。他挣扎着向前去，体侧的伤口一次又一次被撕裂，呼吸则成为一团参差不齐的白云。他终于走到鱼梁木前，找到一根长得可以当拐棍的断枝。他沉重地倚着它，拖着脚步朝最近的小屋行去。或许村民们逃亡时遗留下什么……一袋苹果，几片干肉，任何能让他支撑到大蓟回来的都好。

他几乎就要走到了，拐棍却在这当口被他压断。他倒在地上。

他只能四肢摊开，任凭鲜血染红雪地，究竟过了多久，瓦拉米尔并不清楚。雪会埋葬我。这是种平和的死法。他们说到最后你会感到温暖，暖洋洋地昏睡过去。能再感到温暖，实在是太棒了，尽管想到再也不可能见到曼斯·雷德经常歌颂的长城之外的温暖土地、青绿之地，他又感到丝丝悲哀。"塞外的世界没有你我这种人的容身之地。"哈根曾说，"自由民对易形者是又敬又怕，但长城以南的下跪之人会猎捕我们，把我们像猪一样地宰杀掉。"

警告我的是你，瓦拉米尔心想，但带我去看东海望的也是你。当时他还不满十岁，哈根用十几串琥珀和堆得老高的一雪橇兽皮交换了六袋葡萄酒，一块盐巴和一把铜壶。在东海望做交易比黑城堡方便，因为那里有船，船会卸下来自海外神奇土地的货物。乌鸦们将猎人哈根视为朋友，很重视他带来的长城之外的消息。有的乌鸦知道他是个易形者，但对此避而不谈。正是在东海望，小男孩埋下了去温暖南方的梦想种子。

雪花，正在瓦拉米尔的额头上融化。这比烈火焚身要好多了。让我就此睡去、长眠不醒、开始第二次生命吧。他的狼靠近了，他能感觉到他们，他完全可以就此放弃这具虚弱的肉体，成为一匹狼，在夜幕下打猎，并对月嗥叫。狼灵成为真正的狼。不过，哪匹好呢？

狡狯显然不够格。瓦拉米尔经常干出被哈根称之为孽畜的行为，即当狡狯被独眼骑时，占据她的身体。不过要他当一辈子婊子，他可不干，除非是别无选择。潜行作为年轻的雄性，更适合他……但独眼更高大凶猛，而每当狡狯发情时占有她的也总是独眼。

"据说你会忘记一切。"哈根在丧命的几星期前曾告诉他，"当人类的躯体死去后，易形者的精魂可以在动物体内存活，但记忆会一天天迅速消退，那只野兽会变得越来越不像狼灵，越来越回归本性。终有一天，人的痕迹不复存在，只有野兽存留。"

瓦拉米尔知道猎人说的是真话。占有欧瑞尔的鹰后，他能感觉到那位易形者在对他咆哮。欧瑞尔被变色龙琼恩·雪诺所害，他对凶手的恨意之深，竟令瓦拉米尔也不由自主地痛恨起那狼灵男孩——是的，当他看到巨大的白色冰原狼悄无声息地跟在雪诺身边，他立刻就明白是怎么回事了。易形者之间总能互相感应。曼斯应该准许我占据那匹冰原狼，那样的话我将获得帝王般辉煌的第二次生命。毫无疑问，他可以做到这件事。雪诺的天赋虽然强大，但年轻又未经训练，尚在对抗自己本应引以为豪的本性。

鱼梁木苍白树干上的红眼睛朝下瞪着他。诸神正在审判我。瓦拉米尔又发起抖来。他做过很多坏事，恐怖的事。他偷过东西，杀过人，也强暴过人。他饱餐人类的血肉，舔过从将死之人被撕开的喉咙里喷出的火热鲜血。他曾在林间跟踪敌人，并趁对方睡觉时扑上去，扯出他们肚子里的肠子，将躯体在泥巴地上撕成碎片。他们的肉好美味啊。"那是野兽干的，不是我，"他嘶哑地争辩，"那都是你们赐予我的天赋。"

诸神没有回答。他的呼吸在空气中凝成苍白的迷雾，他能感到胡子结了冰。六形人瓦拉米尔闭上双眼。

他又梦见那个古老的梦。海边的小屋，三只吠叫的狗，还有一位妇人的眼泪。

小肿。她为小肿哭泣，却没为我掉眼泪。

小瘤的降世早了一月，生来体弱多病，大家都以为他活不长。他妈直等他快满四岁才为他正式命名，那太迟了。村里人都习惯了叫他小瘤——他还是妈妈肚子里的一团肉时，姐姐米哈就这样叫他了。米哈也是照这样给小肿取名字的。小瘤的弟弟出生正当时，生得又红又胖、很是活泼。他贪婪地吮吸着母亲的奶水，母亲则决定

让他继承父亲的名字。不过小肿没活到那一天,他死在二岁那年、命名日之前三天。当时我六岁。

"你的小宝贝跟诸神在一起了,"森林女巫告诉哭泣的母亲,"他再也不会受伤害,再也不会饿肚子,再也不会伤心。诸神把他带回了大地,带回了森林。诸神与我们同在,他们活在岩石和溪流中,飞鸟和走兽间。你的小肿加入了他们。他就是世界,世界就是他。"

老女人的话犹如一把尖刀刺穿了小瘤。小肿知道。他正看着我呢。小肿知道。小瘤没法逃避,也没法再藏进妈妈的裙子里,更没法带着狗儿们远走高飞、躲开父亲的怒火。狗儿们。断尾、嗅探和咆哮。三条好狗。我的朋友。

父亲发现这些狗在小肿的尸体旁嗅来嗅去,他没法断定是哪条狗干的好事,所以操起斧子把三条狗都宰了。父亲的手颤抖得那么厉害,以至于挥了两斧才放倒嗅探,四斧才弄死咆哮。浓烈的血味在空气中散发,垂死狗儿的哀鸣不忍卒闻,但当父亲呼唤时,断尾还是听话地过去了。他是最老的一条狗,长年累月的驯服压倒了本能的恐惧。当小瘤潜入它的身体时,一切都晚了。

不,父亲,求求你,他想叫喊,但狗说不来人话,狗嘴里吐出的只是一串可怜的哀号。父亲只一斧就把老狗的脑袋劈成两半,屋子里的男孩无法遏制地尖叫起来。所以他们都知道了。两天后,父亲将他拖进森林。父亲带着斧子,小瘤原以为是要像对付狗那样对付他,结果父亲把他丢给了哈根。

瓦拉米尔忽然醒来,身体在猛烈摇晃。"起来,"一个声音尖叫道,"快起来,我们得赶紧逃命。有几百只那种东西。"雪为他盖上了一床僵硬的白毯。好冷。他试图移动,却发现手被冻在了地上。他用力挣脱,扯破了几处皮。"起来,"她再度尖叫,"它们来了。"

　　大蓟回来找他了。她抓住他的肩膀摇晃，朝他当面吼叫。瓦拉米尔能闻到她的呼吸，被冻得麻木的脸颊也能感觉到她的温暖。就是现在，他心想，现在下手，否则只有死。

　　于是他唤回体内残存的全部力量，逃离自己的身躯，强行闯入她的身体。

　　大蓟挺直身子，放声尖叫。

　　孽畜。这是她的声音，他的声音，还是哈根的声音？他不知道。她的手指松开了他的旧躯体，一任其倒进雪堆。矛妇剧烈地扭动、惨嚎着。影子山猫曾狂野地反抗他，雪熊更是为了自由而几乎发疯，朝树木、岩石和空气乱抓乱打，但这次是最糟糕的。"出去，出去！"他听见她的嘴巴吼道。她的身躯跌跌撞撞地倒下又站起，她的手像筛糠一样发抖，她的腿扭来扭去、好似跳着一曲怪诞的舞。这期间，他和她的精魂进行着殊死搏斗。最终，她吸了满满一口冰冷的空气，留给瓦拉米尔半个心跳的时间好好享受这具年轻躯体的活力，接着她猛地一咬，鲜血便充盈了他的嘴巴。她伸出她的手抓向他的脸。他想把它们放下，但这双手不听使唤。她抠出了他的眼珠。孽畜，沉浸在热血、痛苦和疯狂之中的他，想起了这个形容。他张嘴叫嚷，她却把他们的舌头吐了出来。

　　白色的世界旋转着坠落。片刻之间，他觉得自己进入了鱼梁木内，透过刻画出来的红眼睛看着一个垂死的男人在地上虚弱地挣扎，一个疯狂的女人在月光下跳着血腥的滑稽舞，她撕扯自己的衣服，脸上流下红色泪珠。接着这两个人都消失了，他正在上升，在融化，冷风吹走了他的精魂。他在雪地里，他在云团中，他是麻雀、是松鼠、是橡树。一只角鸮在他的树木间宁静地飞行，追逐一只野兔；瓦拉米尔就是那只角鸮，那只野兔，那些树。在冻土深处，蛆虫正在黑暗中盲目地挖掘，他也是它们。我就是森林，森林就是我。他欣喜若狂。一百只乌鸦感觉到他的存在，便振翅腾空，

呱呱怪叫。一只巨大的麋鹿发出喇叭吹奏式的长鸣，惊动了背上的孩子们。一匹沉睡的冰原狼抬头咆哮。但在它们的下一次心跳前，他已掠过，他在寻找身体，寻找独眼、狡猾和潜行，寻找自己的族群。他的狼可以拯救他，他告诉自己。

这是他身为人类的最后一个念头。

真正的死亡来得很突然，他感到如波涛来袭般的寒冷，好似一头扎进结冻湖泊下的冰水。接着他发现自己已在月光照耀的雪地上游荡，他的族群紧跟在后。半个世界是黑的。是独眼，他意识到。他嗥叫了一声，狡猾和潜行跟着应和。

狼群跑到丘顶才停住。大蓟，他回想起来，心中的一部分为失去的机会悲哀，另一部分则为他犯下的恶行悲哀。下面的世界结了冰。缕缕冰霜缓缓地沿鱼梁木向上爬行，竞相攀比。空旷的村庄已不再空旷，蓝眼幽灵行走在雪堆间。有的穿着破烂的褐色衣服，有的穿着黑衣服，还有的什么也没穿，那些东西的身体白得像雪。寒风在丘陵间叹息，带来浓重的气味：死肉，干血，散发出霉菌、腐物和屎尿味道的恶臭皮肤。狡猾发出一声咆哮，露出满口牙齿，颈毛直竖。它们不是人，不是猎物，它们不是。

山丘下那些并非活物的东西正在移动。它们一个接一个抬起头，望向丘顶的三匹狼。最后抬头的是那个从前叫大蓟的东西。她穿着羊毛、毛皮和皮革，外面盖了厚厚一层闪耀着月光的白霜，移动时霜冻嘎吱破裂。她指尖垂下淡粉色冰柱，犹如以血凝成的十根尖刀。她没有眼球的眼窝闪烁着冰蓝光芒，为她丑陋的形体增添了一种怪诞的美。她在世时从未有过的美。

她看着我。

提利昂

他一路醉过狭海。

船小,他的舱室更小,而船长禁止他上甲板。船在脚下颠簸不休,令他的胃阵阵翻腾,那些勉强咽下去的恶劣食物,等吐出来就更糟糕了。说到底,有红酒买醉,他要咸牛肉、硬奶酪和爬满蠕虫的老面包来做什么?这酒酸透了,但十分强劲,有时他会把它也给吐出来,但吐出来之后灌下去更多。

"世界是酒做的,"他在漆黑的舱房中呢喃。父亲讨厌酒鬼,但父亲的意见如今又有谁在乎?父亲死了,被他害死了。一箭射穿下腹啊,大人,一箭就要了你的命。早知道我该勤练十字弓,那样的话,我蛮可以把箭钉在你造出我的那根根子上,你这该死的混球。

甲板下面,昼夜不分。提利昂靠送饭小厮地来回记录日子,但食物他基本没碰。那孩子总会带来刷子和桶,为他清理房间。"是多恩红酒吗?"提利昂一边拧开酒袋塞子,一边问,"它让我想起了某条毒蛇。有趣的家伙,可惜被山压扁了。"

送饭小厮没回话。他很丑,但好歹比缺了半个鼻子、一道伤疤从眼睛直贯下巴的侏儒好看。"我冒犯你了吗?"男孩擦地板时,提利昂追问,"有人下令别跟我说话?是不是哪个侏儒骗过你娘啊?"男孩依旧无话可说。"目的地是哪里?至少告诉我这个吧。"詹姆提到自由贸易城邦,但没说去哪一个。"布拉佛斯?泰洛西?密尔?"提利昂宁可去多恩。弥赛菈是托曼的姐姐,按照多恩律法,铁王座属于她。我要助她伸张权利,正如奥伯伦亲王提议的那样。

然而,奥伯伦亲王已一命呜呼,他的脑袋被格雷果·克里冈爵士的

钢甲铁拳捣成一团肉酱。没有红毒蛇的煽动,道朗•马泰尔还会不会冒险?他多半会用铁链锁住我,交回我亲爱的老姐手中。也许去长城更安全。"熊老"莫尔蒙曾说长城守军需要他提利昂这样的人。莫尔蒙已是行将就木,接任司令的多半是史林特。那屠夫之子不会忘记当初是谁送他来长城的。再说,我真的愿意在那里度过余生?跟小偷、杀人犯一起就着咸牛肉喝稀粥么?在杰诺斯•史林特手下,这个"余生"还注定不会长久。

送饭小厮沾湿刷子,用力地擦。"你去过里斯的青楼没?"侏儒询问,"妓女是不是都上那儿去了?"提利昂忘了在瓦雷利亚语里妓女该怎么说,临时来想已然迟了。那男孩把刷子扔进桶,匆匆离开。

红酒让我迟钝。还在学士膝边学习时,他就学会了高等瓦雷利亚语。不过,九大自由贸易城邦所操的瓦雷利亚语……从某种意义上讲,已不是一种语言,而是九种区别很大的方言。提利昂固然可以跟布拉佛斯人交流,能勉强弄明白布密尔人的话,但如果去了泰洛西,能做的只有诅咒诸神、骂人是骗子和叫人上酒这三桩事——这还得感谢一位曾效力于凯岩城的佣兵。去多恩别的不说,至少那里讲的是通用语。跟多恩的食物和律法相仿,多恩方言里也有不少洛伊拿人的遗产,但好歹听得懂。多恩,是的,多恩才是我该去的地方。他爬上硬板床时,紧抓住这个念头,好像小孩子抓着玩具不放。

对提利昂•兰尼斯特来说,入睡从不是件容易事,而在这条船上,他几乎就没睡过,只是时不时饮酒过度,能迷糊一阵。这样至少有个好处,就是他不再做梦了,他的短短一生中已做过太多迷梦:关于爱、关于正义、关于友谊、关于荣耀,当然,还梦见自己长高。提利昂现在明白,这些都是彻头彻尾的幻想,他只想知道妓女上哪儿去了。

"妓女还能上哪儿去?"这是父亲的回答,父亲的遗言,也导致了父亲的死。十字弓响,泰温公爵倒在血泊中,提利昂•兰尼斯特记得的下一件事就是在黑暗中一瘸一拐地跟着瓦里斯前进。之前他肯定独力

爬下了天梯，通过那二百三十只铁环，下到闷燃的龙头铁火盆放出橙光的房间。但他什么也不记得了，他只记得十字弓响和父亲失禁的恶臭。即便是死，他也能想法子恶心我。

瓦里斯送他出了隧道，但他们没再说一句话，直到黑水河边。提利昂曾在这里大获全胜，回报却是失去鼻子。侏儒转向太监："我杀了我老爸。"语调像是在说：我扭到脚趾头。

情报总管打扮得像个乞丐帮兄弟，穿一袭虫蛀的棕色粗布长袍，用兜帽遮掩住光滑的胖脸和圆圆的光头。"你不该爬上去，"太监语带责难。

妓女还能上哪儿去？……他明明警告过父亲，不许再提那个词。若不放箭，他就会看轻我的威胁，就会夺走我的十字弓，好比从我臂弯中夺走泰莎。事实上，我放箭时他正要起立。

"我还杀了雪伊，"他对瓦里斯坦白。

"你早就清楚她是个什么东西。"

"是的。但我没能看清我老爸。"

瓦里斯咯咯笑道："你现在看清了。"

我该把太监一并杀掉。手上多沾点血算得了什么？他不知自己为何没拔出匕首下手，但肯定不是由于感激。瓦里斯虽从刽子手刀下救了他一命，却并非出于自愿，而是受詹姆逼迫。詹姆……不，我不要再想起詹姆。

于是他又拿了一袋酒，像吸女人奶子一样贪婪地吸它。酸红酒溢下下巴，浸透了他入狱以来一直穿着的肮脏外套。地板在脚下晃荡，他想起身，床板却立起来，把他狠狠地甩到隔板上。这要么是一场风暴，他意识到，要么就是我烂醉如泥了。他把喝下去的酒全吐了出来，躺了一会儿，思考船会不会沉。是你干的好事吗，父亲？难道天父也封你做他的首相啦？"这是弑亲的代价！"他对外面呼啸的狂风说。要送饭小厮、船长连同其他所有人为他陪葬似乎不太公平，可诸神什么时候公

平过？世界晃啊晃，黑暗最终吞没了他。

当他醒来时，脑袋像要裂开。船正在慵懒地打转，船长跑来宣布到港了。提利昂要他安静。某位高大的光头水手用一条胳膊把他夹住，不顾他虚弱地踢打挣扎，将他一路带到储藏室。空酒桶正在那里等他。一个矮小的桶，即便对侏儒而言也嫌太局促。提利昂在挣扎中尿了裤子，但他的抗议不起作用。他被头下脚上地塞进桶里，膝盖贴耳朵。鼻子的伤处奇痒难忍，但他的双手卡得死死的，完全挠不到。这是我这种人乘的轿子，他们钉上桶盖时，他心想。接着他被举了起来，有人叫嚷着什么。酒桶每跟什么东西碰撞一次，他的脑袋就会磕上桶底一次。世界不停地转，酒桶不住地滚，最终一阵陡然的剧震让桶子停下，也令他想要尖叫。另一个桶重重地堆上来，他咬到舌头。

这是他这辈子最长的旅程，虽然实际花费时间可能还不到半小时。他被举起放下，滚滚停停，颠来倒去，又继续滚。透过桶板，他听见外面人声鼎沸，有匹马在身边嘶叫。他发育不良的腿逐渐撑不住了，到最后腿痛令他暂时忘却了脑袋的轰鸣。

出桶跟进桶一样突然，之前他刚被滚撞得七荤八素。桶外的人操的是他听不懂的语言。有人拿东西敲，几下就把桶盖砸开。光线和清冷的空气一道涌入，提利昂贪婪地吮吸着它们。他试图站起来，却只是撞翻了桶，摔到硬邦邦的泥地上。

他面前站着一位留黄色八字胡的特大号胖子，胖子手握一根木槌和一把铁凿，睡袍宽大得足以做顶比武大会上的帐篷，袍子腰带松开来，露出肥大的白肚皮和一对下垂的巨乳，犹如两袋粗糙黄毛包裹的牛脂。这人让提利昂不由自主地联想到被海浪冲刷进凯岩城下洞穴里的海牛尸体。

胖子微笑着低头看他。"一个醉侏儒。"胖子用维斯特洛通用语宣布。

"一头烂海牛。"提利昂满嘴是血，一口吐到胖子脚上。他们身处阴暗的狭长地窖，天花板为拱形，石墙上布满硝石，四周全是葡萄酒桶和啤酒桶。这些酒足以让口渴的侏儒舒舒服服地醉过一晚。也许足以安醉此生。

"无理的家伙。不过就一个侏儒来说，还蛮有趣的。"胖子笑的时候，那一身肥肉剧烈地抖动，提利昂不禁担心胖子会倒下来把他压扁。"饿吗，我的小友？困吗？"

"我口渴，"提利昂挣扎着站起来，"还很脏。"

胖子喷了口鼻息。"先洗澡，就是这样。再大吃一顿、好好睡一觉，可好？我的仆婢们会帮你打理。"这位主人家把槌子和凿子扔开。"我的家就是你的家。你是海对岸我朋友的朋友，也就是我伊利里欧·摩帕提斯的朋友。没错儿。"

八爪蜘蛛瓦里斯的任何朋友，都只有制得住才称得上朋友。

好歹胖子承诺的热水澡真不错。提利昂刚把身子浸进热水、闭上眼睛，就立即沉沉睡去。醒来时，他发现自己赤身裸体陷进了一张鹅绒床，床垫柔软得让人觉得自己被裹在云团中。他口干舌燥，命根子却硬得像铁棒。于是他翻身下床，找到夜壶撒尿，边尿边发出满意的呻吟。

房间很暗，但透过百叶窗的缝隙，道道金黄色阳光照射进来。提利昂把命根子甩干后，蹒跚着踏过花纹繁复、柔软如同新春草地的密尔地毯，笨拙地爬上窗边座位，掀开窗户，想瞧瞧瓦里斯和诸神究竟把他送来了何处。

窗下，六棵樱桃树把一个大理石水池围在当中，细长的棕色树枝业已褪得光秃秃的。一个男孩裸身站在水池中，手握刺客的细剑摆出决斗的姿势。他轻盈俊朗，年龄不超过十六岁，留着齐肩长直金发。那雕像实在太逼真，以至于侏儒看了良久才意识到是彩绘大理石做的，虽然反光的剑是真剑。

池子对面耸立着一堵十二尺高的砖墙，墙顶装有铁刺，墙外便是城市——海一般的瓦片屋聚集在海湾边。他看见了众多方砖高塔，看

见了一座雄伟的红庙,看见了位于远方山丘上的寝宫。远处,阳光在深水上闪耀,渔船穿行海湾,风帆迎风招展,他甚至能看见靠港的大船直立的桅杆。这里肯定有去多恩或东海望的船。不过他既没船费,也不是划桨的料。我可以签约做送饭小厮,让船员们一路搞我一路把我送回狭海对岸。

他还没弄清自己身在何处。这里连气味都如此奇异。凛冽的秋风中弥漫着古怪的香料,从墙外的街道依稀飘来喧哗声,似乎是瓦雷利亚语,但五个词里他最多能听懂一个。这不是布拉佛斯,他得出结论,也不是泰洛西。光秃秃的树枝和风中的寒意也排除了里斯、密尔和瓦兰提斯。

听到身后的开门声,提利昂转身面对这里的胖主人。"这是潘托斯,对吧?"

"就是这样,还能是哪儿呢?"

潘托斯。好吧,至少不是君临,还不算糟糕透顶。"妓女能上哪儿去?"他脱口问道。

"跟维斯特洛一样,妓女都上妓院去。可是啊,我的小友,你不能上那儿去。从我的仆婢中挑选吧,她们都会乖乖听话。"

"他们是奴隶?"侏儒有些尖刻地问。

胖子捻捻擦了油的黄胡子尖——这是个提利昂看来颇为猥琐的动作。"根据一百年前布拉佛斯人强加于我们的和约,潘托斯废除了奴隶制度。我只是说他们会乖乖听话。"伊利里欧费力地鞠了个半躬。"我的小友,请原谅我暂时失陪。忝居这座伟大城市的总督之一,付出的代价便是要不时前去开会。"他一笑就露出满嘴扭曲的黄牙。"请随意参观我的宅子,包括地下室,但不要出院墙。你在此逗留过的消息走漏出去就不妙了。"

"逗留?你是说我还另有目的地?"

"今晚咱们有的是时间谈论此事,我的小友,到时候咱们一边大吃

21

大喝，一边决定远大前程，如此可好？"

"很好，我的胖友，"提利昂答道。他把我当成做生意的筹码。在自由贸易城邦的富商们眼中，任何东西都可以出卖。"香料爵爷和奶酪大王，"父亲大人曾轻蔑地评价他们。要是伊利里欧·摩帕提斯发现死侏儒比活侏儒更有利可图，恐怕等不到第二天提利昂就会被打包塞进酒桶运回去。在那天到来之前，我必须脱身。那天是一定会来的，他对此不抱幻想：瑟曦决不会忘记追杀他，即便詹姆也咽不下父亲中箭毙命这口气。

微风拂过裸体剑客的雕像，窗外水池泛起了涟漪。这让他想起自己在错误的春天里的短暂婚姻，泰莎会这样弄乱他的头发，但那是父亲的守卫们强暴她之前的事。逃亡途中，他想起了这些守卫，想算清楚参与的究竟有多少人。他还以为自己记得呢。十二个？二十个？一百个？他搞不清，只记得他们都是高大强壮的成年人……但事实上，任何人都比十三岁的侏儒更高大强壮。泰莎一定记得。毕竟，他们每人给了她一枚银币，她只需清点银币数量就可以了。他们付银币，而我付了一枚金币。父亲坚持要他也付账，因为兰尼斯特有债必还。

"妓女还能上哪儿去？"他又一次听见泰温公爵的话音，又一次听见弓弦震动。

总督允许他在宅子里随意参观，他决定加以实行。他在一个镶嵌宝石和祖母绿的雪松木箱中找到了干净衣服。费劲地穿衣服时，他意识到这些衣服实际上是给小男孩准备的，花纹装饰有些过时，但还算美丽，真正让人受不了的是裤腿太长、袖子又太短，而衣服领口——如果他找得到办法扣上的话——足以把他勒成婚宴上的乔佛里。衣服上有虫蛀的痕迹。算了，至少没呕吐物的臭味。

提利昂的探索从厨房开始。他自行取了奶酪、面包和无花果就开吃，两个胖女人和一位厨房小弟在一旁警惕地打量着他。"早上好，美丽的女士们，"他边说边鞠了一躬，"你们知道妓女会上哪儿去吗？"

眼见对方毫无反应，他又用高等瓦雷利亚语重复了一遍，只是不得不将"妓女"替换为"交际花"。这回，那个年轻些、也更胖些的厨娘耸了耸肩。

要是他把厨娘拖去卧室会发生什么呢？他们都会乖乖听话，伊利里欧如此宣称。但说到底，提利昂不认为自己想要这两个女人。年轻的那个岁数已足以当他妈，老的那个则足以当年轻这个的妈。两个人的肥胖程度都堪比伊利里欧，奶子比他畸形的头更大。我很可能会被那对奶子闷死。当然了，世上有更糟糕的死法，比如他父亲大人的死法。他要是给我拉出点金子来就更好了。泰温公爵虽然在亲情关怀上很吝啬，但钱财方面却向来慷慨。比没鼻子的侏儒更可怜的是没鼻子的穷光蛋侏儒。

提利昂把胖厨娘留给面团和锅子，前去寻找伊利里欧昨晚放他出来的那个酒窖。酒窖并不难找。窖里的酒足够他喝上一百年，包括河湾地的甜美干红、多恩的酸红酒、白色的潘托斯琥珀酒、绿色的密尔蜜酒、六十桶青亭岛的金色葡萄酒，甚至有从传奇的东方，从魁尔斯、夷地和阴影旁的亚夏进口的酒。挑来挑去，提利昂最后挑中一桶烈性葡萄酒，标签上说这来自伦赛佛德·雷德温伯爵的私人窖藏，他是现任青亭岛伯爵的祖父。酒入口味淡，但事后上头，色泽深紫，在幽暗的酒窖里近乎浓黑。提利昂为自己满上一杯，再倒了满满一壶，准备带到樱桃树下的花园里好好品尝。

但他出错了门，结果找不着窗下的水池了。不过不要紧，宅子背后的花园不仅一样漂亮，而且更为宽敞。他一边喝酒一边漫游。这里的院墙比大多数城堡的城墙还高，墙头的铁刺没有人头的点缀，实在是大煞风景。提利昂想象老姐的头插在上面会是什么样，耀眼的金发用焦油固定，苍蝇嗡嗡地在嘴里飞进飞出。提利昂决定让詹姆享受她旁边那根铁刺。是的，老哥老姐怎可分离？

要是有绳子和抓钩，他就能翻过院墙了。他胳膊有力量、人又不

重，只需躲开尖刺就行。明天一早便着手找绳子，他决定。

在漫游途中，他一共发现了三道门——配有城门楼的大门，兽舍旁的侧门和隐藏在纠结的淡绿色常春藤中的花园秘门。秘门上了锁，另两道门都有人把守。那些守卫长得很胖，脸光滑得像婴儿的屁股，个个头戴尖刺青铜盔。提利昂一眼就认出他们是那帮名扬海外的太监，他们的故事传遍了世界各地。据说他们无所畏惧，也感觉不到疼痛，对主人誓死效忠。我要是有几百个这样的卫士就好了，他心想，很遗憾我没在成为乞丐前想到这点子。

他沿着廊柱围成的走廊，穿过尖顶拱门，来到一个瓦片铺成的院子。一个女人正在井边洗衣服，看上去与他年龄相仿，暗红色头发，宽脸上长满雀斑。"喝酒吗？"他问她。她狐疑地回望。"我没带多余的杯子，咱们得共用一个。"洗衣妇拧干所洗的几件外衣，把它们晾起来。提利昂提着酒壶坐到石凳上。"告诉我，我能信任伊利里欧总督几成呀？"总督的名字令她抬眼看过来。"一成也没有？"他咯咯发笑，盘起畸形的腿，喝了口酒。"我可不愿乖乖扮演这奶酪贩子希望我扮演的角色。但我有什么选择呢？大门出不去，你能把我藏在裙子里面吗？那样的话，我会非常感激你的，说不定还会娶你当老婆哟。反正娶过两个，娶第三个又何妨？至于我们的新房嘛……"他朝她摆出缺了半个鼻子的侏儒所能摆出的最灿烂的笑容。"我有个外甥女住在阳戟城，我没告诉你吗？等我跟她在多恩领重逢后，我可以搞出好些乱子来。让外甥女和外甥打架，这不是很好玩吗？"洗衣妇晾起伊利里欧的外套，那外套大得可作风帆。"你说得对，我真是满肚子坏水，应该去长城好好反省。加入守夜人军团，所有的罪恶就被洗清了，大家不都这么说吗？可惜啊，亲爱的，到时候我们就不得不分手了。守夜人弟兄不准讨老婆，夜里没有长雀斑的好老婆帮着暖床，陪伴你的只有寒风、咸鱼和馊啤酒。夫人，你觉得我穿上黑衣会不会显得高大些啊？"他又倒了一杯酒。"说说你的意见吧。去北方还是南方？是忏悔昔日的罪过还是制造

新的分歧？"

洗衣妇人看了他最后一眼，拣起篮子，自己走了。我天生没有讨老婆的命啊。提利昂心想。酒壶不知何时已经空了。要不要回酒窖里灌满呢？然而烈酒已经让他头脑发晕，下酒窖的台阶又是很陡的。"妓女上哪儿去了啊？"他询问晾衣绳上飘摇的衣服。之前他忘了询问洗衣妇这个最重要的问题。不是暗示你是妓女啊，亲爱的，我只想弄清楚答案。从父亲那里他得到了一个回答。"妓女还能上哪儿去？"泰温公爵这样说。可是她爱我。她是农夫之女，可是她爱我，还嫁给了我，她信任我。

空酒壶从他手中松脱，滚到院子的另一头。提利昂站起来，去拾那酒壶。当他矮下身子时，看到一个破裂的瓦片中长出了几朵蘑菇。那些蘑菇看似很白，菇伞下却有暗如凝血的斑点。侏儒拔了一根来嗅。这菇美味，他心想，却带有剧毒。

蘑菇一共七朵。七这个神圣的数字或许暗示着什么。于是他把它们全拔了下来，再从晾衣服的地方偷了个手套来包好，塞进裤兜里。这番折腾让他又一阵头晕，他只能爬回石凳边，蜷起来闭上眼睛。

等他再次睁开眼，已经回到了卧室，倒在那张天鹅绒的软床上。一位金发女郎摇着他的肩膀。"大人，"她说，"您的洗澡水准备好了。伊利里欧总督要您在一小时之内准备好，与他共进晚餐。"

提利昂从枕头堆里伸出脑袋，双手支着头。"是我在做梦呢，还是你真的说的通用语？"

"我会说通用语，大人，我是被买来取悦国王的。"她年轻漂亮，身材苗条，生了一对蓝眼睛。

"你肯定干得不错，亲爱的。请给我倒一杯酒。"

她为他倒了一杯。"伊利里欧总督派我来为您搓背、暖床。我叫——"

"——你叫什么与我无关。你知道妓女上哪儿去了吗？"

她脸红了,"妓女当然是去赚钱了。"

"或是去赚宝石、衣服、城堡。可她们究竟会上哪儿去呢?"

女郎给弄糊涂了。"这是个谜语吗,大人?我猜谜语不在行。您能直接告诉我答案吗?"

不能,他想,况且我自己也讨厌谜语。"我什么也不想跟你说,你也什么都不要问。"你全身上下我唯一感兴趣的是你两腿间的部位,他几乎把这话说出口。话堵在舌头上,但他没有张嘴。她不是雪伊,侏儒告诫自己,她只是一个自以为在跟我玩猜谜游戏的小傻瓜。说实话,连她的下体也不怎么吸引人。得了,我真是病得不轻。"不是说洗澡水准备好了吗?我们可不能让伟大的奶酪贩子久等。"

洗澡时,女郎替他洗脚、搓背、梳头,还把好闻的油膏擦到他的小腿处,以减轻他的酸痛。之后她为他再一次穿上小孩的衣服:一件有些发霉的深紫色马裤,一件装饰了金边的蓝天鹅绒上衣。"晚餐后大人还需要我吗?"替他系鞋带时她问。

"不用,我跟女人两清了。"我跟妓女两清了。

郁闷的是,女郎误解了他的拒绝,"如果大人喜欢男孩,我可以替您安排一个。"

大人想要他的老婆。大人想要一个叫泰莎的女孩。"除非他知道妓女上哪儿去了。"

女郎抿紧嘴唇。她鄙视我,他意识到,但绝不可能有我自我鄙视的程度深。提利昂·兰尼斯特心知肚明,他干过的绝大多数女人都极为鄙视他这副尊容,但好歹那些人装得脉脉含情。一点真诚的厌恶好比宿醉后的苦酒,对人有好处。

"我想我改主意了。"他告诉她,"在床上等我。如果可以的话,别穿衣服,估计到时候我会醉得解不开你的衣服。把嘴闭上、腿分开,咱们共度良宵。"他淫荡地看了她一眼,想吓吓她,她表现出来的却只有反感。谁怕侏儒呢?即便他十字弓在手,泰温大人也毫不惧怕。"被

干的时候你会浪叫吗?"他问他的床奴。

"如果大人高兴的话。"

"勒死你大人才高兴。我就是这么处置上一个妓女的。你以为你的主人在乎你的死活?当然不。你这路货色,他有上百个,但他只有一个我。"这回当他咧嘴笑时,他看到了她的恐惧。

伊利里欧斜躺在加垫沙发上,大把大把地从一个木碗里抓小辣椒和珍珠洋葱吃。他额上布满斗大的汗珠,肥脸上的猪眼睛一闪一闪的。他手上的戒指熠熠发光,其中有玛瑙、猫眼石、老虎眼、碧玺、红宝石、紫水晶、蓝宝石、绿宝石、黑玉、翡翠、还有一颗巨大的黑钻石及一颗巨大的绿珍珠。光这些戒指就够我一辈子衣食无忧了,提利昂饶有兴味地想,只要拿把切肉刀把它们割下来。

"坐啊,我的小友。"伊利里欧挥手示意。

侏儒坐进椅子里。这把加垫"王座"对他来说实在大得过分,乃是用来摆总督那张肥屁股的,为防万一,椅子脚还特别加厚加固过。提利昂·兰尼斯特可说一辈子活在巨人的世界里,而伊利里欧·摩帕提斯的豪宅将这种不适感提升到了荒诞的程度。我就像长毛象巢穴里的老鼠,他心想,万幸这头长毛象有个酒窖。想到酒窖,他又渴了,于是开口要酒。

"我送来的女孩你喜欢吗?"伊利里欧问。

"要女孩的话我自己会叫。"

"如果她做得不好……"

"她完全尽职尽责。"

"我想也是。她是在里斯受训的,里斯人把性爱上升到了艺术高度。我招待过的那位国王对她非常满意。"

"我是个弑君者,你没听说吗?"提利昂坏笑着喝了口酒,"我不要国王的残汤剩羹。"

"如你所愿。我们用餐吧。"伊利里欧拍了拍手,仆人们便把菜端上。

先上螃蟹扁鲨汤和鸡蛋酸橙冷汤，接着端来蜂蜜鹌鹑、烤羊排、红酒泡鹅肝、黄油萝卜和乳猪。提利昂看到丰盛的食物就想吐，但出于礼貌，还是决定象征性地尝一匙汤——谁知这一匙就让他着了道。看来，那两个厨娘虽然又老又肥，活干得着实不赖。即便在宫里，也没尝到如此美味。

他一边吮着鹌鹑骨头，一边问起伊利里欧早上的会议。胖子耸耸肩。"还不净是东方的麻烦事。阿斯塔波和弥林相继陷落，两个都是世界创立之初就存在的吉斯奴隶城市。"乳猪切得很精致。伊利里欧拿起一块烤得香脆的猪肉，蘸了李子酱，送到嘴边大快朵颐。

"奴隶湾离潘托斯十万八千里。"提利昂用匕首插起一块鹅肝。据说弑亲者会受到八方诸神的诅咒，他打趣地想，我还挺享受地狱的生活嘛。

"确实如此，"伊利里欧表示同意，"不过世界本是一张巨网，牵一发而动全身。酒？"胖子大嚼特嚼一块辣椒，"哦，来点更妙的。"他再次拍了拍手。

仆人端上一个盖住的盘子，放到提利昂面前，伊利里欧倾身越过桌子拿掉盘盖。"是蘑菇，"总督就着四溢的香气宣布，"大蒜煮的，淋上黄油，味道鲜美无比。尝一朵吧，朋友，哦，尝一朵就会停不住。"

提利昂已把一朵肥大的黑蘑菇送到嘴边，一听此话忽然停住。"还是您先请，大人。"他把盘子朝主人推回去。

"不，不，"伊利里欧总督又把盘子推回来。那一刹那，满身肥肉的奶酪贩子似乎变成了个淘气孩子。"你先请。我坚持这点，因为这是厨子专门为你烹制的。"

"是吗？"他想起了厨子，想起她手上的面粉和高耸乳房上的暗蓝色血管。"她真好心，可……不用了。"提利昂把手中蘑菇扔回黄油蘸料里。

"你多心啦,"伊利里欧透过黄色八字胡笑道。提利昂猜测这胖子大概每天早上都给胡须上油,好让胡须时刻金光闪闪。"据我耳闻,你可不是胆小鬼啊!"

"在七大王国,宴会上主人毒死宾客是滔天大罪。"

"在这也一样。"伊利里欧·摩帕提斯拿起酒杯。"不过,如果宾客一心求死,主人家有义务满足他的一切需求,不是吗?"他呷了一口酒。"不到半年前,奥德罗总督就是被蘑菇毒死的,听说他走得并不痛苦,不过是肚子绞痛,两眼刺痛,然后就没了。吃几块鲜美的蘑菇总比砍头舒服,是不是?反正都是死,何不就着大蒜和黄油,非要尝到鲜血的味道呢?"

侏儒盯着面前的盘子。大蒜和黄油的香味让他垂涎欲滴。即便知道这些蘑菇意味着什么,一部分的他也很想吞下去。他没有勇敢到坦然承受钢刀的地步,但咬几口蘑菇并不太难。这个想法令他不寒而栗。"你看错我了。"他听见自己说。

"是吗?我表示怀疑。如果你宁愿被酒淹死,只需开口,我也能安排。一杯一杯地灌是对时间和美酒的浪费。"

"你看错我了,"提利昂提高声调重复。黄油蘑菇正在灯光下闪烁,黑黝黝地十分诱人。"告诉你,我不想死。我还有……"他不确定该说什么。我还有什么?还有半辈子好活?还有事情要做?还要养孩子、治理领地,爱护老婆?

"你现在一无所有,"伊利里欧总督接口,"但我们携手,可以改变一切。"他从黄油里捡出一朵蘑菇,张嘴就咬。"确实美味。"

"蘑菇没毒。"提利昂有被捉弄的感觉。

"当然没有。我为什么要害你呢?"伊利里欧总督又吃了一朵。"你和我,咱们应该多点信任,是不是?来吧,吃。"他又拍了拍手。"前路是艰辛而又光明的,我的小友吃饱了才有力气上路。"

仆人端来填满无花果的苍鹭、杏仁奶浇小牛排、奶油鲱鱼、糖霜洋葱、味道呛口的奶酪，几盘蜗牛、甜面包以及带羽毛的黑天鹅。在这些食物里，提利昂没碰天鹅——这让他想起与老姐共进的晚餐——享用了苍鹭与鲱鱼，以及几片糖霜洋葱。仆人频频为他斟满空酒杯。

"就如此身量而言，你喝得可不少。"

"弑亲是枯燥活儿，会让人口渴嘛。"

胖子的眼神如他戒指上的宝石一样闪烁不定。"我看在你们维斯特洛，许多人认为泰温公爵之死是个好开始呢。"

"他们最好别让我老姐听见，否则就要掉舌头。"侏儒把一块面包撕成两半。"而您呢，也最好别在我耳边说我家族的坏话，总督大人。不管弑亲与否，我都是头狮子。"

这话似乎大大地逗乐了奶酪贩子。他一掌拍在肉乎乎的大腿上。"你们维斯特洛人就是怪，用丝线往衣服上缝只猛兽，就把自己当成狮子啊龙啊老鹰什么的。你想当狮子吗，我的小友？亲王的百兽园里狮子多的是，你愿意跟它们共享笼子？"

七大王国的诸侯确实就各自的纹章有各种夸张的比喻，这点提利昂不得不承认。"很好，"他妥协道，"兰尼斯特不等于狮子。但我仍是我父亲的儿子，而找詹姆和瑟曦算账是我自己的事。"

"真是奇怪，你还关心你那美丽的姐姐，"伊利里欧边吃蜗牛边说，"知道吗？太后陛下承诺无论出生贵贱，只要献上你的人头，就可获封为领主哪。"

这不出提利昂所料。"如果你打算去领赏，记得加上她为你分开双腿这一条。我身上最好的部分交换她身上最好的部分，这才叫做公平交易。"

"我宁可要等于我体重的金子。"奶酪贩子放声狂笑，提利昂真担心他会突然笑破肚皮。"是啊，全凯岩城的金子，有何不可？"

"我可以把金子都送你，"侏儒承诺，一边庆幸自己没被淹死在一堆半消化的鳗鱼和糖果中。"但凯岩城属于我。"

"就是这样。"总督遮住嘴巴,打了个大大的饱嗝。"你觉得史坦尼斯国王会把城堡给你吗?听说他是个对律法一丝不苟的人。既然你哥哥披上了白袍,那么按照维斯特洛无论哪里的法律,你都是凯岩城的继承人了。"

"史坦尼斯或许会把凯岩城判给我,"提利昂承认,"但为了弑君和弑亲的小小罪过,他还会额外削了我的脑袋,而我现在已经够矮了。怎么,你觉得我会投靠史坦尼斯大人?"

"你不是说想去长城吗?"

"史坦尼斯在长城?"提利昂揉了揉鼻子。"七层地狱,史坦尼斯去长城做什么?"

"去过冬吧,谁知道咧?瞧,暖和的多恩他不去,你说这是为什么?"

提利昂方才意识到那个雀斑洗衣妇绝不简单,她根本就是通晓通用语。"我的外甥女弥赛菈碰巧人在多恩,我有心立她做女王啊。"

仆人送上两碗甜奶油调制的黑樱桃,伊利里欧笑道:"这个可怜孩子犯了什么错,你非害死她不可?"

"怎么,谁也没规定弑亲者得把亲人斩尽杀绝吧?"提利昂用受伤的语调声明,"我是要拥她作女王,不是要害她。"

奶酪贩子舀了一勺樱桃。"瓦兰提斯的钱币一面是王冠一面是死神,作为同一枚硬币的两面,为她戴上王冠等于要她的命。多恩人或许会为弥赛菈起事,但单靠多恩领的力量是不够的。如果你像我朋友宣称的那样聪明,你应该明白这点。"

提利昂开始用崭新的眼光打量对面的胖子。他两方面的判断都正确:一、为她戴上王冠等于要她的命;二、我对此心知肚明。"虽是徒劳也得做,哪怕只为了让我老姐流下悔恨的泪水。"

伊利里欧总督用肥手擦了擦唇上的甜奶油。"通向凯岩城的路既不途经多恩,也不用穿越长城,但这条路确实存在。"

"我是被公开判罪的叛徒，弑君者和弑亲者。"这场关于路的谈话开始让他不耐烦了。他以为这是游戏吗？

"一个国王判的罪，可以由另一个国王取消。我的朋友，潘托斯的元首乃是一位亲王殿下，舞会与晚宴上他高高在上，他还坐着象牙和黄金的轿子巡游城市。三位传令官为他开路，分别擎着象征贸易的黄金天秤、象征战争的钢铁长剑和象征法律的白银长鞭。每年元旦，他还要为代表大地和代表海洋的仕女开苞。"伊利里欧倾身过来，手肘撑着桌子。"但一旦歉收或战败，我们就会割了他的喉咙来平息诸神的怒气，并从大约四十个显贵家族中选出新的亲王。"

"记得提醒我千万别作潘托斯亲王。"

"你们的七大王国又有什么区别？今天的维斯特洛战乱不休，不消说正义、信仰……很快连充饥的食物都无从谈起。食不果腹、惶惶不可终日的人们，正渴望着救世主出现。"

"他们渴望归渴望，如果到头来只能找史坦尼斯——"

"不是史坦尼斯，也不是弥赛菈，"满嘴黄牙笑得更灿烂了，"另有其人。此人比托曼更强壮，比史坦尼斯更温和，比弥赛菈这小女生更加名正言顺。这将是漂洋过海为流血的维斯特洛疗伤治病的伟大救世主。"

"说得漂亮，"提利昂不为所动，"但言语就像风。这该死的救世主究竟是谁？"

"她是真龙血脉，"奶酪贩子注意到他脸上的表情，不由得哈哈大笑，"一条三头龙。"

丹妮莉丝

她听见死者被抬上台阶。徐缓而协调的脚步声在丹妮宫中的紫色立柱间回荡。乌木长椅的王座上，丹妮莉丝·坦格利安正坐以待，但她睡眼惺忪，银色长发一片凌乱。

"陛下，"现任女王铁卫队长巴利斯坦·赛尔弥说，"此事无需您亲临。"

"他为我而死。"丹妮将狮皮拽到胸前，狮皮下她只在大腿上套了件薄薄的纯白亚麻布罩衫。弥桑黛将她唤醒时，她沉浸在红门大宅的梦境中。事起仓促，不及更衣。

"卡丽熙，"伊丽轻声说，"您万不可触碰死者，死者会带来厄运。"

"除非是命丧您手的人。"姬琪的身材比伊丽更饱满，臀部宽大，双乳丰腴。"大家都知道。"

"大家都知道。"伊丽附和。

多斯拉克人对马无所不知，除此之外就是彻头彻尾的傻瓜。更何况她们还只是女孩。她的侍女与她年龄相仿，或许黑发、杏眼和古铜色皮肤让她们看上去更像女人，但那毕竟不是真的。她们是她嫁与卓戈卡奥时得到的礼物——她身披的赫拉卡的头皮和皮毛也是卓戈的礼物。赫拉卡是多斯拉克海里的白狮，它的皮太宽大，很不合身，还散发出霉味，但穿着它，能让丹妮感到她的日和星依然伴她左右。

灰虫子手举火把，率先踏上台阶顶端，青铜头盔上装饰了三根铁钉。四名无垢者紧随其后，肩上扛着死者，他们的头盔上只有一根铁钉，面无表情的脸仿佛也是青铜铸成。他们把尸体放在丹妮脚下，巴利斯坦掀开血迹斑斑的麻布，灰虫子放低火把，好让丹妮看清死者。

死者的脸光滑无须，一道伤痕贯穿两耳之间。他个子高，双眼湛蓝，皮肤白皙。他或许曾是里斯或古瓦兰提斯的孩童，被海盗绑架贩卖到红砖之城阿斯塔波为奴。尽管他双目圆睁，可流泪的只有他身上的伤口——他身上数不胜数的伤口。

"陛下，"巴利斯坦爵士道，"他是在一条小巷中被人发现的，巷子的砖墙上画着一只鹰身女妖……"

"……鲜血画的鹰身女妖。"一切都明了了。"鹰身女妖之子"在夜幕掩护下干着谋杀勾当，每杀一人都会留下标记。"灰虫子，此人为何落单？他没有同伴吗？"按照她的命令，夜间在弥林街道上巡逻的无垢者都必须结伴而行。

"女王陛下，"无垢者的队长答道，"您的仆人坚盾昨晚并未当值。他去……某地……喝酒，找人做伴。"

"某地？你指哪里？"

"某个寻欢作乐的地方，陛下。"

是妓院。她解放的自由民有一半来自渊凯，那里的贤主大人以调教床奴闻名于世。七种婉转春啼。于是妓院在弥林城中如雨后春笋般层出不穷。她们只会这些，而她们需要生存。食物越来越贵，肉体却越卖越贱。散落在弥林贵族的金字塔间的贫民窟里，出现了迎合各种性趣口味的妓院。这些她都知道，即便如此……"太监去妓院能寻到什么乐子？"

"他们没有男人的身，但有男人的心，陛下。"灰虫子答道。"就灰虫子所知，您的仆人坚盾会付钱给女人，只要那女人愿意与他相拥入睡。"

真龙不流泪。"坚盾，"丹妮眨了眨眼睛问，"这是他的名

字?"

"如果您满意的话,陛下。"

"是个好名字。"阿斯塔波的善主大人们甚至不允许他们的奴隶战士拥有名字。丹妮解放无垢者后,他们有的用回了本名,另一些则为自己取了新名,"袭击坚盾的有多少人?"

"小人不知。应该不少。"

"六个,可能更多。"巴利斯坦接口,"从伤口可以看出,凶手是从四面一拥而上。他被发现时剑鞘是空的,很可能他伤到了袭击者。"

丹妮默默祈祷某个袭击者正徒劳地捂着伤口,作痛苦的垂死挣扎。"他们为何将他的脸割成这样?"

"尊贵的女王陛下,"灰虫子答道,"凶手把山羊的命根子塞进了坚盾的喉咙里。抬他回来之前我们拿掉了。"

他们没法把他自己的命根子塞进去,那早被阿斯塔波人割得一干二净了。"鹰身女妖之子变本加厉,"丹妮道。此前,他们袭击的对象还只限于手无寸铁的自由民,且只敢在夜色掩护的小巷中伏击,或是乘人熟睡时破门而入。"这是他们第一次刺杀我的士兵。"

"第一次,"巴利斯坦警告,"但决非最后一次。"

战争仍未结束,丹妮意识到,现在敌暗我明。她本希望能在杀戮间喘口气,争取一些休养生息的时间。

白狮皮滑下丹妮的双肩,她跪在尸体旁,伸手阖上死者的双眼,全不顾姬琪倒抽的冷气。"我们会永远铭记坚盾。为他沐浴净身,换上战袍,将他的头盔、盾牌和长矛与他陪葬。"

"遵命,陛下。"灰虫子答道。

"派人去圣恩神庙,盘查是否有人找蓝圣女医治过剑伤。同时放话出去,说我们重金悬赏坚盾的短剑。还有,去屠夫和牧民那里探查，看谁最近收购了去势的山羊。"也许会有牧民坦白，"从今以后，我的人绝不可在天黑后单独行动。"

"小人马上去办。"

丹妮莉丝拢了拢头发。"给我抓到这些懦夫。抓到他们，我要让鹰身女妖之子见识见识唤醒睡龙之怒的代价。"

灰虫子鞠了一躬，他身后的无垢者给尸体盖上麻布，扛在肩上，走出大厅。巴利斯坦•赛尔弥爵士留了下来。老骑士白发苍苍，淡蓝的双眼周围有深深的鱼尾纹，然而岁月并未压弯他笔直的脊背，也没磨损他精湛的武艺。"陛下，"他说，"恐怕无垢者不适合执行这项任务。"

丹妮坐回长椅上，把狮皮重新披好，"无垢者是我麾下最优秀的战士。"

"他们是士兵，不是战士，如果陛下不介意我直言的话。他们属于战场，只懂得并肩站在盾牌后，用手中长矛迎敌。奴隶主教会他们服从、勇敢、无畏，剔除了他们的思想和犹疑……但没有教导他们如何挖掘秘密或是旁敲侧击。"

"骑士又能好多少呢？"赛尔弥正为她训练骑士，指导奴隶们的孩子以维斯特洛的方式使用长枪和长剑……可面对黑暗中施放冷箭的懦夫，骑枪又有什么用？

"此事亦非骑士所长。"老人承认，"况且除我以外，您暂时没有别的骑士，那些男孩都嫌太嫩。"

"所以了，除了无垢者，我能用谁？难道用多斯拉克人？"多斯拉克人只是马上英雄，适合驰骋于丘陵和草原间，而非穿梭在城市里狭窄的街道暗巷中。在弥林多彩的砖墙外，丹妮的权威脆弱得可怜。数以千计的奴隶仍在丘陵间的贵族宅邸中辛勤劳作，种植小麦和橄榄，放牧绵羊和山羊，采掘岩盐和铜矿。弥林城的仓库中储备了尚算充足的谷物、油料、橄榄、干果和腌肉，但他们是在坐吃

山空。为此丹妮派三名血盟卫率她小小的卡拉萨去征服内陆地区，同时调棕人本·普棱领次子团南下防范渊凯的侵袭。

她把最重要的任务交给达里奥·纳哈里斯。巧舌如簧的达里奥，伶牙俐齿的达里奥，三叉胡须的达里奥。他的紫胡子后面总挂着狡黠的微笑。在东部丘陵后，横亘着一片环状沙石山脉，山脉中的凯塞山口通往拉扎。若达里奥能说服拉扎人重开这条贸易线，必要的谷物就可经由河流或丘陵地输入弥林……然而羊人对弥林人殊无好感。"等暴鸦团从拉扎回来，我便派他们去办。"她对巴利斯坦说，"在此之前我只有无垢者可用。"丹妮站起身。"失陪了，爵士先生。请愿者很快就会挤满我的大门，我得戴上兔耳朵，再次扮成他们的女王。替我把瑞茨纳克和圆颅大人召来，我更衣后就接见他们。"

"遵命，陛下。"赛尔弥深鞠一躬。

八百尺高的金字塔自雄伟的方形基座拔地而起，直耸入云。女王的私人庭院坐落在金字塔顶端，四周绿树成荫、花香弥漫、波光潋滟。拂晓刚至，天清气凉，丹妮信步踏上平台，只见太阳自西方将光辉播洒在圣恩神庙的金色圆顶上，却又在雄伟的阶梯金字塔背后留下漆黑的阴影。就在某些金字塔内，鹰身女妖之子正策划着新一轮谋杀，我却无力阻止。

韦赛利昂察觉到她的不安。白龙缠绕在一株梨树上，头枕在尾巴上休息，当丹妮经过时，他紧闭的双眼突然睁开，宛如两泓溶金。他的双角和覆盖在身体每一寸肌肤上的鳞片也是金色的。"你真懒，"丹妮挠着他的下巴说。他的鳞片滚烫得难以触碰，像在烈日下暴晒过的盔甲。龙的血肉由火构成，她曾在乔拉爵士送她作结婚礼物的一本书中读到过。"你该和兄弟们一起去捕猎。又跟卓耿打架了？"最近，她的小龙越来越野。雷哥咬过伊丽，韦赛利昂则在瑞茨纳克总管上次觐见时，点着了他的托卡长袍。我太放任他们了,可我哪有时间陪他们呢?

韦赛利昂猛一甩尾巴,重重地扫到树干,将一颗梨子震落到丹妮脚下。而后他展开双翅,半飞半跳地跃上栏杆。他在长大,丹妮看着腾空的白龙心想,三条小龙都在长大。很快就能乘载我了。到那时,她可以像征服者伊耿一样翱翔蓝天,越飞越高,越飞越高,直到能用一片拇指甲挡住弥林。

她目送韦赛利昂盘旋,最终消失在斯卡扎丹河浑浊的泥水上空。随后丹妮返回金字塔内,伊丽和姬琪早已等着为她梳开打结的长发,并为她选出适合弥林女王的装束——一件吉斯卡利托卡长袍。

这是件笨拙不便的衣物——她必须将一幅宽松拖沓的布片围在臀部,一面勒在腋下,一面绕过肩膀,布片上层层叠叠的流苏还要仔细分展开。长袍围得太松,就会摇摇欲坠;围得太紧,则会十分凌乱,绊手绊脚。就算围得不松不紧,也需要用左手一直扶着。穿托卡长袍走路需要迈出矫揉造作的小碎步,以保持精确平衡,唯恐踩到繁复的流苏。托卡长袍是为那些无需任何劳作的人设计的,是统治者的服装,财富和权力的象征。

丹妮刚统治弥林时曾想废止这种服装,却被顾问们劝阻。"龙之母必须穿托卡长袍,否则将永遭憎恶。"绿圣女格拉茨旦·卡拉勒如此告诫。"无论穿维斯特洛的羊毛衣还是密尔的蕾丝,陛下都无法融入我们,人们将把您视为荒诞的外来客和野蛮的征服者。弥林的女王必须是古吉斯的淑女。"次子团团长棕人本·普棱则直言:"要做兔子的国王,最好戴上兔耳朵。"

她今天的"兔耳朵"是纯白亚麻布制成,上面缀满金色流苏。在姬琪的帮助下,她总算在第三次尝试时将礼服缠绕妥当。伊丽拿来她的王冠,王冠按照她的家徽铸造为三头龙形状,黄金铸成长尾,白银铸就翅膀,三个头分别由象牙、黑玛瑙和翡翠雕成。顶着

这顶王冠，散朝之前丹妮的肩颈就会被压得又酸又疼。戴王冠的人不应坐享安乐，她的某位国王祖先如是说，某位伊耿，是哪一个呢？有五位伊耿统治过维斯特洛七大王国，若非她尚在襁褓之中的侄儿被篡夺者的走狗谋害，本来还会有第六位。若他仍在人世，我或许会嫁给他。伊耿的年龄比韦赛里斯更接近我。伊耿和他姐姐双双遇害时，丹妮尚未出生。他们的父亲——她的大哥雷加——此前在三叉戟河一役中惨遭篡夺者毒手。她的二哥韦赛里斯此后又在维斯·多斯拉克头戴黄金王冠尖叫着死去。我若是软弱可欺，他们也会杀了我。杀死坚盾的匕首真正指向的，是我。

她没忘记从渊凯到此的路旁，被伟主大人们钉死的奴隶孩子。一百六十三个孩子，每里一人，都用一只手指向她前进的方向。攻陷弥林后，丹妮如法炮制，钉死了相同数目的伟主大人。他们漫长的死亡招来了成群的苍蝇，广场上的恶臭弥久不消。然而有时，丹妮觉得自己做的还不够。狡猾顽固的弥林人事事与她作对。的确，他们释放了奴隶……却又用仅够维持最低生活的待遇将奴隶雇佣回来，其中的老弱病残和太年轻的则被他们趁机弃之街头。更可恶的是，这帮伟主大人还聚集到他们高高的金字塔上，口口声声抱怨龙女王让他们高贵的城市挤满了肮脏的乞丐、小偷和娼妓。

无论我多看不起弥林人，要统治这座城市，我都必须赢得他们的支持。"我准备好了。"她告诉伊丽。

瑞茨纳克和斯卡拉茨已等在大理石台阶顶端。"最伟大的女王，"瑞茨纳克·莫·瑞茨纳克朗声说，"您今天光芒四射，令我等不敢直视。"矮小阴沉的总管今天穿一身缀金色流苏的栗色丝绸托卡长袍，闻起来像在香水中泡过一样。他操本地的高等瓦雷利亚语，夹带着浓重的吉斯卡利口音。

"感谢你的赞美。"丹妮用同样的腔调答道。

"女王陛下。"顶着秃头的斯卡拉茨·莫·坎塔克低沉地说。

吉斯卡利人的头发浓密刚硬，长久以来，奴隶城邦贵族的传统是把头发梳成尖角、刺状或翼形。斯卡拉茨的光头代表了他弃旧迎新的决心，其家族成员纷纷效仿，还带动了很多人剃头。出于恐惧、时尚，还是野心？丹妮不得而知。这群人被统称为圆颅党，斯卡拉茨则是圆颅大人……在鹰身女妖之子眼中，他们是最无耻的叛徒。

"我们已知晓那太监之事。"

"他名为坚盾。"

"凶手不伏法，死人会更多。"即便剃了头，斯卡拉茨的脸仍让人胆寒——高耸的眉骨下是带着巨大眼袋的小眼睛，长满粉刺的大鼻子，油光闪闪的蜡黄皮肤也不是吉斯卡利人常见的琥珀色。这是一张刚硬、凶残、暴躁的脸，丹妮唯有祈祷这张脸也代表了诚实。

"我连凶手是谁都无头绪，谈何让他们伏法？"丹妮问，"你说呢，勇士斯卡拉茨？"

"您腹背受敌，陛下，从您的阳台上就能望见凶手们的金字塔——扎克、哈扎卡、格拉扎、玛瑞克、洛拉克……所有这些昔日的奴隶主家族。还有帕尔，首当其冲是帕尔家族。这个家族只剩下女人，满脑子复仇念想、磨刀霍霍的怨妇。女人从不遗忘，决不会宽恕对手。"

没错，丹妮心想，等我回到维斯特洛，篡夺者的走狗将明白这点。她和帕尔家族间横亘着血仇：弥林的护城英雄欧兹纳克·佐·帕尔死于壮汉贝沃斯刀下，他那担任弥林城防司令的父亲在"约索的命根子"将弥林城大门撞成碎片时殒命，而被钉在广场的一百六十三名贵族中有他的三个叔伯。"目前对鹰身女妖之子行踪的悬赏是多少？"丹妮问瑞茨纳克。

"一百个辉币。不知您是否满意，我们的明光？"

"一千个会让我更满意。马上去办。"

"恕我直言，陛下，"圆颅大人斯卡拉茨说，"血债必须血偿。从我提到的那些家族中每家抓来一人杀掉。如果再有士兵遇害，每家处死两个。这样绝不会发生第三次谋杀。"

瑞茨纳克惊恐地尖叫道："不、不——温柔的女王啊，这种野蛮行径只会触怒众神。我们会找到凶手，我保证，到时候您会发现他们都是出身低微的贱民。"

总管和斯卡拉茨一样剃了头，但在他心中众神依然不可撼动。"我的理发师手持剃刀，随时对付那些胆敢冒出来的头发。"丹妮任命他为总管后，他向丹妮保证。丹妮有时会想把剃刀用在他喉头是否更好。他是可用之才，但丹妮对他没有好感，更谈不上信任。魁尔斯的不朽者曾预言她会经历三次背叛：弥丽•马兹•笃尔是第一次，乔拉爵士是第二次，瑞茨纳克会不会成为第三个？还是圆颅大人？达里奥？或是我尚未怀疑到的人？巴利斯坦爵士？灰虫子？弥桑黛？

"斯卡拉茨，"她对圆颅大人说，"感谢你的谏言。瑞茨纳克，去试试一千辉币能买到什么消息。"丹妮拖着曳地长袍走过两人，走下宽阔的大理石台阶。她必须步步小心，唯恐失去平衡，摔进觐见室。

弥桑黛在前高声宣礼。小文书有着甜美嘹亮的嗓音："跪迎弥林女王，安达尔人、洛伊拿人和先民的女王，大草原的卡丽熙，解放者，龙之母，不焚者，风暴降生丹妮莉丝。"

厅内挤满了人。无垢者手持盾牌长矛，背靠石柱而立，头盔上的钢钉像匕首一样闪着寒光。弥林人聚集在东窗下，圆颅混杂在各种怪异的发型中；被她解放的自由民则与原来的主人保持着很远的距离。他们一日不肯站在一起，弥林就一日不得安宁。"平身。"丹妮落座后说，厅内众人一起起身。至少在这件事上他们还算一致。

瑞茨纳克·莫·瑞茨纳克献上一份觐见者名单。按礼仪，女王先接见阿斯塔波的代表。此人从前也是奴隶，现在自称"盖尔大人"——没人知道他算哪门子大人。

盖尔大人有一口棕黄的烂牙和一张猥琐的蜡黄尖脸。他照例带来了礼物。"伟大的克莱昂谨以这双拖鞋，表达对龙之母、风暴降生丹妮莉丝的爱意。"

伊丽将拖鞋套在丹妮脚上。这是双镀金皮拖鞋，装饰着绿色淡水珍珠。屠夫国王以为凭一双拖鞋就能赢得我的垂青？"克莱昂王真慷慨，请代我感谢他这份可爱的礼物。"的确可爱，不过是孩子的鞋。丹妮双足纤细，却仍觉得这双鞋非常夹脚。

"伟大的克莱昂知道您喜欢会很高兴的，"盖尔大人说，"他令我转达龙之母，他时刻准备助您抵御强敌。"

若他再替克莱昂王求婚，我就用这双拖鞋砸他的头，丹妮心想，幸好阿斯塔波使节没再提起"王家联姻"，他说的是："时机成熟了，弥林人应同阿斯塔波人联合起来，结束渊凯贤主大人的暴政，他们是所有自由民的死敌。伟大的克莱昂让我转告陛下，他与新建的无垢者军队即将启程进发。"

他新建的无垢者军队是出恶心的闹剧。"我想明智的做法是克莱昂王先打理好自己的花园，以逸待劳。"倒不是丹妮护着渊凯，事实上，她已越发后悔在击溃渊凯大军后，没有顺势攻下那座黄砖之城。结果她前脚离开，贤主大人们就恢复了奴隶制，并且变本加厉地征税募兵，四处结盟来对抗她。

但那个自封的克莱昂王与他们是一丘之貉。屠夫国王同样在阿斯塔波复辟了奴隶制，只不过原来的奴隶变成了贵族，原来的贵族沦为了奴隶。

"我只是个年轻女子，不懂战争之道，"她告诉盖尔大人，"但我听闻阿斯塔波人正在忍饥挨饿。克莱昂王率他们上战场前，

总得先喂饱他们吧。"她挥手示意盖尔退下。

"圣主,"瑞茨纳克·莫·瑞茨纳克询问,"您是否接见尊贵的西茨达拉·佐·洛拉克?"

又来了?丹妮点点头。西茨达拉大步上前,他是位身材颀长的男子,琥珀色皮肤光滑无瑕。在他躬身行礼的地方,不久前躺着坚盾的尸体。我需要他,丹妮提醒自己。西茨达拉身为富商,在弥林城和海外都交游甚广。他游历过瓦兰提斯、里斯和魁尔斯,在脱罗斯和埃利亚有亲戚,据说在新吉斯也有些势力——现今渊凯正极力煽动新吉斯对抗丹妮的统治。

而且他很富有。富得流油,富可敌国……

如果我答应他的请求,他还会更富有。丹妮关闭了城内所有的竞技场,导致场馆的价值跌至谷底。西茨达拉·佐·洛拉克趁机大肆收购,现已拥有弥林城泰半的竞技场。

"我的明光,您当知晓我为何前来。"

"哦,我想你除了继续烦我,恐怕别无目的。我拒绝你多少次了?"

"五次,圣主。"

"那这是第六次。我不会允许重开竞技场。"

"如果主子愿意听取我的陈词……"

"我听过五次了。你有新的说法吗?"

"没有,"西茨达拉承认,"但我相信我的言辞会更动听、更谦卑,更能打动一位女王。"

"我关心的是你的动机,不是你的言辞。你那番陈腔滥调我都能背了。要听听么?"丹妮向前倾了倾身。"自弥林城建立以来,竞技场就是城市的一部分。从本质上说,此类竞技非常崇高,乃是对吉斯众神的血祭。吉斯这门致命的艺术并非单纯的杀戮,而是勇气、技巧与力量的展示,足以取悦神明。胜者将得到爱戴与嘉许,英勇战死的人也会被尊敬与铭记。重开竞技场，将表明我对弥林人风俗习惯的尊重。这里的竞技场举世闻名，必能吸引世界各地的人前来弥林贸易，从天涯海角涌来的钱币将再次塞满弥林的金库。此外，人类都怀有对鲜血的欲望，竞技场正可以满足大家，从而使弥林更加安宁稳定。对那些被定罪要死在沙上的罪犯，在竞技场的决斗审判，也可以给予其证明清白的最后机会。"她靠回椅背，摇了摇头。"怎样，我讲得如何？"

"我的明光，您讲得比我好了何止千倍。您不仅有倾国之貌，更兼有雄辩之才。我完全被您说服了。"

她干笑两声。"是吗？我可没有。"

"圣主，"瑞茨纳克·莫·瑞茨纳克在她耳旁轻语，"按惯例，城市有权就竞技场的纯收入抽取十一税。这笔钱可以有很多高贵的用途。"

"或许吧……不过重开竞技场的话，我会就它的毛利抽取十一税。我只是个年轻女子，不懂贸易之道，只是与札罗·赞旺·达梭斯的相处，让我多少了解了一些。"她提高声调，"西茨达拉，如果你调兵遣将的本领一如你遣词造句的口才，你可以征服全世界……但我的回答仍是不。第六次的不。"

"君无戏言。"他再次深鞠一躬，衣上的珍珠和紫水晶与大理石地面相撞，发出轻响。西茨达拉·佐·洛拉克实在称得上温文尔雅。

要不是那傻里傻气的发型，他也算得上俊朗。瑞茨纳克和绿圣女都极力劝说丹妮物色一位弥林贵族成亲，以笼络民心。西茨达拉·佐·洛拉克或值得考虑。他好歹比斯卡拉茨强。圆颅大人愿意休妻娶她，这主意让她不寒而栗。西茨达拉至少懂得如何微笑。

"圣主，"瑞茨纳克看了眼名单，"高贵的格拉兹旦·佐·卡拉勒求见。您是否接见？"

"荣幸之至，"丹妮说。她一面打量克莱昂送来的拖鞋上熠熠生辉的金子和绿珍珠，一面尽力忽略被夹得生痛的脚趾。格拉兹旦是绿圣女的堂弟，而后者的支持至关重要——女祭司能带来和平、接纳以及对权威律法的遵从。无论她堂弟想要什么，我都得洗耳恭听。

格拉兹旦要钱。丹妮拒绝对伟主大人们释奴作补偿，但弥林人还是想方设法地找她要钱。这位高贵的格拉兹旦声称自己曾拥有一名精通纺织的女奴，她的织品非常值钱，不仅在弥林大受欢迎，甚至享誉新吉斯、阿斯塔波和魁尔斯。这名女奴上了年纪后，格拉兹旦又买来六名年轻女奴，命这可怜的老人传授手艺。现在老女奴已经亡故，而六名年轻女孩获得自由后在港口开了一家店铺，贩售自己的织品。格拉兹旦·佐·卡拉勒要求分享她们的收入。"她们的本事是拜我所赐，"他坚称，"是我把她们从拍卖场上买下，让她们学习纺织。"

丹妮不动声色地听完他的抱怨，然后问："那名老女工叫什么名字？"

"那个奴隶？"格拉兹旦不安地扭了扭身子，皱眉道，"她叫……艾尔扎，大概是吧。哦，或是叫艾拉。她死了都有六年了，我家的奴隶又那么多，陛下。"

"姑且称她为艾尔扎吧。"丹妮莉丝举起一只手，"我们裁决如下：你无权分享女孩们的收入，教她们纺织的是艾尔扎，不是你。你反倒应该给那些女孩买一架最上等的织布机，作为你忘记老女工名字的代价。"

瑞茨纳克本想再引荐一名贵族，但丹妮坚持要召见自由民。她开始交替接见旧时的奴隶主和奴隶。

大部分请愿与赔偿有关。弥林陷落后曾经受疯狂的洗劫，贵族们雄伟的阶梯金字塔躲过了最糟糕的破坏，平民区却未能幸免——

奴隶们揭竿而起，追随丹妮至此的渊凯和阿斯塔波饥民争相涌入，肆无忌惮地劫掠屠戮。尽管无垢者最终稳定了秩序，但那场浩劫种下的祸根业已萌芽。没人知道哪条法律成立，于是大家统统恳求女王裁决。

一名富家女的丈夫和儿子们都在保卫弥林时战死。混乱中，她逃到兄弟家避难，回来却发现自己的房子变成了妓院，那些妓女穿戴着她的珠宝首饰。她想要回房子和珠宝，"她们可以留着衣服"，丹妮允许她要回珠宝，但裁定弃家逃亡便等于放弃房产。

一名被解放的奴隶控告扎克家的某位贵族，说他新娶的老婆在弥林陷落前曾是那位贵族的暖床女奴。那位贵族不仅夺走了她的初夜，随心所欲地玩弄她，还让她怀了孩子。现在，作丈夫的要求以强奸罪阉掉那位贵族，并要那位贵族支付一袋金子作为其野种的抚养费。丹妮判给他黄金，但否决了阉割之刑。"他睡你的妻子时，她还是他的财产，可以任由他处置。按照法律，这不构成强奸。"丹尼能看出，他对判决很不满。但如果她阉掉每个上了床奴的男人，她将统治一城太监。

接下来是一个比丹妮还小的男孩。他身材单薄，脸上带伤，穿一件破旧的、缀银流苏的灰色托卡长袍。他泣不成声地陈述了城破当晚两名家奴的暴行。那两人杀害了他的父兄，奸杀了他的母亲。虽然男孩只是脸上受伤，躲过了一劫，但凶手之一现下还霸占着他父亲的房子，另一人则加入了女王的军队，成为龙之母的仆从。他要求对这两人施以绞刑。

*我统治着一座死亡与灰烬之城。*丹妮别无选择，只能拒绝他。她曾大赦城破之日的罪行，也没法惩罚起义造反的奴隶。

当她宣布裁决时，男孩突然猛冲向她，途中却被托卡长袍绊倒，一头栽在紫色大理石地上。壮汉贝沃斯立刻制伏了他，棕肤的高大太监单手拎起男孩，像獒犬叼老鼠般摇晃着。"够了，贝沃

斯，"丹妮叫道，"放了他。"随后她对男孩说，"好好感谢那件袍子，它救了你一命。念你还是个孩子，我既往不咎。我希望你也忘记这件事。"但看到男孩离去时回望的眼神，丹妮明白，鹰身女妖又多了一个儿子。

正午时分，丹妮头上的王冠越发沉重，身下的椅子也似乎更硬了。但在下面等待觐见的人仍那么多，因此她没有退朝用餐，而是派姬琪去厨房取来一碟面包干、橄榄、无花果，还有奶酪。她一边小口咬着食物，一边倾听臣民的请愿，不时啜饮一口掺水的葡萄酒。无花果味道不错，橄榄更是回味无穷，但葡萄酒在她嘴里留下了一股突兀的金属味。此地自产的浅黄色小葡萄只能酿出这种劣酒。没人卖酒给我们，丹妮忽然想到，而那些伟主大人已将最好的葡萄藤连同橄榄树一起付之一炬。

下午，一位雕塑家前来提议将净化广场中巨大的鹰身女妖雕像的头换成丹妮的头。丹妮尽可能礼貌地回绝了这个提议。斯卡扎丹河中捕获了一条前所未见的巨大梭鱼，渔民将它献给女王。丹妮夸张地赞赏了这条鱼，赏给渔民满满一袋银币，吩咐将鱼送进厨房。一位铜匠为她打造了一套闪亮的铜环战甲，丹妮再三感谢后收下。锁甲看起来委实漂亮，锃亮的铜环在阳光下反射出夺目的光彩，不过真要上战场的话，丹妮宁愿穿钢甲。就算不懂战争之道的年轻女子也知道这个。

屠夫国王送的拖鞋终于让她受不住了，她干脆踢掉了它们，把一条脚盘在身下，另一条腿在椅子下前后摇摆。这姿势不怎么符合王家礼仪，但她已受够了礼仪。王冠压得她头疼，两股更是早已麻木。"巴利斯坦爵士，"她说，"你知道王者最需要的品质是什么吗？"

"勇气，陛下？"

"铁打的屁股。"丹妮笑了。"我成天都得坐在这里。"

"陛下不必凡事躬亲，应当让属下多担些责任。"

"我的属下太多，坐垫却太少。"丹妮转向瑞茨纳克，"还剩多少？"

"圣主，还剩二十三人。都是来索赔的。"总管翻了几页文件，"一头小牛，三头山羊，剩下的都是绵羊和羊羔。"

"二十三人。"丹妮叹口气。"自从我们开始赔偿龙口的猎物，我的龙便食欲大增。这些索赔的都有证据么？"

"有些人带来了烧焦的骨头。"

"人也能生火。人也能烤肉。烧焦的骨头什么都证明不了。棕人本说城外的丘陵中还有红狼、豺狼和野狗。我们是不是要赔偿从渊凯到斯卡札丹河之间走丢的每只小羊？"

"当然不，圣主。"瑞茨纳克躬身道。"我可以把这帮无赖轰走，或者先给他们一顿鞭子？"

丹妮换了个姿势坐，乌木椅子太硬了。"不了。不能堵塞言路。"她毫不怀疑有人乘机讹诈，但其中多数应该不假。她的龙长大了，老鼠、猫和狗这些东西已无法满足他们。他们吃得越多，长得就越大，巴利斯坦爵士曾警告她，长得越大，吃得就更多。尤其是卓耿，它飞得特别远，一天吃掉一头羊也不在话下。"这回就按牲畜的价值赔偿他们，"她吩咐瑞茨纳克，"但从今往后，索赔者必须先去圣恩神庙，在吉斯众神面前起誓自己所言非虚。"

"遵命。"瑞茨纳克转向请愿者们。"圣主女王陛下同意赔偿你们损失的牲畜，"他用吉斯语说，"明日去见我的理事，他们会补偿钱币，或你们想要的东西。"

众人闷闷不乐地接受了谕令。*我还以为他们会高兴些*，丹妮心想，*他们已经如愿以偿了。莫非没法令这些家伙满意？*

人们陆续退下，但有一个男人徘徊不去——他身材矮胖，衣衫褴褛，满面风霜，顶着一头乱糟糟的齐耳红发，手提一个深色麻

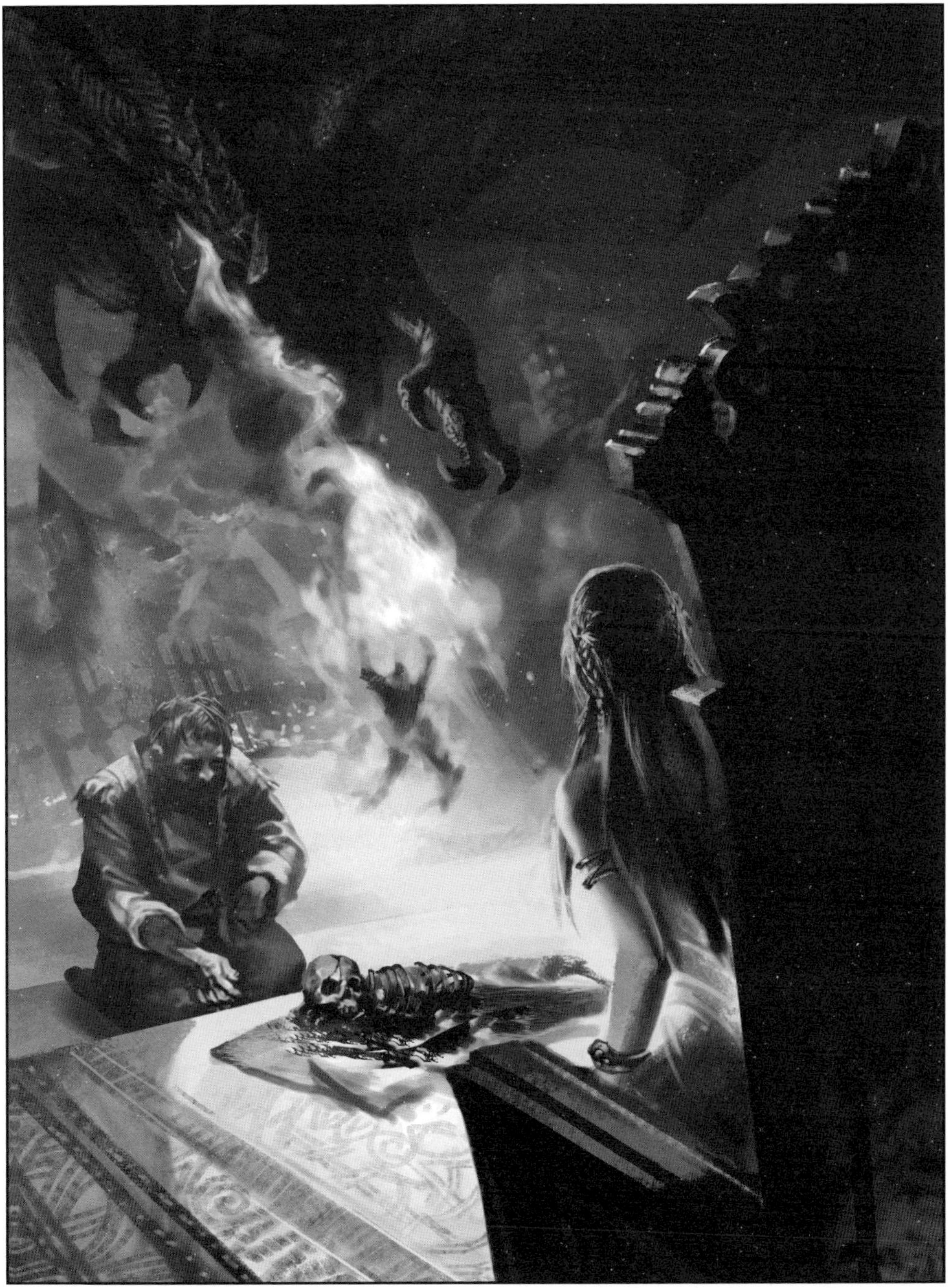

袋。他站在那里，低头盯着大理石地面，似乎已忘记身在何处。这人想要什么？丹妮皱眉寻思。

"跪送弥林女王，安达尔人、洛伊拿人和先民的女王，大草原的卡丽熙，解放者，龙之母，不焚者，风暴降生丹妮莉丝。"弥桑黛用甜美高亢的声音唱诵。

丹妮起身时长袍滑落肩头，她连忙抓住，重新整理妥当。"提袋子的那位，"她大声问，"你有话对我们说吗？请上前来。"

他抬起头，丹妮看到一双血红阴郁的眼睛，仿佛两颗脓疮。她瞥见巴利斯坦爵士无声地靠了过来，犹如一道白影。男人拖着脚步，紧紧抓住袋子，一步一顿地走上前。他醉了还是病了？丹妮暗想。他崩裂的黄指甲中满是泥土。

"你拿着什么？"丹妮问。"你想要伸冤还是请愿？你要我们做什么？"

他紧张地舔了舔破裂的嘴唇。"我……我带来……"

"骨头？"丹妮不耐烦地提示，"烤焦的骨头？"

男人提起袋子，将里面的东西倒在大理石地上。

是骨头，焦黑破碎的骨头，其中较长的那些已被折断，吸干了骨髓。

"黑色的那只，"男人用吉斯语低声说，"长翅膀的黑影，从天而降……然后……然后……"

不。丹妮浑身颤抖。不，不，哦，不。

"你聋了么？白痴。"瑞茨纳克·莫·瑞茨纳克冲对方叫嚷。"没听到我宣布的谕令么？明日去见理事，他们会赔偿你的羊。"

"瑞茨纳克，"巴利斯坦爵士小声说，"闭上嘴。好好看看，那不是羊骨。"

没错，丹妮明白，那是一具孩子的尸骨。

琼恩

白狼在黑林子里穿梭，面前的苍白悬崖高耸犹如天穹。月亮跟着他跑，穿过光秃秃的枝桠，穿过满天星斗。

"雪诺。"月亮低声呼唤。

白狼没有回答。他的爪子踩碎了积雪，寒风在树林间叹息。远远地，他听见自己的兄弟姐妹们发出声声呼唤，那才是他的族群。

虽然分隔天涯，但他们跟他一样，此刻也在捕猎。黑毛弟弟咬住了一头硕大的动物，暴雨洗净了被那东西的长角刺出的伤口和伤口流出的淋漓鲜血；他的小妹仰头对月高歌，一百个灰色的小表亲同声响应。小妹的地盘更温暖，猎物也更多。许多个夜晚，小妹和她的属下可以饱餐羊肉、牛肉、马肉——这些人类的美餐——甚至还可以吃人。

"雪诺。"月亮锲而不舍地呼唤。

白狼仍徘徊在结冰的峭壁下人类踩出的小路上，舌尖犹有热血、骨头和鲜肉的滋味，耳中回响着几百个表亲送给他的赞美。

他想起了自己失去的兄弟，那个灰毛哥哥，身上有阳光的味道。

六狼一体……

五个兄弟姐妹曾在雪地中母亲的尸体旁盲目地蠕动，彼此争夺僵死的乳头里那点冰冷的乳汁，只有他这个骨瘦如柴的白子被赶到了树林里面。到如今，四狼残存，其中一只还迷失在远方，感觉不到了。

"雪诺。"月亮一遍又一遍地呼唤。

白狼终于开始奔跑，化为冰上的白箭，冲向夜之洞穴、那保存着阳光和暖意的地方，奔跑之中呼吸结霜。在无星的夜里，这面巨大悬崖犹如漆黑的石壁，笼罩在世界之上，但月亮出来，它又如结冻的溪流一般，放出冰冷苍白的光。白狼有一身厚毛皮，然而当冷风吹起时，什么毛皮都不管用。他还晓得，悬崖之外的风更冷，而他那个迷失了的、身上有夏天味道的弟弟，正是去了那边。

　　"雪诺。"树枝上掉下块块冰锥。白狼昂起头，露出利牙。

　　"雪诺！"白狼的厚毛竖了起来，树林正在他周围融化。"雪诺，雪诺，雪诺！"他听见呼唤声伴随着乌鸦拍翅，黑暗里，有只大乌鸦在飞……

　　……随后砰的一声落在琼恩·雪诺胸口，爪子紧紧钩住了衣服。"雪诺！"乌鸦对着他的脸，一边拍翅膀，一边大声聒噪。

　　"听到了听到了，烦死了。"屋里一片昏暗，身下的小床坚硬如石，百叶窗中透过几缕灰色光线，宣告了又一个寒冷凄凉的白天。狼梦中，永远都是黑夜。"你从前也是这样吵莫尔蒙的吗？把你这身臭羽毛挪开。"琼恩从毯子底下抽出胳膊赶乌鸦。这只乌鸦又大又老又脏，脸皮厚得很，什么都不怕。

　　"雪诺，"乌鸦飞到床柱子上继续呼唤，"雪诺，雪诺。"

　　琼恩抄起枕垫扔过去，却被乌鸦躲过。枕垫砸在墙上爆开，当忧郁的艾迪·托勒特低头进门时，正好撞见满天羽毛。

　　"不好意思，"事务官忽略了枕头，"大人您现在用早餐吗？"

　　"玉米，"乌鸦激动起来，"玉米，玉米。"

　　"烤了这只鸟，"琼恩建议，"再配半瓶酒。"

　　"三根玉米一只鸦，"艾迪评论，"最有营养。可惜哈布今天早上只做了白煮蛋、煎肠和苹果炖梅子干。苹果炖梅子干挺不错——要是不放梅子干就好了。我从不吃梅子干。只不过有一回，哈布把它们混在栗子和萝卜中间塞进鸡肚子，让我着了道。这是个教训，大人，千万别相信厨子啊，指不定什么时候就给您来个偷工减料。"

"晚点再吃，"早餐可以等，史坦尼斯不会，"昨晚栅栏里面出麻烦了吗？"

"自从您调派守卫去看守之前的守卫，就没有麻烦了，大人。"

"很好，"长城之外的木栅栏里关押了上千名野人，那是史坦尼斯·拜拉席恩的骑士击破曼斯·雷德的破烂军队时抓获的俘虏，其中有很多女人，于是国王安排的守卫便把这当作近水楼台，竞相征用她们来暖床。在这点需求上，王党、后党都没分别，而有些黑衣弟兄也有样学样。说到底，这些也许是方圆千里之内唯一能找到的女性。

"昨天又有两个野人跑来投降，"艾迪继续报告，"一个母亲和一个只会拉着母亲裙子的女孩。那女孩还抱着一个小男婴，用毛皮裹得很紧，不过已经死了。"

"死了，"老乌鸦又高叫起来，这是它最喜欢的词之一，"死了，死了，死了。"

每一夜都有饥寒交迫的自由民跑来向守夜人投降。他们自长城一战中逃散后，悲哀地发现自己无处可去。

"你仔细询问过那母亲了吗？"琼恩问。虽然史坦尼斯·拜拉席恩生擒了曼斯·雷德，然而……然而野人们仍然拥有相当的实力，许多战士追随着哭泣者和巨人克星托蒙德。

"询问过，大人，"艾迪道，"可她说她战斗一打响就没命地跑进树林里躲了起来，之后什么也不知道。我让她好好吃了顿麦粥，再把她带进栅栏里面，回头烧掉了婴儿。"

死婴不关琼恩·雪诺的事，活着的婴儿够让他头痛了。他听到了所谓用两个国王来唤醒龙的说法：让父亲先死，然后再弄死儿子，这样他们死的时候就都有国王身份。这种耸人听闻的主张是伊蒙学士战后为某位后党人士疗伤时最先听到的，琼恩简直不敢相信自己的耳朵。"他不过是高烧时说说胡话，"话虽如此，伊蒙学士却另有忧虑。"国王之血确有力量，"学士警告道，"为这个，比史坦尼斯优秀得多的人干出过更不堪的事情。"琼恩认为他身边的这位国王严苛而不知变通，但谋害还在母亲怀中哺乳的小婴儿？只有魔鬼才会活生生地把孩子丢进火焰。

琼恩在黑暗中就着夜壶撒尿，熊老的乌鸦又抱怨起来。最近，他的狼梦越来越强烈，每每醒来以后梦中内容也依旧清晰。白灵知道灰风已死。在李河城事变中，罗柏被信任的人背叛，灰风随主人一道被害。布兰和瑞肯应该也被变色龙席恩·葛雷乔伊砍了头……但如果狼梦不假，他们的狼不知怎地却逃脱了。在后冠镇，其中一只曾出其不意地拯救了琼恩。那大概是夏天吧。夏天的毛是灰色，毛毛狗是黑的。不知弟弟们的灵魂有没有残留在他们的狼身上。

琼恩把床边水壶的水倒进脸盆里，洗了脸和手，换上一套干净的黑羊毛衣服，罩上黑皮革夹克，再套上一双老旧的黑皮靴。莫尔蒙的乌鸦用那双狡猾的黑眼睛瞧着他穿衣服，看他穿好后便拍拍翅膀、得意地飞到窗台上。"你把我当仆人了？"琼恩质问那只鸟。他打开钻石形的黄色厚玻璃窗棂，晨间寒气扑面而来。他大大地打了个呵欠，那只鸟则在屋里乱飞。老乌鸦是乌鸦中的极品，曾陪伴熊老多年——然而这份情谊却没能阻止它在熊老死后，啄食熊老脸上的肉。

琼恩走出卧室，下了一段楼梯，来到一个稍大点的房间，房里有一张划痕累累的雪松木桌及十来张带皮革坐垫的橡木椅。司令塔被烧焦后，史坦尼斯又征用了国王塔，琼恩只得住进兵器库后唐纳·诺伊的旧居。

国王要求他签署的转让状仍被压在唐纳·诺伊的银酒杯下——独臂铁匠只留下这么点财产,除了杯子,还有六个铜分币、一个铜星币、一个搭扣坏掉了的乌银胸针,一件从风息堡带来、有些发霉的雄鹿织锦外套。铁匠一辈子扑在工作上,专心打造长剑和匕首,那是他的使命。琼恩移开杯子,把转让状又读了一遍。如果我在这上面签名画押,将被后人形容为出卖长城的司令官,他心想,可要是我不签……

史坦尼斯是不速之客,性情敏感又浮躁。这短短时日里,他已顺着国王大道一路前去过后冠镇,亲自带队搜索过鼹鼠镇的空房子,还搜索了王后门、橡木盾等废弃的堡垒。不外出时,国王每晚都跟梅丽珊卓夫人一起登上长城,而每个白天都会造访羁押野人的栅栏,从中挑选俘虏好让红袍女审问。

国王是不习惯被人拒绝的,恐怕这不会是个令人愉快的上午。

兵器库中传来剑盾交击声,男孩和新兵们正在武装自己,准备参加训练。他听到埃恩·伊梅特呵斥着大家。卡特·派克很不乐意失去伊梅特,但没有办法,没有谁比他更适合训练新手。埃恩·伊梅特天生是块打架的料,他会让男孩们也勇于战斗的。至少琼恩如此希望。

琼恩的斗篷和剑带分别挂在门上的两个钉子上,他穿好后方才走进兵器库。门边白灵的窝是空的。两名守卫站在门内,披着黑斗篷,戴了铁半盔,长矛在手。"大人,您需要护卫吗?"高斯问。

"不了,我认得去国王塔的路。"琼恩厌恶上哪儿都得带护卫的主意,这让他觉得自己好像是一只母鸭带着一群小鸭。

埃恩·伊梅特已经领大家来到院子里,训练正式开始。钝剑打在盾牌上,刺耳的声音此起彼伏。琼恩停步看了一会儿,看着马儿把跳脚罗宾逼向水井边沿。马儿有成为战士的潜力,他正变得越来越强壮,天生的反应力更是让人眼前一亮。跳脚罗宾则是另一回事，那只假腿本已够糟，而他又太怕挨打。或许，该分配他去干事务官。随着跳脚罗宾摔倒在地，战斗戛然而止。

"打得好，"琼恩表扬马儿，"但你进攻时把盾牌放得太低，若不予纠正，真打起来会为这个送命的。"

"是，大人，下次训练我会把盾牌举高。"马儿拉跳脚罗宾起来，小个子略显尴尬地鞠了一躬。

院子远端，一些史坦尼斯的骑士也在练武，只不过王党在一个角落，后党占据了另一个角落。露面的骑士好少啊，琼恩心想，大部分人怕冷不肯出来。当他大步走过时，身后忽有人高叫："小子！叫你哪！小子！"

"小子"不是琼恩·雪诺当上守夜人军团总司令之后听到的最糟的称呼，对之他选择忽略。

"雪诺，"对方改了口，"司令大人。"

这回他停步回头，"爵士？"

那骑士比他足足高出六寸，"瓦雷利亚钢剑可不是用来擦屁股的，你说对吧？"

琼恩同这人会过面，这是个声名显赫的骑士。长城之战中，高迪·法林爵士骑马挺枪，刺杀了一只逃跑的巨人，之后还特意下马把那可怜虫的小脑袋砍下留为纪念。从此以后，后党人士便改口叫他"巨人杀手"。然而每当琼恩听到这个外号，就会不由自主地想起耶哥蕊特流着眼泪唱的歌。我是最后的巨人。"我知道什么时候该动用长爪，爵士。"

"是吗？"高迪爵士亮出自己的剑，"证明给我看看，小子，我保证不伤你。"

你还真体贴啊。"或许下次吧。恐怕我今天没有时间。"

"我看出来了，你怕，"高迪爵士朝同伴们露齿一笑，"他怕。"他大声朝那些没注意的同伴重复了一遍。

"借过。"琼恩转身走开。

苍白的晨光照耀下,黑城堡是个凄冷孤绝之地。这就是我的根据地,琼恩·雪诺觉得有些悲哀,名义上是个要塞,实则等同于废墟。司令塔烧得只剩空壳,大厅成了一片焦土,哈丁塔看上去仿佛一阵微风都能刮倒……但它已经这样很多年了。在这片废墟之外,苍茫的长城依旧巍然耸立。此刻时间虽早,但长城下已挤了很多工匠,他们在搭建新的木楼梯,并与旧的相连。奥赛尔·亚威克负起现场指挥之责,指挥人们从早到晚辛勤劳作。若不赶紧把梯子修好,那么上长城仍然只能坐笼子,这显然无助于抵御野人卷土重来的攻势。

国王塔顶,拜拉席恩宝冠雄鹿的金色大旗被朔风吹得噼啪作响。正是在那里,不久之前,琼恩领着纱丁和聋子迪克·佛拉德放箭大肆射杀瑟恩人和自由民。塔下,两名后党的卫兵打着哆嗦站哨,他们把手插进胳膊窝,长矛歪歪斜斜地靠在门上。

"布手套不顶用,"琼恩告诉他们,"明天去找波文·马尔锡吧,让他给你们一人一双镶毛皮的皮手套。"

"好的,大人,谢谢您。"年长的卫兵应道。

"该死,如果到明天这手还没冻掉的话我就去。"年轻的卫兵恨恨地说,他的呼吸结成团团白雾,"以前我觉得多恩边疆地就够冷了。我真是什么也不懂。"

什么也不懂,琼恩·雪诺心想,跟我一样。

沿螺旋梯走到半途,他撞见下楼的山姆威尔·塔利。"你刚见到国王?"

山姆点点头,"伊蒙学士派我送信。"

"明白。"七大王国的许多领主信任学士们拆信并传达信息,但对史坦尼斯而言,开启封蜡只能是他自己的事。"史坦尼斯看了之后有何反应?"

"他表情很难看，"山姆压低声音，"信里的事我不该多嘴的。"

"那便不要说，"琼恩猜测一定又是父亲的哪位封臣拒绝史坦尼斯了。当初卡史塔克家归附时，史坦尼斯却是立刻把好消息散播了出去。"你的长弓练得怎样？"他问山姆。

"我找到一本论述弓术的好书，"胖子承认，"但实际操作起来太难了。练得我满手水泡。"

"勤学苦练。如果某个月黑风高的夜晚，异鬼来袭的话，我们用得上每一张弓。"

"噢，我宁愿永远没有那一天。"山姆浑身抖了抖。

国王的书房外站了更多卫兵。"觐见陛下时不得佩带武器，大人，"卫兵头目宣布，"请交出您的剑和匕首。"琼恩知道，抗议是没有用的，于是他顺从地缴了械。

书房内相当暖和。梅丽珊卓女士坐在火炉边，喉头火红的宝石映衬着她苍白的皮肤。如果说耶哥蕊特是火吻而生的话，那么红袍女本身就是火，她的头发是血与火交相辉映的色彩。史坦尼斯站在从前熊老用餐的粗木桌边，桌上摆了一张巨大的北境地图，由于是兽皮做的，质地颇为粗糙。地图一角被一只油脂蜡烛压住，另一角的镇压物是一只铁甲手套。

国王今天穿了羔羊毛马裤和加厚外套，但仍给人一种穿板甲和锁甲般的严酷感。他的皮肤犹如白皮革，胡子修剪得如此干净，看起来好像是画的。他的黑发只剩下太阳穴旁的一圈，而他手上握着一张暗绿色封蜡已被揭开了的羊皮纸。

琼恩单膝下跪。国王朝他皱皱眉，恼怒地挥舞着信。"起来。告诉我，谁是莱安娜·莫尔蒙？"

"她是梅姬伯爵夫人的女儿，陛下，好像是小女儿。她的名字是依我姑姑取的。"

"毫无疑问,是为了讨好你父亲。这毛头小妮子今年几岁?"

琼恩想了一下。"她……大概十岁吧,十岁上下。请问陛下,她写了些什么呢?"

史坦尼斯打开信,"'熊岛不承认除北境之王外的任何君主,而北境之王出自史塔克家族。'你说她才十岁,才十岁就敢嘲讽她的合法国王啊!"他那修剪整齐的胡楂犹如阴影罩在他凹陷的脸颊上。"不要把这个消息传出去,雪诺大人,人们只需知道卡霍城归顺我就够了。我可不想听见你手下的黑衣弟兄拿这小孩的事嘲笑我。"

"遵命,陛下。"琼恩明白,梅姬·莫尔蒙随罗柏去了南方,她的大女儿甚至成为了少狼主的贴身护卫。可就算这两位女士双双死于非命,梅姬伯爵夫人也还有其他女儿啊,那些比黛西小比莱安娜大的女儿。他不明白为什么得由这位最小的莫尔蒙来回复史坦尼斯,他甚至不由自主地想到,如果去信上盖的是冰原狼纹章而非宝冠雄鹿,如果署名是他琼恩·"史塔克"、临冬城公爵的话,女孩的回复会不会大不一样……不过木已成舟,他赶紧提醒自己,你已经作出了选择。

"我总共派出二十九只鸟儿,"国王愤愤不平地抱怨,"结果他们置若罔闻,甚至有人敢这样公然拒绝。他们应当清楚,每位领主都有义务向他的国王输诚效忠,现在倒好,你父亲麾下的封臣们居然连自己的国王都不肯承认——除了卡史塔克家。你说,难道阿尔夫·卡史塔克是偌大一个北境里唯一懂得荣誉的人吗?"

阿尔夫·卡史塔克乃已故瑞卡德伯爵之叔,侄儿侄孙们随罗柏南征期间,他被任命为卡霍城代理城主。他成了第一个派乌鸦回复史坦尼斯的贵族,并在回信中答应全面合作。琼恩意识到,卡史塔克家别无选择,瑞卡德·卡史塔克伯爵背叛冰原狼旗、私下刺杀了兰尼斯特家的人,如今雄鹿成了他们唯一的指望,而史坦尼斯跟琼恩

一样对此心知肚明。"这是个混乱的时代,怀有荣誉之心的人也必须谨慎行事,方能明辨是非,"他告诉国王,"陛下,您不是七大王国里唯一要求人们输诚效忠的君主。"

"告诉我,雪诺大人,"梅丽珊卓女士开口,"当野人攻打你的长城时,其他那些君主们在哪儿?"

"离此千里之遥,对我们不闻不问。我没忘记这个事实,以后也绝不敢忘。但我父亲的封臣还得保护南征将士们的妻子儿女,百姓则没有权力来选择主人。陛下,我恐怕您暂时要求得太多了。给他们些时间吧,我相信您会得到答复。"

"你指什么样的答复?"史坦尼斯捏紧莱安娜的信。

"北方人同样害怕泰温·兰尼斯特的报复,"琼恩耐心解释,"害怕得罪波顿家族——他家以剥皮人作纹章是有渊源的。北境的精锐随罗柏倾巢出动,逐次消耗,最后纷纷凋零,大家正在哀悼死者,您却要人们再度拿起武器。如果说他们暂时有所犹豫,这能怪谁呢?恕我直言,陛下,恐怕很多北方领主认为您难逃覆灭命运。"

"如果陛下覆灭,整个王国便难逃灭顶之灾。"梅丽珊卓女士宣称,"请记住这个,雪诺大人,在你面前的乃是维斯特洛真正的国王。"

琼恩掩饰住情绪,"如您所言,女士。"

史坦尼斯嗤笑一声,"司令官,你可真是惜字如金——说到这金子,你到底有多少呢?"

"金子?"莫非红袍女打的是金龙的主意?不是真龙?"陛下,我们守夜人只有一些微薄的税收入账,咱们的仓库里芜菁是很多,钱财却少之又少。"

"芜菁可不能满足萨拉多·桑恩的贪欲。我急需真金白银。"

"这些东西只有白港才有办法解决。那座港口虽无法与旧镇或君临媲美,却是北境最大的贸易集散地,曼德利大人也是我父亲麾下封臣中最有钱的。"

"那位'胖得压死马大人'吗?"威曼·曼德利大人自白港传来的回信中只是老调重弹地倾诉自己年老体衰,而史坦尼斯早前也同样命令琼恩不得在他人面前提及此事。

"或许那位大人看得上我们的野人公主,"梅丽珊卓女士提出,"胖子现下有伴侣吗,雪诺大人?"

"他的夫人去世很久了,留下两个儿子,其中大儿子还生了孙女。不管怎么说,威曼太胖,至少有三十石重,连马都骑不上,瓦迩决无可能对他动心。"

"真得要奇迹发生才能从你嘴里听到好消息,雪诺大人。"国王发起牢骚。

"我只是实话实说,陛下。您的人把瓦迩称为'公主',但对自由民而言,她不过是他们国王的小姨子,仅此而已。而如果您强迫她嫁给某位她看不上眼的人,在新婚之夜,她便会亲手割开丈夫的喉咙。退一万步讲,即便她屈从于这场婚事,也代表不了野人们的态度。野人们不会因为她而支持您,或是支持她未来的丈夫,唯一能让他们团结起来的是曼斯·雷德。"

"我懂,"史坦尼斯闷闷不乐地说,"我已在这个人身上费过很多口舌。我承认,他不仅非常了解咱们真正的敌人,而且确实很有能力。不过,即便他肯公开退位,他也仍然是一个背誓者,而我只要放过哪怕一个这样的逃兵,人们便会群起效尤。不,律法需要铁一般地执行,容不得迂回推诿。无论按照七国上下哪里的规矩,我都无法饶恕曼斯·雷德的性命。"

"陛下,七大王国的律法在长城这里并不适用。你应该好好利用曼斯。"

"我会的。我会烧死他,让北境人看清楚我对付变色龙与叛

徒的手段。我还有其他人选来统御野人。别忘了，我们有雷德的儿子，父亲死后，他就是新任塞外之王。"

"陛下您不懂，"你什么也不懂，琼恩•雪诺，耶哥蕊特的话言犹在耳。他现在已明白很多了。"这孩子不是王子，正如瓦迩不是公主。塞外之王并非靠血统传承。"

"那太好了，"史坦尼斯生硬地接口，"反正我也受不了维斯特洛再多出一个伪王。够了，雷德的事就到此为止。你签署转让状了吗？"

该来的终于还是来了。琼恩被烧伤过的手指开开合合。"我没有签，陛下。您的请求有些过分。"

"请求？我请求你成为临冬城公爵和北境守护，这是请求。而我现在是要征用这些城堡。"

"我们给了您长夜堡。"琼恩•雪诺指出。

"一个老鼠聚居的废墟，给得冠冕堂皇，实际毫无价值。你的手下亚赛尔亲口承认，至少得要半年，那里才能辟出空间来住人。"

"其他堡垒也不会更好了。"

"我很清楚它们的状况，但它们毕竟是我们手上唯一的资本。长城沿线共有十九座要塞，而你只能守卫其中三座。我的意思是，年底之前，每座要塞都必须有人驻守。"

"对此，我毫无异议，陛下。可如果我理解没错，您还希望把这些城堡赐予您麾下的骑士和领主，他们将以此为居城，并向您效忠。"

"当国王的必须慷慨大方，难道艾德大人没教过他的私生子统治之道吗？我麾下有许多骑士和领主是抛弃了在南方的富饶田地与雄伟城堡随我前来援救长城的，他们的忠诚就不值得奖励吗？"

"陛下，要疏远我父亲的封臣们的话，没有比把北方人的堡垒给予南方领主更直接的办法了！"

"我根本没得到他们的支持，又谈何疏远？如果你记忆不差，我可是打一开始就想把临冬城还给北方人的。那个人是艾德·史塔克的儿子，他却当面拒绝了我的好意。"牢骚满腹的史坦尼斯·拜拉席恩活像一只咬着骨头不肯放的狗，琼恩觉得他快把牙咬碎了。

"按照律法，临冬城属于我妹妹珊莎。"

"你是指兰尼斯特夫人？你急于看到小恶魔的屁股坐上你父亲的宝座？"

"当然不，"琼恩道。

"很好。只要我活着，我决不容许此事发生，雪诺大人。"

琼恩决定还是不要在此事上纠缠。"陛下，有人说您还打算把城堡封给叮当衫和瑟恩的马格拿，并授予他们领主身份。"

国王瞪着他，那双眼睛犹如蓝色的硬石头，他再度咬紧牙关。"这话是谁说的？"

"谁说的有关系吗？"传言在黑城堡里已尽人皆知，"如果您非要追究，我可以说是吉莉告诉我的。"

"谁是吉莉？"国王不依不饶。

"那个奶妈，"梅丽珊卓女士接口解释，"陛下您准她在城中自由行动。"

"我可没准她多嘴多舌。我要的是她的奶子，不是她的舌头。告诉她，今后若不能管住嘴巴，那我就容不下她了。"

"实际上，黑城堡现在容不下任何一张多余的嘴巴，"琼恩顺水推舟，"所以我决定让吉莉等人乘东海望的下一班船南下。"

梅丽珊卓摸了摸喉头的红宝石，"吉莉同时哺育着自己的儿子跟妲拉的儿子。你现在要生生拆散小王子和他的乳奶兄弟，似乎有些残忍啊，大人。"

小心，千万小心。"两个孩子分享的不过是乳汁。如今吉莉的儿子长得更壮实活泼，他不仅经常打小王子、掐小王子，还在争夺母奶时占到上风。毕竟，他是卡斯特的儿子，卡斯特残酷又贪婪，双手沾满鲜血。"

听到这话，史坦尼斯眉头皱得更紧，"不是说这个奶妈是卡斯特的女儿吗？"

"她既是他妻子又是他女儿。卡斯特把自己的女儿都讨来当了老婆。吉莉的儿子就是这样产下的。"

"父亲和女儿生儿子？"史坦尼斯震惊地问，"这样的话，我们确实该赶她走。长城不是君临，我不想再见到孽种。"

"我会找到新奶妈。如果野人中没现成的，我便派人去山地部落找。在此之前，山羊奶应该可以支撑——如果您同意的话，陛下。"

"山羊奶对王子来说太寒酸，但强过婊子的奶，就这样办吧。"史坦尼斯的指头在地图上敲打，"如果我们非得在堡垒问题上纠缠……"

"陛下，"琼恩带着冰冷的礼貌说，"我已收容了您所有的部下，并为他们提供给养——虽然这样做将极大地消耗我们并不丰富的冬季储备——除此之外，我还为他们提供了所有的保暖衣服，帮助他们御寒度日。"

史坦尼斯不为所动，"得了吧，你不过是提供点咸肉和麦粥，再扔来些乌七八黑的旧棉衣。若非我们赶来援救，你们这些烂衣裳只怕早给野人扒光了。"

琼恩忽略了国王的讽刺，"我还为你们的马提供草料，等梯子修好后，我还会借给您工匠以重建长夜堡。我甚至同意您将赠地分配给愿意定居的野人，这些地盘本来是永久授予守夜人军团的。"

"你给了我几片荒山野地，却拒绝将我急需的堡垒让渡给我以便我封赏骑士与封臣。"

"堡垒是由守夜人军团修建——"

"——却又被守夜人军团抛弃。"

"——来防御长城的，"琼恩固执地把话说完，"不能私相授受给野人或南方领主。这些堡垒的一砖一石，都浸透了我弟兄们的鲜血，它们底下更埋藏着烈士的枯骨。不，我无法把它们让渡给您。"

"无法还是不愿意？"国王脖子上青筋暴突，"你可记得，我曾慷慨地答应赐予你姓氏。"

"我有一个姓了，陛下。"

"雪诺，有比这更不堪入耳的么？"史坦尼斯摸摸剑柄，"你到底把你自己想成什么人？"

"长城上的守卫。黑暗中的利剑。"

"少来这套！"史坦尼斯应声拔出佩剑"光明使者"。"这个，才配称为黑暗中的利剑。"光芒在光明使者的剑刃上流转，一会呈红色、一会是黄色、一会又变作橙色，在国王脸上留下变幻的明亮色彩。"就算毛头小子也能看出来。你是瞎子吗？"

"不，陛下。我同意那些堡垒必须增派守卫——"

"啊，我们的小鬼司令终于肯开尊口，太难得了。"

"——但仍得由我们守夜人军团来守卫，"琼恩补充完。

"你们人手短缺。"

"就请您给我们补充人手，陛下。我将即刻为每座荒废的堡垒各选一位负责人，他们都是久经考验的战士，不仅了解长城和塞外之地，而且明白如何在即将到来的凛冬中生存。作为我们提供补给的交换，请您将属下分拨给这批负责人，充当各堡垒的守卫。不管您给的是骑士、弓弩手，还是刚参军的新人，我统统都要，甚至您属下的老弱残兵我也照收不误。"

史坦尼斯难以置信地望着守夜人军团总司令，忍不住哈哈大

笑，"你的脸皮也太厚了，雪诺，你以为他们肯披上黑衣吗？除非是疯了。"

"他们穿什么颜色的衣服都行，只要肯像服从您一样服从我分配的负责人。"

国王仍是一副难以置信的表情，"我麾下的骑士和封臣，大抵出自南方最古老、血统最尊贵的贵族家庭，你觉得他们会听从农夫、偷猎者或是杀人犯的指示吗？"

或是私生杂种的指示，陛下？"您的首相就是一名走私犯。"

"他曾经是走私犯，所以我砍了他的指头。雪诺大人，我听说你是守夜人军团第九百九十八任总司令，我可不晓得第九百九十九任总司令对这些堡垒会怎么说。把你的头插在枪上展览，也许会对他有所启发。"国王把那柄漂亮的长剑放到地图上，正好跟长城平行。它炯炯生辉，犹如阳光下的海水。"有我默许，你才能坐上司令之位，你千万别忘记。"

"我是众位弟兄投票选出的。"但有的早晨醒来时，琼恩•雪诺仍不相信这是真的，仍觉得这一切都是个疯狂的梦。就像穿上新衣服，山姆安慰他，一开始觉得很新奇，但穿着穿着就习惯了。

"是吗？"摊开的北境地图横在两人之间，犹如战场，被闪耀的宝剑照亮。"艾里沙•索恩爵士跟我抱怨说你的选举有作弊嫌疑，而我无法否认他的论据。说到底，计票工作是由一个瞎子完成的，而且你的胖子朋友打过下手。除此之外，史林特更指控你是个变色龙。"

变色龙这个词，有比史林特更恰当的形容对象么？"一位变色龙总司令会当面说些您爱听的话，然后暗中背叛您。陛下，您很清楚我是被公正地选出来的，我父亲常说，您是一个公正的人。"公正但未免过于严苛，这才是艾德公爵的原话，可此刻并非纠缠这些的时候。

"艾德公爵非我之友，但他是个很有智慧的领主，"史坦尼斯说，"如果换成他，他一定会把这些堡垒给我。"

决不可能。"我不能替我父亲回答。但我自己发过誓，陛下，长城是我的了，我必须对它负责。"

"现在是。至于将来，还得看你的造化。"史坦尼斯伸手指着琼恩，"留着你的废墟吧，既然你把它们看得如此珍贵。但我跟你保证，如果年底之前，我发现其中任何一座无人守卫，我就会直接调兵占领；如果其中任何一座失陷给敌人，我就要你的脑袋。现在，出去。"

梅丽珊卓女士突然从火炉边站起来，"如您准许，陛下，我想送雪诺大人一程。"

"干什么？他认得路。"史坦尼斯不耐烦地挥挥手，"你想送就送吧。戴冯，把早餐送上来，白煮鸡蛋和柠檬水。"

离开温暖的书房，门外天差地别，寒气简直浸透骨髓。"冷风吹起来了，女士，"卫兵头目交还琼恩的武器时告诫梅丽珊卓，"您或许应该披一件厚斗篷。"

"信仰足以温暖我。"红袍女和琼恩并肩走下螺旋梯。"知道吗，陛下十分欣赏你。"

"那是自然，他才不过两次威胁要我的脑袋。"

梅丽珊卓轻笑："他的沉默才是真正可怕的，并非他的言语。"两人走进院子，寒风牵起琼恩的斗篷，拍打在红袍女身上。红袍女伸手把黑羊毛斗篷拂开，挽起他的胳膊。"你对野人王的评价很中肯。我曾望进圣火，乞求光之王给我指引。圣火能揭示真相，琼恩·雪诺，借由圣火，我能看穿岩石和土地，看透人们灵魂中最黑暗的秘密。所谓已逝之君，未生之童，吾欲交流，无所不至；岁月飘流，季节轮换，吾欲巡游，可达终点。"

"火焰之中从无谎言？"

"从无……但我们这些僧侣毕竟是凡人,有可能解读失误,倒错因果。"

隔着羊毛衣和皮革外套,琼恩也能感受到她身上的热度。两人手挽手行进的姿态引来了不少好奇的目光。看来今晚军营里有闲话说了。"如果你真能从火焰中预见未来,请你告诉我野人将在何时何地发起下一轮进攻吧。"琼恩把手从她身边抽了出来。

"拉赫洛只给我们看他愿意透露的东西,不过,我会注意那个托蒙德,"梅丽珊卓的红唇折成一个浅笑,"我在圣火中还看见了你,琼恩•雪诺。"

"这算是威胁吗,女士?你打算烧死我?"

"你完全误会了,"红袍女笑道,"雪诺大人,我是不是让你很紧张啊?"

琼恩不否认这点。"长城不是女人该来的地方。"

"你错了,琼恩•雪诺,我梦见过你的长城。它凝聚了多少先人的知识与智慧,而冰下又埋藏着多么伟岸的魔法。我们此刻,正走在世界的门扉下。"梅丽珊卓抬眼上望,她温暖的呼吸吐出来,在脸庞周围结成迷雾。"这是你该来的地方,也是我该来的地方,恐怕不久之后,你会迫切地需要我。不要拒绝我的友谊,琼恩,我在圣火中见到风暴席卷了你,而你周围都是敌人。你有太多太多敌人了,需要我告诉你名字吗?"

"我知道他们是谁。"

"你不要这么肯定。"梅丽珊卓喉头的宝石发出血红光芒,"你该担心的不是那些当面诅咒你的人,而是笑里藏刀、准备偷袭你的家伙。琼恩,你要把你的狼时刻带在身边。我看见了冰雪,还有黑暗中的匕首,鲜红的血冻硬了,兵刃寒光闪烁。那番景象真是冷极了。"

"长城上一直很冷。"

"你觉得一切就这么简单吗?"

"我很清楚这里的环境,女士。"

"不。你什么也不懂,琼恩·雪诺。"她在他身边耳语道。

布兰

我们到了吗？

布兰没把话问出口，但这支可怜的小队在古橡树和高大的灰绿哨兵树林里穿行，步履蹒跚地越过阴森的士卒松与光秃秃的褐色栗子树时，他心中一直叨着这个。我们快到了吗？每当阿多爬上一道石坡，或是下到某个昏暗的峡谷，踩得脚下肮脏的积雪嘎吱作响时，男孩都忍不住想问。还有多远啊？大麋鹿载他涉过好几条结冰的溪流，他心里纳闷。还要走多久呢？好冷。三眼乌鸦究竟在哪里啊？

男孩在阿多背上的柳条筐里晃荡，不时躬身低头以防大个子马童不小心让他撞到橡树枝桠。雪又在下，潮湿厚重的雪。阿多的一只眼睛被雪冻住睁不开，浓密的褐色胡须冻成了一团纠缠的白霜，胡子末端还悬垂下根根冰凌。阿多用一只戴手套的手紧握住那把自临冬城墓窖带出来的生锈铁剑，有时他会用剑劈下一根枝条，震落一堆雪。"阿—阿—阿—阿多，"每当这时，马童便会透过打颤的牙齿轻声念道。

这声音带来了一种奇特的安全感。从临冬城到长城途中，布兰一行人靠讲故事来消磨时光；然而长城之外有所不同，这点连阿多也感觉到了——他念"阿多"的次数比起在长城南边少了许多。这片森林里有种布兰从未体验过的寂寥。在大雪降下之前，北风围着他们打旋，卷起团团死去的褐色枯叶，发出轻微的瑟瑟声，令他想起碗柜里爬行的蟑螂；大雪之后，树叶又都被白色的厚毯子埋葬。时而有乌鸦掠过头顶，巨大的黑翅膀扇动冰冷的空气。除此之外，一片沉寂。

麋鹿走在前方不远处，埋头在雪堆里穿行，巨大的分叉鹿角上也挂着冰霜。游骑兵坐在它宽阔的背上，神情严肃沉默。胖男孩山姆称这个游骑兵为"冷手"，因为他面孔苍白，双手漆黑，冷硬如铁。除了手和脸，他把自己包裹在层层羊毛、熟皮衣和环甲里，而拉起的兜帽斗篷和围住下半边脸的黑羊毛围巾又遮掩了他的面容。

梅拉·黎德走在游骑兵后面，用胳膊环着弟弟，既是为他遮挡风雨，又是在用自己的体温温暖他。玖健的鼻涕在鼻子下面凝结成块，他时而剧烈地颤抖。他看起来好小哦，布兰在摇晃的篮子里边看边想，似乎比我还小、比我还弱——我可是个残废呢。

夏天担任这支小队伍的后卫，拖着脚步尾随——他后腿上仍带着在后冠镇所受的箭伤——不时呼出结霜的森林空气。只要布兰进入冰原狼体内，就能感受到旧伤口的痛楚。近来，布兰进入夏天体内的次数越来越多。一身厚毛的狼虽然也冷，但看得更远、听得更真切、嗅觉更敏锐，比那个像襁褓里的婴儿一样无助的男孩要好得多。

也有些时候，布兰厌倦了做狼，便进入阿多体内。温驯的巨人察觉到他的存在时，会呜呜哀叫，会摇晃毛发蓬乱的脑袋，但反应不若在后冠镇他第一次进入时那么激烈。他知道是我，男孩安慰自己，他习惯了我。不过，在阿多体内他待不舒服。大个子马童根本不理解身边发生的事，布兰能尝到他嘴里的恐惧。还是在夏天体内好。我就是他，他就是我。他跟我心意相通。

布兰偶尔能感应到冰原狼尾随在麋鹿后面嗅探，盘算如何将这头大动物扑倒。夏天在临冬城习惯了与马儿们和平共处，但这是麋鹿，麋鹿是猎物。冰原狼觉察到麋鹿蓬乱的毛皮下流淌的温暖血液，仅是这味道已足以让他齿间滴下唾液，连布兰想到丰润厚实的肉，也不禁会垂涎欲滴。

从附近某棵橡树上，传来乌鸦的尖叫，接着布兰听见另一只大黑鸟拍拍翅膀停在同伴身边。白天只有六、七只乌鸦会紧跟他们，它们在树木之间飞来飞去，或停在麋鹿的角上，其他乌鸦都飞到了前面或是落在后头；但等太阳沉没，乌鸦们会统统飞回来，扇动漆黑如夜的翅膀自夜空中下降，直到周围每棵树、每根枝条都被它们站满。有的乌鸦会飞向游骑兵，朝他低声嘀咕，布兰觉得游骑兵能听懂鸟儿的聒噪。它们是他的耳目，它们在为他侦察，向他汇报前方后方可能的危险……

比如现在。麋鹿突然停住，游骑兵从它背上一跃而下，落在及膝深的雪中。夏天冲他咆哮，毛发直竖。冰原狼一直不喜欢冷手的味道。死肉，干血，一丝腐败。还有冷，包裹一切的寒冷。

"怎么了？"梅拉问。

"后面有情况，"冷手宣布，他的声音隔着围住鼻子嘴巴的黑羊毛围巾听来有些闷。

"是狼吗？"布兰问。狼群已跟踪了他们好多天，每晚都能听见狼群的哀嚎，每晚狼群都离他们更近。它们是饥饿的猎人，能闻出我们有多虚弱。布兰常在黎明前的几个小时颤抖着醒来，听着风中传递的遥远狼嗥声，不安地等待太阳升起。有狼的地方就有猎物，这是常识，接着他惊恐地发现他们自己就是猎物。

游骑兵摇摇头，"是人。狼群仍跟我们保持着距离。但这些人没那么多顾忌。"

梅拉·黎德掀开兜帽，覆盖兜帽的湿雪掉在地上，发出松软的"啪嗒"声，"有多少？是什么人？"

"敌人。我去解决。"

"我跟你一起去。"

"你留下，保护男孩。前面有个湖，冻得很硬，你们到达湖边就向北转，沿湖岸前进，最后会找到一个渔村。你们在村里等我回来。"

梅拉还待再辩,但她弟弟劝阻道:"照他说的做。他很熟悉这片土地。"玖健的眼睛是深绿色,青苔的颜色,然而眼神中带着布兰之前从未见过的深深倦意。小个子祖父。在长城南边,泽地男孩似乎拥有超越年龄的智慧;但在这里,他跟其他人一样迷茫恐惧。

即便如此,梅拉也总是听他的话。

冷手沿来路走进树林,四只乌鸦拍着翅膀跟在他后面。梅拉眼看着他离开,她的双颊冻得通红,鼻孔里喷出朦胧雾气。她又拉起兜帽,用手肘推了推麋鹿,带领大家继续前进。没走出二十码,她回头瞧去,"是人,他说是人。什么人?野人吗?他为什么不解释清楚?"

"他说他会去解决掉他们啦。"布兰道。

"是啊,他说。他还说会带我们去见三眼乌鸦呢。我敢打赌,今早上我们过的那条河就是四天前过的那条。我们在原地转圈。"

"河总是扭来扭去的,"布兰不确定地说,"而且遇到湖泊或山丘,有时候不得不绕开嘛。"

"那也绕得太多了,"梅拉坚持,"而他的秘密也太多了。我不喜欢这样,我不喜欢他,更没法信任他。他的手已经够恐怖,他还总蒙着脸,并不愿报上姓名。他究竟是谁?或者,他究竟是什么东西?谁都可以披上黑袍。不是人的东西也可以。他不吃不喝,貌似也感觉不到寒冷。"

她说得没错。布兰害怕谈论这些事,但心里一直为此惴惴不宁。夜里宿营时,他、阿多还有黎德姐弟会偎依在一起互相取暖,游骑兵却总是离得远远的。有时冷手也会闭上眼睛,但布兰不认为他在睡觉。还有……

"围巾。"布兰边说边不安地打量周围,幸好没乌鸦。大黑鸟都随游骑兵去了,没有一只留下来窃听。即便如此,他仍旧压低了

声音,"他用围巾包住嘴巴,但围巾从没像阿多的胡子那样结冰。甚至在他说话的时候都没有。"

梅拉锐利地回望他,"你也发现了。我们从没见过他呼吸,对吧?"

"对。"阿多的每句"阿多"都伴随着一大团白雾,玖健和他姐姐说话时也是如此,连麋鹿的呼吸也能在空中形成一片暖云。

"假如他根本不用呼吸……"

布兰不由得回想起婴儿时代老奶妈讲的故事。怪物居住在长城之外,包括巨人、食尸鬼、鬼祟潜行的幽灵和会走路的死人,老奶妈一边用蜇人的羊毛毯裹住他一边给他讲述,但只要长城还在、守夜人军团还在,它们就永远过不来。所以你好好睡吧,我的小布兰登,我亲爱的宝贝,做个甜美的好梦,梦里没有怪物。游骑兵虽穿着守夜人的黑衣,但万一他根本不是人怎么办?万一他就是怪物,正把我们领去给其他怪物吃掉呢?

"游骑兵从尸鬼手中拯救了山姆和那个女孩,"布兰犹犹豫豫地说,"他还要带我去找三眼乌鸦。"

"三眼乌鸦为什么不来找我们?为什么不跟我们在长城碰头?乌鸦是有翅膀的啊。我弟弟正一天比一天虚弱,照这样下去,我们还能走多远?"

玖健咳嗽道:"走到为止。"

他们没走多久就到了游骑兵说的那个湖,然后遵照先前的指示转向北行。事情到这里还算容易。

由于雪下了许多天——多得布兰数不清日子——湖水结了冻,成为一片广袤的白色荒原。在冰面平整、湖岸起伏的地方,行路还算容易,但某些地方风将雪推高,分不清哪里是湖面哪里是湖岸。用树做路标的办法被证明不可靠,因为湖中有若干林木丛生的小岛,而岸边某些广阔的区域里一棵树也没有。

麋鹿总是哪边好走就走哪边,丝毫不管骑在它背上的梅拉和玖健的想法。它大致跟着树走,但每当湖岸向西弯去,它就会直接穿越湖面,蹄子踏在坚冰上,身体从比布兰还高的雪堆中挤过。风刮得更猛了,那是呼啸卷过湖面的冰冷北风,像刀子一样刺穿了层层羊毛衣和皮衣,冻得大家浑身发抖。风打在人脸上,雪吹进眼睛里,什么也看不清。

他们默默跋涉了几个钟头。前方树下的阴影渐长,犹如伸展的长指头。在极北之地,天黑得很早,这也令布兰感到害怕。随着白昼越来越短,天气越来越冷,夜晚越来越残酷。

梅拉再次停下大家,"我们应该能见到村子了。"她的声音听起来陌生而怪异。

"不是走过了吧?"布兰问。

"希望没有。我们必须在入夜前找到合适的地方。"

她说得没错。玖健的嘴唇已成了蓝色,梅拉的脸冻成紫色,布兰感觉不到自己的脸,阿多的胡子冻硬了。大个子马童的脚自膝下几乎全被雪覆盖,布兰感觉到他有二、三次差点跟跄摔倒。没人比阿多更强壮。没有人。如果连最强壮的他也挺不住……

"夏天可以帮我们找村子,"布兰灵机一动,他的话在雾里结霜。他没有等待梅拉的反应,就闭上眼睛,离开了残破的身躯。

当他进入夏天体内,死寂的森林忽然变得鲜活起来。之前他觉得周围寂寞无声,现在他听见了林间的风声、阿多的呼吸声、还有麋鹿用蹄子找草料的刨地声。他鼻腔里充盈着各种熟悉的气味:潮湿树叶和枯死的草、灌木丛中腐烂的松鼠、酸臭的人汗以及麋鹿的奇妙体香。食物。肉。麋鹿察觉到冰原狼的兴趣,便警觉地将头转向冰原狼,俯低了硕大的鹿角。

它不是猎物,男孩对与他共享身躯的野兽说,别管它,快走。

于是夏天开始奔跑。他跑过湖面,爪子在身后扬起片片雪尘。

那些树并肩而立，好似成群结队的人类士兵，只是都披着雪白斗篷。冰原狼跳过树根和岩石，越过陈旧的积雪，雪被他的体重压碎。他的爪子已经又湿又冷。迎面而来的下一个山丘上长满了松树，松针的刺激味道充斥他的鼻孔。他跑到山顶，兜了一圈嗅闻空气，接着昂头嗥叫。

有味道。人味。

是灰烬，布兰心想，淡淡的陈旧的灰烬。燃尽的木头、烟尘和焦炭。一个早已熄灭的火堆。

他抖落口鼻上的雪。风吹起来了，很难追寻气味，狼不时停下来嗅探。四周是堆堆积雪和高大的白色树木。冰原狼从齿间伸出舌头，品了品酷寒的空气，呼吸结成雪花状的结晶，融化在舌头上。当他终于找准方向，阿多立刻跟上，麋鹿却犹豫不决，布兰只好回到自己体内解释，"是这条路，跟着夏天就好。我闻到了。"

当新月的第一道银光洒下云层，他们终于抵达了湖畔小村。他们差点直接走过村子，因为被冰雪覆盖的它，看起来不过是湖边十来个突出的土包。大雪掩埋下的圆形石屋很容易被看成是大石头、小山丘乃至倒下的树木。昨天玖健刚把一堆交错倒塌的树木当成建筑物，他们挖了半天，结果只找到断裂的枝条和腐烂的圆木。

村子是空的，早已被野人抛弃，跟他们路过的其他村子一样。途中有的村子甚至被烧掉了，似乎表明了村民们破釜沉舟的决心，然而这个村子还很完好。他们一行在雪堆下找到十几栋小屋和一个长厅，长厅有草铺屋顶和粗糙原木堆起的厚墙。

"至少有个地方避风了，"布兰说。

"阿多，"阿多赞同。

梅拉从麋鹿背上滑下，和她弟弟一起把布兰抬出柳条筐。"或许野人留下些食物，"她道。

这是不切实际的指望。他们在长厅里只找到火堆的灰烬，压实了的硬泥地透出深入骨髓的寒意。但至少头顶又有了遮蔽，身边也有了阻挡寒风的原木墙。村旁有条小溪，溪上覆了层薄冰，麋鹿得用蹄子踢破它才喝得到水。等把布兰、玖健和阿多安置好，梅拉跑去取来许多碎冰块，让他们含着补充水分。融化的雪水如此冰冷，足以令布兰颤抖。

夏天没跟他们一起进长厅，布兰能感觉到冰原狼的饥饿，狼就是他的影子。"去打猎吧，"他告诉狼，"但不准你骚扰麋鹿。"他体内的一部分也想去打猎。或许，他过一会儿就跟着去。

晚餐是一把橡子，压碎之后捣成糊，苦得布兰几乎没法吞咽，而玖健根本连碰都没碰。他比她姐姐脆弱得多，现下的状况一天比一天糟。

"玖健，你必须吃东西，"梅拉告诉弟弟。

"待会吧，我现在只想休息。"玖健淡然一笑。"今天并非我的死期，姐姐，我向你保证。"

"你差点从麋鹿背上摔下来。"

"差点。我又冷又饿，如此而已。"

"这说明你需要吃东西。"

"吃这些捣碎的橡子吗？我的肚子是很饿，但这些东西吃下去也不会让它变好。别逼我了，姐姐，我梦到自己吃上了烤鸡。"

"做梦有什么用？况且那并非绿色之梦。"

"梦是我们现在唯一拥有的东西。"

唯一拥有的东西。十天前，他们吃光了从南方带来的食物，饥饿就此日夜伴随。在这些林子里，连夏天也找不到猎物。他们只能靠捣碎的橡子和生鱼维生。森林里布满结冰的溪流和冻硬的黑色湖泊，而操三叉捕蛙矛的梅拉就跟熟悉渔网绳索的渔民一样善于捕鱼。她每每带着还在矛尖扭动的鱼获跋涉回来，嘴唇冻成蓝色。不过，梅拉已有三天没抓到鱼了。布兰的肚子空空如也，感觉像是饿了三年。

吞下这顿难以下咽的晚餐后，梅拉背靠墙壁坐下，用磨石打磨匕首。阿多在门边蹲下，耸起肩膀前后摇晃，一边念叨："阿多，阿多，阿多。"

布兰闭上眼睛。太冷了，他不想说话，而他们又不敢生火，因为冷手曾严厉地警告过：森林不像你们以为的那么空旷，你们无法想象光明会从黑暗中引来什么东西。想起这番话他仍会发抖，尽管身边有阿多的温暖。

他不想入睡，也无法入睡。他只听见风声，感受到刺骨的寒冷，看到雪地里映射的月光，还有火。于是他又回到夏天体内，去往若干里格外的远方。夜晚满是血腥气，很浓的血腥气。不远处有杀戮发生，肉还是热的。饥肠辘辘的他齿间滴下口水。不是麋鹿，不是鹿，这个不是。

冰原狼循肉而去，他是林间穿梭的憔悴灰影，经过月光遍洒的空地和积雪堆成的小丘。寒风在他身边盘旋、打旋。他一度跟丢了血腥气，接着又再次捕捉到，然后再丢失。当他努力嗅探时，远处传来的声音让他竖起了耳朵。

是狼，他立刻意识到。夏天满心警戒地朝声音的来源跑去。很快血腥气又回来了，他发现里面还混有别的气味：尿、死皮、鸟屎、羽毛，还有狼、狼、狼。有一群狼。要吃到肉，他必须战斗。

它们也闻到了他。当他从黑暗的树林冲进血淋淋的林间空地时，这群狼都注视着他。母狼正在撕咬一只连着半条腿的皮靴，见他过来，便把靴子扔了。狼群头领是一匹灰白嘴巴的独眼老狼，此刻正朝他龇牙咆哮。老狼身后一匹年轻的公狼也露出了獠牙。

冰原狼用淡黄色眼睛冷冷地打量周围。灌木丛中缠着一堆内脏，挂在枝条上。有个人类被咬开的肚子里冒出腾腾热气，充斥着丰富的血味和肉味。有颗人头无神地凝望着天上那轮弯月，脸颊被撕开，露出血红的骨头和空洞的眼窝，脖子末端被咬得参差不齐。尸体下面是一汪凝血，闪着红色和黑色的光。

人。人味充斥了整个世界。这里的人曾有一只人爪子上的指头那么多，但现在一个活着的都没有。他们都死了，完蛋了，成了肉。这些人曾披着兜帽斗篷，但凶暴的狼群为吃到肉把他们的衣服撕成了碎片。那些脸颊没被吃掉的人胡须里都结了冰，鼻涕也冻住了。落雪正在掩埋他们，苍白的雪，映衬着褴褛的黑斗篷、黑马裤。黑。

几里格外的男孩不安地扭动身子。

黑衣服。守夜人。他们是守夜人。

但冰原狼不在乎这个。只晓得他们是肉。而他饿了。

三匹野狼的眼睛里闪烁着黄光。冰原狼左右摇晃脑袋，鼻孔大张，然后咆哮着露出利齿。这个动作吓退了年轻的公狼，冰原狼能闻到它的恐惧。它是狼群中的尾狼，他知道。但那只独眼狼报之以咆哮，冲上前来挡住去路。它是狼群的头脑。尽管我体型是它的两倍，它也不怕我。

他们目光交汇。

它是狼灵！

接着两匹狼便撞到了一起，狼和冰原狼开始了厮杀，再没有思考余地。世界缩小成尖牙与利爪，他们在地上翻滚旋转，搅起片片雪，其他的狼在一旁嗥叫助阵。他的牙咬到一块被霜雪弄得湿漉漉的暗淡毛皮，毛皮包裹下的腿瘦得像根干柴，然而独眼狼抓向他的肚子，挣脱开来，滚了一圈，又扑杀而至。它黄色的利齿咬到了他的喉咙，但他像甩老鼠一样甩开了灰色的远亲，接着再冲上去把它撞翻。他们滚啊、抓啊、踢啊，直到两匹狼都毛皮蓬乱，地面被鲜血染红。最终独眼狼躺在地上亮出了肚皮。冰原狼咬了它两口，嗅了嗅它的屁股，然后松开了踩在它身上的一条腿。

一声恐吓的咆哮和几下轻咬,母狼和尾狼便乖乖臣服。现在狼群是他的了。

猎物也是他的。他从一个人类闻到另一个人类,最后决定享用没脸的那个。那家伙个头最大,但只有一只手,手里握着黑铁,另一边是齐腕切断的断肢,用皮革包住。那家伙的咽喉被割开,浓浓的血从里面缓缓流出。冰原狼用舌头舔舔血,又舔舔空眼窝,舔舔鼻子与脸颊的残余,随后才把嘴巴伸进那家伙的脖子里,咬下满满一口鲜美的肉。没有肉有这肉一半鲜美。

他享受完后,又转向下一个人类,依旧是吃掉了最鲜美的部分。树上的乌鸦们眯起黑眼睛瞅着他,但没发出一点声音。雪花又从天空落下,其他的狼捡他吃剩的东西吃。老狼先开动,然后是母狼,最后才是尾狼。它们现在属于他了。它们是他的族群。

不,男孩低声说,我们另有族群。淑女已死,灰风可能也死了,但毛毛狗、娜梅莉亚和白灵还在。你记得白灵的吧?

落雪和大快朵颐的狼群慢慢淡去,暖风拂过他的脸颊,犹如母亲的吻。火,他心想,烟。抽动的鼻子闻到了烤肉的香味。接着森林不见了,他又回到长厅里,回到残破的身躯中,盯着火堆。梅拉·黎德正在火堆上翻动一大块血红的生肉,烤焦的肉滴下油脂。"醒得正是时候,"她说。布兰用手背揉揉眼睛,向后扭动身子靠墙坐起来。"你几乎睡过晚餐了呢。游骑兵找到一只猪。"

阿多在她身后急切地撕咬着一大块热腾腾、烤得焦黑的肉,血和油脂滴进他的胡子里,他指缝间的肉还冒着丝丝清烟。"阿多,"他边咬边满意地说,"阿多,阿多。"他把剑放在身边的泥地上。玖健·黎德小口咬着一块肘子,每口都要嚼上十来下才吞下去。

游骑兵杀了一只猪。冷手就站在门边,一只乌鸦停在他肩上,人和鸟都凝视着火堆,摇曳的火焰倒映在四只黑眼珠里。他不用吃东西,布兰忽然想到,而且他怕火。

"你叫我们不要生火,"他提醒游骑兵。

"这里的墙能遮挡光线,况且黎明已近,我们就要上路了。"

"那些人呢?我们身后的敌人呢?"

"他们不会再来打搅我们了。"

"他们究竟是什么人?野人吗?"

梅拉把肉翻了面烤。阿多仍在欢快地狼吞虎咽,一边低声念叨。只有玖健注意到冷手转过头、瞪着布兰,"他们是敌人。"

他们是守夜人。"你杀了他们,你和你那些乌鸦干的。他们的脸都被撕掉,眼珠都被叼走了。"冷手对此并未否认。"他们可是你的兄弟啊。我亲眼看见的。狼群撕破了他们的衣服,但我还是知道。他们的斗篷是黑色,跟你手的颜色一样。"冷手什么也没说。"你究竟是谁?你的手为什么那么黑?"

游骑兵审视着自己的手,好像之前从未见过它们一般。"一旦心脏停止跳动,血液便会流向四肢,并在那里淤积凝固。"他喉头发出的咯咯话音,跟他本人一样细薄憔悴。"然后他的手和脚会膨胀,变得像布丁一样黑,身体的其余部分则会如牛奶那么白。"

梅拉·黎德站了起来,手握捕蛙矛,矛尖上还叉着一大块冒烟的烤肉。"把你的脸露出来。"

游骑兵置若罔闻。

"他是个死人。"布兰尝到喉头胆汁的苦味。"梅拉,他死了。老奶妈常说,只要长城还在、守夜人军团还在,怪物就永远过不来。他到长城来找我们,但他过不来,于是派了山姆和那个野人女孩。"

梅拉戴手套的手握紧了捕蛙矛的矛柄。"谁派你来的?三眼乌鸦是谁?"

"一个朋友。一个梦行者。一个巫师。叫他什么都可以。他是

最后的绿先知。"长厅的木门被轰然吹开。门外夜风呼啸，漆黑的夜景里有种凄惨的氛围。树上站满了尖叫的乌鸦，冷手一动不动。

"他是个怪物，"布兰说。

游骑兵盯着布兰，仿佛当周围其他人都不存在。"他是你的怪物，布兰登·史塔克。"

"你的，"他肩上的乌鸦应和道，门外的乌鸦也纷纷叫喊，直到夜空被这凄惨的乐章所霸占。"你的，你的，你的。"

"玖健，你梦见这事了吗？"梅拉询问弟弟，"他到底是谁？或者他是什么东西？我们现在该怎么办？"

"我们跟着游骑兵继续走。"玖健道，"我们走得太远，不能回头了，梅拉。我们已不可能活着走回长城，要不跟着布兰的怪物，要不只有死路一条。"

A SONG OF ICE AND FIRE

提利昂

他们从日出门离开潘托斯，但提利昂·兰尼斯特没看见日出。"你从未来过潘托斯，我的小友，"伊利里欧总督一边拉下紫色天鹅绒轿帘，一边向他保证，"没人看见你进城，更没人发现你出城。"

"除了把我塞进桶里的水手、替我打扫船舱的小厮、为我暖床的女孩和满脸雀斑的骗子洗衣妇之外，确实没人知道——哎哟，我忘了您的守卫们。难道说切卵蛋还附带降低智力吗？那样的话，他们大概会相信你是一个人坐轿子。"这轿子用沉重的皮带悬在八匹高头大马中间，四名太监武士分行左右保护，更多的武士跟在后头看管辎重车队。

"无垢者决不会多嘴，"伊利里欧担保，"而送你来的那艘划桨船被我派去了亚夏，来回至少要花二年，还得看大海慈悲。至于我家里人，他们都很爱戴我。没人会出卖我的。"

留着这想法吧，我的胖友，终有一天会被写成你的墓志铭。"我们应该坐上那条船，"侏儒道，"去瓦兰提斯最快的是走海路。"

"海上太危险。"伊利里欧回应，"秋季常有风暴，还有不少海盗盘踞在石阶列岛，常出来打劫正派人。若是不慎让我的小友落入歹人之手，罪莫大焉。"

"洛恩河上也有强盗。"

"河盗而已，"奶酪贩子用手背遮嘴，打了个呵欠，"抢夺残汤剩羹的蟑螂。"

"据说还有石民。"

"这倒是实实在在的麻烦，讨厌的可怜虫。不过何必谈论他们呢？日子这么好，我们很快就会抵达洛恩河，到那时你就能摆脱伊利里欧和他的大肚子啦。哈，在那之前，让我们好好喝酒，做做美梦，岂不快哉？美酒佳肴在此，谁去想疾病死亡。"

是啊，何必多想？提利昂想起十字弓扳机的扣动声，耸了耸肩。轿子左右摇晃，节奏舒缓，仿佛是母亲哄着怀抱中的婴儿睡觉。其实我哪知道那是什么感觉？他头枕在一堆鹅毛填充的丝枕头中，紫色天鹅绒帘布在头上汇成拱顶。外头秋意已浓，轿内却温暖宜人。

轿子后头跟了一队骡子，驮着箱子、大小桶子和装食物的篮子，以满足奶酪贩子旺盛的食欲。这天早上他们吃香料香肠，并以黑褐色的烟莓酒冲下肚；下午吃冻鳗鱼，享用多恩红酒；晚上切了些火腿，吃了煮鸡蛋，又吃了填满大蒜和洋葱的烤云雀，就着白啤酒和密尔火酒。一路优哉游哉，却也缓慢无比，侏儒很快就不耐烦起来。

"到河边要几天？"那天夜里他问伊利里欧，"照这走法，待我看到女王的龙时，它们恐怕长得比伊耿的龙还要大上几圈了。"

"真能这样就好喽。大龙火力足，小龙没人怕啊。"总督说着耸耸肩。"我真心实意地想去瓦兰提斯迎接丹妮莉丝女王，遗憾的是却不得不依靠你和格里芬来完成这项使命。留在潘托斯，我能发挥更大作用，为女王回归铺平道路。至于与你同路这段嘛……呃，你总不忍心剥夺一个老胖子仅有的乐趣吧？来来来，再喝一杯。"

"告诉我，"提利昂边喝边道，"维斯特洛的王冠关一个潘托斯总督屁事？大人，你图什么？"

胖子舔舔嘴上的油脂，"我老了，厌倦了这个虚伪的世界。在临死之前，做几件正大光明的好事，帮助一位年轻甜美的女孩夺回她与生俱来的权利,有何不美?"

下次他就要送我一套魔法盔甲和在瓦雷利亚的漂亮皇宫了。"在你心目中,丹妮莉丝是个年轻甜美的女孩,你就不怕铁王座把她切成年轻甜美的碎片?"

"别担心,我的小友,她身上确实流着龙王伊耿的血。"

也流着庸王伊耿、残酷的梅葛和愚蠢的贝勒的血。"再给我说说她的情况。"

胖子沉吟道:"丹妮莉丝刚来我这儿时稚气未脱,却已比我第二任老婆还漂亮,我甚至动过把她占为己有的念头。但她是个多么害羞、多么惊恐的小东西哟,我明白将其纳入房中得不到喜乐。为摆脱这份疯狂的冲动,我招了个床奴,狠狠发泄了一通。说真的,我原以为丹妮莉丝落在马王手里坚持不了多久。"

"但你还是把她卖给卓戈卡奥……"

"多斯拉克人不谈买卖。你该说是韦赛里斯把她送给了卓戈卡奥以换取友谊。韦赛里斯是个浅薄、贪婪的年轻人,他贪恋父王的王座,也对丹妮莉丝怀有欲望,放弃她让他很不甘心。公主出嫁前夜,他居然想偷偷上她的床,说什么执不到她的手,至少要得到她的人。要不是我预先派人防范,这韦赛里斯将让我们多年来的周密安排付诸东流。"

"听起来他是个彻头彻尾的傻瓜。"

"韦赛里斯是疯王伊里斯的儿子,仅此而已。但丹妮莉丝……丹妮莉丝不一样。"他把一只烤云雀扔进嘴里,连皮带骨嚼得清脆作响,"那个当年寄于我篱下的惊恐女孩已在多斯拉克海上死去,又在血与火中重生。新生的龙女王是个真正的坦格利安。我派船去接她回来,她却驾船前往奴隶湾,并在短短时日内征服了阿斯塔波,让渊凯臣服,还洗劫了弥林城。若她沿古瓦雷利亚大道西进,玛塔里斯将是下一个牺牲品。若她走海路,这样子……她的舰队必

须在瓦兰提斯停靠以补充食水。"

"无论走陆路还是海路，弥林跟瓦兰提斯之间都远着呢。"提利昂提醒道。

"龙直飞过来，有整整五百五十里格距离，之间有重重沙漠、山脉、沼泽和恶魔出没的废墟。许多人挺不过这段路，但能走到瓦兰提斯的都将是大浪淘沙留下的精英……而你和格里芬会带着生力军和大批船只在那里接应，你们将一同完成反攻维斯特洛的大业。"

提利昂在心中默想自己对瓦兰提斯的所有了解，那是九大自由贸易城邦中最古老也最骄傲的一个。有些事不对劲。即便只有半个鼻子，他也嗅得出来。"据说瓦兰提斯的自由民跟奴隶的比例是一比五，瓦兰提斯的执政官们凭什么要协助一位与奴隶贸易为敌的女王？"他指着伊利里欧，"还有你，你的立场又是什么？潘托斯的法律明令禁止奴隶制，你却私下涉足，很可能投入的资本远超我的估计。你本该反对龙女王，现在却筹划着拥护她登基，这到底是怎么回事？你想从丹妮莉丝女王那里捞到什么好处？"

"说来说去还是扯回来了？不依不挠的小家伙，"伊利里欧边笑边拍肚皮，"好吧，乞丐王曾许诺我财政大臣之位，还说要封我公爵头衔。只要能戴上那顶属于他的黄金王冠，他就允我任意挑选居城……连凯岩城也可以哟。"

提利昂忍俊不禁，刚喝下的酒从曾是他鼻子的丑陋孔洞里喷了出来，"这话要给我父亲听见就妙了。"

"其实你父亲大人不用担心。我要那一堆石头来做什么？我的宅子对任何人来说都够大了，也比你们四面漏风的维斯特洛城堡更舒适。至于财政大臣嘛……"胖子又剥开一颗鸡蛋，"我不否认我爱钱，有什么能比金币的碰撞声更悦耳呢？"

比如老姐的尖叫。"你确定丹妮莉丝会履行兄长的承诺？"

"她可能会，也可能不会，"伊利里欧一口咬下半个鸡蛋，"我不是跟你讲了嘛，我的小友，有时候人做事不一定为了索取回报。信不信由你，即便像我这样又老又胖的傻瓜也有朋友、也有人情债要还。"

撒谎，提利昂心想，一定有比金钱或城堡更值价的宝贝吸引你来进行这场投机。"义薄云天，粪土王侯，您这样的人在当代是快绝迹了。"

"是啊是啊。"胖子不理会他话中的讽刺。

"那么八爪蜘蛛是如何成为你的好朋友的呢？"

"我们年轻时就认识，当年是潘托斯城里的一对小子。"

"可瓦里斯是密尔人。"

"他确实是。他来潘托斯不久就被我收留了，恰好赶在奴隶贩子之前。他白天睡下水道，晚上像猫一样飞檐走壁。我那时也穷困潦倒，乃是个穿脏丝衣的刺客，靠手中的剑讨生活。你瞧见我家水池里的雕像了吧？我十六岁那年派索·玛拉恩为我雕的。很可爱是不是？虽然我现在看着它就想哭。"

"岁月是把杀猪刀嘛，我还为我的鼻子流泪呢。但瓦里斯……"

"在密尔，他是盗贼王子，直到竞争对手举报了他。来到潘托斯后，他的口音太引人注目，而一旦大家晓得他是个太监，他更是被众人鄙视、频频遭到殴打。我不知道他为什么选我做他的保护人，但总之我们达成了一份可靠的协议：瓦里斯负责刺探那些不上道的盗贼，伺机取得他们的赃物；我则联络失主，答应收取报酬来帮他们寻回损失。很快，城里几乎所有失主都上门来找我，而几乎所有的小偷和摸包贼都跑去找瓦里斯……其中一半是想割他喉咙，另一半则想卖掉自己的赃物。久而久之，我们都发了财，等瓦里斯训练出他的老鼠，更是财源滚滚来。"

"他在君临养了许多小小鸟。"

"我们叫他们老鼠。老一辈盗贼目光短浅，刚有点收获，晚上就买醉花个精光。瓦里斯不一样，他刻意搜寻孤儿和年轻女孩儿，挑出个子最小、行动最快、话也最少的那些。他不仅教他们爬墙钻烟囱，还教他们读书识字。我们的老鼠把金银财宝留给同行，专偷信件、账本、表格……后来索性偷也不偷了，只要看着背下来就行。瓦里斯说，秘密比银子、比蓝宝石还值钱。就是这样，我因为这个成了万人巴结的对象，以至于潘托斯亲王的表亲把自己没开苞的女儿嫁给了我，而太监的手段甚至传到狭海对岸正渴求某些服务的国王耳中。那位多疑的君主，连自己的儿子、妻子和首相都无法信任。也难怪，他的首相本是他童年好友，后来却变得傲慢骄横。剩下的故事相信你全知道了，不是吗？"

"略知一二，"提利昂承认，"看来，你不止是个奶酪贩子嘛。"

伊利里欧歪了歪头，"你过誉了，我的小友。我嘛，我觉得你正如瓦里斯大人宣称的那么聪明。"他笑笑，露出满嘴歪扭的黄板牙，又叫来一罐密尔火酒。

等总督大人抱着酒罐沉沉睡去，提利昂爬过枕头堆，把罐子从那团肥肉中解放出来，为自己又满上一杯。他一口饮尽，打了个呵欠，又满上一杯。火酒喝得多，他告诉自己，说不定能梦见龙咧。

他在凯岩城度过的孤独童年，常常整夜幻想自己骑龙翱翔，幻想自己是坦格利安家流落的王子，甚至是瓦雷利亚的龙王，高踞于九天之上。某年，叔叔们问他想要什么命名日礼物，他恳求叔叔们送他一条龙。"不用很大的龙噢，一条小的就好，跟我一样大的。"吉利安叔叔觉得这简直是他这辈子听过的最好笑的事，提盖特叔叔则解释道："孩子，最后一条龙在一个世纪以前就死掉啦。"这实在太不公平、太不公平了，所以小男孩那天哭着入睡。

然而若这奶酪贩子不是全然信口开河的话，意味着疯王的女儿的确孵出了三条龙。坦格利安王子也只能骑一条龙啊。提利昂几乎有些后悔杀死父亲了。要是知道坦格利安家的女王带着三条龙杀回维斯特洛，后头跟着摇旗呐喊的狡猾太监和肚子能装下半座凯岩城的奶酪贩子，真不晓得泰温公爵脸上作何表情。

侏儒吃得太撑，只好松开腰带，再解开马裤系带。主人家给他弄的这些小孩衣服，令他觉得自己像是十磅重的香肠被硬塞进五磅分量的肠衣里。照这么天天吃下去，等见到龙女王，我就跟伊利里欧一样胖了。轿外已是黑夜，轿内也一片漆黑。提利昂听着伊利里欧的鼾声、皮带的吱嘎声、马儿的铁蹄整齐而沉缓地踏在瓦雷利亚大道上，但在他心底，响起的却是皮革翅膀的拍打声。

醒来时，黎明已至。马儿们还在缓缓前行，轿子吱嘎吱嘎地摇晃。提利昂把帘布略微掀开一寸向外瞧，但外头除了赭色原野和光秃秃的褐色榆树外没什么好看的。此外就是路，像长矛一样笔直地向地平线延伸的宽阔石头路。他读过瓦雷利亚大道的记载，但这是头一回亲眼见到它。自由堡垒的势力范围一度远达龙石岛，但从未侵入维斯特洛本土。真是怪事一桩。龙石岛不过是海中的石头，真正的财富远在西方。他们有龙，应该对此一清二楚才对。

昨晚他喝得太多，此刻脑袋隐隐作痛，再微小的摇晃也令他泫然欲呕。虽然他没有开口抱怨，但苦恼一定全写在了脸上，被伊利里欧·摩帕提斯瞧在眼里，"来，咱们再喝几杯，"胖子劝道，"正所谓'以毒攻毒'嘛。"他拿来一壶黑莓甜酒，这酒太香，招来的苍蝇比蜜蜂还多。提利昂用手背挥开虫子，长饮一大口。发腻的甜味令他差点吐出来，不过第二杯就顺口多了。但他还是没胃口，挥手拒绝了伊利里欧弄来的一碗奶油黑莓。"我梦见了女王陛下。"他吐露，"我跪在她脚边宣誓效忠，她却把我错认成我哥哥詹姆，然后把我丢去喂龙。"

"让我们希望这是个无稽的梦吧。正如瓦里斯告诉我的，你是个聪明的小恶魔，而丹妮莉丝身边急需聪明人。巴利斯坦爵士固然忠勇，但我想，世上没有人会认为他行事机巧。"

"骑士嘛，解决问题总是一根筋——端平长枪，发起冲锋。侏儒看世界的角度天生就不一样。倒是你呢？你毫无疑问是个聪明人，怎不自己去？"

"你又过誉了。"伊利里欧摆摆手，"首先，我不适合作长途旅行，所以才把你送给丹妮莉丝以为代替；其次，你杀了你老爸，已是为女王陛下立下大功一件，相信以后立功的机会还多的是。丹妮莉丝可不是她老哥那样的傻瓜，她会好好用你的。"

用我作为开战把柄么？提利昂咧嘴一笑。

他们那天只换了三队马，但似乎每个钟头都会停下两次，好让伊利里欧爬出轿子去路边方便。这奶酪贩子真是大象的身子花生米样的膀胱，侏儒饶有兴味地想。某次停留期间，他抓住机会仔细研究道路。它果与书中记载一模一样：不是泥土、不是砖头、不是鹅卵石，而是由熔岩砌成的超长缎带。它高出地面半尺，方便疏导雨水和融雪。跟七大王国里通常被称作道路的泥巴小径截然不同，瓦雷利亚大道是货真价实的宽阔大路，足以容三辆马车并排行进，彼此毫无干扰，不会减缓交通速度。瓦雷利亚遭遇末日浩劫已有四个世纪，这些道路却历久弥新，诉说着过往的辉煌。他找不到任何裂缝或车印，路上只有马儿们撒下的、冒着热气的新鲜排泄物。

马粪让他又想起了父亲大人。老爸，你下地狱了没有？在那个美妙的寒冰地狱里，你可要看好我是怎么帮疯王的女儿夺回铁王座的哦。

轿子继续前进，伊利里欧就着一袋烤栗子，又说起龙女王。"不幸的是，我们关于丹妮莉丝女王的消息都有些过时，但有理由假定，她已自弥林城启程。毕竟她现在有了军队，包括几个良莠不齐的佣兵团、多斯拉克马队和无垢者步兵。毫无疑问,她会带着队伍向西,以求早日夺回父亲的王位。"伊利里欧总督用力拧开一罐大蒜蜗牛,闻了闻之后眉开眼笑。"你一定能在瓦兰提斯得到丹妮莉丝女王的新消息,"他从壳里吸出蜗牛肉。"龙和年轻女孩是一路货,任性得很,你要随机应变。反正,格里芬知道怎么处理。来几个蜗牛吧?大蒜是我自家园子里种的咧。"

蜗牛也比这轿子爬得快。提利昂挥开食物。"你好像蛮信赖这个格里芬。他也是你的青梅竹马吗?"

"不。用你们的话说,他是个佣兵,同时他也是维斯特洛人。丹妮莉丝的事业需要这样的人。"伊利里欧抬起一只手。"我懂!'佣兵把金钱看得比荣誉高,'——你一定在这么想——'这个格里芬会将我出卖给我姐姐。'你不必担心,我跟他情同手足。"

情同手足是吗?"那我也当他是手足般地信任好了。"

"在我们说话的当口,黄金团正向瓦兰提斯进发,去迎接东归的女王陛下。"

黄金在上,寒铁在下。"我听说黄金团跟某个自由贸易城邦有约。"

"是跟密尔,"伊利里欧咯咯笑道,"但合约可以撕毁。"

"看来奶酪生意比我想象的有赚头,"提利昂道,"你是怎么做到的?"

总督摇摇胖手指,"有的合约以墨水写成,有的则以鲜血书就,点到为止,我不多说了。"

侏儒琢磨着个中玄机。黄金团被誉为各大佣兵团中最厉害的一支,一世纪以前由庸王伊耿的私生子"寒铁"创建。当年,伊耿的私生子试图与他的嫡子争夺铁王座,寒铁加入了叛军。但红草原一战,戴蒙·黑火命丧沙场,叛乱随之失败。黑龙旗的支持者逃离战场后,多不愿屈膝投降,便漂洋过海去到狭海对岸。这其中包括戴蒙的儿子们、寒铁本人以及数百位失去封地的领主和骑士。为了生存，他们不得不当起佣兵，有的加入了破旗团，有的加入了次子团，还有的加入了慕女团。寒铁见黑火一家的势力四分五裂、即将冰消瓦解，便决心打造黄金团，以将流亡者们紧密团结起来。

从那至今，黄金团一直在争议之地讨生活，受雇于密尔人、里斯人或泰洛西人，为他们进行无休止的袭扰战争，同时梦想着夺回父祖辈的家园。他们是流亡者的子孙后代，一无所有，也从未被宽恕……但同时也是一支强大的武装力量。

"你的口才让我钦佩。"提利昂告诉伊利里欧，"黄金团一百多年来都在跟坦格利安家作对，如今你竟能让他们为这位甜美的坦格利安女王而战，真了不起。"

伊利里欧摆摆手，表示不以为意，"黑红不论，龙就是龙。凶暴的马里斯在石阶列岛丧命后，黑火一脉绝了男嗣，他们迟早会走出这步。"奶酪贩子透过分叉胡子笑道，"丹妮莉丝能为流亡者们做到寒铁和黑火都不能做到的事：带他们回家。"

用血与火。这也是提利昂渴望的回归方式。"我祝贺你，一万精兵将是份大礼，陛下必定格外感激你的服务。"

总督谦逊地点了下头，下巴上肥肉颤抖。"我可不敢冒昧假定陛下会感激什么。"

挺谨慎嘛。提利昂太清楚国王的感激是什么样了，女王会有不同吗？

总督不久又打起盹来，留下提利昂独自思考。他不知巴利斯坦·赛尔弥如何能与黄金团并肩作战。在九铜板王之战中，正是赛尔弥从黄金团中冲出一条血路，击杀了最后的黑火。然而阴谋叛国总能撮合同床异梦的奇特组合，反正也没有比我和这大胖子更不搭调的同路人了。

下一次换马时，奶酪贩子醒了，他要了一篮新鲜食物。"我们走了多远？"他们一边吃冷焖鸡和由胡萝卜、葡萄干、小块柠檬与橙子做的开胃菜，侏儒一边问。

"这里是安达斯，我的朋友，是你们安达尔人的故土，他们从原本居住在这里的长毛人手中夺来这片土地——那些长毛人是现今伊班长毛人的表亲。古代胡戈之国的中心还远在北方，我们只穿越了它的南部边境。在潘托斯，这片土地被统称为'平地'，在它的东方矗立着天鹅绒丘陵，那就是我们的目的地。"

安达斯。根据教会的教诲，七神曾化身人形行走在安达斯的丘陵上。"天父把手伸到天堂，摘下七颗圣星，"提利昂引述，"他把圣星一颗接一颗地放在丘陵之王胡戈头上，铸成一顶光辉灿烂的王冠。"

伊利里欧总督好奇地看着他，"我做梦也没想到我的小友如此虔诚。"

侏儒耸耸肩，"童年遗产而已。我打小就知道自己当不了骑士，便立志做总主教。水晶冠能让人高上一尺咧。我拼命研究宗教典籍，也拼命祈祷，直到磨破双膝。可惜自己眼高手低，到了年龄却贪念红尘，毁了这段修行。"

"爱上女人了是吧？我知道那种滋味。"伊利里欧伸出右手到左袖里取出一个银制吊坠盒，吊坠盒里有个栩栩如生的彩绘女人，大大的蓝眼睛，淡金色头发里点缀着银丝。"她叫西拉，我在里斯的青楼里找到她，买回家来暖床，到头来却娶了她。我，一个第一任妻子是潘托斯亲王表亲的人，娶了这样一个女人，王宫大门从此对我关闭。但我不后悔。能娶到西拉，这点代价不算什么。"

"她怎么过世的？"提利昂知道她已经死了，男人决不会深情地赞美抛弃自己的女人。

"一艘自玉海归来的布拉佛斯商船在潘托斯停靠。'宝藏号'。她带来丁香与藏红花、翡翠和黑玉，红的锦绣、绿的丝

绸……但也带来了灰疫病。我们在岸边杀光水手,又焚烧了商船,但船上的老鼠爬了出来,迈开冰冷的石脚把疾病带进码头。那场疫病夺去了整整两千人的性命。"伊利里欧总督阖上盒子。"她的手被我保存在卧室中,那双柔软的手……"

提利昂想起了泰莎。他抬头望向诸神曾行走的土地。"什么样的神会造出老鼠、瘟疫和侏儒?"他想起《七星圣经》的段落,"少女带来一位如垂柳般柔顺、眼睛好似深蓝池塘的女郎,胡戈发誓娶她。于是圣母让她多产,老妪预言她将为国王生下四十四个强壮的儿子。战士让他们身强力壮,而铁匠为他们每人打造了一副钢甲。"

"你们的铁匠一定是个洛伊拿人,"伊利里欧嘲弄道,"安达尔人是从河边的洛伊拿人那儿学会炼铁的。大家都知道。"

"我们的修士可不这么认为。"提利昂挥手扫过平原,"这所谓的'平地',现今住着什么人?"

"农民和劳工,他们被束缚在土地上。这里有果园、农场和矿藏……其中许多就在我名下,但我很少亲自打理。跟富饶繁华的潘托斯相比,这里有什么乐趣?"

"富饶繁华,"以及重重高墙保护。提利昂转着杯中酒。"离开潘托斯以来,没看见任何市镇。"

"这里的市镇早成了废墟,"伊利里欧朝帘外挥动一只鸡腿。"这片土地饱经马王们蹂躏,无论哪个卡拉萨想要看海,这里都是必经之地。你们维斯特洛人也该知道,多斯拉克人对城镇没有好感。"

"集中兵力歼灭一个卡拉萨,你就会发现多斯拉克人不太敢渡过洛恩河了。"

"用食物和礼品来收买敌人,不是更划算吗?"

真是的,如果带着奶酪上黑水河,兴许我还保得住鼻子呢。

泰温公爵素来藐视自由贸易城邦。他们用金子代替长剑打仗,公爵评价,钱固然有用,但战争还是要靠铁来赢得。"根据我老爸的理论,你给敌人的钱越多,他们就会回来索取更多。"

"是那个被你干掉的老爸吗?"伊利里欧把鸡骨头扔出轿外。"科霍尔之战早已证明,佣兵不是多斯拉克哮吼武士的对手。"

"连英勇的格里芬也不够格?"提利昂讥笑道。

"格里芬不一样。他全心全意爱着儿子小格里芬,告诉你,没有比那小子更高贵正直的孩子了。"

美酒佳肴,阳光普照,轿子摇晃,苍蝇飞舞,这一切都使得提利昂昏昏欲睡。他睡了又醒,醒了就喝。伊利里欧跟他拼酒。等天空变成暗紫色,胖子又打起呼噜来。

当晚,提利昂·兰尼斯特梦见了一场将维斯特洛的丘陵染成血红的大战。他就在战场正中,举着一把跟自己等大的斧头,与"无畏的"巴利斯坦和寒铁并肩奋战。魔龙在天空中盘旋。在梦中他有两个头,两个头都没鼻子。父亲是敌军统帅,所以他又杀了父亲一次,接着击毙了哥哥詹姆。他拿斧头把哥哥的脸砸成一团红色稀泥,每砸一下都会哈哈大笑。直到战斗结束,他才发现自己的另一个头已泣不成声。

醒来时,他畸形的腿僵硬得像铁块。伊利里欧在吃橄榄。"到哪儿了?"他追问对方。

"没走出'平地'呢,我的急性子朋友。不过我们很快就会进入天鹅绒丘陵,朝小洛恩河畔的葛·多荷城而去。"

葛·多荷是洛伊拿人的城市,瓦雷利亚的龙将它化为了冒烟废墟。这段旅程仿佛历史回溯之旅,提利昂心想,带我回到魔龙御世的年代。

于是提利昂继续着睡了又醒、醒了又睡的生活,日夜更替对他来说已不再重要。最终目睹天鹅绒丘陵时,他很失望。"兰尼斯

港半数婊子的奶子也比这些所谓的丘陵打眼，"他告诉伊利里欧，"不如改称它们天鹅绒奶头好了。"当天他们路过一圈耸立的石阵，伊利里欧坚持说那是巨人的杰作；其后又见到一个深湖。"这里原本有窝拦路强盗，"伊利里欧解说，"据说他们还住在湖底，在这里捕鱼的人都被拖进水下吃掉了。"隔天夜里，有尊瓦雷利亚钢铸造的巨大斯芬克斯像立在道旁，塑像有龙身和女人的脸。

"一个龙女王，"提利昂说，"好兆头。"

"可惜她的国王不见了。"伊利里欧让他注意旁边空空如也的石底座，那本是另一尊斯芬克斯像的所在，如今却被苔藓、藤蔓和野花覆盖。"马王们给它安装了巨大的木轮子，把它一路拖回维斯·多斯拉克。"

这也是个兆头，提利昂心想，只是不太鼓舞人心。那天晚上，他像往常一样喝醉了酒，忽然哼起歌来：

他奔驰在城里的街道，离开那高高的山冈。

马踏过鹅卵石阶小巷，带他到姑娘的身旁。

她是他珍藏的宝贝呀，她是他含羞的期望。

项链和城堡都是空呀，比不上姑娘的吻好。

他只记得这几句歌词了，除了那句：金手触摸冰冰凉呀，而姑娘小掌热乎乎。金手陷入喉头，雪伊用小手掌拼命打他，他已不记得她手上的温度，只记得她的力气逐渐衰弱，拍打好似飞蛾扑翅。他每扭一下项链，金手就陷得更深。项链和城堡都是空呀，比不上姑娘的吻好。她死后，他吻过她最后一次吗？他真的不记得……但他依然记得他们的第一次接吻，那是在绿叉河畔的营帐。她嘴的味道，很甜很甜。

他也记得跟泰莎的初吻。她不知道怎么亲吻，我也不知道，我俩老是鼻子碰鼻子，但当我终于触到她的舌头，她却发抖了。提利昂闭上眼睛回想她的面容，眼前浮现的却是父亲。父亲蹲在厕所里，睡袍拉到腰际。"妓女还能上哪儿去？"泰温公爵说，紧接着十字弓响起。

侏儒翻过身，把缺了半截的鼻子深埋进丝绸枕头里。睡梦犹如不可见底的深井在身下展开，他拽着自己跳下去，任由黑暗吞没……

商人的仆从

"冒险号"太臭了。

她有六十只桨、单桅帆,细长的船壳显出快捷的性能。麻雀虽小、五脏俱全。这是昆廷刚看到她时的想法,但等登上船、嗅到那股味道后,他不由得改变了主意。猪圈,这是猪圈,他吸了第二口气,发觉情况更糟。猪圈好歹臭得单纯,这船的味道是尿臭、屎臭和烂肉臭的混合,还带有尸臭、脓疮臭和伤口溃烂臭。臭味如此浓重,以至于把大海的咸味和港口的鱼腥气全给掩盖了。"我要吐了。"他告诉盖里斯·丁瓦特。他们站在闷热的甲板上等待船主现身,浓重的臭味从底下不断蒸腾上来。

"如果船长是这身味道,他可能会把你吐的东西当香水哟。"盖里斯回答。

昆廷正待建议换条船试试,船长却带着一左一右两个面目狰狞的水手出来会他们。盖里斯面带微笑地问候对方,尽管他的瓦兰提斯话不若昆廷说得好,但现下必须由他代表他们发言。原计划由昆廷扮演酒商,但他在板条镇的演技实在太次,所以这帮多恩人到里斯换船时,决定交换角色。"草鹬号"上,克莱图斯·伊伦伍德成了商人,昆廷是他的仆从;到瓦兰提斯之后,盖里斯接替了横死的克莱图斯。

盖里斯·丁瓦特高大俊美又纤细匀称,有一双碧蓝色眼睛,沙色头发中夹杂着阳光般的金丝。他昂首阔步,雄赳赳气昂昂,自信得近乎自负。他也从不拘束,即便当地话说得不流利,也有办法与人沟通。与之相比,昆廷实在有些寒酸——腿短、矮壮,头发是新翻泥土般的褐色。他前额太高,下巴太方正,鼻子则太宽。你长了张老实人的脸,一位女孩曾对他说,要是肯多笑一笑就好了。

昆廷·马泰尔跟他父亲大人一样,几乎从来不笑。

"'冒险号'船速如何?"盖里斯的高等瓦雷利亚语有些含糊。

"冒险号"的船主认出他的口音,便改用维斯特洛通用语作答。"尊贵的老爷,您找不到比这条船更快的船了。冒险号比风跑得还快。只消您开口,我就会以最快的速度将您送达目的地。"

"我和我的两名仆人想去弥林城。"

弥林城令船长踌躇。"我去过弥林,路我熟,可……可您们去哪里干什么?弥林不做奴隶生意了,去那里无利可图。银女王废除了奴隶贸易,甚至关闭了竞技场,搞得我们这帮可怜的水手除了干等装货,都没处找乐子。说说看,维斯特洛来的朋友,你们去弥林到底想干啥?"

我要去找世上最美丽的女人,昆廷想,若诸神保佑,我要她做我的新娘。他时常在夜里幻想出她的容颜和娇躯,并不由得深深怀疑这样的女人怎么会下嫁给他。全世界有那么多漂亮王子可供选择。可我代表着多恩,他提醒自己,她需要多恩领的力量。

盖里斯背出事先编造的托词,"我们家世代经营葡萄酒,我父亲在多恩领占有广大的葡萄园,他希望为家族产业开拓新市场。弥林城的善男信女们就是我们的下一个目标。"

"葡萄酒?多恩葡萄酒?"船长并不相信他的话,"奴隶城邦都在打仗,莫非你不知道?"

"据我们所知,交战的是渊凯和阿斯塔波,不关弥林的事。"

"现在是没有,但它很快就会卷入。黄砖之城的使者现下就在瓦兰提斯,大肆招募佣兵。长枪团已受雇上船去了渊凯,风吹团和

猫之团只等补充完人手、也会随后跟去。黄金团正兼程朝东行军。大家都知道。"

"话虽这样说，但我们不是去打仗，而是去卖酒的。吉斯卡利酒是公认的劣酒，我们家上好的多恩佳酿可以在弥林卖个好价钱。"

"死人才不管自己喝什么酒咧。""冒险号"的船主捻着胡子，"我不是你第一个找上的船长，甚至不是第十个。"

"不是。"盖里斯承认。

"你找过多少人？有没有一百个？"

差不多有这个数，昆廷心想。瓦兰提斯人热衷于夸耀可以把布拉佛斯的百余列岛全部沉没在他们的深水港里。昆廷没去过布拉佛斯，但他相信这说法。瓦兰提斯城占据了整个洛恩河口，从河岸两边延展到内陆的丘陵和沼泽，好似一对肥厚湿润的嘴唇，富饶而又成熟到糜烂。这里有来自世界各地的船只，河船与海船挤满了大小码头，忙着装卸货物。这里有战船、捕鲸船和贸易划桨船，有大帆船和小帆船，有平底船、大型平底船、长船和天鹅船。这里有从里斯、泰洛西与潘托斯来的船，有大如宫殿的魁尔斯香料船，有脱罗斯、渊凯与蛇蜥群岛的船。如此多的船，以至于昆廷在"草鹞号"上第一眼看到港口时，便信心满满地对朋友们宣布，最多只需耽误三天时间。

结果二十天过去，他们仍一无所获。"梅兰亭娜号"、"执政官之女号"和"人鱼之吻号"一口回绝；"大胆航海家号"的大副当面嘲笑他们；"海豚号"的主人咒骂他们浪费时间；"七子号"的船长则认定他们是海盗——这还仅仅是第一天的遭遇。

只有"小鹿号"的船长给了他们一个解释。"我的确是要航往东方，"喝过掺水的葡萄酒后，他承认，"南行绕过瓦雷利亚，去日出之地。我们会在新吉斯补充食物和淡水，然后放桨全速划向魁尔斯和玉海之门。航海都要冒风险，航程越远，风险也就越大。我凭什么要去奴隶湾，额外添上一笔风险呢？'小鹿号'是我的命，我不能为了三个想冲进战场的多恩疯子就拿她来冒险。"

昆廷开始后悔他们没在板条镇买艘船了。不过这样做肯定会引起不必要的注意。八爪蜘蛛的间谍无处不在，阳戟城的厅堂内也不免有他的人。"如果你被人发现，多恩领会血流成河，"父亲警告过他，当时他们一起看着孩子们在流水花园的池子和喷泉中嬉闹。"你别忘了，我们所做的是叛国大罪。你只能信任自己的同伴，决不能引人注目。"

盖里斯·丁瓦特对"冒险号"的船长摆出最迷人可亲的微笑，"真人面前不说假话，那些懦夫确实拒绝了我。但在商人之屋，我听说你是条汉子，只要有金子赚，上刀山下火海也在所不辞。"

他是个走私者，昆廷心想。在商人之屋，商人们把"冒险号"的底细告诉了他。"他不仅是个走私者，还是个奴隶贩子。但他或许是你最大的希望。"店主吐露道。

船长搓着拇指和食指问："要我干这活儿，你准备了多少金子？"

"你平常载客去奴隶湾的费用翻三倍。"

"一人翻三倍？"船长露出牙齿，可能是想笑，却让他的窄脸显得更凶狠了，"或许我可以考虑。比起那帮怂人，我算得上胆大了。你们打算何时动身？"

"明天就很好。"

"成交。日出前一小时，带你的朋友和你的酒上船。我们趁整个瓦兰提斯还在沉睡时溜出去，这样不会有人多问问题。"

"说定了。日出前一小时。"

船长展开笑颜，"我很荣幸能帮上忙。咱们干一杯，预祝航行顺利？"

"好的。"盖里斯道。于是船长叫来麦酒,两人为合作愉快对饮了一杯。

"这人的嘴巴真甜。"事后盖里斯评论道。他与昆廷走下码头,雇来的象车正在那里等。空气窒热沉闷,阳光夺目刺眼,刺得两人都眯起了眼睛。

"整座城市都很甜,"昆廷表示同意。这是一座甜得足以烂掉牙齿的城市。瓦兰提斯周边大规模种植了甜菜,几乎每道菜里都有它。瓦兰提斯的特色菜甜菜冷汤,粘稠浓郁,好像紫色蜂蜜。连这里的酒也是甜的。"不过,恐怕我们的旅行会很短暂。甜嘴船长是不会带我们去弥林的,他连讨价还价都没有就接受了条件。毫无疑问,他是会先收下三倍的钱,但等我们上船离开陆地的视线范围,他就会割了我们的喉咙,把所有金子都占为己有。"

"或把我们用铁链拴在桨上,跟那些臭叫花子可怜虫一起划船。看来,我们得找个更靠谱的走私者喽。"

车夫等在象车旁。维斯特洛用牛车载人,而这辆车不仅从装饰上说比昆廷在多恩见过的牛车都更华丽,还是由矮象牵引。矮象的肤色就像肮脏的积雪。古瓦兰提斯街上到处是这样的矮象。

昆廷宁肯走路,但回旅馆有好多里路要走,而且商人之屋的店主好心提醒他们:在瓦兰提斯本地人和外国船主们眼中,徒步旅行有损尊严。上等人坐舆轿,再不济也得雇辆象车……店主人说真凑巧,他表亲就是经营象车的大户,正好帮得上忙。

车夫是店主表亲的奴隶,身材矮小,一边脸颊上有个轮子的刺青。除一块腰布和一双凉鞋,他什么也没穿。他有柚木色的皮肤,燧石般的眼睛,他扶他们坐到安装在两个巨大木轮间的软椅上,自己爬到矮象背上。"回商人之屋,"昆廷吩咐,"沿码头走。"若是离开微风吹拂的水滨,席卷瓦兰提斯城街道巷弄的热浪能让人被自己出的汗水给淹死。至少在河这头是这样。

车夫用本地话朝矮象吼了几句，那动物便移动起来，鼻子左右摇摆，象车随之颠簸前进。车夫不断呵斥着周围的水手和奴隶，以清出通路。水手和奴隶很容易区分。奴隶都有刺青：有的满脸刺成蓝色羽毛面具，有的刺了一条从额头贯穿到下巴的闪电，有的在一边脸颊上刺了豹斑、刺了一枚硬币、一个骷髅头或一个水壶等等。凯德里学士估计瓦兰提斯城中自由民和奴隶的比例是一比五，可惜他没能活着来证实自己的推断。那天早上海盗涌上"草鹨号"，他以身殉职。

那天昆廷还失去了另外两个朋友——一脸雀斑、满嘴烂牙、用起枪来无所畏惧的威廉•威尔斯爵士；英俊潇洒，可惜视力不佳的克莱图斯•伊伦伍德，他那么地好色、那么地爱笑。昆廷这辈子一半的岁月有克莱图斯为伴，他是昆廷最好的朋友，虽然没有血脉相连，却与他情同手足。"替我亲吻你的新娘子，"临死前，克莱图斯低声对他说。

海盗在黎明前的黑暗掩护下，杀上抛锚在争议之地某处岸边的"草鹨号"。船员们奋力抵抗方才保住船，但付出了十二条性命的代价。战斗结束后，船员们剥光死去海盗的靴子、皮带和武器，瓜分了海盗的钱包，又取走宝石戒指和耳环。有个海盗实在太胖，为取得戒指，船上的厨子不得不拿切肉刀剁下他的指头；之后合三人之力，才把尸体推下海。其他海盗也被统统推进了海里，没有一句祷词，也没有任何仪式。

船员们对自己的死者比较尊重。他们用帆布包裹死尸，往里面塞满碎石，好让尸体沉得更快。"草鹨号"的船长先带领手下为遇害同伴的灵魂作了番祷告，才来照管他的多恩乘客。从板条镇出发的六个人，到这时只剩三个。大人物也从货舱深处现身，他一路晕船，吐得天昏地暗，这时脚步蹒跚地挣扎着走上来为同胞献上最后的敬意。"把他们交给大海之前，你们找个人说几句吧，"船长建

议。盖里斯担起了这个责任,但他说的每一个字都是谎话,因为他们不敢暴露身份,更不能暴露此行的目的。

事情不该是这样。"这将是一个讲给孙子们听的传奇故事,"从城堡出发时,克莱图斯兴奋地断言。小威听了扮个鬼脸,"你的意思是讲给酒馆侍女听的故事吧,好让她们掀裙子。"克莱图斯拍了他一掌,"要有孙子,就得有儿女,要有儿女,当然得有人掀裙子喽。"到了板条镇,这帮多恩人为昆廷未来的新娘干杯,为昆廷的新婚之夜开了些下流玩笑,还谈起未来将要见识的奇观、未来将要成就的事迹以及未来将要获得的荣耀。结果他们得到的只是塞满碎石头的帆布袋。

昆廷怀念小威和克莱图斯,但无法替代的损失却是凯德里学士。凯德里通晓九大自由贸易城邦的语言,甚至精通奴隶湾沿岸的混血吉斯卡利话。"凯德里师傅会帮助你,"分别前夜父亲告诉他,"听从他的谏言。他花费了半生工夫来研究九大自由贸易城邦。"昆廷不知道,若有学士的协助,他们的任务是不是会轻松许多。

"为了一丝凉风,我可以卖掉我老妈,"象车在港口的人群中穿行,盖里斯说,"还不到中午,浑身就湿得像女人的小穴。我讨厌这座城市。"

昆廷深有同感。潮湿闷热的瓦兰提斯逐渐吸干了他的斗志,让他烦躁乏力。最让人受不了的是,连晚上也得不到解脱。在伊伦伍德大人的家堡北边的山间草地,不管白昼多么炎热,入夜后空气总是清新凉爽;瓦兰提斯的夜晚则跟白天一样酷热难熬,让人汗流浃背。

"去新吉斯的'女神号'明天启航,"盖里斯提醒他,"那里至少离目的地更近。"

"新吉斯是个岛,港口比这里小得多。到了当地,我们距离是近了,但很可能被困住。况且新吉斯已跟渊凯结盟。"对此昆廷并不吃惊,毕竟两个都是吉斯卡利人的城市。"若瓦兰提斯也加入它们的行列——"

"我们得找条维斯特洛船,"盖里斯建议,"来自兰尼斯港或旧镇的商船。"

"国内没有几条船会航行到这么远的地方。即便有,也是装满了从玉海搞到的丝绸与香料,急不可耐地要运回国去。"

"布拉佛斯船如何?据说紫帆航行远及亚夏和玉海诸岛。"

"布拉佛斯人是逃亡奴隶的后代,他们从不去奴隶湾做买卖。"

"我们的钱够买下一艘船吗?"

"那谁来驾驶呢?你?还是我?"自娜梅莉亚烧掉万船舰队至今,多恩领都不事航海。"瓦兰提斯周围海域危险重重,海盗神出鬼没。"

"我受够了海盗,那还是别买船啦。"

这一切对他而言不过是个游戏,昆廷意识到,和以前带我们六个爬上高山去找秃鹰王的老巢没区别。盖里斯·丁瓦特完全不去设想他们有失败的可能,甚至有丧命的风险,即便三个伙伴的死也没能让他汲取教训。他把汲取教训的任务留给了我。他知道我天性谨慎,而他生来鲁莽。

"也许大人物说得对,"盖里斯爵士又道,"让大海见鬼去吧,剩下的路我们走过去。"

"你明知他为什么这样讲,"昆廷道,"他宁死也不想踏上另一艘船了。"船上的每一天,大人物都狂呕不止。在里斯,他花了整整四天来恢复体力。大家不得不在旅馆里为他租下一间带羽毛床的房,好让凯德里学士用肉汤和草药为他调理,直到他脸上慢慢有了点血色。

走陆路的确去得了弥林,瓦兰提斯和弥林之间有古瓦雷利亚大道相连。这是自由堡垒修筑的伟大石头路,被人们称为"巨龙之路"——只不过自瓦兰提斯向东的路段得到了一个不祥的名讳:恶魔之路。

"恶魔之路危险又缓慢。"昆廷续道,"而女王现身的消息一旦传到君临,泰温·兰尼斯特便会派出杀手,"父亲很确定这点,"加害女王陛下。如果他们先于我们赶到——"

"就只好寄望于她的龙能把坏人闻出来吞下肚喽。"盖里斯说,"好吧,咱们找不着船,你又不许骑马,看来只好打道回府啦。"

卷起尾巴、像丧家之犬一样返回阳戟城?想到要令父亲失望,昆廷无法承受,而他也不想面对沙蛇们的嘲笑。道朗·马泰尔把多恩领的命运交到了他手里,只要一息尚存,他便不能辜负父亲。

象车包铁框的轮子吱嘎颠簸,街道上热气升腾,周围景物一片朦胧。水滨有众多仓库和码头,各式商铺与摊位。在这里可以买到新鲜牡蛎、铁链镣铐,乃至象牙和玉石雕刻的席瓦斯棋子。这里也有许多神庙,异乡的水手来这里供奉异乡的神。这里更密密匝匝挤了无数花柳青楼,女人们在阳台上揽客。"瞧那位,"经过某家妓院时,盖里斯指给他看,"我觉得她爱上你了。"

妓女的爱情值几个钱?说实话,女人让昆廷紧张,尤其是漂亮女人。

初到伊伦伍德城,他便疯狂地迷恋上伊伦伍德大人的大女儿伊恩丝。但自己的感受,他一个字也没告白,只满足于做白日梦……几年后,她嫁给神恩城的继承人罗热·艾利昂爵士。后来再见到她,她已有了两个儿子,一个躲在她裙子后面,另一个还在她胸口喝奶。

伊恩丝之后,他又爱上丁瓦特双胞胎,那是一对黄毛丫头,喜欢放鹰打猎和攀岩运动，也喜欢联手挑逗昆廷。其中一位享有了他的初吻，虽然他始终没弄清那是姐姐还是妹妹。作为有产骑士的后代，两人都不够格与多恩领继承人成婚，不过克莱图斯认为亲吻什么的大可不忌。"婚后你可以收她们当情妇嘛，挑一个、还是两个一起打包都随你。这有什么难为情？"但昆廷不愿这么做，之后都尽力躲着她们，自然也就没了第二个吻。

最近，伊伦伍德大人让他的小女儿跟着昆廷在城堡里转悠。关妮赛才十二岁，人又小又瘦，黑眼睛，棕色头发——这让她在蓝眼金发的家人中显得与众不同。不过她很聪明，称得上心灵手巧，她真心诚意地邀请昆廷等待她初潮到来，然后娶她。

但这是道朗亲王召他回流水花园之前的事。现在他的目标是弥林城里那位世上最美丽的女人，他必须履行责任，将她娶回多恩。*她不会拒绝我，我们订有神圣的协议。*为赢回铁王座，丹妮莉丝·坦格利安需要多恩领的支持、他的支持。*可她不见得会爱上我，她甚至可能讨厌我。*

河流入海处有个大拐弯，街道也随之弯成弧形。拐弯处有许多动物贩子，出售宝石装饰的蜥蜴、镶嵌大环的巨蟒，还有长着斑纹尾巴和粉色巧手的机灵小猴子。"你的银女王或许喜欢猴子呢，"盖里斯建议他买一只。

关于丹妮莉丝·坦格利安喜欢什么，昆廷一点概念也没有。他向父亲承诺一定会把她娶回多恩，现在却越来越怀疑自己能否胜任。

*我不是自愿接受这项使命的，*昆廷想。

越过浩瀚的蓝色洛恩河，他能看见瓦雷利亚人修筑的黑墙——当时的瓦兰提斯不过是瓦雷利亚帝国的前哨站——这道椭圆形巨墙乃是由融化的巨石砌成，足有二百尺高，顶上能容六乘四匹马拉的战车并驾齐驱。每年在城上都会举行这样的六车比赛，以庆祝瓦兰

提斯的建城日。外国人、乡巴佬和自由民未经城内人士邀请，均不得进入黑墙。那里居住的都是血统能追溯到瓦雷利亚的旧贵族。

现在交通变得更加拥挤，因为他们接近了连接东西城区的长桥。他们现下在西城区，街上全是载货马车、手推车和象车，这些车大都是冲桥去或从桥上过来的。奴隶更是多得跟蟑螂一样，为了主人的差事四下奔忙。

眼看快走到鱼贩广场和商人之屋了，附近的十字路口忽然传来一阵叫嚷，紧接着身着华丽盔甲和虎皮披风的十二名无垢者长矛手忽然现身，呼喝众人为执政官的大象让路。执政官的大象是个灰色的庞然大物，身披精致的瓷釉铠甲，它一边走，铠甲一边发出碰撞的轻响。大象背上驮了个高高的堡楼，堡楼太高，以至于刮到了城里的精雕石拱门。"执政官身份尊贵，任职的那一年，他们的脚都不能接触土地。"昆廷告诉同伴。"无论上哪他们都得乘坐大象。"

"然后阻塞交通，再拉一堆象粪招待我们这种人是吧？"盖里斯说，"真搞不明白，偌大的多恩领只需要一位亲王，小小的瓦兰提斯却要三个！"

"执政官和亲王、国王都不同。瓦兰提斯和瓦雷利亚一样是自由堡垒，有地产的自由民分享统治权，甚至有地产的女人也可以投票。瓦兰提斯的三位执政官是从血统可以不被打断地追溯到古瓦雷利亚的贵族家族中投票选出的，他们从一年的元旦当天开始执政，直到下一个新年。这些是常识，你肯读读凯德里师傅给你的书就都明白了。"

"书上又没有插图。"

"书上有地图的啊。"

"地图不算。如果他早说可以读到老虎和大象的事，我或许会试试。我最烦枯燥的历史了。"

象车走到鱼贩广场。那矮象举起象鼻，像鹅叫一样发出抗议的声音，最后才心不甘情不愿地一头扎进载货马车、舆轿和行人汇织成的车水马龙中。车夫用脚后跟戳着矮象，催促它快走。

鱼贩子们全体出动，吆喝叫卖早上的渔获。这帮人叫嚷的土话，昆廷两句里只听得懂一句，但无需听得太真切也知道他们在做什么。他看见了鳕鱼、旗鱼和沙丁鱼，看见一桶桶贻贝捞蛤。有家铺子门口挂着一长排鳗鱼；另一家铺子展示了一只巨龟，它有马那么重，四脚都用铁链拴起来。螃蟹在装满海草的海水桶子里爬来爬去。很多小贩用洋葱和甜菜烤鱼排，或售卖用小铁罐炖的辛辣鱼汤。

广场中央，一个没了脑袋的破损执政官雕像下，一群人正在围观侏儒表演。两名侏儒穿上木盔甲，模仿骑士进行长枪比武。昆廷看见一个侏儒骑的是狗，另一个侏儒跳上了一头猪……不料却从猪身上摔下来，周围哄堂大笑。

"挺有意思的，"盖里斯说，"停下来看他们打架如何？小昆，你得学会笑一笑，你看起来就像个便秘了半年的老头子。"

我才十八岁，比你还年轻六岁，昆廷想，我不是老头子。然而他说出口的却是："看侏儒表演滑稽剧有何意义？除非他们有船。"

"就算他们有船，只怕也是侏儒船。"

四层楼高的商人之屋耸立在港口区，码头和仓库环绕着它。在这里，来自旧镇和君临的商人，与他们在布拉佛斯、潘托斯及密尔的同行齐聚一堂。这里还有长毛的伊班人，乳白色皮肤的魁尔斯人，穿羽毛披风、皮肤炭黑的盛夏群岛人，甚至有从阴影旁的亚夏来的、戴面具的缚影士。

昆廷从象车上下来，隔着皮靴他也能感受到脚下铺路石的热度。商人之屋门外的荫凉地里摆了张搁板桌，桌旁树起一根蓝白条纹的燕尾旗，迎风飘动。四个面目不善的佣兵懒洋洋地坐在桌子旁，朝每一位路过的男人或男孩大喊大叫。这些都是风吹团的军士，昆廷知道，启程去奴隶湾之前，他们在努力招揽新手。签下合约的人会在渊凯方作战，与我未来的新娘为敌。

一名风吹团的军士叫住他们。"我听不懂你的话，"昆廷回答。他精通高等瓦雷利亚语的读写，但口语练习不多，更何况瓦兰提斯人说的瓦雷利亚话与原版相比变化太大。

"维斯特洛人？"对方换成通用语。

"我来自多恩，我主人是个酒商。"

"主人？见鬼去。你是奴隶吗？跟我们走，做自己的主人。你想碌碌无为地死在病床上么？我们会教你用长剑和长枪，你会跟'褴衣亲王'一起上战场，赚到比领主老爷们还多的钱。男孩、女孩、金银财宝，当个男子汉，这些都不在话下。我们是风吹团，干翻女神，操她屁眼！"

两个佣兵跟着大声唱起歌，这似乎是他们的行军曲。昆廷能听出个大概。我们是风吹团，他们唱道，随风吹到奴隶湾。宰杀屠夫王呀，再把真龙女王干。

"若克莱图斯和小威还在，我们这就去把大人物叫出来，一起宰了他们，"盖里斯恨恨地说。

克莱图斯和小威都不在了。"别管他们，"昆廷吩咐。他们推门进入商人之屋，佣兵在他们身后肆意嘲讽，骂他们是没血性的懦夫和吓破了胆的姑娘。

大人物等在二楼他们的房间里。虽然"草鹨号"的船长极力保荐这家旅馆，但对于随身携带的黄金与物品，昆廷仍然倍加防范。港口向来是小偷、探子和妓女的聚集地，而这些在瓦兰提斯又格外地多。

"我正想出去找你们，"阿奇巴德·伊伦伍德爵士在他们身后把门闩锁上。他的表弟克莱图斯给他取了"大人物"这么一个外号，算是名副其实。阿奇身高六尺半，肩膀宽阔，肚子浑圆，腿粗得像树干，手粗得像火腿，而且没有脖子。童年时染的病让他掉光了头发，秃头活像一颗光滑的粉色卵石。"那么，"他问，"走私者怎么说？弄到舟了没？"

"是船。"昆廷纠正，"是的，他愿意搭我们一程，去最近的地狱。"

盖里斯坐到吊床上，脱下靴子。"不如打道回府，折回多恩去吧。"

大人物接口："我还是建议走恶魔之路。或许这条路没那么可怕。即便传说不假，挑战它也可以赢得更多荣耀。谁敢拦我们？仗剑的小丁，挥锤的我，哪个恶魔打得过？"

"要是丹妮莉丝在我们抵达前就被害死了呢？"昆廷说，"我们必须坐船，迫不得已，'冒险号'也得上。"

盖里斯笑道："看来你对这丹妮莉丝的饥渴远远超乎我的想象，连几个月的恶臭生活也不顾了。我敢打赌，不出三天我就会乞求他们杀了我。不行不行，王子殿下，我求你，千万别乘'冒险号'。"

"难不成你有更好的办法？"昆廷反问。

"我有，是刚刚冒出来的。我向你坦白，这个法子有点冒险，而且不太荣誉……但比起走恶魔之路，它能让你更快地见到你的女王。"

"快告诉我，"昆廷·马泰尔吩咐。

琼恩

琼恩·雪诺翻来覆去地读着那封信,直到文字变得模糊,挤成一团。我不该在信上签名,我不能在信上签名。

他差点把这张羊皮纸当场烧掉,但最终只啜了口麦酒——这半杯残酒是他前晚独进晚餐时剩下的。我必须签名。他们推选我为他们的总司令。长城是我的了,守夜人军团也是我的。守夜人是不偏不倚的。

当忧郁的艾迪·托勒特开门告诉他,吉莉到了时,他感到片刻安慰,忙把伊蒙师傅的信放到旁边。"叫她进来,"他也恐惧着这次摊牌,"去找山姆。我接下来就跟他谈。"

"他一定是在地下看书。我家老修士常说,书是会说话的死人。依我看,死人就该乖乖闭嘴,没人想听死人唠叨。"忧郁的艾迪低声埋怨着蛆虫和蜘蛛走开了。

吉莉进门后立刻跪下。琼恩绕过桌子把她扶起来。"你无需对我下跪。我不是国王。"吉莉做过别人的老婆,现在又成了母亲,但在他眼中还是个孩子,是一个用山姆的旧斗篷包裹起来的苗条小东西。那斗篷实在太大,甚至能藏住好几个她。"孩子们都好吗?"他问她。

野人女孩在兜帽底下羞怯地笑了,"是的,大人。我一开始担心自己的奶水不够养活两个孩子,结果他们喝得越多,我的奶水也就越多。他们很强壮。"

"我有些不好的消息要告诉你,"他几乎脱口而出"求你",但在最后一刻忍住了。

A SONG OF ICE AND FIRE

"是说曼斯吗？瓦迩恳求国王饶了他，若能换曼斯一命，她宁愿下嫁某个下跪之人，事后也不会割丈夫的喉咙。但国王饶恕的却是骸骨之王。卡斯特曾发誓，骸骨之王在他的堡垒前现身就是找死。真的，那家伙做的坏事比曼斯多上一倍。"

而曼斯所做的不过是率领大军攻向那个他曾誓言守护的王国？"曼斯跟我们一样发过誓，吉莉，后来却当了变色龙，娶了妲娜，自封为塞外之王。他的生死将由国王判决。我们今天要谈的不是他，而是他的孩子。妲娜的儿子。"

"小宝贝出事了？"她声音颤抖。"他可没违背任何誓言啊，大人。他还只懂得睡觉、哭啼和喝奶。他没伤害过任何人。请别让她烧死他，救救他吧，求您了。"

"只有你能救他，吉莉。"琼恩坦诚相告。

换作别的女人，或许会冲他尖叫、诅咒他、要他下七层地狱；换作别的女人，或许会在狂怒中扑向他、扇他的耳光、踢他或用指甲抠他的眼睛；换作别的女人，会好好给他点颜色看。

但吉莉只是摇着头，"不，求您了，不。"

乌鸦记住了这个词。"不，"它尖叫道。

"拒绝合作，那男孩就会被烧死。也许不是明天，不是后天……但等不了多久，等梅丽珊卓想要唤醒魔龙、改变风向，或是其他需要国王之血的法术时，那时曼斯早已被烧成了灰，她火堆上的牺牲品只能是他儿子。史坦尼斯不会拒绝她的要求。你不带这孩子走，她一定会烧死他。"

"我走，"吉莉道，"我带他走，两个孩子一起，妲娜的孩子和我的孩子。"泪水滚下她的脸颊——若非烛光映得它们发亮，琼恩还不知道她在哭。卡斯特的老婆们一定教导女儿要闷在枕头里哭泣，甚至是到外头去哭，以免遭卡斯特毒打。

琼恩将用剑的手握紧成拳。"你把两个孩子都带走，必将引

来后党人士的追捕,等被抓回来,那男孩依然会被烧死……你也会跟他一起死。"若我出言安慰,她或许会以为眼泪可以动摇我的意志。她必须认清我是决不可能让步的。"你只能带走一个孩子:妲娜的孩子。"

"作母亲的不可以丢弃自己的儿子,否则将遭到永远的诅咒。丢弃儿子决不行。我和山姆,我们共同拯救了他。求您,求求您,大人。我们没让寒冷夺走他的生命。"

"人们都说,冻死几乎毫无痛苦,但被火烧……你看到这蜡烛了吗,吉莉?"

她望进焰苗,"嗯。"

"摸摸它。把你的手放上去。"

她棕色的大眼睛瞪得更大,她没动。

"放上去。"杀死心中的男孩。"快。"

女孩颤抖着伸出手,高抬在颤抖的烛焰之上。

"压低。碰它。"

吉莉压低手掌。一寸。又一寸……当火焰接触到皮肤,她立刻缩回手,啜泣起来。

"被烧死是最残酷的。妲娜用自己的生命换来了这个孩子,但养育他、呵护他的是你。你曾从冰雪里拯救过自己的孩子,现在你要从烈火中拯救她的孩儿。"

"那他们一定会烧死我的孩子。那个红袍女没安好心,她要得不到妲娜的孩子,就一定会烧死我的孩子。"

"你的孩子没有国王之血,梅丽珊卓烧死他没有任何价值。史坦尼斯企图鼓动自由民为他而战,若没有正当理由,他也不会烧死无辜者。你的儿子很安全。我会给他找个奶妈,并将他置于我的保护之下,让他在黑城堡茁壮成长。他将学会打猎骑马,学会长剑、斧头和弓箭的技巧。我还会让人教他读写。"山姆会喜欢这点的。

"到了合适的年纪,他将得知自己真正的身世。到时候如果他想来找你,我会准许他自由离开。"

"你会让他做乌鸦的。"她用苍白的小手背擦去泪水。"我不同意,不同意。"

杀死心中的男孩,琼恩心想。"你一定得同意,否则我向你担保,他们烧死妲娜的孩子那天,你的孩子也难逃一死。"

"死,"熊老的乌鸦厉声说,"死,死,死。"

女孩颓然坐下,缩成一团,呆望着蜡烛,泪水在眼眶中聚集。过了一会儿,琼恩说:"你走罢。此事不许外传,你自己做好在明天日出前一小时出发的准备。我会派人来接你。"

吉莉站起来,苍白无言地离开,没再回头看他一眼。琼恩听见她急匆匆的脚步,她几乎是跑过了兵器库。

琼恩过去关门时,发现白灵在砧板底下伸展身子,嘴里叼着一根牛骨。大白狼抬头看向靠近的他。"你也该回来了,"他坐回座位,重新读起伊蒙学士写的信。

山姆威尔·塔利没多久就到了,腋下夹着一大堆书。莫尔蒙的乌鸦见他进来便飞去索要玉米。山姆尽量满足它,他从门背后的袋子里掏出玉米去喂。乌鸦用力啄他的手掌,山姆不由得叫了一声。乌鸦飞回空中,玉米粒撒得到处都是。"那坏蛋有没有弄破你的皮?"琼恩问。

山姆小心翼翼地摘下手套。"有啊。我在流血呢。"

"我们都会为守夜人军团流血。戴上厚点的手套。"琼恩用脚把一张椅子推到山姆面前。"坐下,看看这个。"他将羊皮纸递给山姆。

"这是什么?"

"一面纸糊的盾牌。"

山姆读得很慢。"给托曼国王的信?"

"在临冬城，托曼曾跟我弟弟布兰用木剑打斗。"琼恩回忆着当时的情形。"他穿着那么多衬垫，看上去就像一只填鹅。后来，布兰将他击倒在地。"他走到窗边，掀开百叶窗。外面空气虽冷，但很清爽。天空是铅灰色的。"现在布兰死了，白白胖胖的托曼坐上了铁王座，他的黄金卷发上顶着王冠。"

听到这话，山姆脸上的表情有些奇怪。有一瞬间，他觉得山姆似乎有话要说，但后者最终只吞了口口水，继续读信。"你没在信上签名。"

琼恩摇摇头，"熊老上百次地向君临求助，他们送来的却是杰诺斯·史林特。一旦兰尼斯特听说我们收留了史坦尼斯，只怕再谦卑的信件也无法获取同情。"

"我们收留他是为了防守长城，又不是帮他进行战争。这里面说得很清楚。"

"泰温公爵会在意其中差别吗？"琼恩把信拿回来。"他为什么要帮我们？他从来没有付出过。"

"嗯，也许他不愿听人们议论说当史坦尼斯千里迢迢赶来保卫王国时，托曼国王却在玩玩具。那会让兰尼斯特家族蒙羞的。"

"蒙羞？说心里话，我想带给兰尼斯特家族毁灭与死亡。"琼恩念起信。"守夜人军团决不参与七大王国的战争，我们立誓守护整个国度，而今国家已危于累卵。史坦尼斯·拜拉席恩协助我们对抗长城外的敌人，但我们并未支持他……"

山姆在椅子上扭动着身子，"嗯，我们并未支持他。是吧？"

"我提供食宿给史坦尼斯的人，把长夜堡划给他们支配，再允许部分自由民在新赠地定居。仅此而已。"

"泰温公爵会说你给的太多了。"

"而史坦尼斯认为还远远不够。对国王而言，你付出越多，他就索要得更多。我们正如履薄冰，脚底是万丈深渊。与一个国王相谋已经够难，同时满足两个根本不可能。"

"是的，但……若兰尼斯特家大获全胜之后，泰温公爵认定我们背叛真正的国王，那也许就意味着守夜人军团的末日。他背后有提利尔家族的支持，整个高庭的力量，而且他在黑水河上确实击败了史坦尼斯大人。"

"黑水河之战只是一场战役。罗柏赢得过所有战役，最终却掉了脑袋。假如史坦尼斯能唤起北境……"

山姆犹豫片刻后道："兰尼斯特在北境有自己的代理人。波顿公爵和他的私生子。"

"而史坦尼斯有卡史塔克家，若他能进一步赢得白港……"

"若能，"山姆强调，"若不能呢……大人，纸糊的盾牌总比没盾牌强。"

"我想也是。"山姆和伊蒙意见一致。不知怎地，他希望山姆·塔利能给他不同的答案。算了，不过是一张纸、几滴墨水。他叹口气，提起鹅毛笔签名。"准备封蜡。"在我改变主意之前。山姆立刻执行。琼恩摁上总司令的印鉴，把信交给山姆。"待会儿把这个带给伊蒙师傅，让他派鸟儿送去君临。"

"好的。"山姆听起来如释重负，"大人，能否容我询问……我刚才看见吉莉离开，她差点哭出来。"

"瓦迩又派她来为曼斯求情。"琼恩撒谎道，接下来他们谈论了一会儿曼斯、史坦尼斯和亚夏的梅丽珊卓，直到乌鸦吃掉最后一粒玉米，尖叫道："血。"

"我要把吉莉送走。"琼恩说，"她和她的孩子一起走。如此，我们还需要给那孩子的乳奶兄弟再找个奶妈。"

"山羊奶也许可以支撑一阵子。在找着人奶之前。山羊奶比牛奶好。"谈起奶子显然让山姆很窘，他很快把话题转移到历史上，说起什么几百年前的少年总司令的生平事迹。琼恩打断他，"告诉

我些有用的东西，告诉我关于我们敌人的信息。"

"异鬼。"山姆舔舔嘴唇。"编年史中提过它们，但不若我想像的频繁——我是指我已经找到并查阅过的纪录，很明显，还有更多的我没读到。有些比较古老的书已散成纸片，当我试图翻看时，它们却粉碎了。而那些真正的古书……或许是完全碎掉，或许是埋藏在我没能检查到的隐秘之地，或许……或许它们根本就不存在。我们最古老的历史记载是安达尔人来到维斯特洛之后写成的，先民只留下岩石上的符文，因此我们自认为了解的关于黎明之纪元、英雄之纪元以及'长夜'的所谓史实，统统都是数千年后修士们的补记。在学城，有的博士根本不相信这些。比如，上古传说中提到很多统治时间长达数百年的国王，驰骋疆场一千年的骑士，而那时候根本连骑士都没有呢。你是知道那些故事的，筑城者布兰登，星眼赛米恩，夜王……我们说你是第九百九十八任守夜人军团总司令，但我即便从能找到的最早的名册开始统计，也只数出六百七十四位总司令，那意味着……"

"最早的名册……"琼恩打断他。"关于异鬼有什么信息？"

"书中提到龙晶。在英雄之纪元，森林之子每年赠送给守夜人一百把黑曜石匕首。大多数故事声称，异鬼会在寒冷时到来，或者说寒冷是因为它们而到来。有时候，它们在雪风暴中出现，天晴时则融化殆尽。它们躲避日光，只在夜间行动……或者说当他们出现时天就变黑了。有些故事叙述它们骑着动物的死尸，包括熊、冰原狼、长毛象、马……反正都是已死亡的肌体。杀死小保罗的异鬼骑着一匹死马，因此这段记述显然是真实的。有的故事中还提到巨型冰蜘蛛，我不知道那是什么东西。还有，被异鬼杀死的人必须火化，否则尸体将会复活，成为他们的奴隶。"

"这些我们都已经知道了。真正的问题在于，该如何抵抗它们？"

"假设可以相信那些故事的话，普通刀剑砍不进异鬼的盔甲，而他们所使用的剑十分寒冷，足以令钢铁碎裂。只有火焰能影响他们，除此之外，黑曜石是他们的天敌。我找到一段关于'长夜'的记叙，讲的是最后的英雄如何用龙钢之剑斩杀异鬼。它们应该也无法抵御龙钢。"

"龙钢？"这对琼恩而言是个新信息，"瓦雷利亚钢？"

"我首先想到的也是这个。"

"所以只要我说服七大王国的领主们捐献出家藏的瓦雷利亚钢剑，大家就能得救？这不难啊。"还不如叫他们放弃城堡和家产。他苦笑了一下。"你有没有搞清楚异鬼究竟是什么东西，他们从哪儿来，目的何在？"

"还没有，大人，也许是我看的书不对。有数百本我连碰都没来得及碰。再多给我点时间，能搞清楚的话我一定会搞清楚。"

"没时间了。你得去收拾行李，山姆，你跟吉莉一块儿走。"

"走？"山姆张大嘴巴瞪着他，似乎听不懂他的话，"我走？去东海望，大人？还是……我……"

"去旧镇。"

"去旧镇？"山姆用尖细的声音重复道。

"伊蒙也去。"

"伊蒙？伊蒙师傅？可……可他已经一百零二岁了，大人，他不能……莫非你让我跟他同行？那谁来照顾乌鸦？如果它们生病或者受伤，谁……"

"克莱达斯。他跟随伊蒙许多年了。"

"克莱达斯只是个事务官，眼睛又越来越差。你需要学士的辅佐。而且伊蒙学士如此虚弱，让他出海……他年纪大了……也许……"

"他会有危险，我很明白，山姆，但留下来风险更大。史坦尼斯知道伊蒙是谁,假如红袍女坚持要获得国王之血来施展法术……"

"哦。"山姆的胖脸失去了血色。

"戴利恩将在东海望与你们会合,我希望他的歌声能在南方为我们吸引一些人手。'黑鸟号'载你们去布拉佛斯,你们先到那边,再自行安排前往旧镇的行程。若你仍打算认吉莉的孩子作私生子,就把她和婴儿送去角陵;如果做不到,伊蒙会为她在学城中谋个仆人的差事。"

"我的私、私、私生子。是,我……我母亲和我妹妹会帮吉莉照顾孩子。但没有我,戴利恩也能护送她去旧镇。我……我每天下午都遵照你的指示跟乌尔马练习箭术……呃,除了在地窖的时候,但你叫我查找异鬼的资料。真的,长弓让我肩膀酸痛、手指起泡。"他把手展示给琼恩看。"我还在练,有的时候能射中目标了,但我仍是全世界最差劲的射手。不过我喜欢乌尔马的故事,该有人把它们记下来,收录在书里。"

"你来写啊。学城里有纸有墨,也有长弓——希望你不要就此荒废箭术。不过山姆,守夜人军团纵有千百射手,却只有少数几人能读会写。我要你成为辅佐我的新任学士。"

"大人,我……我的职责在这里,那些书……"

"……等你回来时还在。"

山姆的一只手摸向喉咙。"大人,学城里……他们会让我切尸体。我戴不了颈链。"

"你可以,而且一定得戴。伊蒙学士年老目盲,日渐虚弱。以后的日子,谁来接替他呢?影子塔的穆林学士更像个战士而不像学者,东海望的哈慕恩学士醉酒的时间多过清醒的时间。"

"如果你多问学城要几个学士……"

"我有这打算,多多益善。然而伊蒙·坦格利安的传人是没那么容易找到的。"事情没照他预料的那样发展。他以为吉莉的部分最麻烦,而山姆会乐意用温暖的旧镇交换危险的长城。"我还以为你一定会高兴。"琼恩不解地说,"学城的书多得看不完,你可以在那儿过得很愉快,山姆,我相信你能学成本领。"

"不行。我可以读书,但……学——学士同时也是医者,而血——血——血让我晕眩。"他双手乱摇,试图证明给琼恩看。"我是'胆小鬼'山姆,不是什么'杀手'。"

"胆小鬼?你还怕什么?害怕老人们的斥责?山姆,你亲眼见过尸鬼涌上先民拳峰,如潮水一般的活死人,它们伸出黑色的双手,脸上长着明亮的蓝眼睛。你甚至亲手杀了一个异鬼。"

"是龙——龙——龙——龙晶杀的,不是我。"

"够了。"琼恩叫道。在吉莉身上他已经左右为难,没耐心关注胖男孩的恐惧。"你巧言密谋让我当上总司令,现下就得服从我的命令。你必须去学城铸炼颈链,假如需要解剖尸体,那便乖乖照办。至少,旧镇的尸体不会起来抗议。"

"大人,我父——父——父——父亲,蓝道大人,他,他,他,他,他……他说学士的角色是服务效劳,而塔利家族的儿子决不戴颈链,角陵的血脉不向小贵族们卑躬屈膝。琼恩,我不能违抗父亲。"

杀死心中的男孩,琼恩心想,把你心中的男孩和他心中的男孩一起杀掉,你这该死的野种。"你没有父亲,只有兄弟。只有我们。你的生命属于守夜人,所以别再多言,回去收拾衣物,外加所有你想带去旧镇的东西,你们将在明天日出前一小时启程。还有一道命令,从今以后,不准你称自己为胆小鬼。在过去一年中,你经历的比大多数人一生经历的还要多。你一定能面对学城,而且你面对它时,必须作为堂堂正正誓言效命的守夜人弟兄。我不能命令你变得勇敢,但可以命令你隐藏恐惧。你立过誓,山姆,记得吗?"

"我……我尽力。"

"这不是尽力不尽力的问题。你必须服从。"

"服从。"莫尔蒙的乌鸦拍打着黑色的大翅膀。

山姆看上去快要瘫倒了,"遵命,总司令。伊蒙……伊蒙师傅知道这事吗?"

"他跟我意见一致。"琼恩为他打开门。"没有告别仪式,知情人越少越好。第一道日光出现之前一小时,墓地边集合。"

山姆像吉莉一样逃跑了。

琼恩觉得很累。我需要休息。他直到半夜还在研究地图、书写信件、跟伊蒙师傅一起商量计划。即便摇摇晃晃回到那张窄床上,他也睡不着。他辗转反侧想着今天将要面对什么,他难以忘怀伊蒙师傅最后的叮嘱。"请允许我向司令大人提供最后的谏言。"老人说,"这也是我和我弟弟分别时,对他说的最后的话。大议会让他坐上铁王座那年,他已经三十三岁了,养育了许多孩子,但在内心深处,他仍是个男孩。伊戈天性纯真,我们最爱他的也是这点。你得杀死心中的男孩,我坐船去长城那天告诫他,男人才能统治天下。你得做伊耿,跟伊戈永别。杀死心中的男孩,承担男人的责任。"老人伸手抚着琼恩的脸。"你只有伊戈当年一半年纪,肩上的责任却沉重得多。总司令对你而言不是一桩美差,但我在你身上看到了力量,你有能力做不得不做的决定。杀死心中的男孩,琼恩·雪诺,因为凛冬将至。杀死心中的男孩,承担男人的责任。"

琼恩披上斗篷,大步出门。他每天都会在黑城堡内绕圈巡视,去看望那些站岗的兄弟、倾听他们的感受;或去看乌尔马带大家操练箭术;或去和国王的人及后党人士交谈;再或上到长城的冰封绝顶,瞭望鬼影森林的情况。白灵犹如一道白影,紧跟在旁。

今天琼恩登上长城时,担任警卫的是白眼肯基。肯基已度过四十一个命名日,其中三十年在长城。他左眼瞎了,右眼也不利索，但在野外，他骑马握斧的技巧称得上是合格的游骑兵。只是他不太合群。"平静的一天，"他告诉琼恩，"没什么可报告的。除了走错方向的游骑兵。"

"走错方向的游骑兵？"琼恩问。

肯基咧嘴笑道："是两名骑士，一小时前刚沿国王大道骑向南方。戴文看见他们出发，就说这帮南方傻鸟走错方向了。"

"明白，"琼恩道。

戴文本人反映了更多情况，这位老林务官正在军营里喝一碗大麦浓汤。"没错，大人，我是看见他们了。霍普跟马赛，说是史坦尼斯派的，但没跟我透露去哪儿、干什么或是啥时候回来。"

里查德·霍普爵士和朱斯丁·马赛爵士都属于后党，在国王驾前颇有影响。若史坦尼斯想侦察周边，随便派一对自由骑手就可以，琼恩·雪诺意识到，他派骑士多半是作为特使之类。东海望的卡特·派克送信说洋葱大人和萨拉多·桑恩已启航前往白港与曼德勒大人谈判，史坦尼斯同时派出其他使者也是理所当然。这位国王不是个耐得住性子的人。

然而这两位"走错方向的游骑兵"回不回得来却很成问题。他们虽是骑士，对北境却一片茫然。国王大道上耳目众多，其中有的恐无善意。不过这些都不是琼恩该担忧的。就让史坦尼斯留着他的秘密吧，诸神知道，我也有自己的秘密。

当晚，白灵就睡在他床边，琼恩也终于没再梦见自己化身为狼。即便如此，他睡得仍不安稳，忘了几小时却又陷入噩梦。梦的主角是哭泣的吉莉，她哀求他放过她的孩子，他却从她怀中把孩子们残忍地夺走，砍下两个婴儿的头，再把脑袋还给她，命令她调换位置缝回去。

醒来时，他发现艾迪·托勒特就站在漆黑的卧室中，笼罩在他身前。"大人？到点了，是狼时。你吩咐我到时间就叫醒你。"

"给我点热东西喝，"琼恩掀开毯子。

他刚穿戴整齐，艾迪就回来了，并把一个热气腾腾的杯子交到他手里。琼恩本以为这是加热的香料葡萄酒，结果惊奇地发现是稀薄的肉汤，闻得到韭菜和萝卜的香味，虽然他并没吃到这两样东西。我在狼梦中嗅觉更灵敏，他意识到，吃起东西来也更鲜美，因为白灵的感觉比我细腻得多。他把空杯子放到锻炉上。

今天为他把门的是木桶。"我想跟贝德威克和杰诺斯·史林特谈谈，"琼恩吩咐，"破晓时带他们两个到这里。"

外面的世界黑暗宁静。虽冷，但不足以致命，至少现在不会。而等太阳升起来，温度就会升高了。若诸神保佑，长城甚至会流泪。他们走到墓园时，队伍已整装待发。琼恩任命黑杰克·布尔威为护卫队长，带领十几个骑马的游骑兵，他们要护送的则是两辆双轮拖车。一辆车上高高地堆满了箱子、桶子和袋子，都是为旅行准备的补给；另一辆车上固定着遮风的皮革顶篷，伊蒙师傅便是被安顿在这辆车后面，他裹的熊皮让他看起来像个小孩。山姆和吉莉站在旁边，她的眼睛又红又肿，但她带上了孩子，抱得紧紧的。他无法确定这究竟是她的孩子还是妲娜的孩子，毕竟他只见过这两个婴儿几回。吉莉的孩子年长一些，而妲娜的孩子更活泼，但他们个头什么的都过于相似，除非是天天照料的人，否则难以分辨得清。

"雪诺大人，"伊蒙师傅招呼道，"我在我房里为你留了一本《玉海概述》，由瓦兰提斯冒险家柯洛阔·弗塔所著，他曾到东方旅行，造访过玉海内外所有土地。其中有一段你也许会感兴趣，我让克莱达斯标了出来。"

"我一定会看，"

伊蒙师傅揩了揩鼻涕。"知识就是武器，琼恩，战斗之前先要武装好自己。"

"我会谨记。"琼恩觉得脸上湿湿凉凉的，他抬起眼睛，发现在下雪。这是个恶兆。他转向黑杰克·布尔威。"尽量加快速度,但别冒愚蠢的风险。你带着老人和婴儿,要照顾好他们,保证他们穿暖吃饱。"

"您也要做到,大人。"吉莉似乎并不急着上车,"您对另一个孩子也要一视同仁。替他再找个奶妈,正如您答应我的。那男孩……妲娜的儿子……我是说,小王子……你要给他找个好女人,让他长得高大强壮。"

"我保证,"

"别给他取名字,千万别,直到他满两岁。还在吃奶时就取名字不吉利。你们乌鸦也许不知道,但那是真的。"

"遵命,小姐。"

"别这样叫我。我是个母亲,不是什么小姐。我是卡斯特的妻子,卡斯特的女儿,现在成了母亲!"她把孩子递给忧郁的艾迪,自己爬进拖车,用兽皮盖住双腿,再把孩子要回来,抱在胸前喂奶。山姆红着脸扭过头去,沉重地爬上母马。"我们走,"布尔威下令。鞭子一甩,拖车隆隆起步。

山姆多逗留了片刻。"好吧,"他说,"再见。"

"再见,山姆,"忧郁的艾迪道,"你的船不会沉,我认为不会,只有我在船上它们才会沉。"

琼恩回忆着往事。"我第一次见到吉莉时,她紧张地背靠着卡斯特堡垒的墙壁。她是个瘦小的黑发女孩,挺着大肚子,畏畏缩缩地躲避白灵。他抓了她的兔子,我想她怕他会撕开她的肚皮,吞食里面的婴儿……但她真正害怕的并非那头狼,对吗?"

"她不明白自己怀有多大的勇气。"山姆说。

"你也一样,山姆。祝愿你们的旅途迅捷而又平安,替我好好照顾她和伊蒙,还有孩子。"脸上冰冷的水珠让琼恩想起了他在临冬城和罗柏的告别,他没想到那竟成永诀。"拉起兜帽吧,山姆,

瞧，雪花在你发际融化呢。"

等这支小队伍在远处消失，东方的天空已由黑转灰，雪越下越大。"巨人正等候总司令大人的接见，"忧郁的艾迪提醒他，"还有杰诺斯·史林特。"

"好的，"琼恩·雪诺抬头望向长城。耸立于众人头上的冰封绝壁长达一百里格，高度七百尺。后者是优点，前者却是目前最大的劣势。琼恩记得父亲曾言道：守卫城墙的人有多坚强，城墙就有多坚强。现下守夜人军团的兄弟足够勇敢，但要防守这么长的防线，人数实在少得可怜。

巨人果然在兵器库里等他。他真名叫贝德威克，身高只是刚过五尺，乃是最矮小的守夜人弟兄。琼恩直入主题："为扩大侦查范围，需要重整长城沿线的堡垒，好让巡逻的弟兄们有取暖御寒的地方，吃上热乎乎的食物并换乘马匹。我决定派支守备队驻扎冰痕城，这支队伍由你指挥。"

巨人把小指头放进耳朵里拼命地掏，"由我指挥？我吗？大人您搞错了吧，我只是个因为偷猎而被送来长城的农民！"

"你已经干了十几年游骑兵。你经历过先民拳峰和卡斯特堡垒的考验，并得以生还。年轻人以你为榜样。"

小个子笑了。"侏儒才以我为榜样咧。我不识字，大人，顶多会写自己的名字。"

"我已派人去旧镇请求更多的学士。你会得到两只乌鸦，以备紧急报信之用——平时派人骑马回报。在得到更多的学士和更多的鸟儿之前，我有意在长城顶上建立一系列烽火台。"

"有多少可怜虫归我指挥？"

"守夜人军团拨出二十人，"琼恩说，"另有十人来自史坦尼斯。"都是些老弱病残。"这些人不是他最得力的部下，也不会穿上黑衣，但他们会服从你的命令。你想办法物尽其用。我拨出的人里，有四个是随杰诺斯大人一道来长城的君临人，你不仅要留神翻墙的野人，还要留心他们。"

"留神归留神，大人，但如果翻墙的人太多，三十个弟兄却无济于事。"

或许三百人都不够。琼恩把怀疑压在心底。实际上，爬墙时是很无助的，城上的守卫可用石头、长矛和燃烧的沥青桶肆意对付攀登者，他们则只能死命贴着冰壁。有时，长城似乎还会主动把他们抖下去，好像狗儿抖跳蚤似的。琼恩曾亲眼目睹一片坚冰在瓦迩的情人贾尔身下断裂，断送了他的性命。

但若让野人悄无声息地爬上长城，一切就不同了。只要给他们时间，他们就能在长城顶上建起根据地，树立自己的堡垒，并放下绳索和梯子，迎候数以千计的同伴。红胡子雷蒙正是这样干的。雷蒙是他曾曾祖父时代的塞外之王，当时的守夜人军团总司令是杰克·穆斯古德，人称"快乐杰克"，但他听任红胡子长驱直入北境之后，人们改称他为"睡大觉的杰克"——这个外号流传至今。雷蒙的队伍最后在长湖岸边的血战中，遭遇临冬城威廉公爵和醉巨人哈慕德·安柏的夹击而全军覆灭。红胡子被威廉公爵之弟躁动的阿托斯击杀。守夜人到得太迟，战争已经结束，怒气冲天的阿托斯·史塔克抱着兄长的无头尸，命令他们打扫战场。

琼恩可不想被人叫做"睡大觉的琼恩·雪诺"。"三十人总比一个也没有强，"他告诉巨人。

"这话没错。"矮个子回答，"那么，大人您是只安排戍守冰痕城，还是要启用其他城堡？"

"我准备逐步恢复所有堡垒的功用，"琼恩说，"第一批重整冰痕城和灰卫堡。"

"大人您派谁去统领灰卫堡呢？"

"杰诺斯·史林特。"琼恩回答。诸神保佑大家。"一个人若

没点本事,是不可能被提拔为都城守备队司令的。史林特是屠夫之子出身,曼力·史铎克渥斯去世时他已成为钢铁门守卫队长,随后琼恩·艾林看中了他,把君临城的防务交到他手中。杰诺斯大人应该不会像看上去那么蠢。"况且我必须把他和艾里莎·索恩分开。

"或许如此。"巨人说。"但如果换成我,我会把他送去厨房帮'三指'哈布切芜菁。"

那样的话,我就再也不敢吃芜菁了。

早晨过去了一半,杰诺斯大人才姗姗来迟。琼恩正在擦拭长爪。别的司令可能会将这种工作交给事务官或侍从去办,但艾德公爵打小教导儿子们要亲手打理自己的武器。木桶与"忧郁的"艾迪将史林特带到,琼恩谢过他们两人,请杰诺斯大人落座。

对方大咧咧地坐下,抱着双臂,皱紧眉头,视总司令手里的兵刃于无物。琼恩继续用油布擦拭长柄剑,凝视晨光在千锤百炼的波纹上的反射,心中想象如何用这柄剑轻松斩断皮肤、脂肪和肌腱,让史林特那颗丑陋的头颅与身体分家。本来当一个人披上黑衣,所有的罪孽都将被洗清,所有的人情关系也都化解,但他实在很难把杰诺斯·史林特当兄弟看待。他和我之间有血海深仇。他协助谋杀我父亲,又不遗余力要置我于死地。

"杰诺斯大人,"琼恩收起剑。"我任命你为灰卫堡指挥官。"

史林特吃了一惊。"灰卫堡……灰卫堡不就是你带你的野人朋友翻长城的地方……"

"正是。我承认,堡垒的状况很糟糕,交给你的任务就是尽力弥补。首先清空长城下的森林,然后你可以从已垮塌的建筑上收集石头用于修补还可支撑的建筑。"这是一项艰苦卓绝的任务,他本想补充,你们会睡在冰冷的石头上,累得没力气抱怨和策划阴谋。从今往后,你将忘记温暖的滋味,但你会知道如何做一名守夜人的汉子。"我拨给你三十人。十人来自黑城堡、十人来自影子塔,另有十人是史坦尼斯国王借的。"

史林特的脸涨成李子色,他肥硕的下巴开始发抖。"你以为我不晓得你的居心?杰诺斯•史林特可没那么容易上钩。你小子还在襁褓里流屎的时候我就执掌整个君临的防务了。留着你的废墟吧,野种。"

我给了你一次机会,大人。相对于你给我父亲的,这已经很宽大。"你误会我了,大人。"琼恩道,"这是命令,并非提议。黑城堡离灰卫堡足有四十里格,你赶紧收拾好盔甲和武器,跟大家告别,明日破晓就出发。"

"没门!"杰诺斯大人跳将起来,把身后的椅子撞倒在地。"我才不会像待宰的羔羊一样,被牵出去挨冻受死。叛徒的野种没资格向杰诺斯•史林特发号施令!我警告你,我在朝中有人!不管这里还是君临,我都有朋友!我是朝廷赐封的赫伦堡伯爵!把那个废墟留给那些瞎了眼投石子选你的傻瓜吧,反正我不去。你听清楚没,小鬼?我不去!"

"你一定得去。"

史林特不屑回答,他踢开椅子,扬长而去。

他仍旧把我当男孩看待,琼恩心想,把我当成乳臭未干的男孩,大人吓唬几句就会六神无主。他只希望今晚睡一觉能让杰诺斯大人恢复理智。

结果第二天早晨史林特仍然没有遵令出发。

琼恩在地窖里找到悠然享用早餐的史林特,艾里沙•索恩爵士和他的几名喽啰陪着他。当琼恩带着埃恩•伊梅特和忧郁的艾迪步下楼梯时,这帮人正开怀大笑,他们的桌子后面坐了穆利、马儿、红杰克•克莱勃、拉斯蒂•佛花和呆子欧文。三指哈布从罐子里为大家分发麦片粥。后党人士、国王的人和黑衣兄弟坐得泾渭分明,他们

有的在大口喝粥，有的狼吞虎咽炸面包和培根。琼恩看见派普和葛兰同坐一桌，波文·马尔锡坐另外一桌。空中蔓延着烟味和油脂味，勺子刀子的碰撞声在拱形天花板上回荡。

所有人都忽然安静下来。

"杰诺斯大人，"琼恩朗声道，"我给你最后一次机会。放下勺子立刻去马厩，我已帮你装好马鞍，一切都准备好了。此去灰卫堡行程漫长，路不好走。"

"你还是自己骑马去吧，小鬼。"史林特哈哈大笑，笑得麦片粥的颗粒掉落胸前。"依我看，你这号垃圾才该去灰卫堡，远远离开敬神的正派人。你身上有野兽的印记，野种。"

"这么说，你拒绝执行我的命令？"

"你可以拿你的命令去干你那野种的屁股，"史林特激动得下巴颤抖。

艾里莎·索恩浅浅一笑，黑眼珠紧盯琼恩。另一张桌边的巨人杀手高迪则是纵声长笑。

"那好。"琼恩转向埃恩·伊梅特。"请你将杰诺斯大人押到长城——"

——打入冰牢，他想这么说。在冰牢里关个七八天会让史林特浑身发抖，急不可耐地恳求饶恕，对此琼恩并不怀疑。但等我放他出来，他跟索恩一起又会故态复萌。

——绑到马上，他想这么说。既然史林特不愿作灰卫堡指挥官，那就发配他去那边当厨子。但那样的话，他当逃兵只是时间问题，到时候他得带跑多少兄弟？

"——吊死他，"琼恩把话说完。

杰诺斯·史林特的脸变得像牛奶一样白，勺子从他手中滑落。艾迪和埃恩大步穿过厅堂，响亮的脚步声在石地板上回荡。波文·马尔锡的嘴张开合上又张开，但什么也说不出来。艾里沙·索恩伸手摸向剑柄。动手啊，琼恩心想，长爪就在他背上。亮家伙，好让我把你就地正法。

大厅里一半的人都站了起来，既包括忠诚于史坦尼斯国王或红袍女抑或两者兼有的南方骑士、士兵，也包括誓言效命的守夜人弟兄。他们中有的人主动推选琼恩为总司令，另一些人则把票投给过波文·马尔锡、丹尼斯·梅利斯特爵士、卡特·派克……甚至杰诺斯·史林特。我记得，有好几百票投给了别人，我只是个折中选择。琼恩不晓得那些支持过史林特的人此刻在不在这里。平衡只在一线之间。

艾里沙·索恩的手移开了剑柄，他为艾迪·托勒特让开路。

忧郁的艾迪抓住了史林特的一只胳膊，埃恩·伊梅特抓住另一只。他们一起把史林特从凳子上架起来。"不，"杰诺斯大人大声抗议，嘴里喷出许多麦粒。"不，放开我。他只是个小鬼，是个野种。他父亲是叛徒，他身上也有野兽的印记，那只狼就是证据……放开我！你们敢对杰诺斯·史林特动手，将来一定会后悔的！我在君临有朋友。我警告你们——"他不断抗议，被人半拖半拽地押上了楼梯。

琼恩跟着一行人出去。地窖都走空了。史林特在笼子前挣脱了钳制，还动手反抗，但很快被埃恩·伊梅特制服。伊梅特抓住他的喉咙，把他砸向铁栏栅，直到他屈服。这时，整个黑城堡的人都出来围观，连瓦迩也趴在窗边看，长长的金色发辫垂过一边肩膀。史坦尼斯站在国王塔的台阶上，被骑士们簇拥着。

"如果这小鬼以为这样能吓着我，那就大错特错了。"众人听见杰诺斯大人如此宣告。"他根本不敢动我。杰诺斯·史林特是有朋友的人，我在朝中有人！咱们走着瞧……"寒风卷走了其余的话。

这行不通，琼恩心想。"停下。"

伊梅特转过身，皱紧眉。"大人？"

"我撤回吊死他的命令,"琼恩道,"把他押过来。"

"噢,谢天谢地,"他听见波文·马尔锡喊。

杰诺斯·史林特大人露出得意洋洋的笑容,跟酸败的黄油一样糜烂,直到琼恩下达下一道命令:"艾迪,找块案板。"然后他抽出长爪。

等找来合适的案板,杰诺斯大人已缩回了铁笼子里,但埃恩·伊梅特追过去把他拖出来。"不要,"史林特尖叫着被伊梅特半推半拽地赶过庭院,"放开我……你们不能……这事要给泰温·兰尼斯特知道,你们都会后悔——"

伊梅特将他踢倒在地。忧郁的艾迪伸出一只脚踩住,以防他起来,然后伊梅特把案板搁到他脑袋下。"别乱动你可少受些苦。"琼恩·雪诺向他保证,"不管怎么挣扎,你终究难逃一死,挣扎只会让你死得更难看。把脖子伸出来,大人。"苍白的晨光流动在琼恩的长柄剑上,他用双手将它举高。"有什么遗言,现在说吧。"他期待对方最后一次咒骂他。

结果杰诺斯·史林特拼命扭动脖子,向上看他,"求您了,大人,发发慈悲吧。我……我马上出发,我马上,我……"

晚了,琼恩心想,你自掘坟墓。长爪一扫。"我可以留着他的靴子吗?"呆子欧文看着杰诺斯·史林特的人头滚过泥泞的地面,问道,"几乎是崭新的咧。嘿!边上镶毛的靴子。"

琼恩回头看向史坦尼斯,他们的目光短暂交汇。

国王略微点了点头,转身回塔。

提利昂

他独自醒来,轿子已经停了。

伊利里欧摊开身子睡觉的地方,只剩一堆被压扁的垫子。侏儒觉得喉咙干燥。他梦见……梦见什么?不记得了。

轿外有群人正用他听不懂的语言交谈。提利昂摆腿跨过帘布,跳到地上,发现伊利里欧总督在跟两位骑马的人交涉。那两个人都穿旧皮衫,披深棕色羊毛斗篷。他们的长剑收在鞘里,胖子看起来也不像是受到胁迫的样子。

"我要撒尿,"侏儒宣布。他蹒跚着走下大道,解开马裤,就着一丛荆棘解决内急,尿了很长时间才尽兴。

"至少他撒尿的本事不赖,"一个骑马的人说。

提利昂把那话儿抖干净,一路走回来。"撒尿是我最不出彩的特长,见过我拉屎你就不会这样说了。"他转向伊利里欧总督,"这两位可是你的熟人,总督阁下?瞧他们一身土匪装扮,我真想操起斧头来保护您咧!"

"操斧头?"两个骑手中块头较大的大声重复道,他是个有蓬乱胡子和蓬松橙发的壮汉。"听见没,哈尔顿?这矮冬瓜敢向咱们挑战!"

壮汉的同伴年长些,修面整洁,有一张苦行僧式的、棱角分明的脸孔。他把头发拢起来,用绳子绑在脑后。"越是不起眼的人越是会虚张声势,吹嘘自己的勇气,"他声称,"我怀疑他连只鸭子都打不过。"

提利昂耸耸肩,"先把鸭子拿来。"

"你眼前不就是一只？"骑手瞥了眼同伴。

壮汉霍地抽出长柄剑，"达克①在此！你这把不知天高地厚的尿壶。"

诸神在上，原来如此。"我以为指的是小鸭子。"

壮汉笑声如雷，"听见没，哈尔顿？他只敢对付小鸭子！"

"安静的鸭子更好，"那个叫哈尔顿的人用冰冷的灰色眼眸审视了提利昂一番，然后转回去对伊利里欧说，"箱子呢？"

"骡队驮着呢。"

"骡子太慢了。我们带了驮马来，得赶紧换上去。达克，这差事交给你。"

"为什么当差的总是达克？"壮汉回剑入鞘，"你都干了啥，哈尔顿？我跟你，谁才是骑士啊？"说归说，他还是拍马朝骡队跑去。

"孩子近况如何？"箱子被换到马上时，伊利里欧问。提利昂数到箱子一共六只，橡木制，用铁扣锁上。达克很轻松地就把它们举起来，扛在一边肩膀上。

"已经长得跟格里芬一般高了，三天前他刚把达克打翻进马槽里。"

"我才没被打翻！我只是表演下逗他玩而已。"

"那我该祝贺你的演技啰，"哈尔顿道，"连我都被唬过了。"

"有只箱子里装了给孩子的礼物。是姜糖，他最喜欢吃。"伊利里欧的语调听起来怪异地伤感。"我本以为可以随你们去葛·多荷，在你们顺流而下之前举办一场盛大的送别宴会……"

"大人，我们没时间举办宴会，"哈尔顿打断，"格里芬的意

---

① "达克"（Duck）意为鸭子。

思是等我们赶回去就立刻动身。从下游传来的没一条好消息。多斯拉克人在匕首湖北出现,那是老莫索卡奥的先头部队,而哲科卡奥就跟在后头。两个卡拉萨同时穿过了科霍尔森林。"

胖子对此嗤之以鼻,"哲科每隔三、四年就会来找科霍尔人的麻烦,科霍尔人会客客气气地送出一大笔金子,好让他回家。至于莫索嘛,他的卡拉萨就跟他一样老迈,而且人数一年比一年少。真正有实力的——"

"——是波诺卡奥,"哈尔顿替他说完,"如果传闻属实,莫索和哲科正是被波诺驱赶而来。我们最后收到的报告声称波诺的部众接近了赛荷鲁江的源头,浩浩荡荡足有三万人。格里芬决不愿冒沿洛恩河南下时撞上渡河的波诺的风险。"哈尔顿瞥瞥提利昂,"这侏儒骑马的工夫比得上撒尿吗?"

"那当然了,"提利昂抢在奶酪贩子前头回答,"不过你最好给这侏儒准备一副特殊的鞍子和一匹好脾气的马。还有,这侏儒自己长着嘴巴。"

"确实长了张臭嘴。我叫哈尔顿,是小团队里的医师,人送外号'赛学士'。我的同伴是达克爵士。"

"是罗利爵士!"壮汉叫道,"罗利·达克菲。任何骑士都能册封骑士,所以格里芬册封了我。你叫什么,矮冬瓜?"

伊里利欧连忙接口:"他叫耶罗。"

耶罗?听起来像给猴子起的名。更糟的是,这是个潘托斯名字,而白痴也看得出提利昂并非潘托斯人。"在潘托斯我是耶罗,"他赶紧补充,以防露馅,"但我妈管我叫胡戈·希山。"

"你到底是个小国王还是个小杂种呢?"哈尔顿追问。

提利昂知道自己在这位"赛学士"面前得小心谨慎。"全天下的侏儒,在他们父亲眼里都跟私生子没两样。"

"说得好。那么胡戈·希山先生,再回答我一个问题:请问镜

盾萨文是如何杀死恶龙乌拉克斯的？"

"他把盾牌举在面前，使得乌拉克斯只看见了自己的倒影，直到萨文的长矛戳进它眼里。"

哈尔顿不为所动，"这故事连达克都知道。你能告诉我在血龙狂舞时期，哪个骑士企图用同样的把戏来对付瓦格哈尔？"

提利昂咧嘴一笑，"拜伦·史文爵士。结果他被活活烤死……不过那条龙是叙拉克斯，并非瓦格哈尔。"

"恐怕你错了。慕昆学士所著的《血龙狂舞真史》中记载——"

"——此书中确实记载为瓦格哈尔，但那是慕昆国师的笔误。拜伦爵士的侍从亲眼目睹了主人丧命，此后写信描述给爵士的女儿听。在信中，他写明龙是叙拉克斯，是雷妮拉骑乘的母龙，这比慕昆的版本要可信得多。试想，史文身为边疆地的骑士，而统领边疆地的风息堡支持伊耿。瓦格哈尔当时由伊耿之弟伊蒙德王子骑乘，史文又怎么可能去杀它呢？"

哈尔顿噘起嘴，"别从马背上摔下来就好，否则你就自己滚回潘托斯去吧。正常人还是侏儒，'含羞少女号'都不会多等。"

"含羞的少女是我除了放荡妞之外最喜欢的货色。告诉我，你知道妓女都上哪儿去了吗？"

"我像是会召妓的人吗？"

达克大声嘲笑："他不敢！莱摩儿知道了会要他祈祷个够！哦，那孩子会跟他同去，然后格里芬会把他命根子切下来塞进他喉咙里！"

"没关系嘛，"提利昂道，"反正学士不需要命根子。"

"但哈尔顿只是'赛学士'。"

"你似乎很欣赏这个侏儒，达克，"哈尔顿说，"既然如此，你带他走吧。"说完他拍马扬长而去。

达克又花了点工夫才把伊利里欧的箱子绑定在三匹驮马上。哈尔顿已不见踪影,但达克似乎并不担心。他翻身上马,一把抓住提利昂的领子,将其拎到身前。"抱紧鞍桥就万事大吉。我这坐骑步子很稳,而巨龙大道就跟处女的屁股一样光滑。"罗利爵士用右手控制缰绳,左手抓紧马皮带,踢马快速前进。

"一路顺风,"伊利里欧在他们身后叫唤,"告诉那孩子,我很遗憾不能参加他的婚礼,但我会在维斯特洛与你们会合的。以我最亲爱的西拉的手的名义,我发誓。"

提利昂·兰尼斯特回头看了伊利里欧·摩帕提斯最后一眼,总督大人一身锦袍站在轿边,耷拉着肥厚的肩膀。尘土飞扬,奶酪贩子的身影竟显得逐渐渺小起来。

骑过四分之一里后,达克追上了赛学士哈尔顿,随后他们并排前行。提利昂紧抓住高高的鞍桥,两条短腿被极不舒服地分开,他心知肚明等待自己的将是无穷尽的水疱、淤伤和抽筋的折磨。

"你觉得匕首湖的水盗会怎么料理小矮人?"哈尔顿边骑边说。

"炖矮冬瓜汤?"达克提出。

"不洗澡的乌霍最麻烦,"哈尔顿披露,"光那身味道就臭死人。"

提利昂听了耸耸肩,"幸好我没鼻子。"

哈尔顿朝他浅笑道:"要是撞上'巫婆之齿号'的柯拉大姐,你身上的其他部位也会不保哦。她外号残酷的柯拉,带着一船美貌绝伦的年轻处女,会把抓住的男人统统阉掉。"

"真可怕,我想尿裤子了。"

"你敢!"达克沉着脸警告。

"悉听尊令,我就先憋着。等碰到这位柯拉大姐,我打算找件裙子穿上,告诉她我乃君临城内的头牌胡子美女——瑟曦是也。"

这话把达克逗乐了,哈尔顿说:"好个下流小丑,耶罗,我听说裹尸布大王愿意满足任何能博他一笑的人一个愿望。或许这位灰王陛下会把你收去装点他的石宫哦。"

达克不安地看着同伴,"这玩笑开不得。我们就快到洛恩河了,他会听见的。"

"为了鸭子的忠告,"哈尔顿道,"我向你道歉,耶罗。你不至于吓得面无人色吧,我只是说说而已。悲伤领亲王的灰吻是不会轻易送出的。"

灰吻。单单这个词就足以让他浑身寒毛直竖。对提利昂·兰尼斯特而言,死并不可怕,但灰鳞病是另一码事。裹尸布大王不过是又一个故事,他告诉自己,不比传说中在凯岩城出没的机灵的兰恩的鬼魂更真实。即便如此,他仍旧闭上了嘴巴。

达克并没留意侏儒突来的沉默,而是讲起了自己的故事。他说他爹是苦桥的武器师傅,他是伴着钢铁敲打声长大的,也打小练剑习武。他的块头和技巧很快吸引了老卡斯威男爵的注意,男爵提拔他加入守卫队,但他有更远大的志向。他眼看着卡斯威软弱的儿子成为侍酒、侍从,最后当上骑士。"不过是个弱不禁风、脸细身子瘦的小杂毛,就因为他老爹生了四个女儿却只有他这么个儿子,便成了老虎屁股摸不得,容不得半点顶撞。说实话,其他侍从在场子里连一根汗毛都不敢碰他。"

"你不是那样的孬种,对吧?"故事的结局提利昂已猜出个七七八八。

"我十六岁命名日时,我爹做了一把长剑送我。"达克道,"洛伦特对这把剑爱不释手,便抢了去,我那该死的老爸连一个字都不敢吭。于是我亲自找上门,洛伦特当面告诉我:我的手生来就不配提剑,只配拿锤子。我气不过,回家拿了锤子过来打他。我打断了他两条胳膊和半数肋骨,然后连夜逃出河湾地,渡过狭海,加入了黄金团。起初我做为学徒干了几年铁匠活,后来哈利·斯崔克兰爵士收我当了他的侍从。再后来格里芬从上游传话下来,说他需要可靠的人来训练他儿子,哈利便派了我去。"

"格里芬册封你为骑士。"

"那是一年之后的事了。"

赛学士哈尔顿浅笑道:"你何不跟你的小朋友解释清楚,你是怎么得到这姓氏[2]的?"

"骑士的意义不止是一个姓氏!"壮汉坚称,"好吧,他册封我的地方在一片空地,我抬头看见了一堆鸭子,所以……不准笑,我说了不准笑!"

日落时,他们离开大道,在一个古石井旁荒草蔓生的院子里歇息。提利昂跳来跳去,以舒缓酥麻的腿筋,达克与哈尔顿则去喂马喝水。顽强的棕色杂草和小树不仅从鹅卵石间的缝隙里挤出来,还覆盖了周围的石墙——那原本该是一座大宅。照料好马之后,骑手们共享了一顿包括咸猪肉和冷白豆的简陋晚餐,并用麦酒送下肚。提利昂发现经历了与伊利里欧的暴饮暴食,简单的晚饭倒是种可喜的转变。"你们拿的这些箱子,"他边吃边评论,"我起初以为装的是收买黄金团的金子,直到我看见罗利爵士把箱子扛在肩上。若箱内装的是钱,不可能如此轻松。"

"不过是套盔甲,"达克耸耸肩。

"还有衣服,"哈尔顿插话,"为各种盛大场合准备的宫廷服装,包括上好的羊毛衣、天鹅绒服饰、丝披风等等。去见女王陛下可不能丢分……也不能空手去。总督阁下贴心地为我们准备了合适的礼品。"

"月亮出来后,他们又回到马背上,在群星指引下缓步东行。古

---

[2] "达克菲"意为鸭子之地。

老的瓦雷利亚大道在前方闪烁，犹如森林与山谷间一条长长的白银缎带。此情此景，竟令提利昂·兰尼斯特感到了几许平和。"长腿洛马斯所言非虚，这条大道的确是个奇迹。"

"长腿洛马斯？"达克疑惑地问。

"一位死了很久的作家，"哈尔顿解释，"他毕生周游世界，写下两本书《奇迹》和《人造奇迹》，书中详叙了他的游历。"

"我小时候，我的一位叔叔把这两本书送给了我，"提利昂道，"我爱不释手，一直把它们读烂。"

"'天神实现了七大奇迹，人类却营造了九个'"赛学士引用书中名言，"人类真是不够虔诚，居然比神还要多造两个。瓦雷利亚的石头路就在'长腿'列出的九大奇迹之列，我记得是第五大奇迹。"

"是第四大奇迹，"提利昂纠正，他童年时代把这十六个奇迹背得可谓滚瓜烂熟。每逢宴会，吉利安叔叔就要他在桌边背诵。我不是特喜欢表演吗？站在端盘子的仆人中间，每个人都盯着我看，我可以向大家证明自己是个多么聪明的小恶魔！后来的许多年里，他一直幻想能踏上"长腿"的征途，周游列国，见证奇迹。

不过在他十六岁命名日到来的十天前，泰温公爵粉碎了侏儒儿子的幻想。那天，提利昂说他要学叔叔们十六岁时的样，去造访九大自由贸易城邦。"我的兄弟们不会让兰尼斯特家族蒙羞，"父亲回应，"也不会娶个妓女。"提利昂提醒对方，自己再过十天就成年了，按习俗将可以自由行动。泰温公爵答道："没有人是自由的。孩童和傻瓜才向往自由。想走可以，你可以穿上杂色衣、倒立着行走来取悦香料爵爷和奶酪贩子们。不过路费你自己掏，而且永远不要想回来。"眼见男孩的倔强态度被打消，父亲又补充道："既然你闲不住，就去做点有用的事。"于是提利昂的成年礼是清扫凯岩城内所有阴沟水槽。也许他是想我掉进去淹死吧。如果是那样的话，泰温大概很失望，因为排水沟从没像提利昂负责清扫时那么通畅过。

给我一杯美酒，冲去泰温大人的滋味，一袋美酒就更好了。

他们整夜骑行赶路，提利昂断断续续地犯困，就着鞍桥打盹儿，又毫无征兆地惊醒。他不时往旁边滑，但罗利爵士总能及时出手，把他捞回来。到了早晨，侏儒的脚已酸痛不堪，屁股更如着了火一样。

他们又骑了一天，才赶到葛·多荷的旧址，这座古城坐落在河边。"这就是传奇的洛恩河啊？"提利昂在小山上凝视着和缓的绿色河流说。

"这只是小洛恩河而已，"达克纠正。

"河如其名，"其实这河倒不算太小，但三叉戟河三条支流中最小的也有它的两倍宽，而每一条的流速都比它快。至于河边的城市，更是毫不起眼。从史书中提利昂已知葛·多荷本非大城，只是美丽出众，翠绿与繁花映衬，运河和喷泉纵横。直到被战火吞噬，直到魔龙降临。一千年后的今天，运河中只剩芦苇和淤泥，喷泉池里的一摊摊死水则成了蚊蝇滋生的温床。寺庙与宫殿的残垣碎石散乱一地，唯有盘根错节的老柳树在河边荒地上愈发茂盛了。

废墟中依旧有人居住，当地人在野草丛中辟了些小菜园。听到从古瓦雷利亚大道上传来的铁蹄声，他们大多赶紧逃回了平时居住的山洞，只有少数几个胆大的站在日头下，用呆滞、漠然的目光瞅着过路客。一个浑身赤裸、膝盖以下全是泥巴的女孩目不转睛地盯着提利昂。她一定没见过侏儒，他明白，更别提没鼻子的侏儒了。于是他伸伸舌头，扮了个鬼脸，把女孩吓哭了。

"你干什么？"达克质问。

"献上飞吻呢。我吻上哪个女孩儿，她就准得哭，百发百中。"

大道在纠结的柳树丛中忽然告终,他们沿河岸向北又骑行了一小段,直到穿出树丛,来到一个古旧的石码头。码头已有一半陷进水里,高高的褐色野草几乎把它给埋了。"达克!"有人高叫道,"哈尔顿!"提利昂将头歪到一边,只见一个男孩站在一间低矮木屋的房顶上,挥舞着一顶宽边大草帽。这是个细瘦精悍的孩子,身材匀称,一头暗蓝色头发。侏儒认为他有十五、十六岁,至少相去不远。

那木屋原来就是"含羞少女号"的船舱。这是艘摇摇欲坠的单桅撑篙船,横梁宽吃水浅,适合在窄小的溪流和沙洲间穿梭。一位平凡的少女,提利昂心想,但往往最丑的在床上最饥渴。往返于多恩领河流的撑篙船几乎都漆了明亮色彩,精雕细刻,这位少女却不一样。她被漆成土灰色,而且油漆已然斑驳起皮;她那巨大的主舵同样朴实无华,简单得没有任何装饰。她就像是在泥巴里滚过的下贱胚子,他心想,这样安排当然是有意为之。

达克也高叫回应,他胯下的母马一路涉过浅滩,踩倒无数芦苇。对面的男孩从船舱跳下甲板,"含羞少女号"上其他的乘客也于此刻现身:一对像是洛伊拿人的年长夫妇站在舵边,一位披柔软白袍的清秀修女走出船舱,从眼睛旁拨开一缕暗褐色头发。

还有格里芬,谁也不会错过格里芬。"别嚷嚷了,"他说。河面顿时肃静。

这家伙很难对付,提利昂当即意识到。

格里芬的斗篷乃是用洛伊拿红狼的兽皮和头皮制成,在斗篷下他穿用铁环扣紧的棕色皮衣。他修剪整洁的脸看起来也似乎是皮革制,而他的眼角边已有了皱纹。虽然他跟他儿子一样是蓝发,但发根却是红的,眉毛红得更显眼。他臀上悬了一把长剑和一把匕首。对于达克和哈尔顿的平安返回,即便他有欣喜之意,也丝毫没流露出来。但他没有掩饰看到提利昂的不快,"一个侏儒?这是怎么回事?"

"我知道,你指望看到一大轮奶酪。"提利昂转向小格里芬,露出最无辜的微笑,"染蓝发在泰洛西挺时尚,但在维斯特洛,男孩会朝你丢石头,女孩会指着你的脸嘲笑你。"

那孩子吓了一跳,"我妈是泰洛西淑女,我染头发是为了怀念她。"

"这家伙究竟是谁?"格里芬严厉地问。

哈尔顿道,"伊利里欧专门写了信跟你解释。"

"立刻拿给我看。把侏儒带去我的舱房。"

我不喜欢他的眼睛,提利昂坐在昏暗的舱房,看着这位佣兵坐在他对面读信时,心里这么想。两人间只隔了一张划痕累累的板条桌,桌上有只牛油蜡烛。那是一对冰蓝、冷酷、淡色的眼睛,侏儒不喜欢淡色的眼睛,因为泰温公爵就有一双淡绿色中闪烁着金黄的眸子。

他静静地观察。这佣兵会读信已说明了很多问题。有几个在刀尖上舔血的佣兵能做到这点呢?他的嘴唇几乎一动也不动。提利昂进一步意识到。

格里芬终于从羊皮纸上抬起头来,眯起那对淡蓝色的眼睛,"泰温·兰尼斯特死了?死在你手中?"

"死在我手指上,瞧,就这根指头,"提利昂伸出一根手指给格里芬瞻仰,"泰温公爵当时蹲下如厕,我正好用十字弓射穿他的肚皮。我看他究竟能不能拉出黄金来——遗憾的是,他做不到,我正愁没金子花咧!从前,我还害死了我老妈,噢,别忘了我外甥乔佛里,我在他婚宴上下毒,亲眼看着他窒息而死。奶酪贩子是不是把这部分漏掉了?为了取悦女王陛下,我准备把我老哥老姐统统加进谋杀名单里。"

"取悦她?伊利里欧失去理智了吗?陛下拿一个坦承自己犯下弑君和弑亲兽行的恶棍何用?"

问得好，提利昂心想，但他说出口的却是："被我谋杀的国王霸占过她的王座，而我背叛狮子的行为，已经让女王陛下从中获益。"他挠挠烂鼻子，"别担心，我不杀你，你又不是我家人。可以把奶酪贩子的信给我瞧瞧吗？我很高兴能亲自拜读关于自己的事。"

格里芬不仅忽视他的请求，还把信放到烛焰上，眼看着羊皮纸焦黑、卷曲、灰飞烟灭。"坦格利安家和兰尼斯特家之间有血仇，你为何支持丹妮莉丝女王的事业？"

"为了金钱与荣耀，"侏儒欢快地声明，"噢，还为了报仇。只消见到我老姐，你就会恍然大悟了。"

"我很明白仇恨的滋味。"格里芬说话的腔调，让提利昂意识到他是认真的。这个人终日以仇恨为食，以仇恨为衣，度过了多少岁月。

"我们总算是找到共同点了，爵士先生。"

"我不是骑士。"

你不仅说谎，而且说得很差劲。真是缺心眼儿啊，大人。"达克爵士说是你册封他的。"

"达克多嘴。"

"鸭子会说话，已经很了不起了咧。好吧，格里芬，你不是骑士，而我是胡戈·希山，一只小怪物，你的小怪物——如果你喜欢的话。我向你保证，我只想做龙女王的忠仆。"

"那你如何服侍她？"

"当然是用舌头啦，"他伸出舌头，舔过一根又一根手指。"我可以为女王陛下分析我亲爱的老姐的思考方式——如果那能叫思考的话；我可以指导她手下的将领如何在战场上打败我老哥詹姆；我知道七国之中哪些诸侯勇敢，哪些诸侯懦弱，哪些对王室忠诚，哪些可以被收买。总而言之，我可以为她带来更多盟友。此外，在龙的方面我是行家，不知比你家'赛学士'强出多少。我还很有趣哦,而且我吃得不多。你就把我当成你的私家小恶魔好了。"

格里芬掂量片刻,"听好了,侏儒,你是我的团队里最卑贱的一分子。管住舌头,乖乖听话,否则有你好受的。"

是,父亲,提利昂差点脱口而出。"是,大人。"

"我不是大人。"

说谎。"把它当作我的恭维吧,朋友。"

"我也不是你的朋友。"

不是骑士,不是大人,也不是朋友。"太可惜了。"

"省省你的毒舌。我最多把你带到瓦兰提斯,若你态度忠顺、又确有所长,到时候可以留下来,尽心竭力为女王效命。若你敢制造麻烦,我随时可能把你撵出去。"

是吗?是要把我沉到洛伊拿河底,让鱼儿享用我的烂鼻子喽?"Valar dohaeris。"

"睡甲板还是货舱,随你挑。耶利亚会为你准备床具。"

"她真是太好心了。"提利昂蹒跚着鞠了一躬,走到舱房门口,又回过头。"找到女王陛下后,如果我们发现关于龙的事只是水手们醉后胡言乱语,该怎么办呢?毕竟,这个疯狂的世界充满了各种荒唐故事,你瞧,有古灵精怪,有幽灵尸鬼,有美人鱼,岩地精,长翅膀的马,长翅膀的猪,还有……长翅膀的狮子[3]?"

格里芬皱眉怒视他。"我郑重警告过你了,兰尼斯特,管住你的舌头,否则有你好受的。我们在这里做的事,既关系着国家命运,也关系着大伙儿的身家性命和家族荣誉。这不是你拿来随便找乐子的游戏。"

当然不是,提利昂心想,这是权力的游戏。"如您所愿,船长阁下,"他喃喃地说着,又鞠了一躬。

---

[3] "格里芬"意为狮鹫,指长翅膀的狮子。

戴佛斯

闪电撕裂了北方的蓝白色天空,镂刻出夜灯台漆黑的塔楼。六次心跳之后传来雷鸣,犹如遥远的鼓点。

守卫们押着戴佛斯·席渥斯穿过一座黑色玄武岩桥梁,途经一道锈迹斑斑的铁闸门,门后是一道注入了海水的护城深河,两根巨型铁链拉起吊桥悬跨河上。绿色的海水在河中汹涌澎湃,溅起朵朵浪花拍打在城堡基石上。护城河对面的城门楼比之前的更大,石材上覆满海藻。手腕被缚的戴佛斯跌跌撞撞地穿过泥泞的庭院,冷雨刺痛了眼睛。守卫们在后面戳他,驱赶他登上破浪城幽深的石制主堡。

入室之后,守卫队长立刻解开斗篷挂在钉子上,以免雨水弄脏磨薄了的密尔地毯。戴佛斯也用被缚的手笨拙地解着斗篷扣——他没有忘记在龙石岛效命期间学会的礼仪。

伯爵大人独坐在昏暗的大厅里,享用由啤酒、面包和姐妹乱炖组成的晚餐。大厅的厚石墙上安置有二十个铁烛台,但只有四个插了火炬,而且都没点燃。明灭的光线来自于两根摇曳的牛脂粗蜡烛。戴佛斯可以听见冷雨冲刷墙垒、从漏雨的屋顶滴下发出的一成不变的声音。

"老爷,"队长报告,"我们在鲸腹坨抓到这家伙。他试图行贿离岛,身上带有十二枚金龙,以及这个东西。"队长把那条镶金边的黑天鹅绒宽缎带放到领主面前的桌上,缎带上有三个章:一为金色蜂蜡的宝冠雄鹿、一为红蜡的烈焰红心,一为白蜡的手形纹章。

戴佛斯浑身湿透，浸湿的绳子陷进皮肤里，擦得手腕生痛。眼前这位领主只消一句话，就可以把他挂上姐妹屯的绞架门，但好歹屋里可以避雨，脚下也是坚实的石板而非颠簸起伏的甲板。他早被淋成了落汤鸡，外表狼狈不堪，内心更是倍受背叛和悲伤的摧残。这场风暴是不折不扣的折磨。

领主用手背擦了擦嘴，拿起缎带来仔细瞧看。城外雷电闪烁，半个心跳的时间里，墙上的弓箭孔放射出一片蓝白光芒。一、二、三、四，戴佛斯数到四，雷声方才传至。等雷霆平息后，他又听见那一成不变的雨水声，听见脚下巨浪冲刷过破浪城的巨型石拱门、怒号着灌进地牢。他很可能会被锁进地牢，用铁链拴在潮湿的石地板上，等待上涨的怒潮的判决。不，他试着提醒自己，那是走私者的死法，御前首相不会这样死去。他把我卖给太后收益更多。

领主用手指抚摸着缎带，冲缎带上的印章皱起眉头。他是个魁梧的家伙，又肥又丑，生了一副桨手的宽肩膀却没有脖子。他的脸和下巴被粗糙的灰胡须覆盖，胡须中点缀着点点白丝。他宽厚的浓眉上却是个秃头，粗大的酒糟鼻血管清晰可见。他嘴唇很厚，右手中间的三根指头好像长着蹼。戴佛斯以前就听说三姐妹群岛上有些领主有蹼状的手和脚，但一直以为那不过是水手们的故事而已。

领主倾身向前。"给他松绑，"他吩咐，"摘掉他的手套，我要瞧瞧他的手。"

队长遵命行事。当他展示出俘虏残废的左手时，外面又有闪电，电光将戴佛斯·席渥斯被削短的手指映在甜姐岛伯爵高德瑞奇·波内尔那张生硬粗蛮的脸上。"缎带是个人都能偷，说明不了问题，"领主道，"但这些指头是真的。你确实是洋葱骑士。"

"这的确是我的外号，大人。"其实戴佛斯现下已身列诸侯之林，更受封骑士多年，但内心深处他一直没变，仍是那个用一船洋葱和咸鱼换得骑士身份的卑微走私者。"别人还给我取过更糟的外

号。"

"没错,比如叛徒、反贼和变色龙。"

他无法接受最后一个词。"我从未变色,大人,我一直是国王的人。"

"如果史坦尼斯也算国王的话。"领主用刚硬的黑眼珠上下打量他。"来这里的骑士会来城堡找我,而不是去鲸腹坨,那是无法无天的走私者聚集的地方。你是打算重操旧业吗,洋葱骑士?"

"不,大人,我想找船去白港,替国王送信给那边的领主。"

"那你可来错了地方,见错了领主,"高德瑞奇伯爵颇感有趣,"这是甜姐岛上的姐妹屯。"

"我知道。"甜姐岛上的姐妹屯跟"甜美"没有半点关系,这是个肮脏丑陋的小镇,到处弥漫着猪屎和烂鱼的臭味,戴佛斯当走私者时没少来这里。数百年来,三姐妹群岛都是走私者的天堂,在这之前则是海盗的巢穴。姐妹屯的街道是用木板在泥巴上铺的,街上的房屋则全是枝条编织的篱笆房,房顶搭着稻草,而它的绞架门上总是挂着肚皮被剖开、内脏悬空的尸体。

"我不怀疑,你在这里有朋友,"领主说,"每个走私者在姐妹群岛都有朋友。他们中肯做我朋友的,我留下;不肯做我朋友的,统统吊死。我会慢慢折磨他们,看着他们的肠子在膝盖边晃荡,"闪电点亮了窗户,屋又明亮起来。二次心跳后传来雷声。"你说你要去白港,那来姐妹屯做什么?你是怎么来的?"

因为国王的命令和朋友的背叛,戴佛斯心想,但他说出口的却是:"因为风暴。"

一共二十九艘船从长城出发,现在若剩下一半,戴佛斯都会惊讶。沿海岸南下途中,他们一直被黑云、狂风和暴雨笼罩。划桨战舰"奥莱多号"和"老母之子号"撞毁在斯卡格斯岛的岩石上——那个被独角兽和食人族盘踞的岛屿连"瞎眼杂种"都不敢涉足;大型平底商船"萨索斯·桑恩号"则在灰崖边搁浅。"史坦尼斯必须赔偿,"萨拉多·桑恩心痛地说,"他必须拿出金子来,一条船一条船地赔我。"愤怒的神灵似乎存心要他们为快捷的北行付出代价,他们当初从龙石岛直到长城旅途平顺、航速如飞,如今却举步维艰。又一阵飓风撕裂了"丰收号"的索具,萨拉多·桑恩不得不将其拖行。但在寡妇望以北十里格处,大海再度翻腾起来,"丰收号"不由自主地撞上了一艘拖带它的船,两船都沉没了。整个里斯舰队被七零八落地吹散到狭海里,有的船或许日后会在某个港口现身,有的船则永远见不到了。

"这都是你的国王干的好事,让我成了乞丐萨拉多,"舰队残部航到咬人湾时,萨拉多·桑恩向他抱怨,"穷光蛋萨拉多。我的船去了哪里哟?还有我的金子,那些许诺给我的金子哟!"当戴佛斯向他保证他一定会得到补偿时,萨拉爆发了,"几时,几时!?明天?下个月?等到红彗星再临?他许诺给我金子和宝石,他一直不停地许诺,但我一分钱也没见着。'我郑重承诺'——他说得轻巧,噢哟,还把高贵的王家字据给立了下来。我问你,国王的字据能吃吗?羊皮纸和封蜡能解渴吗?我能搂着白纸黑字儿滚到羽毛床上、听它们吱吱尖叫吗?"

戴佛斯力促对方保持忠诚,他对萨拉指出,若是现在抛弃史坦尼斯的事业,就等于葬送所有赢得补偿的希望。大获全胜的托曼王不可能为失势的叔叔买单,萨拉只能坚定不移地支持史坦尼斯·拜拉席恩,直至其夺得铁王座,否则连一个子儿都别想捞到。萨拉必须耐心。

或许换个巧舌如簧的领主老爷能说服这里斯海盗头子,但戴佛斯只是个洋葱骑士,他的话反而让萨拉更恼火。"我在龙石岛上很耐心哟,"他说,"我耐心地看着红袍女焚烧木头神像和哀嚎的可怜虫;一路去长城我很耐心哟,在东海望我也耐心……还挨着冻,

那鬼地方真冻。现在嘛，我呸，去你的耐心，去你的国王。我的人都快饿死喽。他们希望跟自己的老婆亲热，希望数数自己的孩子，希望再见到石阶列岛和里斯的情欲园，可结果呢？结果他们只得到冰雪、风暴和空洞的承诺！他们不要这个！北境太冷喽，越来越冷喽。"

我知道这一天终究会来，戴佛斯告诉自己，我虽然喜欢这老流氓，但没有傻到相信他不变心。

"风暴。"高德瑞奇伯爵说出这个词的语气就像念出情人的名字。"安达尔人到来之前，风暴在姐妹群岛是神圣的事。我们的古神是波涛女士和天空之主，他们云雨时就会产生风暴。"领主倾身向前，"迄今为止，没有哪个国王有心寻求姐妹群岛的支持。有什么必要关注我们这穷乡僻壤呢？但现在你来了，风暴把你送来了。"

是我朋友把我出卖了，戴佛斯心想。

高德瑞奇伯爵转向守卫队长，"我跟他单独谈。他从未来过这里。"

"是，老爷，他从未来过。"队长遵命离开，湿漉漉的靴子在地毯上印下潮湿的脚印。地板下方的海洋仍在无尽地咆哮，冲击城堡地基。门"轰"地一声合上，犹如远方的雷鸣，接着电光真的再度亮起，仿佛遥相呼应。

"大人，"戴佛斯开口，"只要您肯送我去白港，陛下一定感念于心。"

"我可以送你去白港，"领主确认，"也可以送你去冰冻地狱。"

姐妹屯跟地狱也差不了多少。戴佛斯惴惴不安。三姐妹群岛向来反复无常，只为自己打算，理论上受谷地的艾林家族管辖，但鹰巢城根本指挥不动他们。

"你来这的事若是给桑德兰知道,他会要我交人,"波内尔是甜姐岛伯爵,朗多普和托伦特统治着长姐岛和小姐岛,但他们都得服从三姐妹群岛侯爵崔斯顿•桑德兰,"然后他将把你卖给太后,以换取一点兰尼斯特的金子。可怜的穷鬼,七个儿子都决心要当骑士,他需要每一枚他搞到的金币。"领主拿起木勺,朝炖肉汤继续发起进攻。"过去我诅咒诸神只给我女儿,直到我听见崔斯顿抱怨战马的费用。你要是知道多少鱼才能换套像样的板甲与锁甲,肯定会大吃一惊。"

我也有七个儿子,不过其中四个给烧死了。"桑德兰侯爵是鹰巢城的封臣,"戴佛斯说,"按照律法,他应把我交给艾林夫人处置。"他觉得自己在她面前的机会比在兰尼斯特面前的机会要大。莱莎•艾林虽没参与五王之战,但毕竟是奔流城的女儿、少狼主的姨妈。

"莱莎•艾林死了,"高德瑞奇伯爵说,"她被歌手谋害。如今小指头大人统治谷地。你说说,海盗上哪儿去了?"见戴佛斯不答,他便拿勺子敲桌子,"我指那些里斯人。托伦特在小姐岛上见过他们的风帆,之前寡妇望的菲林特也见过。橙、绿和粉色的帆。萨拉多•桑恩人在哪里?"

"在海上。"萨拉打算绕行五指半岛,一路沿狭海南下,带着剩余船只返回石阶列岛。若他在路上能遇到商船,也许可以打劫几艘,不无小补。"陛下派他去南方骚扰兰尼斯特及其盟友。"这是他冒雨划向姐妹屯时反复编排的谎言。世人迟早会知道萨拉多•桑恩抛弃了史坦尼斯•拜拉席恩,让国王失去了海军力量,但他戴佛斯•席渥斯绝对守口如瓶。

高德瑞奇伯爵搅着炖肉汤,"那老海盗桑恩让你自己游上岸?"

"我是坐小船上岸的,大人。"萨拉一直等到夜灯台在"瓦雷

利亚人号"的左舷船头出现,才把他放下船——他们之间毕竟还有友谊。里斯人发誓说自己很乐意带他南下,但戴佛斯严词回绝了。史坦尼斯需要威曼·曼德勒的支持,而他信托戴佛斯去赢取这份支持。戴佛斯告诉萨拉,他不能辜负这份信托。"呸,"海盗亲王回复,"我的老友,他会用荣誉杀了你。他会杀了你哟。"

"我还从未接待过国王之手,"高德瑞奇伯爵说,"照你看,史坦尼斯会付赎金吗?"

他会吗?史坦尼斯给了戴佛斯领地、头衔和官职,但他舍得拿出真金白银来救他的小命吗?再说他没有金子,不然也不会失去萨拉了。"大人您想弄清楚的话,可以派人去黑城堡询问陛下。"

波内尔哼了一声,"小恶魔也在黑城堡?"

"小恶魔?"戴佛斯弄糊涂了,"他在君临,因为谋害外甥而被判处死刑。"

"我父亲常说,长城是消息最不灵通的地方。侏儒逃了,他变身穿出黑牢的铁栏,赤手空拳把他父亲大卸八块。一名守卫亲眼见到他逃亡,说他浑身浴血,从头到脚像被鲜血淋过一样。太后下令,无论谁抓到他都赏赐领主之位。"

戴佛斯简直不敢相信自己的耳朵,"你的意思是泰温·兰尼斯特死了?"

"是的,被亲儿子所杀。"领主喝了口啤酒。"姐妹群岛有自己的国王的时候,我们才不容忍侏儒。我们会把侏儒丢进海里,做为给诸神的献祭。修士不许我们这么干,真是一群死脑筋的傻瓜,诸神若不当他们是怪物,又怎会把他们造成那副模样?"

泰温公爵死了。一切皆已改变。"大人,您能准许我派乌鸦送信给长城吗?泰温公爵的死讯一定要让陛下知道。"

"他会知道,但不是从我这里,也不能是从你这里——只要你还待在我这间漏雨的房子里就不成。如果世人以为我偏袒史坦尼斯，那就太不幸了。桑德兰家支持过两次黑火叛乱，我们跟着一起倒了大霉。"高德瑞奇伯爵冲一把椅子挥挥勺子。"趁你还没摔倒赶紧坐下，爵士。我的厅堂又黑又冷又潮湿，但至少还有适当的礼仪。我们会为你找些干燥衣服，不过你得先吃点东西。"他吼了一声，一个女人便进到大厅。"我们要喂饱客人，再拿些啤酒、面包和姐妹乱炖来。"

褐啤酒，黑面包，炖肉汤则跟奶油一样白。浓汤盛在一条挖空了的老面包里，里面有大葱、萝卜、大麦、白色及黄色的芜菁、蛤蚌、大块的鳕鱼肉和螃蟹肉，还有厚厚一层奶油和黄油。这样的汤正是给湿冷的寒夜准备的，它能让人从骨子里头暖和起来。戴佛斯心怀感激地狼吞虎咽。

"你吃过姐妹乱炖吗？"

"吃过，大人，"三姐妹群岛上每家旅馆、每间酒店都有这道招牌菜。

"这是戈拉做的，比你吃过的更美味。戈拉是我外孙女。你结婚了吗，洋葱骑士？"

"结了，大人。"

"遗憾，戈拉还没有。朴实的女人才能成为可靠的老婆。你瞧，汤里有三种螃蟹：红蟹、蜘蛛蟹和帝王蟹，除了她做的姐妹乱炖，我根本不吃蜘蛛蟹，吃它简直像是同类相残。"领主示意他看看冰冷漆黑的壁炉上挂的旗帜：灰绿底色的旗帜上绣了一只白色蜘蛛蟹。"据说史坦尼斯烧死了自己的首相。"

我的前任。在龙石岛上，梅丽珊卓活活烧死了艾利斯特·佛罗伦，以召唤送他们迅捷北上的奇风。当后党人士将他绑上刑柱时，半裸身子的佛罗伦伯爵尽力保持威严的姿态，他神情倨傲、一言不发，但一旦火舌舔上大腿，他就开始了惨叫——假如红袍女所言是实，正是他的惨叫令他们一路顺风抵达东海望。戴佛斯不喜欢那场

顺风，风中似乎有烤焦血肉的味道和活人凄厉的哀嚎。我也可能落得如此下场。"我没被烧死，"他告诉高德瑞奇伯爵，"虽然东海望差点冻死我。"

"长城就那样。"女人又带来一条新出炉的面包，热腾腾的。戴佛斯看见她的手，不禁一愣。他的表情被高德瑞奇伯爵捕捉到了。"没错，她也有遗传，五千年来波内尔家的人都有。她也是我外孙女，但不是炖汤的那个。"他一把将面包撕成两半，分了一半给戴佛斯。"吃吧，是好物。"

的确是好面包，虽然对戴佛斯来说，一点陈旧的面包渣也能起到同样作用——这意味着今晚他是这里的客人。三姐妹群岛的众位领主名声不佳，尤其是这位甜姐岛伯爵、姐妹屯之盾、破浪城之主和夜灯台的守护者高德瑞奇·波内尔……但强盗领主和专捞沉船的匪徒也依然要尊重古老的宾客权利。我至少能看到明天日出，戴佛斯告诉自己，我享用过他的面包和盐。

不过说实话，姐妹乱炖里放的作料似乎不只是盐。"藏红花？"藏红花比金子还贵重，戴佛斯以前只尝过一次，那是在龙石岛的宴会上劳勃国王赏赐了他半条鱼。

"没错，魁尔斯的藏红花。我们这里还有胡椒。"高德瑞奇伯爵用拇指和食指捻起一小撮，撒进自己的汤里。"瓦兰提斯的碎黑胡椒，世上最棒。能吃辣就多来点儿，我有四十箱这玩意儿。我还有丁香、豆蔻和足足一磅藏红花，全是从'杏眼少女号'上搞到的。"他哈哈大笑。戴佛斯发现领主还留有满口牙齿，虽然大部分成了黄板牙，有颗牙发黑坏死了。"她要去布拉佛斯，但飓风把她卷进咬人湾，撞毁在我的礁石上。瞧，你不是风暴带给我的唯一礼物。大海真是个心机叵测的残酷家伙。"

大海没有人心叵测，戴佛斯心想。在被史塔克家用火与剑臣服之前，高德瑞奇伯爵的祖先都是海贼王。这帮"姐妹男"不像萨拉多·桑恩之流一样公开打劫，而是狡猾地"打捞"沉船——他们沿三姐妹群岛修筑烽火台，警示暗礁、浅滩和岩石的所在，但到了浓雾弥漫时或狂风大作的夜晚，他们会偷偷燃起假信号，勾引粗心的船长上当。

"风暴也帮了你一个大忙，把你送到我家门口。"高德瑞奇伯爵道，"你在白港恐怕会受冷遇。你来得太晚了，爵士，威曼大人已决定屈膝臣服，但效忠的对象不是史坦尼斯。"他喝了一口啤酒。"曼德勒家族算不上北方佬，他们血统不纯，带着金子和自己的神来北境不过九百年。从前，他们是曼德河流域的大领主，但由于扩张过度，遂遭'青手'一家的制裁。狼王接纳了他们，他拿走了他们的金子，但允许他们保留自己的神，还划出领地给他们居住。"他用一大块面包来蘸肉汤。"史坦尼斯若是以为胖子会选鹿来骑，那就大错特错了。十二天前，"狮星号"曾在姐妹屯停泊装水。你认得那条船吗？绯红色船帆，船首有只金狮。那条船上都是佛雷家的人，他们奔白港而去。"

"佛雷？"戴佛斯万万没料到事情会演变成这样。"我们得到消息说威曼大人的儿子死于佛雷家之手。"

"你的消息没错，"高德瑞奇伯爵确认，"这事把胖子气得半死，他发下毒誓在报仇雪恨之前只靠面包和红酒过活——不过等到当天傍晚，他便又继续往嘴里塞蛤蚌和蛋糕了。三姐妹群岛和白港之间一直有船只来往，我们把螃蟹、鱼和山羊奶酪卖给他们，换取木头、羊毛和兽皮。据我所知，现下那位老爷比以前更胖了。他发的誓值几个钱？常言道言语就像风，而从曼德勒嘴里吹出的风不比从他下面放出的风强。"领主又撕下一块面包蘸肉汤，以扫清盘子。"佛雷给那蠢胖子带去一包骨头，说这叫迎还遗骨，乃是最高规格的礼仪；如果那是我儿子，我会以同等规格的礼仪相待，吊死佛雷一行人以兹感谢。不过胖子太高尚啦，做不了这等事。"他把

面包塞进嘴，咀嚼之后才吞下去。"我招待佛雷们吃了顿晚餐，其中一个佛雷就坐在你现在的位子上。他自报姓名叫'雷加'，我差点捧腹大笑。他说他死了老婆，打算在白港再娶一个。乌鸦来来回回，威曼伯爵和瓦德侯爵达成了协议，并将通过联姻来确保。"

戴佛斯感觉被眼前的领主一拳打在肚子上。若他所言是实，我的国王已输掉了战争。史坦尼斯·拜拉席恩急需白港的支援。如果说临冬城是北境的心脏，那白港就是北境的嘴巴。数百年来，那里都是不冻港，在深冬也不会结冰。现在冬天就要到了，那里的地理优势将愈发明显。此外，白港的辖区内还有银矿。兰尼斯特家有凯岩城的全部金子和高庭的财富可资利用，史坦尼斯国王却是一贫如洗。我必须去试试，至少得做到这点，或许我能找到办法阻止这场联姻。"我要去白港，"他说，"大人，我恳求您协助我完成使命。"

高德瑞奇伯爵蘸完了肉汤，正用那双大手把当餐盘用的老面包也撕来吃。肉汤把老面包泡软了。"我不喜欢北方佬。"他宣布。"虽然学士们说'凌辱三姐妹'已是二千年前的往事，但姐妹屯并没有遗忘。在那之前，我们自由自在，自立为王；在那之后，我们不得不向鹰巢城屈膝，以换取支持，驱逐北方佬。狼和鹰把我们可怜的岛屿当成战场争斗了一千年，榨干了我们的血肉，留下一副空壳。你那史坦尼斯国王也好不到哪去，他还在干劳勃的海政大臣时，不跟我打招呼就派舰队闯进我的港口，胁迫我吊死了十来个朋友——十来个你这样的人。他甚至威胁说，如果我敢熄灭夜灯台的灯火，导致船只失事的话，就把我也吊死。我不得不忍气吞声。"他吃着自己的餐盘。"现在他打了败仗，夹着尾巴低声下气逃到北境。我凭什么要帮他？你给我个理由。"

因为他是你合法的国王，戴佛斯心想，因为他坚强而公正，因为他是唯一能让国家恢复秩序、领导人民对抗北方黑暗势力的人，因为他有一把能放射太阳光芒的魔剑。这些话哽在喉头，说出来对甜姐岛伯爵一点触动都没有，他费尽口舌也没法靠近白港一步。他想得到什么样的答案呢？我能用不存在的金子引诱他么？为他孙女找一个出身高贵的丈夫？抑或是领地、荣誉和头衔？艾利斯特·佛罗伦大人玩的就是这种游戏，国王为此烧死了他。

"首相大人哑巴了。看来他不仅不太接受姐妹乱炖，还接受不了真相。"高德瑞奇伯爵擦了擦嘴。

"狮子死了，"戴佛斯缓缓地说，"这是你告诉我的真相。泰温·兰尼斯特死了。"

"他死了又能怎样？"

"现在君临由谁掌权？——肯定不是托曼，他还是个孩子——是凯冯爵士？"

高德瑞奇的黑眼珠里烛光闪烁，"如果是他的话，你早就被锁拿解去都城了。管事的是太后。"

戴佛斯明白了。对方还在观望，担心下错赌注。"史坦尼斯曾在提利尔和雷德温的联军围困下守住风息堡，又拿下了坦格利安家族最后的堡垒龙石岛，他还在仙女岛粉碎过铁舰队。那个小鬼国王打不赢他。"

"那个小鬼国王兼有凯岩城的财富和高庭的力量，他还有佛雷家族和波顿家族可为倚靠。"高德瑞奇伯爵揉了揉下巴。"不过嘛……世上不变的唯有凛冬。这是当年奈德·史塔克告诉我父亲的话，就在这个大厅里。"

"奈德·史塔克来过这里？"

"劳勃刚造反的时候，'疯王'送信给鹰巢城索要史塔克的项上人头，琼恩·艾林却把他送回故土以示反抗。由于海鸥镇仍旧效忠国王，史塔克要想回家召集封臣，只能翻山越岭去五指半岛，找到一位渔夫载他渡过咬人湾。不幸的是，他们路遇风暴，渔夫淹死了，但他的女儿在船沉以前拼死把史塔克送到了姐妹群岛。据说史塔克留给她满满一袋银币，还搞大了她的肚子。她把那个孩子命名为琼恩·雪诺，以老艾林的名字取的。"

"跟艾德公爵见面时，我父亲就坐在我现在坐的位置上。我们的学士力促我们斩下史塔克的脑袋，送给伊里斯表忠。那意味着丰厚的奖赏，疯王对取悦他的人向来出手大方。但那时我们已得知琼恩·艾林拿下了海鸥镇，劳勃当先登城，手刃马柯·格拉夫森。'这个拜拉席恩无所畏惧，'我对父亲说，'他像国王那样战斗。'学士听了冲我咯咯笑，说雷加王子干掉他不费吹灰之力。史塔克就在那时插话道：'世上不变的唯有凛冬。我们的确有可能失败，但……假如我们胜利呢？'我父亲遂决定礼送他出境。'如果你失败，'他告诉艾德公爵，'你从没来过这里。'"

"我也一样，"戴佛斯·席渥斯承诺。

琼恩

他们把塞外之王抓出来,双手用麻绳绑住,脖子上套了根绳子。

绳子另一头拴在高迪·法林爵士的战马鞍头上。巨人杀手及其胯下坐骑都披挂着镶乌银的镀银盔甲,而曼斯·雷德只穿了件单薄的外衣,四肢都裸露在寒风中。他们应该让他留着那件斗篷,琼恩·雪诺心想,野人女孩用红丝绸为他缝补的斗篷。

难怪长城也在哭泣。

"曼斯比任何一位游骑兵都更熟悉鬼影森林。"琼恩最后一次为塞外之王求情时这么说,竭力向史坦尼斯国王证明留下曼斯比杀了他更有用。"他了解巨人克星托蒙德。他跟异鬼战斗过。他找到了乔曼的号角但没吹响它。他并不忍心让长城倒塌。"

这些话全是白费。史坦尼斯不为所动,因为律法就是律法:逃兵唯有死刑。

在哭泣的长城下,梅丽珊卓高举白皙的双手。"我们都必须做出选择,"她高声宣告,"男与女,老与少,高贵抑或平庸,我们的选择都是相同。"她宣讲的声音让琼恩·雪诺联想到茴芹、豆蔻和丁香的味道。她和国王一同站在深坑边搭起来的木制脚手架上。"我们的选择是光明与黑暗,正义与邪恶。我们的选择是真神或伪神。"

曼斯·雷德一边走,风一边把他蓬厚的灰棕色头发吹打到他脸上。他微笑着用被缚住的双手拨开遮住眼睛的头发。但当他看见笼子时,所有的勇气都离他而去。后党用鬼影森林的树木编了这个笼

子,材料包括树苗、易折的嫩枝、黏乎乎满是松脂的松树枝桠及苍白如骨的鱼梁木枝条。他们把这些纠结缠绕成这个格子状的木笼,悬挂在堆满原木、树叶和引火物的深坑之上。

野人王挣扎着向后退。"不,"他哭喊,"发发慈悲。不对,我不是国王,他们——"

高迪爵士将绳子用力一扯,塞外之王便只能踉跄向前,绳圈憋住了他剩下的话。他摔倒后,高迪爵士拖着他走,等他被后党人士半推半抱地关进笼子,已浑身是血。十来个士兵一起拉绳子,将他升到空中。

梅丽珊卓女士自始至终盯着他。"**自由民们!**这就是你们的谎言之王,而这是他许诺能让长城倒塌的号角。"两名后党人士抬出乔曼的号角,这只通体漆黑的号角镶嵌了古老的黄金条纹,足有八尺之长,条纹上镌有符文,那是先民留下的字迹。乔曼数千年前就死了,但曼斯在霜雪之牙的冰川下找到了他的坟墓。传说乔曼吹响冬之号角,从地底将巨人们唤醒。耶哥蕊特曾告诉琼恩曼斯没能找到号角。要么是她撒谎,要么就是曼斯对自己人隐瞒了真相。

号角被举起来,上千名俘虏透过木栅栏观看。他们全都衣衫褴褛,食不果腹。七大王国的人民称他们为"野人",而他们自称"自由民"。不过他们现在的样子既不野蛮也不自由——唯有饥饿、恐惧和麻木。

"乔曼的号角?"梅丽珊卓续道,"不,该称它为黑暗的号角。如果长城倒塌,长夜将随之降临,那是永不终结的长夜。这事决不能发生,决不会发生!光之王发现了他的子民面临的危机,于是为他们送来了他的选民,他让亚梭尔·亚亥转世重生!"她手指史坦尼斯,喉头的大红宝石脉动着红光。

他坚硬如石、她热情似火。国王的双眼带着蓝眼圈,眼窝深陷,面无表情。他穿着灰色板甲,毛皮镶边的金线披风披在宽阔的肩膀上。他的胸甲上雕刻了烈焰红心，头戴的赤金王冠也被做成扭曲火焰的形态。瓦迩站在他身旁，高大美丽。他们也为她戴上了一圈朴素的暗色青铜冠冕，而她比戴金冠的史坦尼斯更有王家风范。她的灰眼睛毫无畏惧，一眨不眨。她在貂皮披风下穿着白色和金色的衣服，蜂蜜色金发绑成一根粗辫子从右肩直垂到腰。寒风吹得她脸颊发红。

梅丽珊卓女士没戴冠冕，但所有人都知道她才是史坦尼斯·拜拉席恩真正的王后，而不是那个被国王留在东海望瑟瑟发抖的平凡女人。传言说，在长夜堡修缮完毕前，国王都不会召唤赛丽丝王后和他的女儿。琼恩为她们感到遗憾。对南方的贵族太太和少女而言，长城本是个太艰苦的地方，长夜堡更是尤有甚之。那里从古至今都是个阴森凄暗的所在。

"自由民们！"梅丽珊卓高喊，"观睹选择黑暗的下场吧！"

乔曼的号角烧起来了。

只听"嗖"地一声响，绿色和黄色的火焰便从号角周身窜出、爆开。琼恩的坐骑紧张得后退，其他骑者也纷纷约束马匹。自由民们眼睁睁看着他们的希望着了火，不由得从栅栏背后发出一阵哀嚎。少数人开始叫嚣漫骂，但大多数人没有多说。半晌间，黄金条纹上的符文似乎在空气中闪烁。后党人士将号角狠狠地翻滚着扔进火坑中。

笼子里的曼斯·雷德用被缚的双手撕扯脖子上的绳圈，语无伦次地咒骂妖术与背叛。他否认自己的国王身份、否认自己的人民——否认自己的一切。他惨叫求饶，厉声诅咒红袍女，又歇斯底里地哈哈大笑。

琼恩目不转睛地注视着，他不能在弟兄们面前露出丝毫软弱。今天他召集了二百名弟兄前来，超过黑城堡守军的一半。身披黑

袍、手握长矛的守夜人弟兄排成庄严肃穆的队列,拉起兜帽掩盖面容……也掩饰住他们大多是灰胡子老头和未经世事的毛头小子的真相。自由民畏惧守夜人,希望他们在长城南面安家后,仍怀着这份畏惧。

号角落在原木、树叶和引火物上,三次心跳之后,整个火坑就被点燃。曼斯用被缚的双手紧抓着笼子,哭求饶命。当火舌舔到他时,他手忙脚乱地舞蹈,惨叫声化为一阵含糊不清、充满恐惧和痛苦的漫长号啕。他在笼中像着火的树叶一样飘摇,又仿佛玩火自焚的飞蛾。

此情此景,令琼恩想起了那首歌:

兄弟啊,兄弟,我的末日临降,

多恩人夺走了我的身子,

没有关系,凡人终有一死亡,

我却尝过多恩人的妻子!

瓦迩在平台上站得笔直,跟一根盐柱没两样。她不哭,也不回避。琼恩不禁思索若是耶哥蕊特站在这里会如何表现。其实女人比男人坚强。他想到了山姆和伊蒙师傅,想到了吉莉和她的孩子。吉莉到死都会诅咒我,但我别无选择。东海望近来报告说狭海中刮起了大风暴。我送走他们是意图保护,难道反而让他们葬身鱼腹了?昨晚他梦见山姆被淹死,耶哥蕊特死于箭下(那不是他射的箭,但在梦中每次都是),而吉莉泣血。

琼恩·雪诺受够了。"动手,"他终于下令。

御林的乌尔马把长矛插进地里,解下他的弓,抽出一枝黑色羽箭。美女唐纳·希山也掀开兜帽,搭箭拉弓。接着是灰羽加尔斯和胡子本恩。搭箭、拉弓、放。

一枝箭正中曼斯·雷德的胸膛,另一枝射在肚子,第三枝命中咽喉,而最后一枝钉在木笼子上,抖一抖就着了火。野人王软绵绵地瘫倒在笼子里,被烈火吞噬,长城边回荡着一个女人的啜泣。"他的守望至死方休,于斯结束,"琼恩轻声念道。曼斯•雷德曾是誓言效命的守夜人弟兄——在他用鲜红丝绸缝补的斗篷交换崭新的黑斗篷之前。

史坦尼斯站在平台上皱紧了眉,但琼恩不跟他对视。笼底已被烧穿,侧面的木条纷纷剥落。火焰每次上蹿,都有更多枝条化为樱红色火焰,再变成焦黑灰烬。"光之王派来太阳、月亮和群星为我们指引照明,赐予火焰让我们穿越黑夜。"梅丽珊卓对野人们宣讲。"他的火焰无可匹敌。"

"无可匹敌!"后党齐声应合。

红袍女的深红长袍迎风飞舞,红铜色头发犹如围绕她头部的光环。她的指尖射出长条的黄色火焰,犹如伸展的利爪。"**自由民们!** 你们的伪神毫无威能。那只虚假的号角拯救不了任何人。而僭越的国王带来的唯有死亡、绝望和失败……但真正的王者此刻正站在你们面前。**请看他的荣耀!**"

史坦尼斯•拜拉席恩拔出光明使者。

长剑放射出栩栩如生的红、黄和橙色光芒。琼恩看过这把剑出鞘的样子……但它从未像现在这样,从未有过。现在的光明使者宛如钢铁锻制的太阳,当史坦尼斯把它高举过头,在场众人都不得不别过头或是遮住眼。马儿惊恐后退,有匹马甚至掀落了主人。在这光之风暴面前,火坑里的火犹如小狗见了恶犬般黯然失色。那光,犹如阵阵波涛冲击着长城的冰壁,令其一会儿变成红色、一会儿变成粉色、一会儿又变成橙色。这是国王之血的力量吗?

"维斯特洛只有一位真正的国王。"史坦尼斯宣布。他声音嘶哑,和梅丽珊卓悦耳的嗓音截然不同。"我会用这把剑来保护我的臣民,粉碎他们的敌人。屈膝臣服,我承诺为你们提供食物、土地和公正。屈膝臣服,你们就能活命。远离光明,则只有死路一条。

何去何从你们自己选择。"他将光明使者收回剑鞘,世界重新暗淡下来,仿佛乌云遮日。"开门。"

"开门!"克拉顿·宋格爵士用战号般深沉地嗓音发令。"开门!"守卫队长科里斯·彭尼爵士喝叫。"开门!"军官们纷纷应和。士兵们匆忙跑去执行。他们拔出削尖木桩,把木板搭上深沟,又将栅栏门大大打开。琼恩·雪诺举手一挥,黑衣弟兄们立刻左右分开,留出一条去长城的路,忧郁的艾迪·托勒特在小路尽头打开了长城的铁门。

"过来吧。"梅丽珊卓劝诱,"要么拥抱光明……要么退回黑暗。"她身下的火坑里烈焰噼啪。"选择我,选择生命。"

他们来了。起初只有几名俘虏踽踽着、或互相搀扶着走出脏乱的栖身地。选择我,选择温饱,琼恩心想,不想饿死冻死的话,就来吧。这带头的几名俘虏犹犹豫豫,生怕落入陷阱,他们缓慢地通过木板,穿越木桩,向梅丽珊卓和长城走去。后头的人看见带头的没受伤害,便纷纷跟上。出去的人随之越来越多,络绎不绝。穿镶钉夹克、头戴半盔的后党人士发给经过的男女老少一人一片鱼梁木:一段如苍白断骨般的树枝,枝头还挂着血红的叶子。用旧神的血来献祭新神。琼恩握剑的手开开阖阖。

他隔得甚远,仍觉火坑热气可畏,那些凑近的野人一定都被烧起水泡了。他看见男人畏畏缩缩地靠近火坑,看见孩子放声哭叫。有些人半途逃向森林,其中有个跌跌撞撞、两手各牵一个孩子的年轻女人。她每走几步就回头张望,确保没人追赶,等走到林边她突然开始飞奔。有个灰胡子老人把发给他的鱼梁木当武器使,不要命似的乱打,结果被几个后党的兵用长矛刺穿。后来的野人不得不费力地绕开他的尸体,直到科里斯爵士下令将尸身抛进火坑。这之后许多自由民逃进了森林——或许占到总人数的十分之一。

但大多数人还是选择向前走。毕竟,身后是寒冷和死亡,身前还有希望。他们向前走,紧抓着那片木头,直到将其献给火焰。拉赫洛是个嫉妒狭隘又贪得无厌的神灵。他吞噬过旧神的尸身后,将史坦尼斯和梅丽珊卓的巨大阴影撒在长城之上。火红火红的寒冰映照着黑影。

第一个在国王面前下跪的是赛贡,瑟恩的新任马格拿,作为他父亲的年轻缩小版,他也是个秃头,也一样消瘦,穿着青铜护胫和缝有青铜鳞片的皮衬衫;接着下跪的是叮当衫,此人身穿由骨头和煮沸皮革制成的叮当作响的盔甲,以巨人头骨作头盔。骨甲里面的他猥琐丑陋,满口扭曲的黄板牙,眼白上有黄色阴霾。这是个满肚子坏水的小怪物,残忍又愚蠢。琼恩决不相信此人的信仰转变有什么价值,也不知瓦迩眼看着此人下跪并被宽恕作何感想。

接着是小头目们。包括两位硬足民的氏族酋长,他们有黑色的硬脚板;一位得到乳河沿岸的野人崇敬的老巫婆;一位骨瘦如柴的十二岁黑眼男孩,他是猎鸦阿夫因之子;狗头哈玛的弟弟也赶着她的猪来了。他们都在国王面前单膝跪下。

刺骨寒风中上演的滑稽戏,琼恩心想。"自由民鄙视下跪之人,"他警告过史坦尼斯,"让他们保留自己的骄傲,他们会更爱戴你。"国王对此置之不理,答说:"我不要他们的吻,只要他们的剑。"

野人们下跪之后,便拖着脚步通过黑夜弟兄的队列,前往长城的城门。琼恩安排马儿、纱丁和其他六名兄弟手持火炬引领归顺的人过去。在长城另一头,一碗碗热腾腾的洋葱汤、大块大块的黑面包和香肠在等待他们。衣服也准备妥当:斗篷、马裤、靴子、上衣及上好的皮手套。他们会睡在干净的稻草堆上,熊熊篝火将为他们驱散夜晚的寒意。国王是个做事极有条理的人,不过巨人克星托蒙德迟早会带领军队再次攻打长城,到那时,琼恩不知道史坦尼斯的新臣民会站在哪一边。你可以给自由民土地,并宽恕他们,但国王

却得由他们自己选出。而他们选的是曼斯，不是你。

波文·马尔锡催马来到琼恩身边。"没想到会有这一天，"自头骨桥一战中头上挨过一击，总务长变得更消瘦了。他有只耳朵缺了半边，看起来不那么像石榴了，琼恩心想。马尔锡续道："我们在大峡谷抛洒热血抵挡野人。很多好兄弟、好朋友战死在那里。到头来，这些牺牲是为什么？"

"老百姓会诅咒我们，"艾里沙·索恩爵士怨毒地宣称，"从今往后，维斯特洛的每个正派人提起守夜人军团就会扭头唾弃。"

你知道什么叫正派人吗？"保持肃静，"杰诺斯大人掉脑袋之后，艾里沙爵士规矩了许多，但他仍然不怀好意。琼恩很想命他接管史林特的差事，却又不放心将其调离身边。他一直是两人中更危险的那个。左右权衡，他让影子塔派了一名白胡子事务官掌管灰卫堡。

他希望两支小分队都能派点用场。守夜人可以让自由民付出沉重代价，但无力阻挡他们。烧死曼斯·雷德也不能改变这点。人数对比仍然过于悬殊，而停派巡逻队的我们，对于对方动向可谓一无所知。我必须恢复巡逻。可我要这样做的话，派去的人回得来吗？

长城里的隧道狭窄曲折，而许多野人要么太老、要么生病、要么受了伤，前进得十分缓慢。等最后一个人下跪完毕，夜幕已临。火坑里火势低了，国王投在长城上的影子也只有之前的四分之一高。琼恩·雪诺能在空气中看见自己的呼吸。好冷，他心想，越来越冷。这场滑稽戏超时了。

还有约四十个俘虏逗留在木栅栏内，其中包括四个巨人。他们身材庞大，全身长毛，肩膀倾斜，腿粗得像树干，脚掌呈八字形大大地分开。庞然若此，他们仍能穿越长城，只是其中有个巨人不愿扔下自己的长毛象，其他巨人又不愿抛弃他。其他留下的都是人类，有的已经死了，有的气息奄奄，还有更多人是这些已死或将死之人的亲属和同伴，不愿为一碗洋葱汤抛亲弃友。

他们发着抖，或是冻麻木了已没法发抖。国王的声音在长城上回荡。"你们可以自由离开，"史坦尼斯告诉他们，"把今日的所见所闻告诉其他人。告诉他们你们见到了真正的国王；告诉他们，只要恭顺臣服，他的王国便欢迎大家。如若不然，最好逃得远远的，藏起来不要见人。我决不容忍谁袭击我的长城。"

"一个国家、一个真主，一个王者！"梅丽珊卓高喊。

后党齐声应和，一边用长矛敲打盾牌。"一个国家、一个真主，一个王者！史坦尼斯！史坦尼斯！一个国家、一个真主，一个王者！"

他看见瓦迹没有加入合唱，守夜人军团的弟兄们也没有加入。趁这呐喊的当口，剩下的那些野人都逃入了森林。巨人是最后走的，两个骑长毛象，另两个步行。木栅栏里只剩死人。琼恩看着史坦尼斯跟梅丽珊卓并肩走下平台。她是他的红色阴影，两人几乎形影不离。下来之后，国王的荣誉护卫们簇拥上前——高迪爵士、克拉顿爵士和其他十来个骑士，全是后党，月光在他们的盔甲上闪烁，寒风打得他们的披风扑簌簌的。"总务长，"琼恩吩咐马尔锡，"拆除木栅栏，回收来当柴火，把尸体扔进火坑火葬。"

"遵命，司令大人。"马尔锡高叫着下令，黑衣人中便出列了一大群事务官，忙着收拾栅栏。总务长皱眉注视他们工作。"这帮野人……您觉得他们会循规蹈矩吗，大人？"

"有的会，有的不会。好比我们当中有懦夫流氓、白痴笨蛋，他们也不例外。"

"还有我们的誓言……我们发誓守护王国……"

"自由民在赠地定居以后，就成了王国的子民。"琼恩指出，"时局艰难，我们面临重重考验。我们已经认清真正的敌人，明亮的蓝眼睛生在它们死白的脸上。自由民也认清了它们。史坦尼斯在

这点上没错：我们必须与野人联合起来。"

"联手对付共同的敌人，我对此没有异议，"波文·马尔锡道，"但非得让几万名饿得半死的蛮子通过长城吗？何不封闭城门，让他们回自己的村落与异鬼斗争？奥赛尔告诉我封门其实不难，只需用石块填满隧道，然后从杀人孔中灌水，剩下的交给长城自己就成了。这寒气……不出一月，城门的一切痕迹都会消失。任何人要想过来，非得凿出一条路。"

"或是爬墙。"

"不大可能。"波文·马尔锡道。"他们不是来偷女人抢东西的掠袭者。托蒙德手下有老太婆、有小孩子，有成群的绵羊和山羊，甚至有长毛象。他必须通过城门，而长城沿线一共才三道门。如果他真派人来爬，好吧，防守就跟叉罐子里的鱼一样简单。"

罐子里的鱼决不会爬出罐子，捅你一矛。琼恩自己就爬过长城。

马尔锡续道："曼斯·雷德的弓箭手朝我们射了许多箭，仅我们回收到的就有约一万枝。这其中只有不到一百枝射上长城，还大多是靠狂风帮助。我方唯一的损失是玫瑰林的红埃林，他的死是因为坠落，并非腿上中的箭。唐纳·诺伊牺牲性命守住了城门，那是英雄的壮举……但如果我们事先封闭了城门，勇敢的铁匠也就能留在我们身边。不管面对一百人还是十万人，只要在长城上居高临下，他们就永远奈何不了我们。"

他说得没错。曼斯·雷德的大军犹如拍击礁石的巨浪一样被撞得粉碎，尽管抵御他们的不过是一群老人、小孩和残废。然而波文的建议违反了琼恩的每一项直觉。"如果我们封闭城门，便不能再派出巡逻队，"他指出，"这样就成了瞎子。"

"莫尔蒙司令的最后一次巡逻让守夜人军团损失了四分之一的兵力，大人。我们必须节约现有人手，每损失一个人都会削弱我们的力量，而我们的防线本已太过漫长……我叔叔常说，居高临下，百战不殆。好吧，没有比长城更高的地方了，司令大人。"

"史坦尼斯为所有屈膝的野人许诺了土地、食物和公正。他不会允许我们贸然封闭城门。"

马尔锡犹犹豫豫地说，"雪诺大人，我不是个喜欢道听途说的人，但大家确实在议论您对待史坦尼斯大人过于……过于友好了。有些人甚至说您……是个……"

是个叛徒和变色龙，没错，还是个野种和狼灵。杰诺斯·史林特虽已以身试法，但他的谎言仍在人群中流传。"我明白你的意思，"琼恩自己也听过别人窃窃私语，看见有人在他穿行院子别过头去。"他们要我怎么做？难道要我用武力抗拒史坦尼斯和野人两方吗？国王的战士不仅是我们的三倍，他还是我们的客人，受宾客权利的保护。况且他曾助我们打退敌人，我们欠他一笔情。"

"史坦尼斯大人确实急人所难，曾向我们伸出援手。"马尔锡勉强承认。"但他毕竟是个叛徒，他的事业注定失败。如果我们被铁王座视为他的同伙，那就会跟着完蛋。我们不能站在失败者一边。"

"我们不该站在任何一边。"琼恩回答。"此外，我对局势的判断跟你有差异，大人。泰温公爵死了，战争的结局很难说。"如果自国王大道传来的消息属实，御前首相是在厕所解手时被自己的侏儒儿子谋杀的。琼恩跟提利昂·兰尼斯特有一段短暂的交情。他握住我的手，说我是他的朋友。很难相信那小个子会谋杀亲父，但泰温公爵的死毋庸置疑是真的。"君临城里当头的是个小狮崽，而他屁股下面的铁王座能把成年人割成碎片。"

"他确实是个孩子，大人，可……弟兄们怀念劳勃国王，大都坚信托曼是他的正统继承人。而他们接触史坦尼斯大人越多，对他的爱戴就越少，那个动不动就用火刑烧人的梅丽珊卓女士和她残酷

的红神更是雪上加霜。大家都在抱怨。"

"他们也抱怨过莫尔蒙总司令。人总喜欢抱怨自家的老婆和自己的领主。弟兄们没老婆,于是加倍地抱怨领主,这可以理解。"琼恩望向木栅栏,两面已被拆倒,第三面也在迅速倒下。"你留下来料理,波文,确保把每具尸体都烧掉。感谢你的建议,我保证会仔细考虑。"

琼恩骑向城门,火坑上头仍弥漫着烟雾和飘洒的灰烬。他在城门前下马,牵坐骑穿越冰壁。忧郁的艾迪举着火把在前头带路。火苗舔着洞顶,一路都有冰冷的泪水滴到他们身上。

"烧掉那只号角真让人松了口气,大人。"艾迪说,"昨晚我刚梦见自己在长城顶上撒尿时,有个家伙想试吹那只号角。这可不是抱怨啊,因为这个梦好歹比以前那个好,以前我梦见狗头哈玛拿我去喂她的猪。"

"哈玛死了,"琼恩说,"但她的猪没死。它们看我的眼神跟从前杀手看火腿的眼神一模一样。不过你放心,野人不会伤害我们。我们的确砍了他们的神,还让他们亲手将其烧成灰,但我们同时也给他们洋葱汤喝。神灵和美味的洋葱汤相比,孰轻孰重呢?至少我会选择后者。"

琼恩的黑衣上有浓重的烟味和烤肉味。他知道自己肚饿,却不想吃东西,只渴望陪伴。跟伊蒙师傅喝杯葡萄酒,跟山姆静静地交谈,跟派普、葛兰和陶德说笑话。然而伊蒙和山姆都已离开,而他其余的朋友……"我今晚和大家一起用餐。"

"煮牛肉和甜菜。"忧郁的艾迪似乎对菜单一清二楚。"不过哈布把山葵用光了,没有山葵的煮牛肉还是煮牛肉吗?"

大厅被野人烧掉后,守夜人就改在兵器库下的石地窖用餐。这是个由两排方石柱支撑的巨大地窖,筒形穹顶,墙边堆满了大桶大桶的葡萄酒和麦酒。琼恩进门时,四名工匠正在最靠近楼梯的桌上玩瓦片游戏。一群游骑兵和几个国王的人坐在火炉边，悄声谈话。

年轻人则聚在另一张桌旁。派普用自己的匕首刺芜菁。"长夜黑暗，处处芜菁，"他故作庄严地念诵，"祈祷鹿肉吧，我的孩子，外加洋葱和美味的肉汁。"他的朋友——葛兰、陶德、纱丁这帮人——哄堂大笑。

琼恩·雪诺没笑，"取笑别人的祷词很幼稚，派普，也很危险。"

"如果我冒犯了红神，就请他对我降下神罚啦。"

大家都止住笑。"我们是在笑话那女祭司，"纱丁解释。他是个脂粉味重的标致青年，从前在旧镇当男妓，"只是个小玩笑，大人。"

"你们有你们的神，她有她的神，井水不犯河水。"

"可她不放过咱们的神，"陶德争辩，"她说七神是伪神，大人，连旧神也是。你亲眼看见她让野人焚烧鱼梁木。"

"我管不了梅丽珊卓女士，但管得了你们。我不允许国王的人和我的人之间发生冲突。"

派普将一只手搭在陶德胳膊上，"别吵了，癞蛤蟆，我们伟大的雪诺大人是金口玉言。"说完他跳起来，朝琼恩嘲弄地一鞠躬。"请您原谅，尊贵的大人，今后未经您允许，我连耳朵都不敢摇了。"

他把一切当儿戏。琼恩真想拼命摇晃他，好让他清醒些。"你摇不摇耳朵我不管，但你不要乱嚼舌根。"

"我会盯紧他，"葛兰保证，"他不听话我就扇他耳刮子。"他迟疑片刻。"大人，您会与我们共进晚餐吧？欧文，朝旁边挤挤，给琼恩腾个地方。"

这是琼恩渴望已久的陪伴。不，他不得不提醒自己，过去的已经过去。这想法犹如一把尖刀在他肚内翻搅。他们选他为首领，长

城是他的了，他必须对大家负起责任。上级可以关怀下级，父亲大人曾教诲它，但不能与之为友。因为或有一天，他将不得不审判他们，或是派他们去送死。"改天吧，"守夜人军团总司令撒谎道，"艾迪，你留下来用餐，我还有工作。"

外面似乎比刚才更冷了。他看见城堡对面国王塔的窗户里透出烛光。瓦迩站在塔顶，眺望长城。史坦尼斯安排她住在自己楼上，并严加看守，但允许她在塔上散步锻炼。她看上去好孤独，琼恩心想，孤独而又美丽。耶哥蕊特拥有独特的风采，火吻的红发，但其真正的魅力来自那抹笑容；而瓦迩不需要笑，在大千世界上任何宫廷里，她都能令男人坠入爱河。

但野人公主却对她的狱卒毫无好感。她把大家统称为"下跪之人"，并曾三次尝试逃跑。有回一个兵在她身边放松了警惕，结果她抽出他的匕首，刺进他的脖子。伤口若是左偏一寸，就会要了士兵的命。

孤独、美丽而致命，琼恩·雪诺默默地补充，我本可以拥有她。她，临冬城，还有我父亲的姓氏。但他最终选择了黑衣和冰墙，选择了荣誉。一个私生子所能企求的那点荣誉。

穿过庭院时，长城就在他右手边。高高的冰墙闪烁着苍白的反光，撒下无尽的阴影。昏暗的橙光透出城门铁栏，那是躲避寒风的卫兵们点的。铁笼子在冰墙上摇晃刮擦，铁链随之发出刺耳的声音。城上站岗的哨兵应是偎在暖棚里的火盆边，要大声叫嚷才能听见彼此的话；也许在这寒风中他们不想费事，干脆保持沉默，挺过煎熬。我应该上去瞧瞧。长城是我的。

他走在司令塔烧焦的空壳下，经过耶哥蕊特死在他怀中的地方。白灵出现在他身边，冰原狼温暖的呼吸在冷气里蒸腾。月光下，白灵的红眼睛犹如两团火。琼恩嘴里满是热血的味道，他知道白灵今晚又有猎获。不，他提醒自己，我是人，不是狼。他用手套背擦擦嘴,吐了口唾沫。

鸦巢下的房间如今属于克莱达斯一人。听见琼恩敲门,他拖着脚步过来,一手拿蜡烛,另一只手把门打开一条小缝。"我打扰到你了吗?"琼恩问。

"没有,"克莱达斯把门推开了一些,"我正在温酒。大人您要不要来一杯?"

"乐意之至,"琼恩的手都快冻僵了。他摘下手套,舒展手指。

克莱达斯回到壁炉前温酒。他快六十岁了,实在太老,只比伊蒙年轻一些。克莱达斯身材矮胖,生着动物般的暗粉色小眼睛,头顶只剩几根稀疏白发。他为琼恩倒酒,琼恩双手捧杯,嗅着香料的味道喝下去。暖意在胸口扩散,于是他又深深地长饮一口,以驱散嘴里的血味。

"后党说塞外之王死得像个懦夫,说他哭叫求饶,还否认自己是国王。"

"他们没乱说。光明使者比以前更明亮了,像太阳那么明亮。"琼恩举起杯子。"敬史坦尼斯·拜拉席恩和他的魔剑。"嘴里的酒有了苦味。

"这位国王不好相处,戴王冠的基本都挺难缠。伊蒙师傅常说,好人往往当不了好国王,恶人倒可能做好国王。"

"他确有资格说这话,"伊蒙·坦格利安可谓九朝元老。他做过国王的儿子、国王的哥哥,也做过国王的叔父。"我读了伊蒙师傅留给我的《玉海概述》。他标出的部分是关于亚梭尔·亚亥,光明使者正是此人的佩剑。根据弗塔的说法,亚梭尔·亚亥用妻子的鲜血来冷却宝剑,从此以后,光明使者都不是冰冷的,它始终保持着妮莎·妮莎的体温。而在战斗中,这把宝剑会烧得火红。亚梭尔·亚亥用它打败过一头怪物。他把剑插进怪物肚子里,怪物的血顿时沸

腾，烟雾和蒸汽从嘴里涌出。怪物的眼睛融化后顺着脸颊流淌，最后身躯整个燃烧了起来。"

克莱达斯眨眨眼睛，"一把能发热的剑……"

"……会是长城上的好装备。"琼恩放下杯子，重新戴上黑色鼹鼠皮手套。"可惜史坦尼斯那把剑是冷的。我很好奇他的'光明使者'在战斗中有何表现。谢谢你的酒。白灵，跟我走。"琼恩拉起斗篷兜帽，推开门。白色冰原狼随他走进黑夜。

兵器库中黑暗无声。琼恩朝两个卫兵点点头，走过一排排沉默的长矛，回到房间。他把剑带挂在门边的钉子上，斗篷挂在另一个钉子上。当他摘下手套时，手又被冻僵了，所以他花了很长时间才点燃几根蜡烛。白灵蜷缩在为他准备的小地毯上睡去，但琼恩还不能休息：那张划痕累累的松木桌上堆放着长城内外的地图、游骑兵名册和一封影子塔的丹尼斯·梅利斯特爵士用流畅的书法写来的信。

他把这封信又读了一遍，然后削尖一枝鹅毛笔，打开一瓶浓黑的墨水，写了两封信，一封给丹尼斯爵士，另一封给卡特·派克。两位指挥官都在急切地索要人手，他派霍德和陶德去西边的影子塔，派葛兰和派普去东海望。他写得不太流利，措辞显得简略、生硬乃至粗鲁，但他坚持写完。

当他终于搁笔，屋里已陷入一片冰冷的昏暗，他感到四周墙壁在朝他合拢。熊老的乌鸦栖息在窗下，用那双狡猾的黑眼睛俯视他。这下子你是我最后的朋友了，琼恩可怜兮兮地想，我最好活得比你久，以免你啄食我的脸。白灵不算，白灵比朋友更亲。白灵是他的一部分。

琼恩站起身，登上楼梯去那张曾属于唐纳·诺伊的小床。这是我的命，他边脱衣服边想，至死方休。

丹妮莉丝

"何事？"丹妮被伊丽轻轻摇醒，惊叫道。外面仍漆黑一片。有麻烦，她马上清醒过来。"是达里奥？出什么事了？"在梦中，她与达里奥结为夫妇，在红门的高大石宅中过着简单平凡的生活；在梦中，他吻遍她全身——她的红唇，她的脖颈，她的双乳……

"不是达里奥，卡丽熙，"伊丽轻声答道，"是您的太监灰虫子和圆颅大人。您要见他们么？"

"见。"丹妮猛然意识到自己的头发和睡衣全乱作一团。"帮我更衣。我还得喝杯酒来醒醒脑子。"来淹没刚才的梦。她听到外面传来低声呜咽。"谁在哭？"

"您的奴隶弥桑黛。"姬琪手持蜡烛，站在一旁。

"她是我的仆人。我没有奴隶。"丹妮不明白，"她为何哭啊？"

"为她的兄弟，"伊丽回答。

斯卡拉茨、瑞茨纳克和灰虫子向他禀报了来龙去脉。在他们开口前，她就知道是坏消息，只消看一眼圆颅大人气急败坏的脸就全明白了。"鹰身女妖之子？"

斯卡拉茨点点头，嘴巴紧抿成一条线。

"死了几个？"

瑞茨纳克绞着双手。"九……九个，圣主。真是卑鄙下流。一个糟糕的夜晚，糟透了。"

九个。这数字如匕首刺入她心房。每个夜晚，暗杀都在弥林的阶梯金字塔下发生；每个清晨，朝阳都照在新的尸体上，伴着用鲜

血画成的鹰身女妖。任何一位身份显赫或言辞激进的自由民都在死亡名单上。但一晚九个……不禁让丹妮惊慌。"详细说。"

灰虫子答道："您的仆人为维护陛下的和平，夜晚巡逻于弥林的砖墙间，不料却遭突袭。您的仆人全副武装，带着长矛、盾牌和短剑，两两结伴而行，也两两结伴而亡。您的仆人黑拳和凯瑟里斯在马兹达罕的迷宫中被十字弓射杀。您的仆人弥桑德和杜兰被河堤上滚下的巨石砸死。您的仆人金发海拉登和忠矛则在他们每晚停留的酒馆中被毒害。"

弥桑德。丹妮握手成拳。弥桑黛和她的兄弟们被蛇蜥群岛的掠袭者从家乡纳斯卖到阿斯塔波为奴。年幼的弥桑黛展现出非凡的语言天赋，善主大人们将其培养成文书。弥桑德和弥桑洛就没这么幸运了，他们被阉割后训练成无垢者。"凶手落网了吗？"

"我们逮捕了酒馆老板和他的女儿们。他们坚称自己无辜，请求您宽恕。"

他们都说自己无辜，请求我宽恕。"把他们交给圆颅大人。斯卡拉茨，要分开审讯。"

"遵命，圣上。您希望我以礼相待，还是采取些非常手段？"

"先以礼相待。听听他们的说法，看他们供出哪些名字。或许他们与此无关。"她犹豫了一下。"高贵的瑞茨纳克说一共九个。还有谁？"

"还有三名自由民，在家里遇害。"圆颅大人道，"一名放债人、一名补鞋匠，以及竖琴师瑞罗娜•蕤娥。他们杀她前剁掉了她的手指。"

女王颤抖了一下。瑞罗娜•蕤娥的演奏出神入化，可说是七神中的少女下凡。她在渊凯为奴时，曾为所有的贵族家庭表演；来到弥林后，她成为了渊凯自由民的代表，在丹妮的会议中代表他们发言。"除开卖酒的，没抓住别的犯人？"

"小人无能,只抓住这一个。请您宽恕。"

宽恕,丹妮想着,他们将看到真龙的宽恕。"斯卡拉茨,我改主意了。给那个男人点颜色瞧。"

"好的。我可以对他那几个女儿使些非常手段,并让他旁观,这样更能挖出名字。"

"准你便宜行事,只要把名单给我。"她怒火中烧,"我不会再允许无垢者牺牲了。灰虫子,把你的人撤回营房,今后他们只需守卫我的城墙、大门和宫廷。从今天起,由弥林人自己负责弥林的治安。斯卡拉茨,重组守备队,圆颅党和自由民要各占一半。"

"马上去办。要招多少人?"

"需要多少就招多少。"

瑞茨纳克·莫·瑞茨纳克惊呼:"圣主啊,我们上哪儿弄薪水?"

"从金字塔里,这叫血税。鹰身女妖之子每杀害一个自由民,就从每座金字塔征收一百枚金币。"

这话让圆颅大人脸上露出赞赏的笑容。"马上去办。"他道,"但是明光啊,您当知道,扎克和玛瑞克家族的伟主大人们正准备放弃金字塔,离开弥林。"

丹妮烦透了扎克和玛瑞克家族。她烦透了所有弥林人,无论贵贱高低。"让他们走,但仔细检查行李,除了衣服什么都不准带。把金子截下来,外加偷藏的粮食。"

"圣主,"瑞茨纳克低声劝道,"这些贵族不一定是要加入您的敌人,可能是想回丘陵里的庄园。"

"那他们更不会介意我们保管金子了。毕竟山上什么也买不了。"

"他们担心自己的孩子。"瑞茨纳克说。

没错,丹妮想到,我也担心自己的孩子。"我会保证孩子们的安全,让他们每家交出两个孩子——所有的金字塔都在内,每家一男一女。"

"质子。"斯卡拉茨微微一笑。

"是文书和侍酒。若伟主大人们有异议,就向他们解释维斯特洛的传统,在宫中当差是莫大的荣誉。"她点到为止,"下去吧,马上去办。我还要哀悼死者。"

她返回金字塔顶端的房间时,发现弥桑黛俯在床上轻声啜泣,一边竭力掩饰呜咽声。"过来和我一起睡,"丹妮吩咐小文书,"离天亮还早着呢。"

"陛下对小人太好了。"弥桑黛钻出薄被。"他是个好哥哥。"

丹妮用双臂环住女孩。"跟我说说他。"

"小时候,他教会我爬树,他还能空手抓鱼。有一次,他在院子里熟睡,身上落满上百只蝴蝶。那个清晨他看起来是那么漂亮,他……我的意思是,我爱他。"

"他也爱你。"丹妮轻抚女孩的秀发。"只要你开口,亲爱的,我就会送你离开这可怕的地方。我会想方设法找船送你回故乡。回纳斯。"

"我更愿意陪伴您。回到纳斯,我会终日生活在恐惧中。奴隶贩子再来怎么办?只有在您身边我才感到安全。"

安全。这个词让丹妮泪眼婆娑。"我很想护你周全。"弥桑黛还是个孩子,和她在一起,丹妮觉得自己也变回了孩子。"我小时候,没人保护我。嗯,威廉爵士保护过,但他不久就去世了,而韦赛里斯……我想保护你,但是……这很难。坚强起来,我也不是总知道该怎样做。当然,我必须知道,因为我是他们的希望。我是女王……是……是……"

"……是母亲,"弥桑黛轻声说。

"龙之母。"丹妮打个寒战。

"不，万民之母。"弥桑黛用力抱住她，"陛下该安寝了。黎明将至，您还要早朝。"

"我们一起睡，但愿能得好梦。闭上你的眼睛。"弥桑黛乖乖照办，丹妮吻了她阖上的眼睑，女孩轻声笑了。

然而睡眠远比亲吻困难。丹妮阖上双眼，试图回想家乡，回想龙石岛和君临城，还有其他韦赛里斯提及的地方，比这里友善的地方……但她的思绪总是不由自主地飘回奴隶湾，犹如被狂风困住的小船。待弥桑黛进入香甜的梦乡，丹妮从她臂弯中滑出，踏入黎明前的微风里。她倚在冰凉的砖墙上，凝望脚下的城市。成千上万个屋顶在脚下绵延不绝，银月照耀出清冷的光影。

有的屋顶下，鹰身女妖之子正在聚集，谋划杀害她和那些爱她的人，将她的孩子重新锁上铁链。有的屋顶下，饥饿的孩子哭号着要奶喝。有的屋顶下，衰老的妇人奄奄一息。有的屋顶下，男人女人抱成一团，饥渴的双手摸索着扯开对方的衣服。但在这上面，只有冷冽的月光照过金字塔和竞技场，将一切掩盖隐瞒。在这上面，只有她，凭栏独望。

她是真龙血脉。她可以杀尽鹰身女妖和他们的子子孙孙。但是真龙喂不饱饥饿的孩子，也不能减轻垂死妇人的痛苦。谁会爱戴真龙呢？

她发觉自己又在思念达里奥·纳哈里斯，思念他的金牙和三叉胡须，想到他那双强健的手搭在亚拉克弯刀和密尔细剑柄上——搭在那对黄金裸女像上。她送别达里奥那日，他用大拇指不断摩挲剑柄，来来回回。我在嫉妒一个剑柄，她意识到，嫉妒那黄金雕成的女人像。让他去羊人那里当说客是明智的，她是女王，而达里奥·纳哈里斯不是当国王的料。

"他去了好些天，"她昨日问过巴利斯坦爵士，"会不会背叛

我，投靠敌人？"你将经历三次背叛。"他会不会看上别的女人，看上某位拉扎公主？"

丹妮知道，老骑士不喜欢也不信任达里奥。但他仍礼貌地回答："世上不会有别的女士比陛下更迷人，瞎子才会否认这点，而达里奥·纳哈里斯不瞎。"

的确，她想着，他有深蓝的眼睛，蓝得近乎于紫。而当他冲我微笑时，金牙闪闪发光。

巴利斯坦爵士坚信他会回来，丹妮莉丝不断祈祷老骑士是对的。

洗个澡能让我静心。她赤脚穿过草坪，走向露天浴池。清水冰冷地滑过皮肤，激起一层鸡皮疙瘩。她阖眼躺在水中，任由小鱼轻啄四肢。

一阵窸窸窣窣声让她睁开双眼。她反射性地坐起身，水面荡起轻柔的涟漪。"弥桑黛？"她叫道，"伊丽？姬琪？"

"她们睡了。"一个声音回答。

一个女人站在柿子树下，披着拖地的兜帽长袍。兜帽下的脸棱角分明，反射着月光。她戴着面具，丹妮意识到，涂了深红漆的木面具。"魁晰？我在做梦么？"她掐了下耳朵，感觉到疼痛。"刚去阿斯塔波时，我在'贝勒里恩号'上梦到了你。"

"你没做梦。不论当时抑或现在。"

"你来干什么？你怎么避开我的守卫的？"

"通过另一条路径，你的守卫永远发现不了。"

"只要我喊人，他们马上会过来杀了你。"

"他们会向你发誓说这儿什么人也没有。"

"那你在这儿么？"

"不在。听我说，丹妮莉丝·坦格利安。玻璃蜡烛被点燃，苍白母马将即来，其余事物紧随后。海怪和黑焰，狮子与狮鹫，太阳之子和戏子的龙，皆莫信。牢记不朽者，留心芬香的总管。"

"瑞茨纳克？为什么要留心他？"丹妮站了起来，水顺着她双腿流下，夜晚的寒气令她双臂起满鸡皮疙瘩。"你想警告我，请说明白点。你到底想干吗，魁蜥？"

女人眼中反射月光。"为你指路。"

"我记得你的话：要去北方，你必须南行。要达西境，你必须往东。若要前进，你必须后退。若要光明，你必须通过阴影。"丹妮挤去银发上的水，"我厌烦猜谜了！在魁尔斯我是个乞丐，但现在我是女王。我命令你——"

"丹妮莉丝。记住不朽者。记住你是谁。"

"我是真龙血脉。"但我的龙只能在黑暗中咆哮。"我记得不朽者。他们叫我三之子，说我会有三匹坐骑、三团火焰还有三次背叛。一次为血、一次为财、一次为……"

"陛下？"弥桑黛站在女王寝宫门口，手提灯笼。"您在和谁说话？"

丹妮回头瞥了一眼柿子树。那里没有女人，没有兜帽长袍，没有红漆面具，没有魁蜥。

那是幻影、是记忆，不是人。她是真龙血脉，但巴利斯坦爵士警告过她这血脉中存在污点。我会变疯吗？他们说她父亲是疯子。"我在祈祷，"她告诉纳斯女孩，"天快亮了。早朝前我要吃点东西。"

"我马上为您准备。"

又是孤单一人了。丹妮绕着金字塔走了一圈，企望找到魁蜥的踪迹，一路踩过烧焦的树木和地面——这是她的人为捉卓耿留下的。周围唯有夜风吹过果树的声音，唯一的活物是几只飞舞的白蛾。

弥桑黛拿着一只甜瓜和一碗煮得熟透的鸡蛋回来，但丹妮毫无

胃口。天空泛白,群星渐隐,伊丽和姬琪帮她穿上一件缀金流苏的紫色丝绸托卡长袍。

丹妮见到瑞茨纳克和斯卡拉茨时,目光里满是怀疑。三次背叛在她心中挥之不去。留心芬香的总管。她狐疑地嗅了嗅瑞茨纳克•莫•瑞茨纳克。我可以让圆颅大人逮捕他,进行审问。这能阻止预言吗?还是说会有其他叛徒取而代之?预言靠不住,她提醒自己,瑞茨纳克完全可能表里如一。

来到紫色大厅,丹妮发现乌木长椅上堆了高高一叠丝绸靠枕,不禁莞尔。这是巴利斯坦爵士的杰作,她知道。老骑士是个好人,只是有时过于迂腐。那不过是个玩笑,好爵士,她想着,平静地坐到一个靠枕上。

少眠的后果很快显现。当瑞茨纳克同匠人公会交涉时,丹妮不得不强抑住打哈欠的冲动。看起来石匠们对她很不满,砖瓦匠也是。有些从前从事过砖石工作的奴隶,抢了公会中熟练工和大师们的生意。"自由民干活太便宜,圣主,"瑞茨纳克说,"他们有的自称为熟练工,甚至是大师,这些头衔只有公会才能授予。石匠和砖瓦匠恳请您维护他们古老的权利和传统。"

"自由民干活便宜只因他们急着喂饱自己。"丹妮指出,"如果我禁止他们雕石垒砖,那么杂货商、织工和金匠们马上也会来我的朝堂,请求将自由民逐出这些行业。"她顿了一顿,"下令,从今以后,只有公会成员方可自称熟练工或大师……前提是公会必须向那些技艺纯熟的自由民开放。"

"马上去办。"瑞茨纳克答道,"圣上是否接见高贵的西茨达拉•佐•洛拉克?"

他永不服输么?"宣他上来。"

西茨达拉今天没穿托卡长袍,换了一件灰蓝相间的简单袍服。丹妮发现他还剃光了胡子,剪短了头发。这家伙没剃成圆颅,没那么彻底，但至少头发盘成的愚蠢翅膀不见了。"你的理发师手艺不错，西茨达拉。我希望你只是来展示新发型，而不是又拿竞技场烦我的。"

他深施一礼，"陛下，恐怕我让您失望了。"

丹妮面露不悦。她的手下对此事多有意见。瑞茨纳克•莫•瑞茨纳克强调通过竞技场增加税收，绿圣女认为这能取悦神明，圆颅大人则希望借此赢得鹰身女妖之子的支持。"让他们打吧，"曾经的竞技场冠军壮汉贝沃斯嘟哝道。巴利斯坦爵士建议以比武大会取代角斗竞技，让他训练的孤儿们骑马比武，或用钝器进行团体战。丹妮知道他的建议是出于好意，但完全行不通。弥林人想看流血，而非技巧展示，不然早让奴隶穿上盔甲了。似乎只有小文书弥桑黛明白女王的忧虑。

"我拒绝了你六次，"丹妮提醒西茨达拉。

"我的明光，您信奉七神，或许会欣然接受我的第七次请愿。今天我并非孤身前来，您愿意倾听我的朋友们的呼声吗？他们正好也是七人。"他将他们一一引见。"这位是克拉兹。这位是'黑发'巴尔塞娜，永远的勇士。这两位是'恶鬼'卡莫罗恩和'巨人'格鲁尔。这位是斑猫。这位是'无惧的'伊斯科。最后这位，是'碎骨者'贝拉科沃。他们一起来声援我，请求陛下重开竞技场。"

这七人丹妮久闻其名，即便有的未曾亲见。他们都是弥林竞技场中显赫一时的战奴……曾经的战奴。被她的阴沟鼠解放后，他们领导起义助她夺得城市。她欠他们的。"请讲。"她说。

他们一个接一个上前，请求她重开竞技场。"为什么？"伊斯科说完后，丹妮诘问。"你们不是奴隶了，无须为主人一时兴起而丧命。我解放了你们，你们为什么还想把性命丢在那猩红沙地上？"

"我三岁起受训，"巨人格鲁尔说，"六岁起杀人。龙之母既然解放了我，我为何不能选择战斗？"

"你想战斗，就为我而战。以你的剑立誓，加入'龙之母的仆从'、自由兄弟会或坚盾军，教导其他自由民如何战斗。"

格鲁尔摇摇头。"从前我为主人战斗，现在您要我为您而战。我呢，我却只想为自己而战。"这名高大的壮汉用锤子般的拳头捶打着胸口。"为金币。为荣耀。"

"格鲁尔说出了大家的心声。"斑猫肩上斜挎着一张豹皮。"我上次被卖出了三十万辉币的高价。当我还是奴隶时，睡的是皮毛，吃的是精肉。现在我自由了，却睡在稻草上吃咸鱼，过着朝不保夕的生活。"

"西茨达拉承诺分给胜利者一半的门票收入。"克拉兹说，"他发誓分给我们一半，西茨达拉是个正人君子。"

不，他是个卑鄙小人。丹妮觉得自己掉进了陷阱。"那输家呢？他们能得到什么？"

"他们的名字将被铭刻在命运之门上、那些陨落的勇者中间。"巴尔塞娜大声说。据说，她在过去八年里杀死了所有与她对决的女人。"男人都会死，女人也一样……但只有少数人会被铭记。"

丹妮对此无话可说。如果我的人民众望所归，我有权拒绝吗？毕竟，这是他们的城市，他们想挥霍的是自己的人生。"我会考虑你们的话。感谢你们的建议。"她站起来。"明日再议。"

"跪送弥林女王，安达尔人、洛伊拿人和先民的女王，大草原的卡丽熙，解放者，龙之母，不焚者，风暴降生丹妮莉丝。"弥桑黛高声唱诵。

巴利斯坦爵士护送她回寝宫。"讲个故事吧，爵士。"踏上阶梯时，丹妮说，"讲个英勇而又圆满结局的故事。"她很想听到圆满的结局。"讲讲你是如何从篡夺者手中逃脱的。"

"陛下,逃命毫无英勇可言。"

丹妮盘腿坐到一个垫子上,盯着他。"请讲吧,就从小篡夺者将你赶出御林铁卫说起……"

"乔佛里。是啊,他们以我年老为借口,其实另有隐情。那个男孩想让他的狗桑铎•克里冈披上白袍,而他母亲想要弑君者统领铁卫。他们罢黜我时,我……我依命脱下白袍,把长剑扔到乔佛里脚下,还说了些昏话。"

"你说了些什么?"

"我说出了真相……但在那个朝廷中真相永远不受欢迎。尽管前途未卜,我还是高昂着头离开了王座厅。除开白剑塔我没有家,我的表亲们可以在丰收厅给我留个位置,但我不愿把乔佛里的怨恨带给他们。我一边收拾东西,一边思考,陷入这样的窘境全因我当初错误地接受了劳勃的赦免。劳勃是个优秀的骑士,却也是个糟糕的国王,因为他根本无权坐上王位。于是我知道我必须去赎罪,去追随真正的王者,为他竭忠尽智,肝脑涂地。"

"你决定追随我哥哥韦赛里斯。"

"当时我是那么打算的。我来到马厩,遭遇前来逮捕我的金袍子。乔佛里曾为我提供了一座养老送终的塔楼,但我轻蔑地拒绝了礼物,他就想把我送进黑牢。都城守备队队长亲自带队拿人,我的空剑鞘助长了他的胆气。可惜他只带了三个人,而我身上还佩着匕首。一个家伙伸手阻拦,便被我划开了脸,然后我纵马冲过另两个金袍子。我冲向大门时,听见杰诺斯•史林特高喊抓住我。若非红堡外的大街挤满了人,我本能轻易甩掉他们,结果却在临河门被截住。那些从城堡追出来的金袍子大喊要守门的卫兵拦住我,卫兵们便举起长矛,挡住去路。"

"可你还没有剑?你怎么对付他们的?"

"一名真正的骑士抵得上十名守卫。没等守门的卫兵准备好，我便骑马撞翻一人，夺过他的长矛，用它刺穿了最近的追兵的喉咙。另一名卫兵在我冲过门后就停住了脚步。我快马加鞭，沿河狂奔，直到君临消失在视线内。当晚我用马换了一把硬币和几件破衣服，次日清晨混入涌向君临的平民队伍。我是从烂泥门逃出来的，这次便走诸神门。我满脸污垢，胡子拉碴，手无寸铁，只拿了根木杖，穿着破衣烂衫和沾满泥巴的靴子，看起来就是个躲避战火的糟老头。金袍子收下我一枚银鹿，挥挥手让我进门，毕竟，君临城中挤满了难民，我在其中毫不起眼。我还有些银子，但那是横渡狭海的船费，所以我睡在圣堂和小巷里，吃在食堂，任由胡须疯长，以隐瞒年龄。史塔克大人被砍头那天，我见证了全程，随后便去大圣堂祈祷，感谢七神保佑，让乔佛里早早拿掉了我的白袍。"

"史塔克是个罪有应得的叛徒。"

"陛下，"赛尔弥道，"艾德•史塔克的确参与了推翻您父王的战争，但他对您从无恶意。当太监瓦里斯告诉我们您怀孕的消息时，劳勃要杀您，而史塔克大人出言反对，他说如果要他当杀人共犯，他宁愿甩手不干。"

"你忘了雷妮丝公主和伊耿王子吗？"

"我不敢忘。但那是兰尼斯特干的，陛下。"

"兰尼斯特跟史塔克有何区别？韦赛里斯统称他们为篡夺者的走狗。试问，一个孩子被一群狗袭击，哪条狗撕开他的喉咙有关系吗？所有的狗都有罪，罪在……"话卡在喉咙里，哈茨雅，她忽然想到。她听见自己说，"我得去深坑看看，"她的声音像孩子一样微弱。"你能带我下去吗，爵士先生？"

老人脸上的不情愿一闪而过，但他是不会质疑女王陛下的，"遵命。"

仆人阶梯是下行捷径——不够雄伟，陡峭狭窄，隐藏在墙壁中。巴利斯坦爵士提了灯笼，唯恐丹妮跌倒。二十种不同颜色的砖块紧贴在他们身侧，灯笼光外则一片灰黑。他们三次经过仿如石雕般一动不动的无垢者，唯一的声响是脚踩在石阶上的声音。

弥林大金字塔的底层十分肃静，满是灰尘暗影。外墙足有三十尺厚，脚步声回荡在墙内彩砖围成的拱壁、马厩、大厅和仓库里。他们穿过三道巨型拱门，走下一个火把照亮的斜坡，来到金字塔的地下室，途中经过蓄水池、地牢和一间曾用于鞭笞、剥皮和以烧红的烙铁烙印奴隶的审讯室。最后，他们停在一扇门链布满铁锈的双开大门前，两名无垢者分立两旁。

她命其中一人拿出铁钥匙。伴着锁链吱嘎声，大门缓缓打开。丹妮莉丝•坦格利安踏入热浪翻滚的黑暗深处，停在深坑边缘。四十尺下，她的龙昂起头，四只眼睛在暗处燃烧——一对犹如熔金，另一对是青铜色。

巴利斯坦爵士抓住她胳膊。"不能靠近。"

"你以为他们会伤害我？"

"我不知道，陛下，但我不愿您无谓涉险。"

雷哥怒吼时，一团黄色的火焰冲破黑暗，令整座地下室亮如白昼。火舌舔舐墙壁，丹妮感到扑面而来的热浪，仿佛面对烤箱。深坑另一头，韦赛利昂展开双翼，煽动污浊的空气。他试图飞向她，但哗哗作响的铁链将他拽回地面，狠狠地摔在地上。一条足有成人拳头粗细的铁链把他的脚拴住了，他脖子上的铁项圈则被钉在身后的墙上。雷哥也锁着铁链，他的鳞片在赛尔弥手中灯笼照耀下闪烁着碧玉般的微光。烟从他齿间冒出，焦黑破碎的骨头散落在他脚边。空气热得难以忍受，还带有一股硫黄和焦肉味。

"又长大了。"丹妮的声音回荡在焦黑石壁间，一滴汗水滑下眉宇，滴落胸前。"龙真的不会停止生长？"

"如果食物和空间充足的话，的确如此。但锁在这里……"

伟主大人把深坑当监狱。这里能装下五百人……也足够容纳两条龙。但能支撑多久呢？当深坑装不下他们会怎样？他们会不会用火焰和爪子互相攻击？他们会不会变得虚弱病态，身形憔悴，翅膀枯萎？他们的火焰会不会最终熄灭？

什么样的母亲会让孩子在黑暗中腐烂？

如果我回头，一切就都完了，丹妮告诫自己……但怎样才能不回头？我本应预料到这一切。我怎能如此盲目，掩耳盗铃，以至于不愿正视力量的代价？

韦赛里斯在她小时候讲了好多故事，尤其爱讲龙的故事。丹妮知道赫伦堡的陷落，知道"怒火燎原"和"血龙狂舞"。她的一位先祖，伊耿三世，亲眼目睹自己的母亲被叔叔的巨龙吞噬。在无数歌谣里，多少村庄和王国活在对魔龙的恐惧中，直到被屠龙勇士拯救。

而她的孩子们，在阿斯塔波烧化了奴隶主的眼睛；去渊凯的路上，当达里奥将光头萨洛和普兰达·纳·纪森的脑袋掷到她脚下时，他们大快朵颐。龙不怕人。一条龙若能吞下全羊，吃下孩子自是轻而易举。

她叫哈茨雅，才四岁。如果她父亲没撒谎的话。他有可能撒谎。目击者只有他，他的证据也只有那些焦骨，那什么都证明不了。他可能亲手杀了女孩儿，烧焦尸体。圆颅大人强调他不是第一个处理掉多余女孩的父亲。也可能是鹰身女妖之子干的，伪造成魔龙所为，好让这座城市仇视我。丹妮试图相信这些……但若真是如此，哈茨雅的父亲又何必等到众人散去才上前请愿？若他想鼓动弥林人反对她，就该在大殿里人最多时登场。

圆颅大人建议判他死刑。"至少拔掉舌头，这个人的谎言会毁了大家，圣主。"丹妮选择偿还血债。没人能告诉她一个女儿价值几许，于是她付了一百头羊羔的钱。"能做到的话，我很想帮你唤回哈茨雅，"她告诉那位父亲，"但即便是女王，也有力所难及之事。她的遗骨将被安葬在圣恩神庙中，一百根蜡烛会日夜燃烧来悼念她。请在每年她的命名日时回来找我，我会保证你其他子女衣食无虞……但此事切不可泄露出去。"

"人们会问，"悲伤的父亲说，"会问我哈茨雅去哪儿了，问她怎么死的。"

"她被毒蛇咬伤，"瑞茨纳克·莫·瑞茨纳克说明，"葬于饿狼之腹，或是突染恶疾。你想怎么说就怎么说，唯独不准提龙。"

韦赛利昂用爪子紧抠住岩石，屡屡尝试飞向丹妮，巨大的铁链吱嘎作响。当他终于发现这不可能后，怒吼一声，头颈使劲向后弯曲，朝身后的墙壁喷出金黄的火焰。还要多久它的火焰就能烧裂石头，融化金属？

不久前，他还站在她肩膀上，尾巴盘绕着她的手臂。不久前，还是她亲手喂他切碎的烤肉。他是第一条被锁住的龙。丹妮莉丝亲自将他领下深坑，和几头公牛待在一起。待他吃饱喝足昏昏欲睡，他们冲进去将他锁住。

雷哥费了更多人力。他似乎能听到兄弟在深坑中的怒吼，尽管他们之间隔着厚厚的石块与砖墙。最终，他们不得不趁雷哥在丹妮的露台上晒太阳时，用沉重铁链编织的大网罩住他。他死命挣扎，众人花了三天时间才磕磕绊绊地将他挪下仆人阶梯。六个人因此被烧伤。

而卓耿……

长翅膀的黑影，悲伤的父亲如此称呼他。他在三条龙中最高壮、最凶猛，也最野性，生有暗夜般的鳞片和炼狱般的双眼。

卓耿喜欢去远方狩猎，吃饱喝足后，蜷在大金字塔顶曾放置弥林鹰身女妖像的地方晒太阳。他们三次尝试在那里捕捉他，均以失败告终。她手下四十名最勇敢的猛士冒着生命危险去抓，却几乎全

被烧伤，其中更有四人被烧死。她最后一回见到卓耿是他们尝试第三次捕捉的那个黄昏。黑龙展开双翼，向北飞过斯卡扎丹河，一直朝多斯拉克草原飞去，再也没回来。

龙之母，丹妮想着，不如说是怪物之母。我把什么释放到了世间？我是个女王，但我的王座乃是焦骨堆成，立在流沙之上。没有龙，她凭什么统治弥林？更别提赢回维斯特洛。

我是真龙血脉，她认定，如果龙是怪物，我也是。

臭佬

他狠狠地咬向那只老鼠。

老鼠在他手里疯狂挣扎、拼命尖叫，只求一条活路。肚子是最肥嫩的部分，当他撕咬着美味的肉，一任温暖的鲜血自唇边汩汩溢出时，那滋味真是太棒了，以至于他不由得流出热泪。空空如也的肚皮咕咕叫唤，催促他赶紧再咬。咬到第三口，老鼠停止了挣扎，而他也终于有了一丝满足。

黑牢门外有声音。

他忽然住口，吓得无法动弹。尽管嘴里满是鲜血、生肉和老鼠皮毛，但他既不敢吐出来也不敢吞下去。他心惊胆战地聆听着，呆若木鸡。他听到了靴子踏地和铁钥匙互相碰撞的声音。不要，他狂乱地想，不要，诸神慈悲，不要是现在，不要是现在。他费尽心机方才抓住这只老鼠。如果教人发现，不仅老鼠会被抢走，他们还会报告给拉姆斯老爷知道，然后老爷就会惩罚我。

他明知该把老鼠藏起来，可他实在饿坏了。整整两天没吃东西，又或是三天。躺在这片黑暗里，怎么说得清呢？他的四肢瘦得像芦秆，肚子浮肿，肠胃却空空如也，胃痛折磨得他难以入睡。每当闭上眼睛，他就会想起霍伍德伯爵夫人。拉姆斯老爷娶了这位伯爵夫人后，就将她锁进塔里，活活饿死。到头来，她竟啃掉了自己的手指。

于是他缩到牢房角落，死命握紧战利品，凑到嘴边，用剩下的牙齿飞快地撕咬老鼠肉。鲜血如注，沿嘴角往下滴，但他顾不得了，他决定赶在牢门打开前多吞些肉。老鼠肉韧性强，很难咬，而

且腥味极重，教人想吐，但他保持着狼吞虎咽的劲头，时不时从缺了牙形成的豁口里把老鼠骨头剔出去。这么吃很难受，但快饿疯的他停不住。

门外的声音越来越吵。诸神保佑，老爷不是来找我的，他一边撕老鼠腿，一边祈祷。老爷很长时间没找他了。这里有许多牢房，有别的囚徒。即便隔着厚重的石墙，他也常能听见他们惨叫，其中女人们的叫声总是最凄厉的。他用力吮吸老鼠腿骨，试图先把肉舔干净再吐骨头，但那骨头却不听使唤地自他下唇滑落，缠在胡子里。别过来，他祈祷，别过来，去别处吧，求你了，求求你。

然而脚步声却在最响亮时戛然而止，随即钥匙插进了他这扇门。老鼠从他手中悄然滑落，他麻木地在裤子上蹭了蹭鲜血淋漓的双手。"不，"他呢喃道，"不、不、不、不。"他胡乱蹬着地上的稻草，一心想要钻进角落里，挤进冰冷潮湿的石墙中去。

开门的声音是最恐怖的。当火光照到他脸上时，他发出一声号叫，用双手挡住眼睛。脑袋阵阵抽痛，令他甚至想到要把眼睛给抠出来。"拿开火，黑乎乎的不好么，求你了，噢，求求你。"

"这不是他，"一个男孩说，"瞧这衰货，我们走错房间了。"

"左边最后一间，"另一个男孩回应，"这就是左边最后一间，不对吗？"

"嗯，"停顿片刻。"他刚才说什么？"

"他好像不喜欢亮光。"

"一副死相，当然见不得光啦。"男孩清清嗓子，吐了口口水，"有比他更臭的人没？我快被熏死了。"

"他在吃老鼠耶，"另一个男孩道，"瞧。"

第一个男孩笑答："没错，好好玩。"

可我非吃它不可啊。这只老鼠会趁他睡觉时跑来咬他，不仅会咬脚趾手指，甚至会咬他的脸。他没法对它手下留情。不吃就会被吃，黑牢里别无选择。"我是吃了，"他嗫嚅道，"我吃、吃、吃，我把它吃了。可它也要吃我，求求……"

两个男孩走上前，踩得稻草沙沙作响。"跟我说句话。"一个男孩说。他在两人中较为矮小、也更狡诈。"还记得你是谁吗？"

恐惧阵阵涌来，他不禁连声呻吟。

"跟我说句话：你叫什么名字？"

我的名字。他想尖声喊出自己的名字，但他做不到。没错，他们让他知道了自己的名字。他们教了又教，对他细致又耐心，可他太久没用自己的名字，居然在这当口忘记了。说错自己的名字，他又会要我一根指头，或者更糟，他会……他会……后果不堪设想、不敢设想。此刻他只觉有无数尖针刺进了脸和眼睛，他的头快要裂开了。"求求你们，"他嘶叫道，声若游丝，好像百岁老人的求恳。或许他真的活了一百岁，谁说得准他在这里住了多久呢？"走吧，"他透过破烂的牙齿咕哝。残缺不全的指头是他紧紧闭上的眼睛和恐怖的光明之间唯一的屏障。"求求你们，我会把老鼠交出来，请别伤害我……"

"臭佬，"两个男孩中的大个子说，"你的名字叫臭佬。记得了？"大个子拿着火炬，小个子拿着一圈铁钥匙。

臭佬？热泪滚下脸颊。"我记得，记得了，"他张嘴缓缓地说。"我的名字叫臭佬，臭不可闻，柔弱如草，"在黑暗中生活不需要名字，因此忘记了名字不能怪他。臭佬、臭佬，我叫臭佬。这不是他出生时的名字，在另一个世界里他曾过着另一种生活。但在这里，从今以后，他就是臭佬，现在他全都记得了。

他还记起了眼前这两个男孩。他们穿着同样的银灰色羔羊毛紧身上衣，暗蓝色镶边。两个都是侍从、都才八岁，两个都叫瓦德·佛雷。是了，大瓦德和小瓦德。只是叫大瓦德的个子小、叫小瓦德的

个子大,这搅得旁人不知所措,两个男孩却引以为乐。"我记得你们,"他张开破裂的嘴唇小声说,"我记得你们的名字。"

"你跟我们走,"小瓦德说。

"老爷召见你,"大瓦德道。

恐惧犹如尖刀刺进他心房。他们只是孩子,他告诉自己,两个都才八岁。即便自己虚弱得不像样,也足以制服两个八岁大的男孩。然后他可以拿走火炬和钥匙,外加小瓦德屁股上刀鞘里的匕首,逃出黑牢。不,不,不,这太容易,肯定是陷阱。如果我逃跑,他会再要我一根指头,他会敲掉我更多的牙齿。

他逃跑过,但那似乎已是多年前的往事。当时的他有力气、也还有些骨气。带着钥匙来开门的是凯拉,她说钥匙是她偷的,她说她知道一扇无人把守的侧门。"大人,带我回临冬城吧,"她脸色惨白,颤抖着苦苦哀求他,"我不认得路,一个人逃不了。求求您,带我走吧。"于是他答应了她。狱卒脱了裤子,醉倒在一摊葡萄酒里,他们很容易就出了黑牢,而那扇侧门也果真如她所言,无人把守。他们直等到月亮被乌云笼罩后,方才溜出城堡,摸黑踏石涉过泪江,冰冷的激流冻得他们直哆嗦。等到了河对岸,他感激地吻了她。"你救了咱俩的命,"他动情地说。傻瓜,大傻瓜。

这一切只是陷阱、消遣和游戏,拉姆斯老爷的追猎游戏,老爷最喜欢两条腿的猎物。他们两人整夜在黑林子里没命地跑,可等太阳出来,森林里远远地却能听见号角声和猎狗的吠叫。"我们分头行动,"猎狗们越追越近时,他吩咐凯拉,"这样至少有个人可以得救。"然而那女孩怕得没了主张,死活不肯离开他身边,即便他赌咒发誓说若她被人抓住,他会亲率铁民大军前来营救,也没法把她支开半步。

结果不出一小时,他们便双双被擒。先是斜刺里冲出一只猎狗将他扑倒在地,凯拉慌乱地朝小丘上爬,却被另一只狗咬住了大腿。顷刻间狗们全部赶到，冲他们低吼咆哮，只要他们敢动便张嘴就咬。拉姆斯·雪诺带着他的猎人们随后骑马追来。是的，他那时还是个私生子，不姓波顿。"你们在这儿啊，"他坐在马鞍上笑眯眯地往下看，"真是太伤人了，不打个招呼就一走了之。怎么，嫌我招待不周吗？"凯拉拣了块石头，冷不防朝他脑袋掷去。偏出一尺多。拉姆斯笑得更欢："该罚。"

臭佬忘不了凯拉绝望无助的眼神，直到那时他才惊觉她是那样娇小，几乎还是个孩子。但他又能做什么呢？全是她自作自受，他告诉自己，如果她听我的话分头行动，无论如何不至于被一网打尽。

火光是痛，回忆更痛。臭佬自火炬边扭头，眼眶中有了泪花。他又找我做甚？他绝望地想，他为什么不肯放过我？我什么也没做，至少这次没做。为什么他不干脆让我在黑牢中烂掉？他刚抓住一只老鼠，又肥又美的老鼠，扭来扭去的老鼠……

"我们要给他洗澡吗？"小瓦德问。

"老爷就喜欢这味道，"大瓦德说，"所以才叫他臭佬。"

臭佬，我叫臭佬，臭佬臭佬，凄凉弱小。他必须牢牢记住。记住你是谁，服服帖帖乖巧听话，就不会挨罚。这是老爷答应的，老爷金口玉言。说实话，即便他想反抗，此刻也没力气了。他所有的力气在鞭子、饥饿和剥皮人的刀下被洗涤得一干二净。所以当小瓦德推他起来，大瓦德晃动火炬，驱赶他离开牢房时，他温顺得像条狗。假如他有尾巴的话，此刻一定在两腿间夹得紧紧的。

假如他有尾巴的话，一定早被那私生子砍了。这是个不由自主冒出来的念头，也是个邪恶危险的念头。老爷早已不是私生子。他姓波顿，不姓雪诺。铁王座上的小国王已将拉姆斯老爷划归正统，让他有权使用乃父的姓氏。如今再用"雪诺"来提醒他的私生子出生，会让老爷瞬间暴跳如雷。臭佬必须记住这点。当然，他还必须

记住自己的名字，牢牢记住。慌乱中，他忽然大脑一片空白，吓得六神无主，竟绊倒在黑牢台阶上。石头挂破了马裤，磕出血来。小瓦德不得不拿火炬捅他，驱使他站起来继续前进。

黑牢外的庭院，夜色笼罩着恐怖堡，城堡东墙升起一轮满月。苍白的月光将城头高高的三角形城齿投影在结冻的土地上，犹如一排尖利的黑牙。空气又冷又潮，带着许多几乎被他遗忘的味道。这是人世，臭佬告诉自己，人世的味道。他不知自己究竟在黑牢中待了多久，但至少也有半年。半年，或许更久。或许已有五年、十年、二十年？我又怎能知晓？或许我在黑牢里发了疯，就此被关押了半辈子？不，这想法太蠢了，不可能有那么久。这两个男孩还是男孩，若是经过十年，他们应该长大成人了才对。他必须记住这些事实。我不能让他把我逼疯。他可以取走我的手指脚趾、抠出我的眼珠、割掉我的耳朵，但除非我放弃，否则他不能摧毁我的神志。

小瓦德举火炬走在前，臭佬温顺地跟随，而大瓦德在他身后压阵。他们经过时，兽舍里的狗们冲他狂吠。风席卷过庭院，穿透了他身上又薄又脏的破烂衣衫，让他浑身起鸡皮疙瘩。夜晚的空气又冷又潮，虽然没有下雪的迹象，但冬天毫无疑问就要来了。臭佬怀疑自己能否活着看到下雪。到那时，我还剩几根手指？几根脚趾呢？他抬手查看，震惊地发现自己的手如此苍白枯瘦。名副其实的皮包骨头，他心想，我有一双老人的手。他是不是认错了这两个男孩？搞不好他们不是小瓦德和大瓦德，而是这两个男孩的子孙后代？

大厅昏暗，烟雾缭绕，左右两边墙上各有一排火炬，火炬台为人手的枯骨。头顶高处是被烟熏黑的木制房梁，更高处，拱形天花板隐没在阴影里。这里的空气充满了浓重的葡萄酒、麦酒和烤肉的香味，闻到这香味，臭佬的肚皮咕咕叫唤，他嘴里也流出唾沫来。

他一路踉跄，被小瓦德推过守卫们吃饭的长桌，感觉到守卫们都在看他。前方靠近高台的好位置被留给拉姆斯的亲信，所谓私生子的好小子：骨头本，这老家伙负责照顾老爷宠爱的猎狗们；舞蹈师达蒙，一头金发，模样姿势都带着孩子气；咕噜，他因为说坏话不小心被波顿公爵听见，所以丢掉了舌头；此外还有酸埃林、剥皮人、黄迪克等人。大厅外围是一些臭佬眼熟但说不上名字的人：誓言骑士、士官、士兵、狱卒和打手。还有一些脸孔他很陌生，从没见过。有人见他经过便皱紧鼻子，更多的人朝他哄笑。这些是客人，臭佬心想，老爷的朋友。老爷是要用我来取乐大家。想到这里，他怕得直哆嗦。

波顿的私生子坐在高台上他父亲大人的宝座里，正用他父亲的酒杯喝酒。两个老人跟他同席，臭佬只消一眼就看出这两个老人都是领主。其中一位身形憔悴，眼睛犹如燧石，留着一束长长的白胡子，面孔跟冬天结冻的土地一样坚毅。此人身穿褴褛的熊皮旧夹克，夹克上满是油污。即便在宴席上，他也套着全身锁甲；另一位领主同样很瘦，但不若前一位那么体形笔直。他身材扭曲，一边肩膀高出另一边很多，而他就着餐盘驼背用餐的样子看起来好像秃鹫在享用尸体。此人有一双贪婪的灰眼睛、一口黄板牙，银白色分叉胡须十分纠结。他布满老人斑的头顶只剩几根白发，但他披的是柔软的上等灰羊毛披风，披风边缘镶嵌了黑貂皮，并在肩头用银箔日芒搭扣扣住。

拉姆斯穿着黑粉双色服饰——黑靴子、黑剑带、黑剑鞘、黑皮夹克，暗红色缎子条纹装饰的粉色天鹅绒紧身上衣。他右耳带了一颗被切割成血滴形状、闪烁着红光的石榴石。然而，华贵的衣着却掩饰不住他丑陋的模样。拉姆斯骨架宽阔，肩膀倾斜，身上的赘肉昭示他日后会成为一个大胖子。他有蒜头鼻、小嘴巴和枯草般的黑色长发，粉色皮肤斑斑驳驳，肥厚的嘴唇殊为奇异，而任何人看到他都不可能不注意到那双眼睛：他继承了他父亲的眼睛——既小离得又近,淡得奇异。有人称之为"幽灵灰",但实际上他的眼睛几乎是无色,如果一定要形容的话,那就像两块肮脏的冰。

看到臭佬出现,拉姆斯绽放出湿润的笑容,"他来了,我可怜的老朋友来了。"他转向身边的两位领主介绍。"臭佬从我小时候就跟随我了。家父大人送的,以示关怀。"

两位领主交换了一个眼神。"我听说你的跟班已经死了,"驼背道,"据说是被史塔克家杀的。"

拉姆斯老爷嗤笑一声,"铁民有句俗话:逝者不死,必将再起,其势更烈。臭佬就是这样。不过我承认,他闻起来像是从坟墓中'再起'的。"

"他一身屎尿和陈年呕吐物的味儿。"驼背老领主说罢扔开一直啃着的骨头,用桌布擦了擦手指。"你为什么非得在我们用餐时召这家伙上来?"

那个挺直了背、穿着全身锁甲的老领主用凌厉的目光审视臭佬。"你再仔细瞧瞧。"他敦促另一位领主,"瞧,他虽然头发白了,也瘦了三石,但可不是仆人。你认不出来吗?"

驼背领主再度向他看去,忽然喷了口鼻息。"是他?这怎么可能?史塔克那个爱笑的养子,总是在笑。"

"他现在不爱笑了,"拉姆斯老爷承认,"或许是因为我敲掉了他几颗白净漂亮的牙齿。"

"你最好割了他喉咙,"穿锁甲的领主说,"反咬主人的狗理应被剥皮。"

"噢,他确实被剥过皮,还剥了不止一次咧。"拉姆斯指出。

"是的,老爷,都是我的错,老爷。我傲慢无礼,而且……"他舔舔嘴唇,努力回忆自己还干过什么错事。服服帖帖乖巧听话,他告诫自己,老爷就会让你活下去,还能保住剩下的身体。服服帖帖乖巧听话、并且记住自己的名字。臭佬臭佬,驯服乖巧。"……

A SONG OF ICE AND FIRE

我作恶多端，我……"

"你嘴上有血，"拉姆斯发现，"又咬手指了吗，臭佬？"

"不，不，老爷，我发誓。"臭佬曾试图咬断自己的无名指，因为他们剥了指上的皮，他实在痛得受不了。拉姆斯老爷从不简单地切掉别人的手指，他只会剥干净上面的皮，好让肌肉裸露在外，风干、开裂，最终溃烂。臭佬被鞭打、用刀子割，又上过刑架，但没有哪种痛苦比得上剥皮之后的滋味。那种痛苦能把人逼疯，活人根本没法忍受，至多多坚持一会儿，然后就会惨嚎："求求您，停下，停下，太痛了。把我的手指砍下来吧。"到头来，拉姆斯老爷会慈悲为怀，欣然满足别人的要求。这是他喜欢的游戏，而臭佬理解游戏规矩。他怎能不理解呢？他的手脚都为游戏交过学费。只有那次、只有一次，他忘了规矩，企图用自己的牙齿终结痛苦。拉姆斯老爷很不满，结果让他多付出了一根脚趾的代价。"我吃了一只老鼠，"他咕哝着承认。

"一只老鼠？"拉姆斯淡色的眼珠在火炬光芒中闪闪发亮。"恐怖堡的老鼠全部属于我父亲大人。未经我允许，你怎敢吃了其中一只？"

臭佬不知该怎么回答，只能默不作声。只消说错一个字，他又会失去一根脚趾、甚至一根手指。迄今为止，他的左手丢掉了两根手指，右手失去了小指，左脚丢掉了三根脚趾，右脚却只失去了小脚趾。拉姆斯老爷有时会开玩笑说要给他左右两边找回平衡。老爷只是在开玩笑，他试图安慰自己，他并不想伤害我，这是他自己承认的。所有的一切都是我自作自受。老爷慈悲又宽容，他本可以为臭佬知道自己名字和地位之前的胡言乱语，就剥下臭佬的脸皮。

"太无聊了，"穿锁甲的领主说，"赶紧宰了他。"

拉姆斯老爷给自己又倒满一杯麦酒，"那可不玷污了咱们的庆祝宴会，大人？臭佬，我有好消息通知你。父亲大人为我讨了一门

史塔克家的好亲事,对象是艾德公爵的女儿,艾莉亚。你还记得小艾莉亚,对吧?"

捣蛋鬼艾莉亚,他差点脱口而出,马脸艾莉亚。她是罗柏的小妹,褐发长脸,瘦得像根棍子,成天脏兮兮。珊莎才是大美人。他记得小时候,幻想过艾德·史塔克大人把珊莎嫁给他,并认他为自己的亲儿子。真是孩子气的想法。不过,说到艾莉亚……"我记得她。艾莉亚。"

"她即将成为临冬城的女主人,而我是她的夫君老爷。"

她还只是个小女孩啊。"是的,老爷,祝贺您。"

"你愿意参加我的婚礼吗,臭佬?"

他犹豫了,"如果您要我参加的话,老爷。"

"噢,那是自然。"

他又犹豫半晌,不知这是否是另一个残酷的陷阱,"好的,老爷,只要您满意,我很荣幸参加婚礼。"

"我们得把你从那间肮脏的牢房里弄出来,刷得粉嫩粉嫩,给你干净衣服穿,再喂你东西吃。几碗软软的、美味的麦粥,喜欢吗?或是搁了培根的豌豆派?我有桩小差事要交给你办,但你得有体力才能为我效劳。我相信,你是愿意为我效劳的吧?"

"是的,老爷,全心全意。"他浑身颤抖,"我是您的臭佬,请让我服侍您,求您了。"

"你这般知情识趣,我又怎忍心拒绝你一片孝心?"拉姆斯·波顿笑道,"我马上就要率军出征,臭佬,我得仰仗你才能把那童贞新娘娶回家门咧。"

布兰

　　乌鸦不同寻常的尖叫让一阵战栗爬过布兰的背脊。我差不多长大成人了，他反复提醒自己，我必须勇敢起来。

　　空气冰冷刺骨，充满恐惧气息。连夏天都怕，颈毛全竖了起来。山丘的影子不断延伸，黑暗虎视眈眈，所有树木都被厚厚的积雪压弯了腰，有些几乎看不出来是树。它们从树根到树冠都包裹在冻雪中，在山上杂乱生长，犹如一群在寒风中缩抱成团的巨人或丑陋怪物。

　　"它们来了。"游骑兵抽出长剑。

　　"在哪儿？"梅拉急切地问。

　　"应该很近。我不知道。附近吧。"

　　乌鸦又尖叫起来。"阿多。"阿多嘀咕着，双手都藏在腋窝，棕色胡须下悬挂着冰锥，上唇的胡子上冻着一块鼻涕，在夕阳下微微闪着红光。

　　"那些狼也接近了，"布兰警告他们，"一直跟着我们的那些。我们在下风处时，夏天能闻出它们。"

　　"狼群无关紧要。"冷手说，"我们必须向上爬。天快黑了，天黑前你们必须进去。你们的体温会吸引它们。"他向西望了一眼，夕阳余晖晦暗地透过树枝，犹如遥远的火焰。

　　"这是唯一的进口？"梅拉问。

　　"后门在北方三里格处，得向下钻进一个洞。"

　　无需多说。阿多背着布兰爬不下洞，而玖健也走不了三里格。

　　梅拉抬眼看向山顶。"路看起来很平整。"

"看起来。"游骑兵阴沉地说,"你能感觉到寒冷吗?这里有东西,但藏在哪儿了呢?"

"洞穴里?"梅拉猜测。

"洞穴被魔法护住了,他们进不去。"游骑兵用剑一指,"你看,入口就在那儿,半山腰那片鱼梁木中,岩壁的裂缝。"

"我看到了。"布兰道。乌鸦在那里飞进飞出。

阿多挪了挪背上的柳条筐。"阿多。"

"我只看到交错的石头。"梅拉说。

"那就是通路。一条穿过石头的甬道,开头陡峭弯曲,但你们只要进去就安全了。"

"你呢?"

"洞穴被魔法护住了。"

梅拉仔细打量了一下山坡上的裂缝。"从这儿过去,至多一千码。"

没有一千码,布兰心想,但都是上坡路。山路陡峭,树木密布。雪三天前就停了,但毫无融化迹象,树下的雪地十分平整,无人踏足。"那边没人,"布兰鼓起勇气说,"看看雪地,没有脚印。"

"白鬼在雪上走得轻,"游骑兵道,"你发现不了它们的形迹。"一只乌鸦自上方飞来,落在他肩上。跟随他们的黑色大鸟只剩十来只,其他的都在路上失散了,每次清晨醒来,乌鸦都会变少。"来啊。"那只鸟聒噪着,"来啊。来啊。"

三眼乌鸦,布兰心想,绿先知。"也不算远,"他说,"稍微爬爬山,我们就安全了,说不定还能生堆火。"除开游骑兵,他们全都又冷又潮又饿,而玖健·黎德虚弱得没人扶就走不动。

"你们先走。"梅拉·黎德在弟弟身旁弯下腰。玖健挂着一根橡树枝,双眼紧闭,抖个不休。他的脸被帽子和围巾裹得严严实实，露出的一点点面孔和周围的雪一样苍白，但当他呼吸时，鼻孔还能微微冒出热气。梅拉已背他走了整整一天。食物和篝火会让他好转的，布兰试图说服自己，尽管他并不确定。"山路太陡，我背着他没法打架。"梅拉催促，"阿多，你带布兰先进洞。"

"阿多。"阿多拍了下手。

"玖健只不过需要吃点东西，"布兰可怜兮兮地说。十二天前，麋鹿第三次、也是最后一次摔倒在地，再也没能起来。"冷手"跪在它身边的雪堆里，一边用奇怪的语言低声祈祷，一边割开它的喉咙。鲜血喷涌而出，布兰哭得像个小女生。他无助地看着梅拉·黎德和冷手肢解这头驮他们走了这么远的英勇生物，从来没像这一刻这样深切地感受到自己是个残废。他暗自决定绝不吃它的肉，忍饥挨饿也强过享用朋友，但最终他吃了两次，一次用自己的身体，一次用夏天的。麋鹿已十分消瘦憔悴，但游骑兵从它身上切下的肉足够支撑他们七天，直到最后他们挤在一座古老的山间要塞的火堆旁，烤吃掉最后一块。

"他的确需要吃东西，"梅拉梳理着弟弟的眉毛，赞同道，"我们都需要。但这儿没有食物。走吧。"

布兰眨眨眼睛，一滴泪水冻在脸颊上。冷手抓住阿多的胳膊，"天色正在变暗。就算它们现在不在，也很快就要来了。走吧。"

阿多默不作声地扫掉腿上的雪，背起布兰趟过雪堆向上走。冷手走在他们旁边，漆黑的手握着武器。夏天跟在后面，有些地方积的雪没过了他，高大的冰原狼偶尔会踩穿太薄的雪壳，不得不停下来抖掉身上的雪。向上攀爬途中，布兰费力地在筐子里转身，眼看着梅拉用一只手将弟弟搀扶起来。他对她来说太沉了。她自己都没吃东西，哪有原来的力气。她用另一只手握住捕蛙矛，狠狠地插入雪中，稍稍支撑住身体。随后她半拖半抱起弟弟，挣扎着攀爬山路。

阿多从两棵树中间穿过,布兰看不到他们了。

山坡越来越陡,冰块在阿多脚下接连破碎。有一次,他脚下的一颗石头松动,他向后一滑,差点摔下山去。好在游骑兵及时抓住他的胳膊,挽救了大家。"阿多。"阿多说。每阵风都裹挟起粉末状的白色细雪,它们像玻璃一样在晚霞中闪闪发光。乌鸦绕着他们飞舞。一只飞到了前头,消失在洞穴中。只有八十码了,布兰心想,根本不算远。

夏天突然停在一片未被踩动的、陡峭的雪堆边,转头嗅探空气,然后他咆哮起来,毛发直立,步步后退。

"阿多,停下。"布兰说,"阿多,等等。"有点不对劲。夏天闻到了,他也跟着闻到了。不好的东西,不好的东西正在靠近。"阿多,不,后退。"

冷手还在向上爬,阿多也想跟上。"阿多,阿多,阿多。"他大声重复,压过了布兰的抗议。他的呼吸有些吃力,白雾弥漫在空气里。他迈出一步,又一步。积雪有齐腰深,山坡也越发陡峭。阿多身子前倾,双手抓着石头和树干努力向上攀登。一步,又一步。被阿多踩碎的雪滚下山坡,形成一场小雪崩。

六十码。布兰向旁探出脖子,好仔细打量那个洞穴。然而他看到了别的东西。"火!"鱼梁木的缝隙间,一团闪烁的光晕放出红光,穿透了慢慢凝聚的黑暗。"看啊,有人——"

阿多尖叫起来。他扭动挣扎着摔下去。

大个子马童剧烈地打滚,布兰的世界天旋地转。突来的一记重压让他喘不过气。嘴里全是血,阿多还在不停地翻滚颠簸,碾压着身下的残废男孩。

有东西抓住了阿多的腿。刹那间,布兰以为是树根缠住了阿多的脚踝⋯⋯但那根茎移动起来。他看到了,那是一只手,接着尸鬼整个从雪下冲出来。

阿多踢打着，抬起裹满雪的脚狠踹在那东西脸上，但死人毫不在乎。活人和死人撕打搏斗，拳来脚往地滑下山坡。被压在下方时，雪涌进布兰的口鼻，但马上他们又重新翻到了上面。有东西撞上他脑袋，不知是石头、冰块还是死人的拳头，接着他发现自己被甩出了筐子，四肢摊开躺在山坡上。他吐出嘴里的雪，手套里全是从阿多头上扯下的头发。

在他周围，尸鬼们纷纷从雪下涌出。

二个，三个，四个……布兰数不过来。它们霍然起立，掀起阵阵雪雾。有的穿黑袍，有的衣不蔽体，有的干脆什么都没穿。它们全都皮肤苍白，双手漆黑，眼睛像淡蓝的星辰一样闪光。

其中三个袭向游骑兵。布兰看见冷手劈开一个尸鬼的脸，但那东西仍在向前冲，把他逼向另一个尸鬼怀中。还有两个追着阿多，拖起笨拙的步子下斜坡。梅拉正向这里攀来，布兰心底涌起一阵恶心而又无助的恐慌。他拍打雪堆，大喊着警告她。

有东西抓住了他。

呼喊变成了尖叫，他抓了团雪扔出去，但尸鬼连眼都没眨。一只漆黑的手摸向他的脸，另一只摸向他的肚子，手指刚硬如铁。它要扯出我的肠子。

但夏天突然扑进他们中间，布兰看见尸鬼的皮肤像廉价破布般被扯开，听到了骨头碎裂声。一只手被齐腕扯下，褪色的黑袖管下，手指在无力地蠕动。黑色，他心想，他穿的是黑色，他是守夜人。夏天把手掌甩开，扭身又狠狠地咬住死人的脖子。当大灰狼猛地甩头时，他的尖牙从那团腐肉中扯下差不多整个喉咙。

然而断手还在蠕动，布兰连滚带爬地躲开它。他肚子贴地，在雪地上摸爬，紧盯着头上银装素裹的树林，橙色光芒在其间闪烁。

五十码。他只消拖着身体前进五十码，它们就抓不到他了。于是他抓住树根和岩石，竭力向光芒爬去，融化的雪水渐渐渗进了手

套。差一点，就差一点，然后就能在火堆旁休息。

这时，最后一缕夕阳也消失在树林之中，黑夜降临。冷手左挥右劈，忙于对付周围的一圈尸鬼；夏天撕咬着一名已被他扑倒的死人的脸。没人有空闲关注布兰。他拖着无用的双腿，又爬高了一些。只要到达那个洞穴……

"阿阿阿阿阿多。"山坡下传来一声呜咽。

陡然间，他不再是布兰，不再是那个在雪地里爬行的残废男孩，而成了半山腰的阿多。尸鬼抓向他的眼睛，他怒吼着、踉跄着站起来，使劲把那东西甩开。它单膝跪倒，重又起身。布兰从阿多的腰带中抽出长剑。在内心深处，他还能听见阿多的低声呜咽，但现在他已是手执铁剑、满腔怒火的七尺巨人。他举剑砍倒尸鬼，剑刃切开潮湿的毛料、生锈的盔甲和腐朽的皮革，伴随着吼声，砍入下面的骨骼和肉体。"阿多！"他纵声狂啸，又劈出一剑。这次他砍下尸鬼的脑袋，心里涌上片刻欣喜……但随后又有两只死人的手盲目地掐向他的喉咙。

布兰流着血，缓缓后退，这时梅拉·黎德从另一边将捕蛙矛深深插进尸鬼的后背。"阿多，"布兰再次咆哮，拼命挥手让她上山，"阿多，阿多。"玖健在被她放下的地方虚弱地扭动。布兰走过去，抛下长剑，把男孩搂在阿多怀里，踉踉跄跄地站定。"阿多！"他大喊。

梅拉打头开路，一边用矛猛刺上前的尸鬼。这虽然杀不了那些东西，但它们又慢又笨。"阿多，"阿多每迈一步都会说，"阿多，阿多。"他不知道，如果他突然告诉梅拉他爱她，梅拉会有什么反应。

他们上方，火人在雪地里跳舞。

着火的尸鬼，布兰意识到，有人在焚烧尸鬼。

身旁有个身形巨大的尸鬼，裹在翻卷的火舌中，夏天在它周围龇牙咆哮。他不该离那么近，他在干吗？随后他看到了自己的身体，面朝下趴在雪地里。夏天竭力要把那东西从他身边赶开。它把我杀掉会怎样？男孩猜测，我就此永远成为阿多了？还是会进到夏天的身体？或者干脆死去？

世界在周围旋转。白色的树木，黑色的天空，红色的火焰，所有东西都在旋转，都在翻滚。他感觉自己跌跌撞撞地走着，听到阿多的尖叫。"阿多阿多阿多阿多。阿多阿多阿多阿多。阿多阿多阿多阿多阿多。"乌鸦如乌云般从洞穴中涌出，一个小女孩手握火把，左冲右突地奔来。布兰认为那是姐姐艾莉亚……但这太疯狂了，据他所知，二姐远在千里之外，或许早死了。可她真的在那里旋身奔跑，骨瘦如柴，衣衫褴褛，疯疯癫癫，发丝纠缠。泪水从阿多眼中涌出，凝结成冰。

周围的一切还在旋转，布兰忽然回到了半埋在雪中的躯体。白雪覆盖的树木高耸入云，那个燃烧的尸鬼缓缓逼近。那是个全身赤裸的尸鬼。最近的一棵树上的积雪震落了，全砸在布兰头上。

等他再次恢复知觉，已然躺在松针铺成的床上，头上是漆黑的岩石。洞穴。我在洞穴里了。嘴里仍有咬破舌头的血腥味，但右边有个燃烧的火堆，传来拂面热气，令他感到前所未有的舒适。夏天围着他一边打转一边嗅，浑身湿透的阿多待在旁边，梅拉让玖健把头枕在自己膝上。而那个长得像艾莉亚的家伙手握火把，监视着他们。

"那些雪，"布兰说，"落到我身上，把我埋住了。"

"把你藏住了。我将你拽出来的。"梅拉向那个女孩点点头，"不过，是她救了我们。那火把……火杀死了它们。"

"火烧死了他们。饥渴的火。"

这不是艾莉亚的声音，甚至不是孩子的声音。这是个成年女人的声音，甜美高亢，带着他从未听过的陌生韵律和一缕直击心底的

悲伤。布兰眯起眼睛，以便更仔细地打量她。她确实是个女孩，但比艾莉亚还矮小，树叶斗篷覆盖下的皮肤像雌鹿般斑点密布。她的眼睛十分奇妙——硕大澄澈，金绿交融，宛如猫眼一样狭长。人类不会有那样的眼睛。她顶着一头乱糟糟的棕、红和金色头发，这些秋天的颜色纠结成团，上面穿插着葡萄藤、小树枝和枯萎的花朵。

"你是谁？"梅拉·黎德问。

布兰知道答案。"她是个孩子。森林之子。"他浑身颤抖，半是因为寒冷，半是因为兴奋。他们踏入了老奶妈的故事里。

"先民称我们为孩子。"矮小的女人说。"巨人称我们'乌—鞑—纳—甘'，意为'松鼠人'，因为我们小巧敏捷，喜爱树林。但其实我们不是松鼠，也不是孩子，我们的名字在源语中的意思是'歌颂大地之人'。早在你们的古语诞生之前，我们已用自己的语言歌唱了上万年。"

梅拉开口道："但你现在说的是通用语。"

"这是为了他，为了这个布兰男孩。我出生于魔龙的时代，曾游走人世间两百年，观察、倾听和学习。我本想继续游历，但双腿酸痛，心也疲惫，所以转身回家了。"

"两百年？"梅拉问。

森林之子笑了。"人类，人类才是孩子。"

"你有名字么？"布兰问。

"需要时会有的。"她挥动火把，照亮洞穴内黑色岩壁上幽暗的缝隙。"得向下走，你们必须跟着我。"

布兰又打个寒战。"游骑兵……"

"他进不来。"

"它们会杀了他。"

"不，它们早就杀了他了。快来，下面更暖和，也不会有东西伤害你。他在等你呢。"

"是三眼乌鸦吗？"梅拉问。

"是绿先知。"说完她便转身离去，他们只得紧随其后。梅拉帮布兰回到阿多背上，尽管柳条筐已几乎压碎了，又被融雪打湿。她又用一只手环住弟弟，用肩膀顶着他起来。玖健睁开眼睛。"怎么回事？"他说，"梅拉？我们在哪儿？"看到火焰，他笑了，"我做了一个最离奇的梦。"

道路狭窄弯曲又低矮，阿多不得不蹲着走。布兰也尽力俯低，即便如此，他的头还是很快刮碰到洞顶。每次碰撞都带下一些碎土，掉入眼睛和头发里，甚至有次，他的眼眶撞到一根从甬道墙壁生长出来的粗壮根茎，那上面还挂着根须和蛛网。

森林之子手握火把走在最前方，身后的树叶斗篷沙沙作响。甬道七弯八拐，布兰很快看不到她了，只剩两边墙壁反射的光线。他们下行一小段之后，洞穴分岔，左边的岔路黑如沥青，即便阿多也知道跟着火把光芒走右边。

光影流转，似乎墙壁也在移动。布兰看到巨大的白蛇在周围地上爬进爬出，吓得心脏怦怦直跳。也不知是碰到了一窝乳蛇还是巨型尸虫，反正那东西柔软苍白，粘腻湿滑。尸虫有牙的。

阿多也看到了。"阿多。"他呜咽道，勉强继续前进。但当女孩停下来等他们，当火焰停止跳动时，布兰发现那些蛇不过是白色树根，跟之前撞到他脑袋的树根一样。"不过是鱼梁木的根，"他说，"还记得神木林的心树吗，阿多？白色的树干红色的叶子？一棵树伤不到你的。"

"阿多。"阿多快步向前，跟上森林之子和她的火把，向地底深处进发。他们经过一条又一条岔路，接着来到一个和临冬城大厅一样大的空旷洞穴，石牙在洞顶上悬挂，又有更多石牙拔地而起。披着树叶斗篷的森林之子在其间穿梭而过。她偶尔停下，不耐烦地朝他们挥舞火把。这边，她好似在催促，这边，这边，快点儿。

这之后又有更多岔路，更多洞穴。布兰听到右边某处传来滴水声，他一眼望去，发现许多眼睛回望着他，那些狭长的眼睛在火把照映下闪闪发光。更多的森林之子，他告诉自己，女孩有很多同伴。老奶妈关于詹德尔的子孙的故事在他心头萦绕。

树根无处不在，纠缠着破土破石拱出，封住了一些岔路，又爬满洞顶的很多区域。所有的颜色都不见了，布兰突然意识到，只剩黑色的土壤和白色的木头。临冬城的心树有粗如巨人大腿的根，但这里的根更粗壮，而且布兰从没见过这么多根。我们头上肯定长着一片鱼梁木森林。

光又变弱了，那不是孩子的孩子人虽小，却移动得飞快。阿多笨重地跟上，有东西在他脚下碎裂。他突然停下，梅拉和玖健险些撞到他背上。

"骨头。"布兰说，"是骨头。"路上散落着鸟兽骨头，但也有其他骨头，大的那些肯定来自巨人，小的则可能是森林之子。在他们两边，雕刻出的石壁龛里，头骨俯视着他们。布兰看到一个熊头骨和一个狼头骨，六七个人类头骨，还有差不多同样数量的巨人头骨。剩下的比较小巧，形状奇特。森林之子。树根从每个头骨里长出来，缠绕着它们，有几个头骨上面还有乌鸦栖息，他们经过时，乌鸦瞪着明亮的黑眼珠。

黑暗中的最后一段路最为陡峭。阿多坐在地上，用屁股跌跌撞撞地滑下这最后的旅程，伴随着破骨、松土和鹅卵石稀里哗啦。前方有座天然石桥横跨峡谷，女孩站在桥的彼端等待他们。幽深的桥下传来潺潺水声。一条地下河。

"要过去吗？"黎德姐弟滑到他身后时，布兰问。他不太敢过去，如果阿多在窄桥上摔倒，天知道下面有多深。

"不，男孩，"森林之子说，"他在你后面。"她把火把举高了些，光芒不断跳跃变换。前一刻，火焰还迸发出橙黄光芒，令整座洞穴笼罩着红晕；接着所有颜色都消退，只剩黑和白。身后的梅拉倒抽一口气，阿多转过身去。

一位肤色苍白、乌木装点的君王出现在他们面前，他的表情似沉梦中，鱼梁木编织的王座环绕着他干枯的四肢，犹如母亲搂抱孩子。

他的身体如此瘦弱，衣衫如此破烂，以至于布兰一眼看去以为他不过是具尸体，一个始终没倒下的尸鬼，树根缠绕了他身体内外，将他包裹支撑起来。这位骸骨之王皮肤白皙，只有脖子到脸颊处爬过一条血色胎记，他的白发像根须一样精致纤细，一直拖到泥地上。缠在他大腿上的树根犹如木头蟒蛇，其中一条穿过他的裤子，钻入他干枯的大腿，再从肩膀探出。星星点点的暗红色树叶在他头骨上生长，无数灰蘑菇占据了他的额头。仅存的一小块皮肤绷在他脸上，又紧又硬犹如白色皮革。即便这块皮肤也在崩裂，到处都有棕色或黄色的骨头从下面支出来。

"您是三眼乌鸦吗？"布兰听见自己开口问。三眼乌鸦应该有三只眼，可他只有一只，还是红的。布兰感到那只眼睛正在打量他，那只眼睛在火把映照下像血池一样。另一只眼睛该在的地方，有一条细细的白树根从空眼眶中爬下脸颊，扎入脖子里。

"乌……鸦？"苍白君王声音干涩，嘴唇缓缓翕动，似乎已忘了怎样组词。"是啊，曾是。黑衣，黑血。"他身上的衣服腐朽褪色，布满霉斑和虫洞，但它们曾是黑的。"我有过诸多经历，布兰，现在的我是这副模样。你应明白我为何无法前去找你了……除非是在梦里。我观察了你很久，用一千零一只眼睛见证了你的降生，还有在你之前你父亲大人的降生。我见证了你迈出人生第一步，讲出人生第一个词，投入人生第一个梦。我亲眼见你坠落高塔。而现在，你终于来到我面前，布兰登·史塔克，尽管来得有些迟。"

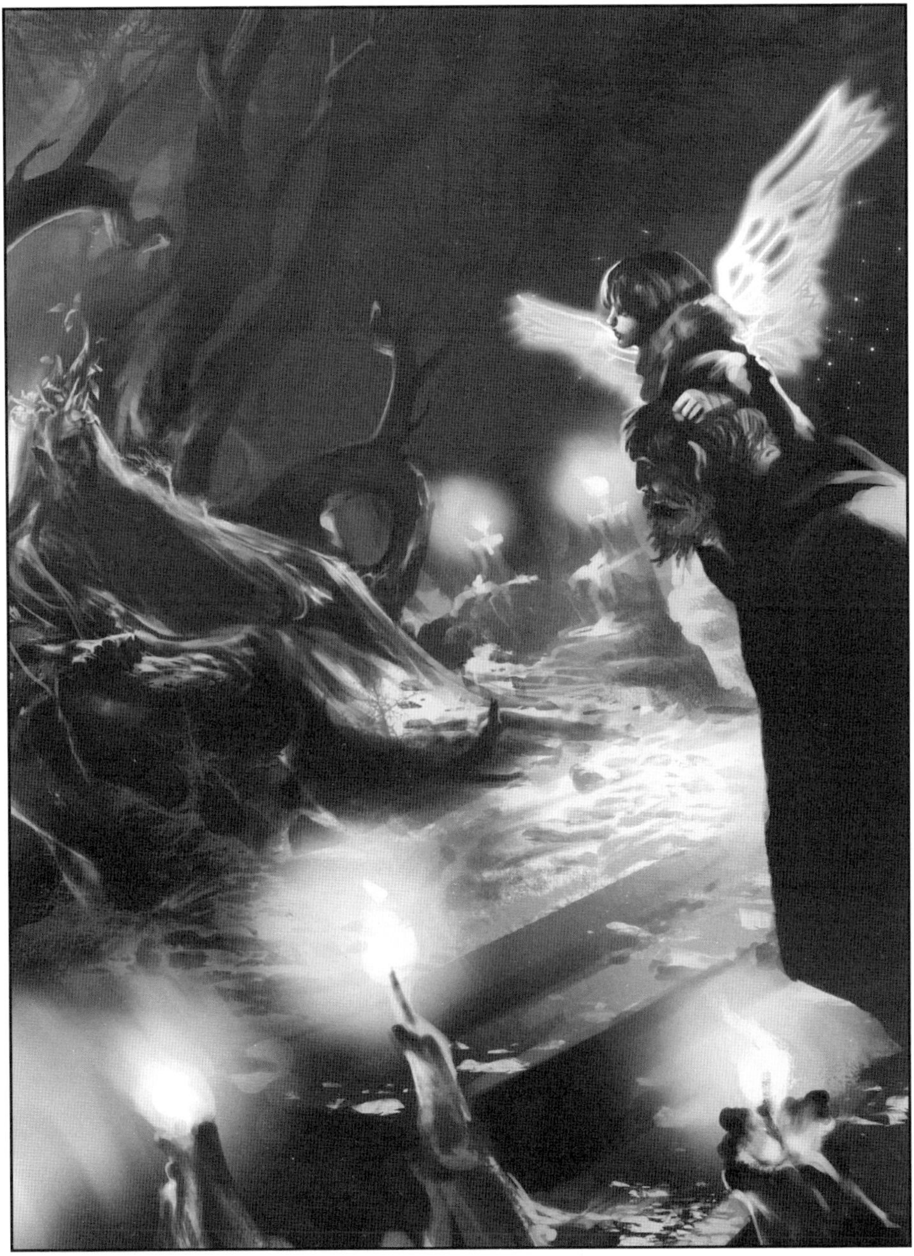

"我来这，"布兰说，"是因为我残废。我的意思是，您能……能治好……我的腿吗？"

"不能。"苍白君王说，"那超出了我的能力。"

布兰眼中涌出泪水。我们历尽艰辛才来到这里。黑暗的地下河的流水声在整座洞穴里回荡。

"你永远无法行走了，布兰。"苍白的嘴唇保证，"但你可以飞。"

A SONG OF ICE AND FIRE

提利昂

很长一段时间,他什么也没干,只静静地躺在拿来当床的旧麻袋堆里,听着扑哧扑哧的河风,听着河水拍打船壳。

桅杆上升起一轮满月。随我飘向下游,犹如一只巨眼监视着我。发霉的兽皮盖在身上很暖和,小个子心里却油然生出一股寒意。酒,我要一杯美酒、一袋美酒。但要那婊子养的格里芬给他解渴,倒不如教月亮眨眼睛。他只有清水可喝,因而夜夜难眠,日日昏噩。

侏儒坐起来,双手捧头摇晃。做梦了吗?即便做过,他也记不得了。夜晚对提利昂·兰尼斯特从不仁慈,即便在柔软的羽毛床上他也睡不好,何况是这里。在"含羞少女号"上,他的"床"设在船舱顶上,用一捆麻绳当枕头。这上头好歹比狭小的货舱里舒服。这里空气更新鲜,河流的声响也比达克的呼噜更悦耳——当然,舒适是有代价的:木板太坚硬,他醒来时总是浑身僵硬酸痛,腿脚痉挛麻木。

他的腿现下就在抽痛,硬得像两块木头。他用手指按摩肌肉,活血流通,但当他试图起身时,仍旧痛得龇牙咧嘴。我得洗个澡。这身男孩的衣服发臭了,他自己更臭。其他人都在河里洗过,但到目前为止他还不敢加入,因为浅滩上有些大乌龟似乎可以把他一口咬成两半。达克称它们为"碎骨怪"。除此之外,他还不想让莱摩儿瞧见他裸身的样子。

有道木梯搭在舱顶。提利昂套上靴子,走下甲板。格里芬裹着狼皮斗篷坐在铁火盆前。这位佣兵总是自愿守夜,团队里其他成员

休息时他醒着,而等太阳升起他却躲进去睡觉。

提利昂蹲在他对面,用火盆的炭火暖手。夜莺在河上歌唱。"快天亮了,"他告诉格里芬。

"不够快。我们得马上赶路。"照格里芬的意思,"含羞少女号"应该日夜兼程地顺流而下,但耶达里和耶利亚坚决拒绝拿他们的撑篙船在黑暗中冒险。上洛恩河里满是浮木与暗礁,很多障碍都足以撕裂"含羞少女号"。然而这些顾虑对格里芬来说都不算什么,他心中所想只是尽快赶到瓦兰提斯。

佣兵的眼睛一刻不停地转动着,在夜色中搜寻……什么呢?河盗?石民?捕奴人?河上并不安全,这点侏儒是知道的,但格里芬这个人比河上的危险更令人不安。他让提利昂想起了波隆,然而波隆有其独特的黑色幽默,格里芬则半点幽默感也没有。

"我愿拿命换一杯美酒,"提利昂呢喃道。

格里芬没开口,但他淡蓝色的眼睛似乎在说:想喝酒你得纳命来。"含羞少女号"上的第一夜,提利昂喝得天昏地暗,第二天醒来脑袋里犹如爆发了一场巨龙战争。格里芬只看了一眼他靠在船边呕吐的样子,就下令:"你不许再碰酒。"

"我有酒才睡得着啊,"提利昂抗议。我有酒才能不做梦,他本想说。

"那你就醒着,"格里芬寸步不让。

苍白曙光从东方射来,照亮了河上的云。洛恩河水慢慢由黑变蓝,变成跟佣兵的胡子、头发同样的颜色。格里芬站起来,"他们快醒了,甲板就交给你照看。"夜莺沉默之后,云雀接着唱下一首歌,苍鹭在芦苇丛中扑腾、在沙洲上降落。被点亮的云映照出各种色彩:粉红色、紫色、栗色、金色、珍珠色和橙黄色的都有。其中一朵云看起来特别像龙。"见龙卸甲,生平足愿"这是书里的话,因为世上没有比龙更伟大的奇迹。提利昂挠挠伤疤,努力回忆这句是谁写的。近来，他脑子里想的全是龙。

"早安，胡戈，"莱摩儿修女一身白袍出现，腰束七色编织带，秀发披散在肩，"睡得可好？"

"不太安稳哪，好修女，我梦到的全是你。"梦是梦到了，不过是醒着做的梦。睡不着，他便把手放到两腿之间，一边想象修女压在他身上，奶子蹦蹦跳跳的景象。

"不消说，是个不纯洁的梦。你是个不纯洁的人。你愿意跟我一起祷告，祈祷诸神宽恕你的罪孽吗？"

除非是用盛夏群岛人的方式祷告。"算了。你代表我献给少女一个甜美的长吻就够了。"

修女呵呵笑着走向船头，她每天清晨都会在河里洗浴。"有一点很明显：这条船不是因你起的名。"修女脱衣服时，提利昂叫道。

"圣母和天父用自己的形象塑造了我们，胡戈。我们应该为自己的身体骄傲，这是诸神的杰作。"

那么诸神造我的时候一定是喝醉了。侏儒看着莱摩儿滑进水中，心里一边想。光看着这番景象，他已经硬了。他有个美妙而不纯洁的打算，不晓得亲手脱下修女那一身洁白的袍子，分开她的双腿，会有多爽？玷污圣洁最让男人兴奋吧……不过莱摩儿并没有看上去那么圣洁。她肚子上有妊娠纹，只可能是生孩子留下的。

耶达里和耶利亚在日出时准时起床，并立刻回到各自岗位。耶达里检查船舷时时而偷看莱摩儿修女一眼，瘦小黑肤的老婆耶利亚对此熟视无睹。耶利亚给后甲板的火盆添了些小木片，用烧黑的匕首搅了搅炭火，随后开始揉面团做早餐饼干。

待莱摩儿洗完澡回到甲板上，提利昂好好享受了一番双乳间水珠淋漓的风光，她光滑的肌肤被初升的太阳照得金光闪闪。莱摩儿已年过四十，与其说漂亮不如说风韵犹存，看起来养眼。没酒喝，有美人儿欣赏也将就，他心想，这种冲动让他感觉自己还活着。

"胡戈,你看见乌龟了没?"修女一边甩干头发,一边问他,"那种大背壳的。"

清晨是看乌龟最好的时机。等太阳升上来,它们就会潜到水底,或游进岸边的缝隙里潜伏,只有在曙光初露时它们会游到水面透气。许多乌龟喜欢在船边游动,这些日子里,提利昂见识过十几种乌龟:大的小的、平背的红耳朵的、软壳的和"碎骨怪"、棕色的、绿色的、黑色的、有爪子的、长角的,甚至背壳上有金、绿和奶油色螺旋花纹的。有的乌龟大得似乎能驮人——耶达里发誓说洛伊拿的亲王们骑在它们背上渡河。他和他老婆都是绿血河上的多恩孤儿,回到洛恩母亲河怀中对他们来说是返祖之旅。

"大背壳的没瞧见。"光顾看女人了,当然没瞧见。

"真遗憾,"莱摩儿把袍子当头罩下,"你起这么早,不就是为了看乌龟嘛。"

"还要欣赏日出啊。"欣赏女人裸体出浴。管她漂不漂亮,只要是女人的胴体,就充满了诱惑。"乌龟是很好,说真的,人间胜景莫过于瞧见一对形状姣好的……背壳了。"

莱摩儿修女哈哈大笑。和"含羞少女号"上的其他人一样,她也有自己的秘密,大家也都接受这点。没关系,我并不想了解她,只想干她。这点她也知道。当她把修女的水晶挂到脖子上,再在胸前衣服的开口处整理那水晶的时候,朝他挑逗地一笑。

耶达里升起船锚,又从船舱顶上拿来一根长长的撑篙,撑船出发。"含羞少女号"从岸边启程,顺流而下,两只苍鹭抬起脑袋好奇地观望。船起初行得很慢,耶达里跑去掌舵,耶利亚则在翻烤饼干,又在火盆上放了个铁锅,把培根放进去煎。她总是做这两样食物:培根和饼干。半个月中或许某天有鱼,但不是今天。

趁耶利亚扭头,提利昂飞快地从火盆上抓了一块饼干,恰好躲过她那把恐怖的大木勺。饼干正是烤热了、滴着蜂蜜黄油时,吃起来最可口。培根的肉香很快把达克从货舱里勾引了出来,他凑到火盆上去嗅,结果挨了耶利亚结结实实一勺子,于是逃到船尾方便去了。

提利昂摇摇晃晃地加入他的行列。"这才叫稀罕呢,"他俩放尿时,侏儒打趣道,"侏儒共鸭子齐喷,伟大的洛恩河因之更伟大。"

耶达里听了嗤之以鼻,"洛恩母亲河才不需要你这点嘘嘘,耶罗,她已是世上最宽的河了。"

提利昂把最后几滴甩干净,"它宽得足以淹死侏儒,这我承认,不过它没有超过曼德河的宽度,三叉戟河入海口附近也跟这差不多,而黑水河比它更深。"

"你还没见到真正的洛恩河。等着瞧吧。"

培根烤卷了,饼干烤成黄褐色。小格里芬打着呵欠、磕磕绊绊地走上甲板,"大家早上好啊。"这孩子比达克矮,但细瘦的身形暗示他的体魄还大有提升空间。无论是不是蓝发,这嘴上没毛的小子都足以让七大王国的少女怀春,单凭那双眼睛便能融化她们。小格里芬有他父亲的蓝眼睛,只是父亲的很淡,他的很深。在灯光下看来是墨黑,在晨光中又似乎是紫色。他的睫毛就跟女人一样长。

"我闻到了培根的香味,"男孩一边套上靴子一边说。

"上好的培根,"耶利亚道,"坐吧。"

她在后甲板分餐,先把蜂蜜饼干分给小格里芬吃,而达克每次来拿培根,手上都会挨一勺子。提利昂领了两块饼干,中间夹了些培根,他又给掌舵的耶达里拿了一块。吃完后,他帮着达克升起"含羞少女号"巨大的斜挂三角帆,耶达里将船开到河中央,这里的水流最为湍急。"含羞少女号"确是条好船,她吃水之浅,令她可以通过洛恩河中细小的支流,穿越大船必定会搁浅的沙洲;而升起风帆之后,加上水流的帮助,她又蛮可以轻捷疾行。耶达里声称,在洛恩河上游,船行速度往往能决定生死。"一千年来,伤心

领以上的河道都是无法无天的。"

"也没有人烟嘛,至少我一个人也没见着。"他只见到沿河的废墟,那是些被藤蔓、苔藓跟野花覆盖的满目疮痍的石造建筑,除此之外,半点人类活动的迹象都没有。

"你不了解这条河,耶罗。这里任何一条小溪都可能有河盗船窥伺,废墟则往往是逃亡奴隶的聚居地,因为捕奴人很少跑到这么北边的地方来。"

"来几个抓奴隶的也好,乌龟我都看腻了,"提利昂不是逃亡奴隶,不用担心会被抓;而河盗是不会关注一只顺流而下的小船的,因为贵重货物都是从瓦兰提斯往上游运。

培根吃完后,达克捶了小格里芬肩膀一下。"留伤疤的时候到了。今天练剑。"

"剑?"小格里芬咧嘴而笑,"好哇。"

提利昂帮男孩换装,先穿厚实的马裤和加垫外套,再罩上一套凹痕累累的老旧铁板甲。罗利爵士则穿上熟皮甲,外罩锁甲。两人都戴上了铁盔,并从武器箱里取出两把钝剑。他们在后甲板比试,虎虎生风地互相攻打,其他人在旁围观。

当用狼牙棒或钝长斧比试时,罗利爵士伟岸的体格和惊人的力量会让他的冲锋占据压倒性优势,长剑比试则更公平。今早上两个人都没拿盾牌,纯凭格挡技巧,躲闪腾挪,河面上回荡着金铁交击声。小格里芬命中的次数较多,但达克更狠。然而打了一段之后,壮汉有些体力不支,出手越来越低,节奏也越来越慢,结果被小格里芬轻松挡下。随后男孩发起猛烈反击,迫使罗利爵士后退。等他退到船尾,男孩让两把剑搅到一起,趁机用肩膀狠狠地撞过去,把壮汉撞下了水。

壮汉在水中气急败坏地扑腾咒骂,喝叫众人趁乌龟没咬下他老二,赶快把他钓上去。提利昂扔了根绳子给他。"鸭子应该是游泳冠军啊，"他和耶达里协力把骑士拽回"含羞少女号"的甲板，一边嘲笑着。

罗利爵士听了抓起提利昂的领子，"侏儒游泳排老几呢？"他随手就将侏儒头上脚下地丢进洛恩河。

结果证明侏儒更厉害，那一双短腿可以拼命地划，直到……直到开始抽筋。小格里芬适时地伸出一根篙子。"你不是第一个想淹死我的人，"他告诉达克，一边从靴子倒水出来，"我出生那天，我老爸就想把我投进井里淹死。可我实在太丑了，水井女巫看不上眼，又把我吐了回来。"他脱下另一只靴子，在甲板上翻了个跟斗，溅得所有人一身是水。

小格里芬却很开心，"你这手打哪儿学的？"

"戏班教的呗，"他撒谎，"我妈在她所有的孩子里面最疼我，因为我个子太小，七岁还在她奶子上喝奶呢。但我的兄弟们不乐意了，于是把我装进口袋，偷偷卖给戏班。我想逃跑，戏班主人就割了我半只鼻子，我别无选择，只好跟他们吃住在一起，学习怎么取悦别人喽。"

真相当然与之大相径庭。他六七岁时，叔叔教了他一点杂技工夫，而他爱上了这门技艺。几乎有整整半年，他在凯岩城内四处打滚翻腾，逗笑了列位修士、侍从和仆人。连瑟曦也被他逗乐过一两回。

但一切在父亲从君临回家探亲的当天突然终结。当天晚宴时，提利昂手脚倒立着沿长桌边走来，本想给父亲大人一个惊喜，但泰温公爵并不领情："诸神已经让你做了侏儒，你还想当弄臣吗？你是狮子，不是猴子。"

你现在入土啦，父亲，我想怎么跳就怎么跳。"你有取悦别人的本领，"莱摩儿在提利昂擦干脚趾头时告诉他，"你应该为此感谢天上的天父，他给了我们每人一份礼物。"

"他的确是，"侏儒欢快地同意。所以等我入土时，请取把十字弓与我陪葬,我才好像感谢人间的父亲一样感谢天上的天父。

他的衣服湿透了,贴在胳膊和腿上,很不舒服。莱摩儿修女领小格里芬去探讨宗教的含义了,提利昂脱下湿衣服,换上一身干燥的——达克从甲板下上来,一看他这打扮,就笑得前仰后合。这不怪他,因为提利昂活脱脱就是从喜剧里冒出来的滑稽人物。他的外套从中间分开:左边是镶青铜扣的紫色天鹅绒,右边是绿花纹装饰的黄羊毛;他的裤子也是两半:右腿全是绿色,左腿是红白条纹相间。伊利里欧的箱子里有一个塞满了孩童衣服,衣服虽然陈旧但质地不错。莱摩儿修女把每件衣服都裁成两半,再交叉缝回去,彼此互补,做了好些件粗糙的杂色衣。格里芬甚至要求提利昂帮着裁剪缝补。他无疑是想折杀提利昂的锐气,但提利昂干针线活玩得蛮开心。除了当他说起不敬神的话时会斥责他以外,莱摩儿总体来说是个不错的伙伴。格里芬想让我做弄臣,我就老老实实演这场戏。这会让在某个地方监视着他的泰温公爵惊怒万分,而这已足够了。

侏儒的另一项任务却是彻头彻尾愚不可及。他叫达克陪练剑,叫我摇笔杆子。格里芬命令他在闲暇时写下所知的一切关于龙的知识。这个目标太大,于是他每天都盘腿坐在船舱顶上,尽己所能地书写。

多年来,提利昂阅读了太多关于龙的作品,但其中大多是些神话故事,没有实际价值,而伊利里欧收集的书也不大对路。他真正想要的是加兰多的瓦雷利亚史名著《自由堡垒之火》。在维斯特洛,此本没有完整抄本,连学城收藏的也少了整整二十七卷。古瓦兰提斯的图书馆里说不定有好抄本——可惜要怎么进入黑墙之内,他就不知道了。

另一本重要著作是巴斯修士的《龙、蜥龙和长翼龙:龙族的非自然演化史》,但他觉得找着的可能性微乎其微。巴斯本是铁匠之子,后被仲裁者杰赫里斯提拔为国王之手,政敌们攻击他是个巫师、不是修士。受神祝福的贝勒坐上铁王座后，明令焚毁了巴斯的全部作品。十年前，提利昂曾读到自焚书浩劫中幸存的《非自然演化史》残篇，但他怀疑即便有孤本留世，在远渡重洋的过程中也早已散失。至于那本由无名氏所著、以散文形式记载着被鲜血浸染的历史的《血与火》（又称《巨龙之死》），据说其唯一存世的抄本目前深锁在学城底下的地窖里。

当赛学士打着呵欠在甲板上现身时，侏儒正就着记忆写下龙的交配习俗。在这个问题上，巴斯学士、慕昆学士和托马克斯学士三人的观点完全相左。哈尔顿站在船尾，就着水面反射的灿烂阳光撒尿，尿液被风吹得东倒西歪。"太阳落山时，我们就能抵达娜恩河的交汇处了，耶罗。"赛学士叫道。

提利昂从纸上抬起头，搁下鹅毛笔。"我叫胡戈。耶罗是我的小弟弟，平时藏在我裤裆里不现身，你要我叫他出来溜达溜达吗？"

"算了吧，我怕把乌龟都吓跑了。"哈尔顿的笑容如锋利的刀刃。"跟我说说，耶罗，你到底出生在兰尼斯港哪条街啊？"

"那是一条无名小巷。"虚构胡戈·希山、也即耶罗的背景这件活儿，令提利昂有种讽刺的满足感。这是一位来自兰尼斯港的私生子，拥有丰富多彩的人生。最好的谎言总是掺杂着几许真实。侏儒很清楚自己带有西境人的口音——确切地说，是西境贵族的口音——所以胡戈必然是某位老爷的野种。他生在兰尼斯港则因为比之旧镇或君临，提利昂更熟悉这座城市。城市向来是侏儒们的归宿，即便是那些老实巴交的农民的种，可能的话也都会流浪到城里。毕竟，乡间没有杂耍表演或怪胎展览，水井却多的是，淹死不想养的猫、三个脑袋的牛和他这样的孩子那是家常便饭。

"你又在浪费上好的羊皮纸了，耶罗，"哈尔顿边系裤子边说。

"那是，不是每个人都能赛学士嘛。"提利昂的手写得有点酸

麻，此刻正好舒缓舒缓粗短的指头。"再来一盘席瓦斯？"赛学士总赢，但这不失为消磨时间的好法子。

"晚上再说。跟小格里芬一起上课？"

"有何不可？总得有人给你纠错嘛。"

"含羞少女号"上共有四间舱房。耶达里和耶利亚占了一间房，格里芬与小格里芬占了另一间，而莱摩儿修女、哈尔顿都是各占一间。赛学士的房间是四个舱房里最大的，其一面墙边全是书架和箱子，装了许多古旧的卷轴跟羊皮纸，另一面墙边的架子上则摆满了各色油膏、草药和药剂。金黄的阳光透过有波浪花纹的黄玻璃圆窗照射进来。这里其他的家具包括一张床、一张书桌、一张椅子、一把凳子以及赛学士的席瓦斯棋盘，精雕的木头棋子散落在棋盘上。

课程从语言课开始。小格里芬的通用语说得就跟维斯特洛人一样好，他的高等瓦雷利亚语，潘托斯、泰洛西、密尔、里斯四地的方言和水手们的贸易行话也很流利。但瓦兰提斯的方言对他就跟对提利昂一样是个新事物，每天他们都会学一些新词汇，而哈尔顿会纠正他俩的错误。弥林人的语言又要难学多了，它根子上还是瓦雷利亚语，却嫁接了丑恶、难听的古吉斯话。"要把吉斯卡利语说明白，你得把蜜蜂塞进鼻孔里，"提利昂抱怨。小格里芬听了哈哈大笑，但赛学士只是要求："再来一遍。"男孩听从吩咐，不过这回他边翻白眼边学鼻音。他的听力比我好，提利昂不得不承认，但我敢打赌，我的嘴上工夫还是要更胜一筹。

语言课之后是几何课。这堂课男孩不太感兴趣，但哈尔顿非常耐心，提利昂也从旁协助教学。早年在凯岩城，父亲的学士曾教会他四边形、圆形和三角形的奥迷，现在稍加点拨，做过的功课又都回来了。

第三堂课是历史课，男孩开始不耐烦起来。"今天我们学习瓦兰提斯的历史，"哈尔顿宣布，"你能告诉耶罗，虎党和象党的区别吗？"

"瓦兰提斯是九大自由贸易城邦里最古老的一个，瓦雷利亚的第一个女儿。"男孩用平板无聊的声调复诵，"末日浩劫发生后，瓦兰提斯人理所当然地把自己当成自由堡垒的继承者，也就是全世界的主人。但对于如何统治世界，他们的意见并不一致。旧贵族信奉武力，商人和放债人则提倡贸易。围绕这两种倾向，为争夺城市领导权，逐渐形成了两个党派，即虎党和象党。"

"在瓦雷利亚毁灭之后的近一个世纪里，虎党都占据优势。他们的征服战争起初进行得很顺利。瓦兰提斯舰队攻下了里斯，瓦兰提斯陆军占领了密尔，在整整两代人时间里，这三个城邦同时服从黑墙之内的指令。转折点发生在虎党企图进一步吞并泰洛西的时候。正所谓唇亡齿寒，潘托斯率先与泰洛西结盟，随后维斯特洛的风暴王也加入了这一阵营。布拉佛斯人为一位里斯流亡者提供了一百条战船，而伊耿·坦格利安骑着"黑死神"从龙石岛飞来助阵。密尔和里斯见状便揭竿而起，战争最终将争议之地化为一片焦土，而两个城邦重新赢得了独立。除开这场惨败，虎党在那一百年间还经历了许多重大挫折。例如他们派去收复瓦雷利亚的舰队消失在烟海里；在匕首湖上的火船大战中，科霍尔人和诺佛斯人联合粉碎了他们在洛恩河上的势力；多斯拉克人自东方涌来，野外的农民和庄园里的贵族都纷纷走避，结果导致北起科霍尔森林、南达赛荷鲁江源头的这一大片领地里，除了青草和废墟，什么都没剩下。一个世纪的南征北战之后，瓦兰提斯财政破产、人口凋敝，却没有获得实际利益，这时象党起而夺权。从那时直到今天，象党都占据着优势，有些年虎党能推出一个执政官，有些年则一个也推不出，但他们的执政官人数从未多于一个。总而言之，象党已安稳统治了瓦兰提斯长达三百年之久。"

"就是这样，"哈尔顿同意，"现任执政官分属什么党派？"

"马拉乔是虎党，奈西索和多法斯是象党。"

"从瓦兰提斯的历史里，我们学到了什么？"

"没有龙，就别想征服世界。"

提利昂忍俊不禁，捧腹大笑起来。

课上完后，小格里芬到甲板上帮耶达里放帆、撑篙，哈尔顿则把席瓦斯重新摆好，准备下棋。提利昂用大小不一的眼睛审视着棋盘，"这孩子很机灵，你教得也很好。维斯特洛一半的诸侯都不如他有见识。可这真有点夸张啊，语言、历史、歌谣、算术……这么多好东西，一股脑儿全塞给一位佣兵之子。"

"懂得运用，知识就比刀剑更有力。"哈尔顿道，"耶罗，你下棋谨慎点行不？你玩席瓦斯就跟你翻跟斗一样冒失。"

"我不过是在给你建立信心，放松你的警惕，"提利昂边说，他俩边在精雕的木挡板后摆棋。"你以为是你教会我下棋的吗？其实很多事不见得像看上去那样。或许我早就从奶酪贩子那里学会了这玩意儿，这点你考虑过吗？"

"伊利里欧不玩席瓦斯棋。"

确实，侏儒心想，他玩的是权力的游戏。在权力游戏的棋盘上，无论你、达克还是格里芬都是他的棋子，听凭他摆布，也任由他牺牲。韦赛里斯的下场就是榜样。"这么说，我棋艺不精只能怪你喽，你是我名副其实的老师嘛。"

赛学士咯咯笑道："耶罗，河盗割你喉咙时我会想念你的。"

"这些无所不能的河盗究竟在哪儿呢？我快觉得这全是你跟伊利里欧编造出来唬人的了。"

"河盗主要聚集在阿•诺颐到伤心领之间。阿•诺颐以上的河道属于科霍尔人，伤心领以下则是瓦兰提斯大帆船的势力范围，但这中间是个两不管地带，河盗出没于两大城邦间的无主之地。匕首湖里多的是小岛,河盗就藏在岛上的秘密山洞和隐蔽要塞里。你摆妥了没?"

"对付你?早就妥了。对付河盗?恐怕还没有。"

哈尔顿挪开挡板,两人互相观察对方的布置。"你学乖了,"赛学士评论。

提利昂本打算以龙开局,转念一想又放弃了。昨天的对局他正是把龙移得太快,结果白白送给投石机吃掉。"若真能遇到神奇的河盗,说不定我会考虑加入他们哟。到时候我就自称是赛学士胡戈。"他移动轻骑兵,冲向哈尔顿的山脉。

哈尔顿以大象抵御,"半吊子胡戈更合适。"

"半吊子也罢,对付你不成问题。"提利昂移动重骑兵去支援轻骑兵,"你要不要打赌?"

赛学士扬起一边眉毛,"赌多少?"

"我没钱,但可以跟你交换秘密。"

"格里芬会割了我舌头。"

"你怕他?如果我是你,我也会怕他。"

"你能赢我席瓦斯棋那天,就是乌龟会从我屁眼里钻出来的时候。"哈尔顿移动长矛兵,"跟你赌了,矮冬瓜。"

提利昂伸手去拿他的龙。

整整三小时后,侏儒才爬上甲板去撒尿。达克正帮耶达里收帆,耶利亚接管了舵柄。太阳已沉到西岸茂盛的芦苇丛中,河风大了起来,猎猎作响。我要一袋好酒,提利昂心想。他在凳子上蹲得太久,腿完全酥麻了,他还觉得头重脚轻,差点掉进水里。

"耶罗,"达克叫道,"哈尔顿怎不出来帮忙?"

"他不舒服,上床休息了。他说有乌龟从他屁眼里钻出来。"侏儒扔下迷惑不解的骑士,顺梯爬上舱顶。他望向东边,发现在多石的荒岛背后,黑暗正在聚集。

莱摩儿修女叫住他,"有风雨欲来的感觉吗,胡戈·希山?强盗出没的匕首湖就在前头。而在那之后,还有伤心岭。"

那不是我的伤心岭。我这个心碎之人,走到哪里,哪里就是我的伤心岭。泰莎啊泰莎,不知道妓女都上哪儿去了。她是不是在瓦兰提斯?或许我能在那里找到她。人总得为自己留点希望。他想象自己见到她时该怎么说。亲爱的,很抱歉让他们轮暴了你,我以为你是个妓女。你心里头是肯定不会怪我的吧?好啦,咱俩回那间小屋去,继续做一对快乐的小夫妻。

荒岛渐行渐远,河东岸出现大片废墟:残垣断塔、破碎的圆顶与一排排腐朽的木梁柱,废弃的街道上铺满了烂泥和紫苔。又一座死城,且有葛·多荷的十倍大。大乌龟在这里安了家,它们个头极大,正是所谓的"碎骨怪"。侏儒看着乌龟们安逸地晒太阳,棕色或黑色的背壳中央有锯齿状突起。有几只乌龟发现了"含羞少女号",便划入水中,卷起阵阵波纹。这可不是游泳的好地方。

他心下正惴惴,却见在半淹没的扭曲树木和潮湿的宽阔废街之后,有一条闪烁着夕阳光辉的银色缎带。那是一条大河,他立刻意识到,它注入了洛恩河。两江交汇处的半岛越行越窄,废弃的建筑物却越来越高。半岛顶端有一座由粉色和绿色大理石筑成的巨型宫殿,宫殿的诸多圆顶和尖顶早已垮塌,遗迹却仍高耸在一排延伸的拱门之上。宫殿水边的码头足以停泊五十条船,那里如今也成了"碎骨怪"的家。提利昂忽然意识到自己到了那里。这就是娜梅莉亚的宫殿,这里是她的城市,娜·萨星。

"耶罗,"驶过交汇处后,耶达里叫道,"你再拿维斯特洛的河跟洛恩母亲河比比看。"

"我不知道,"他吼回去,"至少我见过的七大王国的河流,都不及这一半宽。"新注入的河是他们顺流而下的河流的近亲,它本身就几乎达到了曼德河或三叉戟河的宽度。

"这是娜·萨星城,在这里母亲河接纳了她最狂野的女儿,娜恩河,"耶达里自豪地声明,"但母亲河还远没有达到最大宽度,她还会接纳其他女儿。在匕首湖,琴恩河汹涌而来,作为母亲河黑色的女儿,她从科霍尔森林带来丰盛的木材跟松果、鲜亮的金叶与琥珀。再往南,母亲河又接纳了拉鲁鲁江,自黄金原野上奔流而下的欢笑女儿。拉鲁鲁江与母亲河的交汇处,原本矗立着节庆之都查约恩,那里的街道就是水道,房屋全是金子做的。在那以后,母亲河先向南、继而向东奔流了一大段,直到接纳小女儿,害羞的赛荷鲁江,这个含羞女儿总是把河道隐藏在芦苇和乱流当中。到那时候,洛恩母亲河会变得如此宽广,乃至于在河中行船的人看不到两边河岸。我的小朋友,你会见识到的。"

我会见识到的,侏儒正自沉吟,却见小船前方不到六码处起了一阵涟漪。他刚想抬手指给莱摩儿看,那东西却浮出了水面,带起的波涛掀得"含羞少女号"剧烈摇晃。

那是一只乌龟,长角巨龟,暗绿的甲壳带有褐色斑点,壳上长满水苔,也攀附了各种黑黝黝的软体动物。它抬起头,自喉咙深处发出一声咆哮,比提利昂听过的任何战号都更嘹亮。"我们得到了祝福!"耶利亚喜极而泣,泪流满面,"我们得到了祝福!我们得到了祝福!"

达克大声呵斥驱逐那巨龟,小格里芬在旁帮腔。等哈尔顿冲上甲板查看……已然迟了,巨龟消失在水下。"你们闹什么?"赛学士问。

"有只乌龟,"提利昂说,"比这条船还大的乌龟。"

"那是他啊!"耶达里哭喊,"河中老人。"

是这样么?提利昂咧嘴笑了,真是王者出则祥瑞现啊。

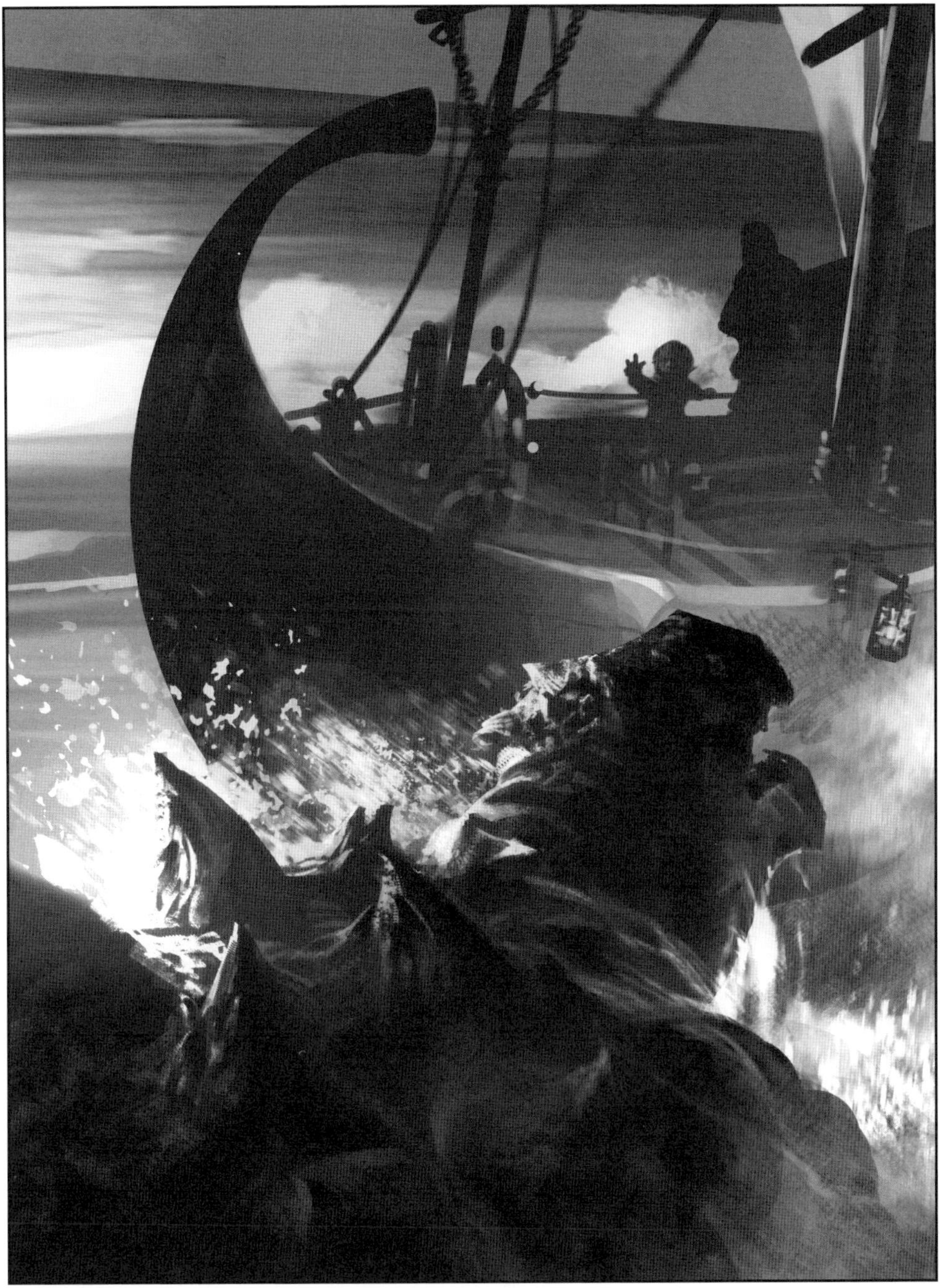

戴佛斯

"欢乐接生婆号"乘晚潮溜进白港,此起彼伏的风吹得她打满补丁的风帆阵阵涟漪。

她是艘老旧的平底船,向来朴素,船首像被塑造成一位提着婴儿一条脚的欢笑妇女,但那妇人的脸庞和婴儿的屁股上已满是蛀孔。她的船壳上不知涂了多少层土褐色油漆,帆布被晒得灰白、破烂不堪。没有人会多看这条船一眼——除非是好奇她为什么还浮得起来。白港人对"欢乐接生婆号"也不陌生,多年来,她定期维系着白港与姐妹屯之间平凡的贸易往来。

戴佛斯·席渥斯带着萨拉和他的舰队启程出航时,决没料到会以如此方式抵达白港。事情乍看起来很简单:既然乌鸦送信不能为史坦尼斯国王带来白港的支持,国王遂决定派出特使与曼德勒大人当面谈判。按计划,戴佛斯将乘坐萨拉的大帆船"瓦雷利亚人号"驶入港口,后面簇拥着整个里斯舰队,以为威慑。她们的风帆都有条纹:黑黄条纹、粉蓝条纹、绿白条纹、紫金条纹等等,里斯人喜欢鲜明的颜色,其中又以萨拉多·桑恩为最。华丽的萨拉多,戴佛斯心想,可惜风暴毁了这一切。

于是他不得不跟二十年前一样,偷偷潜入港口。他再次提醒自己此行的重要性,为谨慎起见,宁可扮成寻常海员,也不要招摇过市。

白港粉刷成白色的石城墙自东边海岸出现——白刃河在这里注入了海湾。与戴佛斯六七年前的上一次到访相比,如今城防已有所加强,分隔内港与外港的防波堤上修了三十尺高的石墙,绵延几乎长达一里,且每隔百米就有一座塔楼。海豹岩上也有了人烟,那里从前只是座废墟。这些可能是好消息、也可能是坏消息,端乎威曼大人站在哪一边。

戴佛斯一直对这座城市抱有好感,他第一次来这里可以追溯到在"卵石猫号"上当船童的时代。白港规模虽不比旧镇和君临,但干净整洁、井然有序,宽阔笔直的卵石街道行走自如。这里的房子也是用刷白的石头修筑的,陡峭的斜屋顶上铺了黑灰色瓦片。"卵石猫号"性格古怪的老船长罗洛·乌霍瑞斯常夸口说自己单凭鼻子就能分辨各个港口。他坚持认为城市好比女人,各有其独特味道:旧镇是扑过粉的老妇人,流于庸俗;兰尼斯港是朴实清新的挤奶女工,发际有木头的清香;君临则跟没洗澡的妓女一样臭;只有白港的气息咸而刺鼻,还含有一丝鱼腥味。"这是美人鱼的味道,"罗洛说,"大海的味道。"

现在的她依然没变,戴佛斯心想,但他同时也闻到了从海豹岩上飘来的煤烟味。海豹岩是一块从海面耸立五十尺的灰绿巨岩,扼住了外港的出入航道,岩顶有一圈风化的石头,乃是几百年前先民的环堡的遗迹。现在遗迹又被重新武装起来,戴佛斯看见挺立的巨石背后架设了弩炮和喷火弩,旁边还有向外瞭望的十字弓手。那上头一定又冷又潮湿。从前每次来访,他都能看见海豹躺在巨岩周围的碎礁石上晒太阳,"卵石猫号"的瞎眼杂种会让他统计海豹数目,罗洛说见到的海豹越多,航行的运气就会越好。现在这里没有海豹了,它们一定都给士兵们燃起的烽烟吓跑了。聪明人也许能嗅出势头,聪明人也许会跟随萨拉一走了之。他现在仍可以调头去南方,回到玛瑞亚和孩子们身边。我已经为国王牺牲了四个孩子,还把第五个孩子送到他身边服侍。我有权去陪伴剩下的两个孩子,我太久没见着他们了啊。

东海望的黑衣弟兄告诉他,白港的曼德勒家族和恐怖堡的波顿家族之间并无交情。铁王座既将卢斯·波顿提拔为北境守护，威曼·曼德勒便完全有理由倒向史坦尼斯。因为白港孤掌难鸣，它需要盟友、更需要保护者，威曼大人和史坦尼斯之间可以互助互惠。至少在东海望时形势是这样。

在姐妹屯听到的消息却很不利，若波内尔大人所言非虚，若曼德勒家族已决意加入波顿家族和佛雷家族的行列……不，他不能沉溺于幻想中，事情很快就会真相大白了。他只祈祷自己别来得太晚。

当"欢乐接生婆号"降下风帆时，他注意到防波堤上的长墙隐藏了内港。外港更大，但内港的锚地更佳。内港本来就一面倚靠城墙，另一面以狼穴作为支撑，现在又加上防波堤上长墙的掩护。在东海望，卡特·派克告诉戴佛斯威曼大人正在兴建战舰，现下长墙后面很可能遮掩了二十多艘整装待发的战舰。

厚厚的白城墙内，苍白的新堡在山丘顶上骄傲地矗立。戴佛斯还能看见雪圣堂的拱顶，以及拱顶上屹立的高大七神神像。曼德勒家族虽被逐出了河湾地，但他们仍保持着旧有的信仰。白港有神木林——盘根错节的老树木深锁于狼穴残破的黑石墙内，那座古老的要塞如今被当成监狱使用——但几乎可以说是修士们的天下。

曼德勒家族的人鱼旗随处可见，它们高高飘扬在新堡的塔楼、海豹门和城墙上。在东海望，北方人坚称白港决不会背叛临冬城，但亲眼所见，戴佛斯没见到一面冰原狼旗。好在这里也没有狮子旗。威曼大人一定还没承认托曼为王，否则早该易帜了。

码头十分拥挤。一群小渔船拴在渔市边卸货，旁边有三条细长而坚固的河上快艇，专用于挑战白刃河的急流险滩，但他真正在意的是海船：两条跟"欢乐接生婆号"一样破烂邋遢的大帆船、贸易双桅划桨船"暴风舞者号"、平底商船"英勇总督号"和"丰收号角号"，一艘紫壳紫帆、相当显眼的布拉佛斯三桅船——

……以及远处的战舰。

感觉像是被捅了一刀。那艘船有黑金船壳，船首像是高抬一只前爪的雄狮，船尾写了"狮星号"几个大字，船名上方飘扬着铁王座上那小鬼国王的旗帜。换作一年前，他是认不出船名的，但派洛斯学士在龙石岛上教会了他初步的读写。这次，能识字反倒令他的希望彻底破灭。戴佛斯曾暗暗祈祷这艘船已在摧残萨拉的舰队的同一场风暴中沉没了，但诸神显然不会这么好心。佛雷已先他一步赶到，他必须面对他们。

"欢乐接生婆号"在外港风蚀的木码头远端停靠，远远避开了"狮星号"。船员们忙着系缆绳放跳板时，船长晃悠到戴佛斯面前。卡索•摩格特是狭海上的混血儿，一位伊班捕鲸手跟姐妹屯的妓女搞出了他。他不过五尺身高，一身粗密体毛，还把头发和胡须都染成青苔的颜色，这让他看上去活像个种在黄靴子上的树桩。尽管其貌不扬，但他的航海技术没得说——虽然他对手下有些过于严厉了。"你要去多久？"

"至少一天罢，可能更久。"戴佛斯发现大人们总是习惯让人等、让人焦虑不安，以此展示自己的权力。

"'接生婆'可以在港内等三天，不能更久了。否则姐妹屯会不放心。"

"若一切顺利，我明天就回来。"

"若不顺利呢？"

那我就再也回不来了。"那你就不用等我了。"

走下跳板时，两个海关官员跟他擦肩而过，但对他毫不在意——官员们是上来找船长、并检查货物的，普通海员他们早就司空见惯，而没有谁比戴佛斯更像一个普通海员了。他中等身高，长着一张饱经风吹日晒、略显精明的农夫的脸，胡子灰白，棕发中也有了灰丝。他的打扮也极朴素：旧靴子、棕马裤和蓝色上衣，外披

一件用未染色的羊毛做的斗篷，并以木制搭扣系住。他用一副盐蚀的皮手套遮掩住许多年前被史坦尼斯削短的指头。总而言之，戴佛斯看上去根本不像个贵族，更别说是国王之手。在明了白港的态度以前，这样的装扮很合适。

他穿过码头、走进渔市。"英勇总督号"正在装载蜜酒，船边的酒桶摞了四层，他瞥见一堆酒桶后有三个水手在赌骰子。渔妇在市场里叫卖当天的渔获。一个男孩敲打着鼓点，为一头脏兮兮的、跳圆舞的老熊伴奏，好几条河上舢板凑过来围观。海豹门前有两名长矛兵站岗，胸口都有曼德勒家族的纹章，但他们忙于跟一位码头妓女打情骂俏，对戴佛斯没有兴趣。城门大开，闸门升起，戴佛斯就这么跟着人潮进了城。

城门内是个卵石广场，广场中央有个喷泉，喷泉池里有个戴王冠的人鱼石雕，从头到尾足有二十尺高。人鱼绿白相间的卷曲胡须上长满苔藓，手执的三叉戟的某个分叉早在戴佛斯出生前就断掉了，但它看起来仍旧十分威风。当地人称它为"老鱼王"。这个广场本是为纪念某个死去的领主修建的，但那人早已湮没在历史中，人们只知道这里是"鱼王广场"。

这天下午，鱼王广场人声鼎沸。一个女人在鱼王的池子里洗内衣，并把洗好的衣服晾到三叉戟上。在商贩们做生意的拱廊下，文书和钱币兑换商忙个不停，边上还有一位雇佣巫师、一位草药妇女和一位非常蹩脚的杂耍艺人。一个男人就着推车卖苹果，一个女人在叫卖细洋葱烤鲱鱼。小鸡和小孩在人们脚边乱窜。戴佛斯以前来鱼王广场时，旧铸币厂那巨大的铁箍橡木门总是紧紧关闭着，但如今门开了。他瞥见厂内地板上铺了毛皮，挤了几百个妇女、儿童和老人，有人甚至在里面升起了小小的篝火。

戴佛斯走到拱廊下，花半个铜分买了个苹果。"铸币厂里住了人？"他问卖苹果的。

"没办法呀,基本都是从白刃河上游逃难来的。还有霍伍德领地的人。现在波顿的私生子横行霸道,大家都想躲进城墙里面。我不知道老爷打算如何处置他们,反正绝大多数人来的时候身无长物,只披了身破布。"

戴佛斯心中油然升起一股内疚。他们是来避难的,因为这里尚未遭战火波及,我却要把他们再度拖入战争。他咬了口苹果,觉得心里更不舒坦了,"这些人吃什么?"

苹果贩子耸耸肩。"有些人讨饭、有些人偷呗,年轻的姑娘就卖身,反正她们只有这个可卖。身高超过五尺的男孩可以报名去为老爷效命,只要能握得住长矛。"

也就是说他在招兵买马。这是好……是坏呢?苹果又干又面,戴佛斯勉强自己又咬了一口。"威曼大人打算加入私生子一边?"

"这个嘛,"苹果贩子道,"老爷下次出城买苹果时,我会记得帮你问的。"

"我听说他女儿要下嫁佛雷家。"

"是他孙女。这我也听说了,不过老爷忘了邀请我出席婚礼。好啦,你到底还吃不吃?把果核还给我,种子金贵着呢。"

戴佛斯把果核扔还回去。苹果不好吃,但花半个铜分打听到曼德勒整军备战的动向却挺值。他绕鱼王广场前进,路过一位牵着母山羊、贩卖杯装羊奶的年轻女孩。他记起了更多城里的细节。老鱼王的三叉戟遥指着一条倾斜的小巷,巷子有卖油炸鳕鱼的,鳕鱼外面炸得金黄酥脆、里头还是雪白。再往下走有家妓院,比大多数窑子都干净,水手们可以在那里享受鱼水之欢,而不用担心被抢或被杀。有间如藤壶攀附旧船壳般攀附着狼穴墙壁的房子曾是个酿酒屋,那里酿出的黑啤酒馥郁香浓,在布拉佛斯或伊班港能买到青亭岛金色葡萄酒的价钱——如果本城居民没把它喝光的话。

不过他现在要喝的是葡萄酒——酸败、上头的酒。他大步走过

场子,下了一段阶梯,来到藏身于一家羊皮仓库底下的酒肆。这家店名叫懒鳗鱼,他当走私者时常来,这里提供全白港最老的妓女和最劣的酒,还有填满猪油和软骨的肉派——通常是难以下咽,有的时候能让人拉肚子。除了不明真相的水手,本地居民很少来这个糟透了的地方,懒鳗鱼更没有守卫或海关人员屈尊光顾。

有些东西似乎永远不会变,懒鳗鱼里时光依旧。桶形天花板被油烟熏黑了,地板还是硬泥地,空气中仍旧弥漫着烟雾、烂肉和没清干净的呕吐物的味道。桌上的牛脂粗蜡烛放出的烟比照出的光还多,在昏暗的光线下,戴佛斯要的酒看上去是棕色不是红色的。四个妓女坐在门口喝酒,当他进门时其中一个曾满怀希望地冲他微笑。戴佛斯摇摇头,那女人便跟同伴说了句什么,几个女的笑成一团,此后便再没有理他。

除了妓女和店主,懒鳗鱼里没有什么人。这个地窖很大,有许多阴影笼罩的角落和壁龛,很容易找到独处空间。他把酒拿到其中一个角落里,靠在墙上等待。

不久后,他发现自己傻瞪着壁炉发呆。红袍女能从圣火中预言未来,但戴佛斯·席渥斯从火光中看见的全是过往的浮光掠影:燃烧的舰船、火红的铁索、乌云下闪烁的绿影以及盘踞于河流之上的红堡。戴佛斯是个单纯的人,只是因为偶然的机遇,才在战争中得到史坦尼斯的提拔。他不理解诸神为何会夺走他四个年轻强壮的儿子,却饶恕了老迈的父亲。有些夜里,他想到自己之所以活下来,是为了拯救艾德瑞克·风暴……但现在劳勃国王的私生子应已安全抵达石阶列岛,他戴佛斯却还苟活于世。*诸神对我还有什么要求呢?*他不禁疑惑,如果真有的话,白港之行定是其中的一部分。他尝了口葡萄酒,把剩下的半杯泼在脚边。

暮色降临后,懒鳗鱼长凳上的水手开始多起来。戴佛斯问店主又要了杯酒。店主把酒和蜡烛都带来了。"吃不吃?"店主问,

"我们有肉派。"

"派里面是些什么肉？"

"就是通常那些好肉。"

妓女们听了就笑。"他的意思是灰肉，"一个妓女说。

"妈的，闭上鸟嘴，你吃的也是这派。"

"我什么屎都吃，但你别指望我说好话。"

店主一走开，戴佛斯立刻吹熄蜡烛，继续坐在阴影里。喝起酒来的水手是全世界最饶舌的群体，即便这等劣酒也能让他们变成大嘴巴。戴佛斯要做的只是倾听。

他听到的消息大部分是旧闻了，之前已从姐妹屯的高德瑞奇伯爵、或是鲸腹陀的住民那里听过：泰温·兰尼斯特被自己的侏儒儿子杀了，他的尸体臭气熏天，以至于很多天以后都没人敢踏入贝勒大圣堂；鹰巢城夫人被一个歌手谋害，如今谷地由小指头统治，但"青铜"约恩·罗伊斯发誓要扳倒他；巴隆·葛雷乔伊也死了，他的弟弟们正在争夺海石之位；桑铎·克里冈当了土匪，沿三叉戟河烧杀抢掠；密尔、里斯和泰洛西开始了新一轮战争；东方发生了奴隶起义。

但他也偷听到一些新消息：罗贝特·葛洛佛也在城里招募兵马，但收效甚微，因为曼德勒大人对他的呼吁不理不睬。据说大人宣称白港厌倦了征战——这是个坏消息；莱斯威尔家和达斯丁家奇袭热浪河上的铁民，烧光了长船，这也是个坏消息；波顿的私生子率军南下攻打卡林湾，霍瑟·安柏加入了他的阵营。"妓魔他亲自带队哟，"一位从白刃河上游运来兽皮和木材的讨河人说，"带着三百名长矛兵和一百名弓箭手，途中汇合了霍伍德家和赛文家的人。"这是最糟糕的消息。

"识时务者为俊杰，威曼大人也该派些人去打仗。"在桌子远端落座的老人说。"卢斯大人既然官拜守护，出于荣誉白港理应响

应他的召唤。"

"波顿家的人懂个狗屁荣誉!"店主一边给大家杯子里添满棕色的葡萄酒,嘴里一边说。

"威曼大人才不会挪地儿呢,他太他妈肥了。"

"我听说他身体状况不佳,成天不是哭就是睡,病得几乎下不了床。"

"就是说他太肥了嘛。"

"这跟肥胖没有关系,"店主坚持,"主要是狮子抓了他儿子。"

没人提及史坦尼斯国王,没人意识到国王陛下千里迢迢赶到北方来为他们保卫长城。在东海望,人们谈论的全是野人、尸鬼和巨人,但这些事物对白港人而言似乎都只是传说故事。

戴佛斯俯身探到烛光中。"我听说佛雷害死了他儿子,姐妹屯的人都这么说。"

"他们杀的是文德尔爵士,"店主道,"爵士的尸骨就躺在雪圣堂,有蜡烛环绕,你可以自个儿去瞻仰。威里斯爵士还在当俘虏。"

糟糕透顶。他知道威曼大人有两个儿子,但他以为两个儿子都死了。如果铁王座握有威曼大人的继承人……戴佛斯自己就是七个儿子的父亲,他在黑水河上失去了其中四个,为保护剩下的儿子,他知道自己会答应诸神或世人的任何要求。史蒂芬和史坦尼斯身处数千里之外、远离战争的威胁,但戴冯作为史坦尼斯国王的侍从就待在黑城堡。他所侍奉的国王,其事业成败很可能取决于白港的态度。

酒友们的话题转移到了龙上头。"你们肯定是疯了,"一位"暴风舞者号"上的桨手说,"乞丐王死了几年啦。有个多斯拉克马王砍了他的头。"

"谣言是这么传的，"那个老人道，"但不清楚真假。就算他死了，也是死在半个世界之外，谁说得清？哪天国王要我的命，我铁定也想个法子装死。总而言之没人见过他的尸体嘛。"

"废话！我还没见过乔佛里的尸体或是劳勃的尸体呢，"店主咆哮。"照你的逻辑，他们也都活得好端端的喽？你怎么不说受神祝福的贝勒这些年只是去打了个小盹儿呢？"

老人扮个鬼脸。"韦赛里斯并非唯一的真龙，不是吗？雷加王子的儿子你能确定他真死了吗？据说他当年还是个婴儿。"

"他们家不还有个公主吗？"一个妓女说。是那个抱怨灰肉的妓女。

"有两个，"老人答道，"一个是雷加的女儿，一个是雷加的妹妹。"

"戴安娜，"讨河人说，"他妹妹叫这个名字。龙石岛的戴安娜。要不就是叫戴安拉？"

"戴安娜是老国王贝勒的老婆，"桨手纠正，"我在一艘以她命名的船上划过桨，'戴安娜公主号'。"

"如果她是国王的老婆，就该称王后啊。"

"贝勒没有王后，他太神圣了。"

"其实他跟她结了婚，"妓女说，"只是没睡她而已。加冕为王以后，他便把她和他其他的妹妹一起锁在塔里。一共有三个。"

"是了，丹妮安娜！"店主大声说，"她叫这个名字。我指'疯王'的女儿，不是贝勒那该死的老婆。"

"丹妮莉丝，"戴佛斯开口，"她是跟着戴伦二世时期与多恩亲王联姻的丹妮莉丝取的名。不过我不知道她现在的情况。"

"我却知道，"最先谈论龙的人此刻接了口，他是个身穿浅黑色羊毛夹克的布拉佛斯桨手。"我们南下潘托斯时，曾停靠在一艘名叫'杏眼少女号'的商船旁，我跟船长的侍者喝过酒。他跟我讲了一个精彩的故事，说有个苗条少女在魁尔斯上过他们的船，要他们载她和三条龙返回维斯特洛。那少女生有银发紫眼。'我亲自带她去见船长，'侍者发誓说这是真的，'但船长不想跑这趟。他觉得贩卖藏红花和丁香的利润更丰厚，而且香料不会放火烧船。'

地窖里哄堂大笑。戴佛斯没笑，因为他知道"杏眼少女号"的结局。诸神真残酷，他们一面让那个船长平安横渡半个世界，另一面又让他在几乎快到家时被假信号导向灭亡。那个船长比我有种，他出门时心想。按今天的市价，一个人只消去东方做一次买卖，余生就荣华富贵享之不尽。戴佛斯年轻时也梦想过去这样的大航海，然而岁月就像蛾子围绕火焰舞蹈一样匆匆飞过，他始终没有成行。总有一天，他对自己说，总有一天，等战争结束，等史坦尼斯国王坐上铁王座、不再需要洋葱骑士了，我会带戴冯去远航——史蒂和史坦够大的话也可以去——去看魔龙和世上所有的奇迹。

门外吹起了风，广场周围的油灯里火苗乱抖。太阳下山后气温显然更低了，但这与东海望无法相比，那里的夜晚寒风呼啸着吹过长城，如刀子般穿透最厚实的斗篷，让人血液冻结。跟那里比起来，白港的风简直像是热水浴。

他还知道其他容易打探消息的地方：一家以七鳃鳗派闻名的旅馆；一家羊毛代理商和海关官员常去的酒屋；一家花几个铜分就能欣赏下流剧目的剧院。但戴佛斯觉得该打探的都打探到了。我确实来晚了。他本能地伸手到胸前，去摸那个皮绳系住的小口袋，但他的指骨已经不在，在黑水河的大火中他不仅丢掉了自己的船和自己的儿子们，还失去了自己的幸运符。

下一步怎么做？他紧了紧斗篷。是径直上山、去新堡做无谓的请愿？还是回姐妹屯再做打算？或者干脆回到玛瑞亚和孩子们身边？抑或买匹马，沿国王大道奔回史坦尼斯身边，告诉国王他在白港没有朋友、更得不到希望？

舰队起程前夜，赛丽丝王后曾宴请萨拉及其麾下船长。卡特•派克带着四名守夜人的高官前来赴宴，甚至连希琳公主也出席了。鲑鱼上桌时，亚赛尔•佛罗伦爵士给大家讲了某个坦格利安王子把猿猴当宠物养的搞笑故事。亚赛尔爵士说，王子喜欢给猿猴穿上他过世儿子的衣服，假装那猿猴是他的孩子，不仅如此，他还时不时替那猿猴求亲。有幸被他提亲的王公贵族们纷纷礼貌地拒绝了——他们当然得拒绝。"穿上丝绸和天鹅绒，猿猴也还是猿猴，"亚赛尔爵士总结，"聪明人应该知道无论猿猴多么像人，它终究做不了人的事。"后党人士为他的玩笑乐开了怀，有几个人甚至直冲戴佛斯笑。我不是猿猴，他心想，我跟你们一样有身份地位，而且我比你们更有人格。但记忆仍旧刺痛了他。

海豹门入夜时就关闭了，黎明到来前戴佛斯都没法返回"欢乐接生婆号"，只能在城中过夜。他凝视着手握破戟的老鱼王。我穿越大雨、沉船和风暴才来到这里，纵然希望渺茫，也不能半途而废。他失去了指骨和幸运符，但他决非穿天鹅绒的猿猴。他是国王之手。

城堡梯是一条向上的宽阔白石阶梯，从水滨的狼穴直通山上的新堡。街道两旁有许多大理石美人鱼，美人鱼们用手托着熊熊燃烧的鲸油碗，以提供照明。到达山顶后，他回头望去，将港口尽收眼底，内港外港一目了然。只见防波堤的长墙后，内港中果然挤满了划桨战船，戴佛斯数到二十三艘。看来威曼大人胖归胖，人却不懒。

新堡城门禁闭，他叫开了一道边门，一名守卫出来问他有何贵干。戴佛斯把那条带有王家封蜡的黑金缎带展示给他看。"请通知曼德勒大人，"他说，"我有要事需要立刻与他私下会谈。"

丹妮莉丝

舞者身上涂了一层油,仔细剃过毛的身躯在火光下熠熠生辉。熊熊火把随着鼓点和震颤的笛声在舞者间抛接。每当两支火把于空中交叉飞行,就会有一名全裸的少女从中旋转跃过。火光照亮了女孩涂油的四肢、胸脯和臀部。

三个男的都硬了,但他们性致勃勃的表情,却让丹妮莉丝·坦格利安感到滑稽。三个人身高相若,双腿修长,小腹平坦,每块肌肉都棱角分明,仿若石雕。连他们的脸看起来都一样,尽管……透着古怪,因为一人的肤色黑如乌木,第二人白如牛奶,第三人则像抛光的铜币一样闪闪发亮。

故意刺激我么?丹妮在丝绸靠垫中挪了挪。她的无垢者戴着尖刺盔,像雕像一样立在柱子后面,光滑的脸上毫无表情。但并非所有人都能如此。瑞茨纳克·莫·瑞茨纳克张大了嘴,一边全神贯注地观看表演,一边流口水;西茨达拉·佐·洛拉克正和身边的人交谈,目光却始终没离开跳舞的女孩;圆颅大人那张泛着油光的狰狞丑脸一如既往地严肃,但连他也没放过香艳场景。

她的贵客在想什么,就很难看出来了。那苍白瘦削的鹰脸男人和她同坐在高桌边,身着褐红色丝绸与金丝长袍,优雅地小口咬着无花果,光头在火把照耀下放光。每当札罗·赞旺·达梭斯的视线随舞者移动时,他鼻子上的蛋白石都格外引人注目。

为表敬意,丹妮特意换上魁尔斯服装。精致的紫色透明锦袍开口很低,露出左边胸脯,银金色长发轻披在肩,刚好遮不到乳头。大殿内半数男人都在偷瞄她——除了札罗。和在魁尔斯时一样。美色无法打动这位巨商。但我必须打动他。他乘坐三桅大帆船"锦云号",从魁尔斯带着十三艘划桨船而来。她的祈祷得到了回应。自她废止奴隶制,弥林的对外贸易就一塌糊涂。札罗可以改变局面。

鼓点渐趋激昂,三个少女空翻跃过火焰。男舞者托住舞伴们的腰,顺势插入命根子。丹妮注意到,每当长笛颤抖,女人便会弓起背,双腿盘在同伴腰上,男人则伴着音乐节拍不断抽插。她以前也见过性爱表演,多斯拉克人交合就跟公马母马交配一样在光天化日之下进行。但这是她头一次看到性爱与音乐糅杂的场面。

她的脸有些发烫。是酒的缘故,她告诉自己,但却不由自主地想到了达里奥·纳哈里斯。他的信使清晨时分刚刚抵达,禀报说暴鸦团已从拉扎返回。她的团长正日夜兼程赶回她身边,并将羊人的友谊带给她。食物和贸易,她提醒自己,他没让我失望,他不会让我失望。达里奥会帮助我拯救城市。女王渴望看到他的脸,轻抚他的三叉胡,向他倾诉忧愁……但暴鸦团尚在凯塞山口之外,要好多天才能到达,王国的事得由她自己操心。

紫色立柱间烟雾飘渺,舞者们双膝下跪,以头触地。"你们跳得很好,"丹妮说,"难得欣赏到如此优雅动人的舞蹈。"她向瑞茨纳克·莫·瑞茨纳克点头示意,总管便快步来到她身边,皱巴巴的光头上布满汗珠。"带客人们去浴室,为他们洗去风尘,再送上食物和酒水。"

"那是我莫大的荣幸,圣主。"

丹妮伸出酒杯让伊丽满上。这酒甘甜浓烈,散发着东方香料的辛香,比近来常喝的清淡的吉斯卡利酒要好得多。札罗在姬琪端的盘子中精挑细选半天,最后拿了一个柿子。那橘黄色果皮倒是很衬他鼻子上的珊瑚。他咬了一小口,撅起嘴唇。"好酸。"

"阁下是要甜食么?"

"甜食吃腻了。酸酸的水果和放荡的女人是生活的调剂。"

札罗又咬了一口，仔细地咀嚼后，才咽下去。"丹妮莉丝，最甜美的女王，我无法形容再次沐浴在您的荣光中是多么喜悦。您离开魁尔斯时还是个孩童，可爱又迷惘！我担心您一路航进坟墓，到头来却发现您登上了王位，成为一座古老城市的女主人，统率着一支仿若来自梦中的劲旅。"

不，她暗想，是来自血与火。"您能来看望我真是太好了，再次见到您令我无比欢欣，我的朋友。"我不信任你，但我需要你。我需要十三巨子的船和贸易。

几世纪以来，弥林和她的姐妹城渊凯及阿斯塔波一直是奴隶贸易的中枢。多斯拉克卡奥和蛇蜥群岛的海盗会来此出售俘虏，世上其他地区的人们则来此收购奴隶。除开奴隶，弥林没有别的贸易资源。吉斯卡利的丘陵地中固然有丰富的铜矿，但世界脱离青铜时代后，这种金属就不太值钱。海边曾有雪松茂密生长，但在吉斯人与瓦雷利亚人的战争中，很多树倒在旧帝国的利斧下，剩下的则被龙焰焚烧殆尽。树木消失之后，毫无遮掩的土壤经过烈日烘烤，被狂风卷入厚厚的红云中。"正是那些灾难让我的人民当上了奴隶贩子，"格拉茨旦·佐·卡拉勒曾在圣恩神庙中告诉她。我是另一场灾难，我要将奴隶贩子变回人民，丹妮暗想。

"我不得不来。"札罗的声音慵懒倦怠。"远在魁尔斯，可怕的传言也传到了我耳中，那些传言让我终日以泪洗面。传说您的敌人悬赏富可敌国的财宝、无与伦比的荣耀及一百名童贞奴隶，只为要您的命。"

"鹰身女妖之子。"他怎会知道？"他们于夜深人静之际在墙上涂画，暗杀熟睡中毫无防备的自由民；而当太阳升起，便会像蟑螂一样隐匿起来。他们害怕我的兽面军。"根据丹妮的命令，斯卡拉茨·莫·坎塔克为她组建了新的守备队，由半数自由民和半数圆颅党组成，负责在弥林的街道中昼夜巡逻，戴着黑色兜帽和铜制面

217

具。鹰身女妖之子扬言对任何侍奉龙女王的叛徒皆处以极刑，连其亲友也受株连，因而圆颅党巡逻时不得不戴上豺狼、夜枭或其他野兽的面具，以遮挡面孔。"除非我是在漆黑的夜晚，手无寸铁地孤身在弥林城街道上闲逛，我没有理由惧怕他们。他们是群懦夫。"

"懦夫的刀跟英雄的刀一样可以砍下女王的头颅。若我至爱的女王仍由英勇的马族骑士贴身保护，我会睡得更香甜。在魁尔斯，您的血盟卫如影随形，现在他们去哪了？"

"阿戈、乔戈和拉卡洛对我忠心不二。"他在跟我玩游戏。丹妮应对如常。"我只是个年轻女子，不懂治国之道，但那些长者和智者敬告我，要想保住弥林，就必须控制内陆，西达拉札，南至渊凯丘陵。"

"您的内陆对我无关紧要，我只关心您本人的安危。若您厄运缠身，整个世界都会黯然失色。"

"阁下对我实是关怀备至，不过我自有人保护。"丹妮指指手扶剑柄站立的巴利斯坦·赛尔弥。"他们称他为无畏的巴利斯坦，他曾两次粉碎针对我的暗杀阴谋。"

札罗好奇地扫了赛尔弥一眼。"恐怕是老态龙钟的巴利斯坦吧，您说呢？您的大熊骑士要年轻得多，而且对您忠心耿耿。"

"我不想谈论乔拉·莫尔蒙。"

"也是。那家伙粗鄙不堪，又满身体毛。"巨商倾身俯过桌子。"我们还是谈谈爱情、谈谈梦想、谈谈欲望和丹妮莉丝吧——您是这世上最美的女人，我啜饮着您的美，神魂颠倒。"

丹妮对魁尔斯人夸张的恭维早已见惯不怪。"如果您神魂颠倒，恐怕是美酒的功劳。"

"任何美酒都不及您的一半美丽那么令人陶醉。丹妮莉丝离开后，我的大宅空寂犹如墓穴，那座最伟大的城市带给我的欢愉像灰尘消散在嘴里。您为何要抛弃我呢？"

我若不抛弃你,就得抛弃自己的性命。"恰逢其时吧,魁尔斯人要我离开。"

"谁?王族吗?他们血管中流的是水。香料古公会?凝乳堵住了他们的耳朵。不朽者们死光了。您应该嫁给我,我肯定曾经向您求过婚,甚至乞求过您。"

"只求了五十次,"丹妮说笑道,"您放弃得太轻易了,阁下。我是必须结婚的,大家都知道。"

"卡丽熙需要卡奥,"伊丽再次将女王的杯子满上,"大家都知道。"

"您要我再求一次么?"札罗问。"噢,不,别那么笑。您真是位残忍的女王,伤了多少男人的心啊。我这谦卑的商人就像一颗碎石,被您穿着珠宝凉鞋的纤纤细足踏在脚下。"一滴晶莹的泪珠从他苍白的脸颊上滑落。

丹妮太了解他了,因而不为所动。魁尔斯人想哭就能哭。"哦,行了吧。"她从桌上的碗里捡了个樱桃,扔到他鼻子上。"我或许只是个年轻女子,但没傻到嫁给一个对水果盘比对我的胸部还感兴趣的男人。我可是看到您盯着哪种性别的舞者了!"

札罗擦去泪珠。"我相信,我与陛下看的是同一位。您看,我们是如此心灵相通,您若不肯嫁给我,我甘心做您的奴隶。"

"我不要奴隶。我放你自由。"他那珠光宝气的鼻子是个蛮诱人的靶子,丹妮这次朝它扔了一颗杏。

札罗在空中接住,咬了一口。"您怎会产生如此疯狂的想法?我是不是该庆幸您没在做客魁尔斯时释放我的奴隶?"

当时我是乞丐女王,而你身列十三巨子,丹妮心想,*何况你一心想要我的龙*。"您的奴隶看起来待遇不错,过得心满意足,到了阿斯塔波我才大开眼界。您可知无垢者是如何制造和训练出来的?"

"相当残酷，对此我毫不怀疑。试想铁匠打造长剑，需要火烧，用锤子反复打，还要置入冰水中淬练成钢。想收获甘甜的果实，就必须辛勤浇灌。"

"这可是用鲜血浇灌而成的。"

"培训战士哪有捷径可走呢？我的明光，您欣赏我的舞者，您可知他们也都是渊凯培训的奴隶？他们从会走路起就开始练习舞蹈。完美之路何来坦途？"他喝了一口酒。"他们还通晓所有房中之术，我本想将他们作为礼物献给您。"

"无论如何，"丹妮早料到如此，"我会放他们自由。"

他身子一缩。"他们有了自由又能干什么？这如同把盔甲赠给一条鱼。他们就是为跳舞而生的。"

"那是谁让他们跳舞的？是他们的主人吧？或许您的舞者宁愿去建房子、烤面包或种地。您问过他们的意见吗？"

"您的大象兴许还想做夜莺呢。想想吧，弥林的夜晚不再充斥甜美的歌声，取而代之的是雷鸣般的咆哮，然后树木被巨大的灰鸟压得粉碎。"札罗叹口气。"丹妮莉丝，我的至爱，您那青春诱人的胸脯下跳动着一颗多愁善感的心……但您还需要一个睿智成熟的头脑。世事并不全是看上去的样子，很多看起来邪恶的事其实是最适宜的。比如雨水。"

"雨水？"他当我是傻子，还是孩子？

"当雨水落到头上，我们诅咒它，但如果没它，我们将陷入饥荒。世界需要雨水……和奴隶。您对此嗤之以鼻，但这是千真万确的事实。想想魁尔斯，想想它在艺术、音乐、魔术、贸易，所有这些领域上的成就，正是这些使得人类区别于野兽，使得魁尔斯犹如您端坐在金字塔顶端一样，高踞于他人之上……但您可知，代替砖块支撑起壮丽的魁尔斯的，乃是无数奴隶的脊梁。您扪心自问，如果所有人都面朝黄土过完一生，谁来抬头仰望无尽的星空？如果所

有人都为生存疲于奔命,谁来建造赞美神明的恢弘宇庙?为了伟人的出现,必须有一部分人做奴隶。"

他实在能言善辩,丹妮想反驳,却无从说起。"奴隶和雨水不一样。"她最后说,"我被雨淋湿过,也被贩卖过,那感觉是不一样的。没人想被奴役。"

札罗懒散地耸耸肩,"我在您可爱的城市登陆时,碰巧在河堤边遇见故人。他曾在我的府邸做客,是一位贩卖稀有香料和名贵葡萄酒的商人。我遇见他时他上身赤裸,晒得通红蜕皮,好像是在挖坑。"

"不是挖坑,是挖水渠,用于把河水引进田地。我们想种豆子,需要引水入田。"

"我的老友帮忙挖水渠?真是大发善心,也真是不可思议。莫非他被迫无奈?哦,不会,不会,弥林城中没有奴隶。"

丹妮脸红了,"你的朋友依靠劳动来挣得食物和住所。我没法把财富赐给他,现在弥林需要的是豆子,不是那些稀有香料,而豆子需要水。"

"那您要不要把我的舞者也送去挖坑呢?可爱的女王。那位故友见到我时,甚至跪下来,哀求我买他当奴隶,带回魁尔斯。"

她觉得被扇了一耳光。"那你就买啊。"

"如果您愿意的话。反正他肯定心甘情愿。"他把一只手搭在丹妮的手臂上。"我说的句句都是朋友间的肺腑之言。当初您身无长物前来魁尔斯,我帮了您;这次我不辞万里、远渡重洋前来,仍是为了帮您。可否借一步说话?"

丹妮感觉到他指尖的热度。他在魁尔斯也很热情,丹妮回想往事,直到再也用不着我的那天。她站起来,"走吧。"札罗随她穿过廊柱,登上通往金字塔顶端寝宫的宽阔大理石台阶。

"哎,最美丽的女士,"踏上阶梯时,札罗开口道,"身后有脚步声，我们被跟踪了。"

"我那老态龙钟的骑士应该吓不住你吧？巴利斯坦爵士决不会泄露我的秘密。"

丹妮带他走到俯瞰整座城市的露台上，一轮满月高悬在弥林漆黑的夜空中。"我们走走？"丹妮挽起他的胳膊，空中弥漫着夜晚绽放的花朵的香气。"您既想帮我，就当我的贸易伙伴吧。弥林出产盐、酒……"

"吉斯卡利葡萄酒吗？"札罗嘴角一撇。"魁尔斯用的盐直接取之大海。不过这边的橄榄着实不错，您卖多少，我就乐意收多少。橄榄油也行。"

"我没有橄榄给你，奴隶贩子烧光了橄榄树。"橄榄树在奴隶湾沿岸生长了几百年，但弥林人赶在丹妮大军到来前将古老的树林付之一炬，留下一片焦黑荒野。"我们正重新栽种，但橄榄树要七年才能结果，三十年后才算得真正长成。铜怎么样？"

"漂亮的金属，可惜和女人一样善变。金子，嗯……金子才值得信赖。魁尔斯很愿意用黄金来换……奴隶。"

"弥林是自由民的自由之城。"

"一座曾经富甲天下的贫穷之城。一座曾经丰饶多产的饥饿之城。一座曾经祥和宁静的血腥之城。"

他的控诉如同利刺，针针见血。"有朝一日，弥林会重归富有、丰饶、祥和的模样，同时也将是自由平等的城市。如果你非要买奴隶，去找多斯拉克人好了。"

"多斯拉克人带来奴隶，吉斯卡利人训练奴隶。要到达魁尔斯，马王必须驱赶俘虏们穿越红色荒原，路上会有几百甚至几千奴隶死掉……还会葬送很多马，因而没有卡奥愿意冒险。何况，魁尔斯也不想见到城墙外围满了卡拉萨。马聚到一起散发的味道……没有冒犯您的意思，卡丽熙。"

"至少马的味道很诚实,这比某些商业巨子或伟大的阁下强得多。"

札罗没在意她话中的讥讽。"丹妮莉丝,作为朋友,我不妨直说:您无法让弥林重归富有、丰饶、祥和的模样,只会带它走向灭亡,就像您对阿斯塔波做过的一样。您知道刚在哈扎特角发生的战斗吗?屠夫国王被撵回了自己的宫殿,和他新建的无垢者军队一起。"

"大家都知道。"棕人本•普棱从战场带回了消息。"渊凯人不仅新雇了佣兵,还有两个新吉斯军团与他们并肩作战。"

"两个很快会变成四个,然后是十个。渊凯的使节业已前往密尔和瓦兰提斯,去招募更多爪牙。猫之团,长矛团,风吹团……据说贤主大人们还请来了黄金团。"

哥哥韦赛里斯宴请过黄金团的队长们,希望他们助他完成复国大业。他们吃了他的东西,听了他的请求,然后狠狠嘲笑他。丹妮那时只是个小女孩,但对此记忆犹新。"我也有佣兵。"

"您只有两个团,而渊凯人在必要时可将二十个佣兵团送到您城下。而且他们肯定不会孤军作战,脱罗斯和埃利亚已同意与之结盟了。"

如果真是这样,就糟透了。丹妮莉丝派使者前往脱罗斯和玛塔里斯,希望维持西面的和平,以便专心对付南方的渊凯。使者至今未归。"弥林已和拉扎联盟。"

这话让札罗轻笑出声。"多斯拉克马王称拉扎人为羊人。当刀斧加身时,他们只会咩咩哀嚎。羊人不会打仗。"

"羊人总好过孤立无援。"贤主大人们应该吸取教训。我曾放过渊凯一马,同样的错误我不会再犯。若他们胆敢进犯,我会将黄砖之城夷为平地。"

"当您夷平渊凯时,亲爱的,弥林会在您身后起义。不要再对迫在眉睫的危险置若罔闻了,丹妮莉丝,您的太监战士是很优秀,但数量太少了。一旦阿斯塔波陷落,他们根本无法抵抗渊凯纠集的大军。"

"我的自由民——"丹妮插嘴。

"床奴、理发师和烧砖工赢不了战争。"

他是错的,丹妮希望如此。自由民曾是群乌合之众,但她已将适龄青年集合起来,命灰虫子将其训练成真正的士兵。随他怎么想吧。"你忘了么?我还有龙。"

"有吗?在魁尔斯,几乎每时每刻都有龙趴在您肩上……现在呢?现在我看到,您美丽的肩膀跟您可爱的胸脯一样光滑。"

"我的龙长大了,我的肩膀可没法跟着长。他们飞得很远,四处捕猎。"哈茨雅,原谅我。她暗忖札罗知道多少?究竟打听到多少讯息?"你若不信,可以去问阿斯塔波的善主大人。"我亲眼目睹奴隶贩子融化的眼睛流出眼眶。"我的老友,请您据实相告,若不开展贸易,您来找我干吗?"

"我为心上的女王带来一份礼物。"

"请说。"他又想耍什么花招?

"是您在魁尔斯最想要的礼物:船。海湾里停泊着十三艘划桨船,只要您不嫌弃,它们都归您所有。我要送您一只舰队,载您返回家乡维斯特洛。"

一支舰队。这份超乎想象的大礼让丹妮心生警惕。在魁尔斯,札罗提出用三十艘船……换一条龙。"你想用船换取什么?"

"什么都不要,我不再觊觎您的龙了。'锦云号'曾在阿斯塔波补充淡水,我在那里见识过他们的杰作。船都归您了,可爱的女王。十三艘划桨船,以及船上所有桨手。"

十三艘船。当然。札罗是十三巨子之一,他肯定说服了同僚每人捐献一艘船。丹妮看透了这位巨商,他才不会自己拿出十三艘船。"我得考虑一下,能看看这些船吗?"

"您变得多疑了,丹妮莉丝。"

不得不如此。"是变得明智了,札罗。"

"随便看吧。满意之后对我起个誓,保证自己马上返回维斯特洛,然后这些船就都归您。您要对着您的龙、您的七神和您父亲的尸骨起誓,立即起程。"

"如果我想多等一两年再走呢?"

札罗黯然神伤。"那我会非常伤心,最可爱的陛下……您是如此年轻貌美,却要过早地夭折,在这异国他乡。"

好一手威逼利诱。"渊凯人没那么可怕。"

"您的敌人不止黄砖之城的那些哟,您要特别小心蓝嘴唇、心肠冷硬如冰的家伙。您离开魁尔斯不到半月,俳雅•菩厉就派出三名男巫去潘托斯找你。"

丹妮的庆幸超过了恐惧。"这说明我的路线是正确的,潘托斯离弥林有半个世界之远。"

"的确。"他点点头,"然而他们迟早会得知奴隶湾的真龙女王。"

"想吓唬我吗?阁下,我有整整十四年生活在恐惧之中,每天清晨在恐惧中醒来,每天夜晚在恐惧中入睡……但我所有的恐惧都在浴火重生那一日焚烧殆尽了。如今只有一件事会让我害怕。"

"那是什么呢,我最可爱的女王?"

"我只是个愚蠢的年轻女子,"丹妮踮起脚尖,轻吻他的面颊,"但没傻到把这个也告诉您。我的人会去检查您的船,等他们回来,我给您答复。"

"好吧。"他轻抚丹妮裸露的酥胸,轻声说,"让我留下来陪您吧。"

有那么一刻,丹妮动摇了。或许那些舞者多少撩动了她的心弦。我可以闭上眼睛，当他是达里奥。幻想中的达里奥比真的他更保险。但她最终推开了他。"不，阁下，谢谢您，不用了。"丹妮滑出他的怀抱。"或许改天夜里吧。"

"改天夜里。"他表情哀怨，但眼中的释然似乎多于失望。

我若是龙，就可以直飞维斯特洛，札罗走后，丹妮想着，不需要札罗和他的船。丹妮开始计算十三艘划桨船能容纳多少人。她把卡拉萨从魁尔斯载来阿斯塔波只用了三艘船，但那时她身边没有八千无垢者、一千名佣兵和一大帮自由民。还有龙，我该把他们放哪儿？"卓耿，"她喃喃自语，"你在哪儿？"有一瞬间，她似乎看见卓耿在天空盘旋，黑色的双翼掩住了星辰。

她转过去，将夜色抛诸身后，面向在阴影中默默矗立的巴利斯坦·赛尔弥。"我哥对我说过一个维斯特洛谜语：谁无所不闻，又不问所以？"

"御林铁卫的骑士。"赛尔弥郑重其事地回答。

"你听了札罗的提议？"

"是的，陛下。"老骑士的目光尽量避开丹妮裸露的胸脯。

乔拉爵士不会把眼睛移开。他会把我当女人来爱慕，而在巴利斯坦爵士眼中我只是敬爱的女王。莫尔蒙是个告密者，向她在维斯特洛的敌人通风报信，但也给过她有用的建议。"你对他的提议有何想法？还有对他这个人？"

"对这个人，我没什么好说的。不过这些船……陛下，有了这些船，我们在今年之内就能回家。"

丹尼不知道什么是家。在布拉佛斯，她有过一座红门大宅，但仅此而已。"要提防魁尔斯人的礼物，尤其是十三巨子这帮巨商。这里面肯定有圈套，说不定船已腐朽，或者……"

"若它们难堪一用，怎能从魁尔斯渡海而来？"巴利斯坦爵士指出，"但陛下坚持检查仍是明智之举。天一亮，请让我和海军司令格罗莱一起去,并让他带上手下的船长和四十名水手。我们不会放过每个角落。"

很好的建议。"好,就这么办。"维斯特洛。家。但她一走了之的话,城市又将如何?弥林从来不是你的城市,哥哥的声音悄然响起,你的城市远在狭海彼端,在七大王国,你的敌人正严阵以待,而你生来就是要将血与火带给他们。

巴利斯坦爵士清清嗓子,"商人提到的那个男巫……"

"俳雅·菩厉。"她试图回想他的样子,但只能记起他的嘴唇。男巫的美酒将双唇染成蓝色。那种饮料叫夜影之水。"如果男巫的咒语能夺人性命,我早已是死尸一具,但结果却是我将他们的宫殿烧成了灰烬。"当他们吸取我的生命时,卓耿救了我。卓耿将他们统统烧死。

"尽管如此,陛下,我仍会保持警惕。"

丹妮吻了他的脸颊。"我知道你会的。来吧,陪我回下面的宴席。"

第二天早上,丹妮满怀希望地醒来,跟刚来奴隶湾时一样。达里奥很快就要回到她身边,然后他们可以一起航回维斯特洛。回家。她的一位年轻质子送上早餐,这是个丰满腼腆的女孩儿,名叫马札拉,她父亲掌有玛瑞克家族的金字塔。丹妮开心地拥抱了她,并吻她以示感谢。

"札罗·赞旺·达梭斯要送我十三艘划桨船,"伊丽和姬琪为她更衣准备上朝时,她说。

"十三是个不祥的数字,卡丽熙。"姬琪用多斯拉克语嘀咕道。"大家都知道。"

"大家都知道。"伊丽附和。

"三十会更好,"丹妮莉丝认同,"或者三百。但十三艘已足以将我们载回维斯特洛。"

两名多斯拉克女孩交换了一个眼神。"毒水汪洋是被诅咒的，卡丽熙。"伊丽说，"马都不喝它。"

"我没想喝它。"丹妮向两人保证。

今晨只有四名请愿者。盖尔大人一如既往地首当其冲，看起来他比往常更可怜。"明光，"他匍匐在她脚边的大理石地上哀求，"渊凯军正攻向阿斯塔波。求求您，发兵南下解围吧。"

"我警告过你的国王，这场战争是愚行。"丹妮提醒他。"可惜他不听。"

"伟大的克莱昂一心只想除掉渊凯城里那些卑鄙的奴隶贩子。"

"伟大的克莱昂自己就是个奴隶贩子。"

"我知道龙之母决不会弃我们于水火之中。请您将无垢者借给我们，以保卫城市。"

那谁来保卫我的城市呢？"我手下的很多自由民曾是阿斯塔波的奴隶，或许其中有人愿意帮助你的国王。那将是他们作为自由人的选择。我解放了阿斯塔波，现在你们要自己保卫它。"

"我们将死无葬身之地。你带给我们的不是自由，是死！"盖尔跳将起来，当面啐向丹妮莉丝。

壮汉贝沃斯抓住他的肩膀，将他狠摜在大理石地上，丹妮甚至听到了盖尔牙齿的碎裂声。圆颅大人还想补上两脚，但被丹妮制止。

"够了。"她用托卡长袍的袍角擦脸。"口水淹不死人。带他下去。"

他们抓住他的脚，将他拖出去，留下几颗碎牙和一道血迹。丹妮恨不得将剩下的请愿者全赶走……但她毕竟是他们的女王，必须倾听他们的陈述，尽可能公平地给予裁决。

直到下午，格罗莱司令和巴利斯坦爵士才检查完舰队归来。

丹妮召开会议听取汇报。灰虫子代表无垢者，斯卡拉茨•莫•坎塔克代表兽面军。由于血盟卫不在，一名消瘦、斜眼、罗圈腿的"贾卡朗"罗莫代表多斯拉克人出席。她的自由民则由三个军团的团长来代表——坚盾军的莫罗诺•已欧斯•杜博，自由兄弟会的疤背西蒙，龙之母仆从的弥桑洛。瑞茨纳克•莫•瑞茨纳克站在女王身旁。壮汉贝沃斯站在女王身后，粗壮的双手抱在胸前。丹妮决心广泛征求意见。

自他们拆了格罗莱的船攻下弥林城后，船长一直郁郁寡欢。丹妮任命他为海军司令以为补偿，但这毕竟是虚衔——早在丹妮的大军到达前，弥林人就把自己的舰队驶往了渊凯，所以这位老潘托斯人是个光杆司令。然而现在，他粗糙的花白胡须掩饰不住笑意，丹妮鲜少见他如此开心。

"看来，船挺结实？"她满怀希望地问。

"挺结实，陛下。船确是旧船，不过大多保养得很好。'王族公主号'的船体被虫蛀得千疮百孔，我不会让她远离海岸；'纳拉拉克号'需要更换舵盘和缆绳；'条纹蜥号'有些桨裂了，但还能行驶。桨手都是奴隶，但只要给够薪水，大部分愿意留下，毕竟他们只会划船。空缺的桨位用我的人替补，此去维斯特洛纵有万里波涛，但我认为船能坚持到达。"

瑞茨纳克•莫•瑞茨纳克的语气近乎哀求。"是真的，圣上打算抛弃我们了。"他绞着双手。"您一走，渊凯人就会帮伟主大人们复辟，而我们这些忠于您的仆从将面对霍霍屠刀，我们的美貌妻子和童贞女儿将面临强暴和奴役。"

"不会，"圆颅大人斯卡拉茨低声说，"我会亲手杀了她们。"他拍拍剑柄。

丹妮觉得这些话像是扇在她脸上。"如果你们担心我离开后会发生的事，就跟我一起去维斯特洛。"

"龙之母去哪里，她的孩子就去哪里。"弥桑黛的另一个兄弟弥桑洛说。

"怎么去？"疤背西蒙追问。他的外号得自于后背和肩膀上的狰狞伤疤，那是他在阿斯塔波为奴时受鞭刑留下的，"十三艘船……根本不够。一百艘都未必够。"

"木马靠不住，"老迈的"贾卡朗"罗莫出言反对，"多斯拉克人当骑马。"

"可以沿岸行军，"灰虫子提议，"船队与之并行，还可提供补给。"

"前期或许可以，但到巴哈拉西城的废墟之后就不行了。"圆颅大人解释。"过了那里，船队必须南下经脱罗斯和雪松岛，随后还要绕开瓦雷利亚，步行的人只能继续沿古老的龙之大道去玛塔里斯。"

"那条路现在被称为恶魔之路。"莫罗诺·巳欧斯·杜博说。这位圆滚滚的坚盾军指挥官双手染墨，肚子硕大，看起来像个文书而不像兵，但他和在座诸位一样精明，"会有成千上万人死去。"

"留在弥林城的人会嫉妒这些人死得干脆。"瑞茨纳克呻吟道，"留在弥林城的人会成为奴隶，或被扔进竞技场。一切都将恢复原样，甚至更糟。"

"你的勇气哪儿去了？"巴利斯坦爵士斥道。"陛下将你从枷锁下解放出来，当她离开后，你应当磨利武器，捍卫自己的自由。"

"真是豪言壮语，却出自某位要溜向日落国度的逃兵之口。"疤背西蒙对骑士嚷道，"你会回头看看我们这些将死之人么？"

"陛下——"

"圣主——"

"圣上——"

"够了。"丹妮一拍桌子,"没有人会被丢下送死。你们都是我的子民。"家园和爱情的美梦使她盲目。"我不会将弥林拱手让出,让她经受阿斯塔波的厄运。虽然这让我伤心,但我不得不说,现在不是返回维斯特洛的时候。"

格莱罗惊呆了。"我们必须接受这些船,如果拒绝这份礼物……"

巴利斯坦爵士单膝跪在她面前。"我的女王啊,王国需要您。这里的人不欢迎您,但在维斯特洛,人们将群聚在真龙王旗下,那些大诸侯和贵族骑士也将效忠于您。'她回来了,'人们会带着喜悦之情奔走相告,'雷加王子的妹妹终于回来了。'"

"如果他们那么爱戴我,一定可以等待。"丹妮站起来。"瑞茨纳克,宣札罗•赞旺•达梭斯。"

她坐在乌木长椅上,靠着巴利斯坦爵士为她铺好的垫子,单独召见巨商。四名魁尔斯水手随他前来,肩扛一卷挂毯。"我为我至爱的女王奉上另一件礼物,"札罗宣布,"这件东西早在末日浩劫之前就躺在我家的地下室了。"

水手将毯子在地板上铺开。它样式古老,布满灰尘,颜色暗淡……而且面积极大。当毯子完全展开后,丹妮得走到札罗身边才看得清上面的图案。"地图?很漂亮。"毯子占据了半个大厅。蓝色代表海水,绿色代表陆地,棕色和黑色代表山峦,金线和银线织就的星辰代表城市。这上面没有烟海,丹妮意识到,瓦雷利亚还未成孤岛。

"这是阿斯塔波、渊凯和弥林。"札罗指着蓝色的奴隶湾旁的三颗银星。"维斯特洛在……下面某处。"他胡乱地朝地图的另一端挥挥手。"您当向西南航行,穿过夏日之海,然后再转向北。有了我的礼物,您很快就能回归故土。请欣然收下我的舰队,一路向西吧。"

"我多想答应他啊。"阁下，我很想收下您的船，但我无法答应您的条件。"她握起他的手。"把舰队送给我吧，我将对星辰起誓，弥林与魁尔斯永结友好。让我们用这些船开展贸易，我保证令您从中获利。"

札罗嘴角的笑意瞬间消失。"您在说什么啊？您不走了？"

"我不能走。"

泪水从他双眼涌出，流下鼻子，滑过那些翡翠、紫晶和黑钻。"我告诉十三巨子您会听从我的忠告。我错了，这真让人伤心。您应该带着船赶紧离开，否则必将死无全尸。您根本不知道自己树敌多少。"

至少我知道眼前就站着一位，脸上挂着虚伪的泪水。意识到这点她顿感悲伤。

"我去'千座之殿'乞求王族放您一条生路时，说您不过是个孩子。"札罗续道，"但优雅的艾耿•艾摩若站起来反驳道：'她是个蠢孩子，行事疯狂，百无禁忌，活着就是祸害。'您的龙小时候是奇迹，长大了就是死亡和毁灭的化身，是横扫整个世界的火剑。"他擦干眼泪。"我真该在魁尔斯杀了您。"

"我曾是您屋檐下的客人，食您之食，饮您之水，"丹妮说，"看在您过去为我做的事的分上，我原谅您刚才那些话……但仅此一次……不要再威胁我。"

"札罗•赞旺•达梭斯不是在威胁，他说到做到。"

丹妮的伤感顿时化为怒火。"我也说到做到：如果你日出前还没有离开，我们就要看你怎么用伪善的泪水熄灭真龙之怒。马上滚蛋，札罗，马上！"

他离开了，但留下了地图。丹妮坐在长椅上，目光穿过丝绸做成的蔚蓝海洋，凝望着远方的维斯特洛。总有一天，她对自己承诺。

次日清晨，札罗的三桅帆船已不见踪影，但他要送给丹妮的"礼物"仍泊在奴隶湾内。十三艘魁尔斯划桨船的桅杆上，长长的红色旗帜迎风招展。丹妮莉丝上朝时，一位船上来的使者正在等她，使者一言未发地呈上一方黑色丝枕，上面搁着一只染血的手套。

"这代表什么？"斯卡拉茨问，"一只血手套……"

"宣战。"女王答道。

琼恩

"小心老鼠，大人。"忧郁的艾迪一手提着灯笼，引导琼恩下台阶。"您要踩到，它们会发出吓死人的叫声。小时候，我老妈总发出那种尖叫，现在想想，她肯定属鼠。棕发，亮闪闪的小眼睛，喜欢吃奶酪，可能还长了尾巴——我倒是没去查。"

整座黑城堡通过迷宫般曲折的地下通道相连，兄弟们称为虫道。地下空间幽暗无光，夏季时没什么用，但当冬风吹起，大雪飘落，便是建筑之间最快捷的通路。事务官已开始利用它们了，在甬道中穿行时，琼恩看到许多壁龛里燃着蜡烛。他们的脚步声在前方回荡。

波文•马尔锡在四条虫道的交汇口等他们，旁边跟着麻杆维克，他像长矛一样又高又瘦。"这是三个月前的库存统计，"马尔锡递给琼恩厚厚一沓纸，"用来和现状对比。我们从粮仓开始？"

他们在地底的昏暗中行走。每座仓库都有实心橡木门，挂着餐盘大小的锁头。"有人偷窃？"琼恩问。

"目前没有。"波文•马尔锡道，"不过入冬后，大人您最好派人驻守这里。"

麻杆维克把钥匙全挂在脖子上。琼恩觉得这些钥匙长得一个样，但维克不知为何每次都能拿出正确的一把。进到仓库，他从口袋里掏出一块拳头大小的白垩，边计数边在酒桶圆桶麻袋上做标记，而马尔锡将新数据与原有的比对。

粮仓里存放的是燕麦、小麦和大麦，还有成桶的粗面粉。地窖房梁上悬挂了成串的洋葱大蒜，货架上堆满许多袋胡萝卜、防风和水萝卜,还有白色和黄色芜菁。一间仓库存着整轮奶酪,每轮要两个人才抬得动。下一间仓库里,一桶桶咸牛肉、咸猪肉、咸羊肉和咸鳕鱼堆起十尺高。三百只火腿和三千根长长的黑香肠从熏烤室顶垂下。在香料柜里,他们看到干胡椒、丁香、肉桂、芥末籽、香菜、鼠尾草、香紫苏、香芹及盐块。另几间仓库存了成桶的苹果、梨、干豌豆、无花果干,一袋袋胡桃、栗子和杏仁,以及大板大板的熏鲑鱼干,装在蜡封口陶罐里的油浸橄榄。一间仓库放着陶罐腌渍兔肉、蜜渍鹿大腿、腌白菜、腌甜菜、腌洋葱、腌蛋和腌鲱鱼。

当他们从一间地下室走向另一间,虫道越发冷了。没多久,琼恩已能在灯笼光芒中看见呼吸结成霜。"我们在长城底下。"

"很快就进到里面啦。"马尔锡说,"冷藏的肉类才不会变质。要想长期贮存,冷藏比腌制更有效。"

下一扇是锈迹斑斑的铁门,门后有段木阶梯。忧郁的艾迪当先举着灯笼照路,阶梯上是一条和虫道一样宽窄、和临冬城大厅一样长的甬道。两侧冰墙密密麻麻挂着铁钩,每副铁钩都挂着一具动物尸体:剥了皮的鹿和麋鹿,大卸八块的牛,从屋顶直垂地面的肥母猪,无头的绵羊和山羊,甚至还有马和熊。所有肉体上都覆满白霜。

他们点数时,琼恩摘去左手手套,摸了摸最近那具野鹿的后腿。黏黏的,抽回手时还粘掉了一点皮肤,令他指尖麻木。还能怎样?头顶一座冰山,有多重连波文·马尔锡都算不清。但不管怎么说,这房间也太冷了。

"比我担心的更糟,大人。"清点结束后,马尔锡总结。他的声音比忧郁的艾迪更忧郁。

琼恩还以为全世界的肉都在这里。你什么都不懂,琼恩·雪诺。"何出此言?我觉得储备丰厚啊。"

"刚刚过去的长夏收获颇丰,领主们也格外慷慨。现有充足的补给度过三年冬季，精打细算则能支撑四年。但如果我们继续供养国王的人和后党人士，甚至野人的话……单鼹鼠村就有一千张无用的嘴，他们还在源源不断地涌来。昨天有三个出现在大门口，前天来了十几个。不能这样下去了。把他们安置在赠地是不错，但现在种什么都晚了。不到年底，我们就只剩芜菁和豌豆麦片粥可吃，之后只能喝马血。"

"好啊，"忧郁的艾迪表态，"没什么比寒夜里来杯热腾腾的马血更美妙了，最好能在上面撒一撮肉桂。"

总务长没理他。"还有疾病的威胁，"他续道，"牙龈出血，牙齿松脱。伊蒙学士常说酸橙汁和鲜肉能治疗这病，但我们的酸橙一年前就没了，也没有足够的饲料喂养牲畜，确保鲜肉供应。我们该杀掉所有牲畜，只留几只配种。时不我待啊。过去的冬季，食物会从南方沿国王大道送来，现在一打仗……我知道还是秋天，可如果大人允许的话，我建议立即实行冬季配给制。"

大家会喜欢的。"必要的话，每人削减四分之一的口粮。"如果兄弟们现在开始冲我抱怨，等就着雪咽下橡子糊时，又会说什么呢？

"会有效的，大人。"总务长的语气清楚地表明，他不认为这会有太大效用。

忧郁的艾迪开口："我终于明白史坦尼斯国王为何放野人进长城了——他高瞻远瞩，早已规划好我们的食物来源啦。"

琼恩勉强笑笑，"不会到那地步。"

"哦，那敢情好。"艾迪说，"他们看起来筋骨强健，而我的牙口不像年轻时那么好了。"

"要是我们有钱，就可以从南方购买食物，走水路运来。"总务长说。

要是，琼恩想，要是我们有金子，要是有人愿意卖吃的给我

们。实际上，他们既没钱，也没有卖家。最大的希望或是鹰巢城。艾琳谷以丰饶闻名，且至今未被战火侵蚀。琼恩很想知道凯特琳夫人的妹妹对供养奈德·史塔克的野种会作何感想。孩童时代，他觉得自己每吃一口饭，都会对上夫人怨恨的目光。

"必要的话，我们可以狩猎。"麻杆维克插嘴，"林子里还有些动物。"

"还有野人，以及更恐怖的东西。"马尔锡说，"我不会派猎手出去，大人，不行。"

你当然不会。你只会永远关闭大门，用石头和坚冰封死。黑城堡内一半的兄弟赞同总务长的观点，另一半则嗤之以鼻。"封死大门，把你的大黑屁股舒舒服服搁在长城上，对吧？然后那些自由民会涌过头骨桥，或者某扇你觉得五百年前就该封死了的门。"老林务官戴文两天前在晚餐时当众宣称。"我们没有人手来看守一百里格的长城，巨人克星托蒙德和该死的哭泣者也清楚这点。见过双脚冻在池塘里的鸭子没？乌鸦也好不到哪去。"大部分游骑兵拥护戴文，事务官和工匠则倾向于支持波文·马尔锡。

一码归一码，眼下食物才是重点。"无论我们怎么想，不可能真让史坦尼斯国王的队伍挨饿。"琼恩说，"若形势所迫，他完全可以硬抢，我们拦不住。同样，野人的供给也必须保证。"

"怎么保证，大人？"波文·马尔锡问。

我也想知道。"车到山前必有路。"

返回地面时，午后阳光已将影子拉得老长。天空被流云分割，犹如灰白相间的破烂旗帜。兵器库外的院子空无一人，但进到里面，琼恩发现国王的侍从正在等他。戴冯是个十二岁左右的瘦小男孩，棕发棕眼。他僵硬地站在锻炉边，白灵在旁上上下下地嗅他，吓得他一动不敢动。"他不会伤害你。"琼恩说，男孩却被他的声音吓得一哆嗦，而这突然的动作让冰原狼龇出尖牙。"不行！"琼恩说,"白灵,离开他。一边去。"冰原狼悄无声息地溜回牛骨头旁,趴了下来。

戴冯的脸色跟白灵的毛一样苍白,脸上挂满汗珠。"大—大人。陛下命—命您出席。"男孩身着拜拉席恩家族的黑金服饰,上面缝有后党特有的烈焰红心。

"你是说邀请,"忧郁的艾迪说,"陛下邀请总司令过去。我会这么说。"

"别管这个,艾迪。"琼恩没心情计较。

"里查德爵士和朱斯丁爵士回来了,"戴冯说,"您愿意过去吗,大人?"

走错方向的游骑兵。马赛和霍普去的是南面,而非北方,无论他们打探到什么,都与守夜人军团无关。但琼恩很好奇。"如陛下所愿。"他随小侍从穿回院子,白灵紧跟在后,直到琼恩下令:"不,留下!"冰原狼转身跑掉。

在国王塔,琼恩上缴武器后才被允许晋见国王。书房内又热又挤,史坦尼斯和他的军官们聚集在北境地图前,其中包括走错方向的游骑兵。瑟恩年轻的马格拿赛贡也在,他身穿缀有青铜鳞片的皮衫。叮当衫坐在一旁,用断裂发黄的指甲抓挠着手腕上的镣铐,棕色胡楂爬满他凹陷的脸颊和消瘦的下巴,几缕脏兮兮的头发挡住了他的眼睛。"来了,"看到琼恩他叫道,"杀死关在囚笼里、双手被缚的曼斯•雷德的小英雄。"一大颗方形宝石在他的手铐上闪着红光。"喜欢我的红宝石么,雪诺?这可是红袍女爱的信物。"

琼恩视而不见,在国王面前单膝跪下。

"陛下。"侍从戴冯高声禀报,"我为您带来了雪诺大人。"

"我看见了。司令大人,相信你已见过我的骑士和军官们。"

"能认识他们我深感荣幸。"琼恩刻意留心过国王的亲信。全是后党人士。他颇感惊奇地发现国王身边没有自己人,都是后党。

或许这是有理由的，若他所闻不假，国王的近臣在龙石岛做过招致国王震怒的事。

"这里有酒，还有煮沸过的柠檬水。"

"谢谢，不用了。"

"随你的便。我有件礼物给你，雪诺大人。"国王冲叮当衫摆手。"他。"

梅丽珊卓女士微笑，"你一直说人手不够，雪诺大人，相信我们的骸骨之王还堪用。"

琼恩大吃一惊。"陛下，此人不可信。如果我留下他，自会有人割他喉咙；如果我送他去巡逻，他立马会逃回野人那边。"

"我不会。我受够了那群大笨蛋。"叮当衫轻拍手腕上的红宝石。"问问你的红女巫吧，野种。"

梅丽珊卓用奇特的语调轻声吟诵，喉头的红宝石缓缓脉动，琼恩注意到叮当衫手腕上那块小一些的红宝石也随之明明暗暗。"宝石相随，他隶属于我，从身躯到灵魂。"红袍女祭司说，"此人将效忠于你。圣火之中从无虚假，雪诺大人。"

圣火或许没有，琼恩想，但你有。

"我会为你出巡逻，野种。"叮当衫宣布，"我会奉上逆耳忠言，抑或曲意逢迎，看你喜欢什么喽。我甚至会为你战斗，只是别想让我披上黑衣。"

你也不配，琼恩心想，但没说出口。在国王面前口角实在不妥。

史坦尼斯国王开口："雪诺大人，跟我讲讲莫尔斯·安柏。"

守夜人是不偏不倚的，但他心中响起另一个声音，可言语就像风。"他是大琼恩的叔父，外号'鸦食'。曾有只乌鸦把他当死人，啄掉他一边眼睛。他赤手空拳抓住那只鸟，咬掉了它的头。莫尔斯年轻时是名令人望而生畏的战士。他妻子死于难产，儿子全牺牲在三叉戟河战役,唯一的女儿又在三十年前被野人掳走。"

"怪不得他想要那颗脑袋。"海伍德·费尔说。

"这个莫尔斯可信吗?"史坦尼斯问。

莫尔斯·安柏屈膝效忠了?"陛下应当要他在心树前发誓。"

巨人杀手高迪狂笑,"我都忘了你们北方佬崇拜树。"

"什么样的神会任由狗往自己身上撒尿?"法林的好友克拉顿·宋格道。

琼恩不理他们,"陛下,请问安柏家族是否宣布拥护您?"

"只有一半,并且我还得满足这个鸦食的要求。"史坦尼斯恼火地说,"他要曼斯·雷德的头骨做酒杯,还要我宽恕他老弟。他老弟去南方投靠波顿了,绰号叫什么妓魔。"

高迪爵士又笑起来。"北方佬都起了些什么绰号啊!这位是咬掉了妓女的头么?"

琼恩冷冷地回应,"可以这么认为。五十年前在旧镇,他狠狠收拾了想打劫他的娼妓。"说来荒唐,老白霜安柏认为自己的小儿子是块当学士的料。莫尔斯总爱吹嘘那只啄出他眼睛的乌鸦,但霍瑟的故事人们只敢低声谈论⋯⋯很可能因为被他开膛破肚的是个男妓。"还有其他家族投靠波顿吗?"

红袍女祭司悄然走到国王身边,"我看见木墙木街的城镇,里面全是人。旗帜在城墙上飞舞:驼鹿,战斧,三棵松树,王冠下的交叉长斧,眼神凶暴的马头。"

"霍伍德、赛文、陶哈、达斯丁还有莱斯威尔。"克拉顿·宋格爵士解说,"全是叛徒,兰尼斯特的走狗。"

"莱斯威尔家跟达斯丁家都是波顿家族的姻亲。"琼恩提醒他,"其他几家全在战争中失去了家主,我不知他们现在由谁领导。无论如何,'鸦食'跟他们不同,陛下应当接受他的条件。"

史坦尼斯咬牙切齿,"他还声明,在任何情况下,安柏家都不

会自相残杀。"

琼恩对此毫不惊讶,"那等兵戎相见,别让莫尔斯对上霍瑟的旗帜,派他到战场另一端就好。"

巨人杀手出言反驳。"这等于让陛下示弱。要我说,真该给他们点颜色瞧。把最后壁炉城夷为平地,把鸦食的头插在枪上南征,作为给下一位半心半意的诸侯的教训。"

"想成为北境公敌,这倒是个好法子。半心半意总比不闻不问强。安柏家对波顿家素无好感,如果妓魔支援私生子,只可能因为兰尼斯特扣留了大琼恩。"

"那是借口,不是理由。"高迪爵士强调,"侄子死了,叔叔们正好将其领地和头衔收归己有。"

"大琼恩有好几个儿子女儿。在北境,亲生孩子的继承权优于叔叔,爵士。"

"死孩子就算不上了。不管在哪,死孩子的继承权都排最后。"

"若莫尔斯·安柏听到您这番话,高迪爵士,您会对死亡产生全新的认识。"

"我手刃过巨人,小子,干吗要怕一个只会在盾牌上画巨人的满身跳蚤的北方佬?"

"你杀了一个仓皇逃命中的巨人,莫尔斯决不会逃。"

大个子骑士气得满脸通红。"在国王面前你逞口舌之快,小子,在场子里你可不敢这么嚣张。"

"哦,行了吧,高迪,"朱斯丁·马赛爵士说。他是位四肢柔软、身材丰满的骑士,脸上常带微笑,顶着一头蓬乱的头发。马赛是走错路的游骑兵的一员。"我敢肯定,大伙儿全知道你那把剑有多大,没必要再拿来炫耀不休。"

"这儿只有你在炫耀自己的舌头,马赛。"

"安静。"史坦尼斯厉声打断两人。"雪诺大人,听我说,我之所以留下,全为防止野人万一愚蠢到再打长城。既然他们无意犯境,我就该去对付其他敌人了。"

"明白,"琼恩小心翼翼地说。他想从我这里得到什么?"我对波顿大人及其子嗣毫无感情,但守夜人不能起兵攻打他们。我们的誓言禁止——"

"我很清楚你们的誓言。不要故作清高,雪诺大人,我没你也能打仗。我打算进军恐怖堡。"看到琼恩震惊的表情,他微微一笑,"你很惊讶?很好,能吓到这位雪诺,相信也出乎另一个意料之外。波顿的私生子已带霍瑟•安柏南下,这消息得到了莫尔斯•安柏和阿尔夫•卡史塔克的一致确认。这只能意味着他要攻打卡林湾,为他父亲大人回北境扫清道路。私生子肯定认为我忙于对付野人,没空管他。很好,这小子露出咽喉,休怪我辣手无情。等卢斯•波顿返回北境,他将发现自己的城堡、畜群和收获皆已成我囊中之物。只要我出其不意占领恐怖堡——"

"您做不到,"琼恩脱口而出。

这话犹如拿棍子捅了马蜂窝。一名后党人士哈哈大笑,一人嗤之以鼻,另一人低声咒骂,剩下的几乎同时开口说话。"这小子血管里流的是奶,"巨人杀手高迪爵士说。而斯维特伯爵瞪着他,"懦夫才草木皆兵。"

史坦尼斯举手示意大家安静。"解释一下。"

从哪儿开始呢?琼恩走到地图前。蜡烛镇在四角,以防兽皮卷起来,一股融蜡正如缓缓流动的冰川般流过海豹湾。"要攻打恐怖堡,陛下必须沿国王大道穿过末江,再转向东南,翻越孤山。"他指着地图,"那些地方都属于安柏家,他们熟悉当地的一草一木。整整一百里格的国王大道位于他们领地的西部边界。若您不事先满足莫尔斯的要求,赢得他的效忠,他会在那里冲散您的军队。"

"很好。假设我赢得了他的效忠。"

"您能抵达恐怖堡,"琼恩说,"但除非您的行军速度胜过乌鸦和烽火,否则城堡会提前知情。届时拉姆斯·波顿可以轻而易举地切断您的退路,把您与长城隔开,断绝您的补给和退路,您将腹背受敌。"

"而他要放弃围攻卡林湾。"

"在您抵达恐怖堡之前,卡林湾就会陷落。卢斯公爵与拉姆斯汇合后,兵力将是您的五倍。"

"我兄长曾以少胜多。"

"你认为卡林湾会迅速陷落,雪诺。"朱斯丁·马赛提出异议,"但铁民极其强悍,而我听说卡林湾从未被攻克过。"

"从未从南面攻克过。卡林湾里一小支驻军就能对堤道上的部队造成致命打击,但那座废墟北、东两面防御非常脆弱。"琼恩转向史坦尼斯,"陛下,您的计划很大胆,但蕴涵的风险——"守夜人是不偏不倚的,我应当对拜拉席恩和波顿一视同仁。"如果卢斯·波顿的主力把你堵在他的城堡下,一切都将无可挽回。"

"不入虎穴焉得虎子,"里查德·霍普爵士宣称。这名瘦高的骑士满脸伤疤,衬垫上衣前画着三只在灰烬枯骨上盘旋的骷髅飞蛾。"战争就是赌博,雪诺,瞻前顾后乃兵家大忌。"

"但这个计划冒的风险太大,里查德爵士。它……要求太高,准备太仓促,目标太遥不可及。我了解恐怖堡,那是个坚固的石头城,城墙厚实,塔楼巍峨。凛冬将至,城内肯定储备充足。几世纪前,波顿家族曾起兵反抗北境之王。哈龙·史塔克包围了恐怖堡,用去两年时间,才使城内消耗殆尽。陛下想尽快占领城堡,则需要攻城器械,攻城塔,撞锤……"

"需要攻城塔,则搭建攻城塔,"史坦尼斯说,"需要撞锤,便伐木为锤。阿尔夫·卡史塔克来信说,恐怖堡只剩不到五十个男子，其中一半还是仆人。再坚挺的城堡，也架不住守备空虚。"

"五十人足以抵挡五百人。"

"那也要看是什么人。"里查德·霍普说，"城内老的老小的小，都是些私生子嫌弃的软蛋。我军则都是经过黑水河血战的真汉子，并由骑士统领。"

"你也看见我们如何击溃野人大军了。"朱斯丁爵士将一绺亚麻色头发掖到后面，"卡史塔克发誓会在恐怖堡与我军汇合，我方还有野人参战。他们现有三百名适龄男子，海伍德大人在他们进门时仔细清点过。他们连女人都能打。"

史坦尼斯瞪了他一眼。"我不会这么干，爵士，我不想一醒来就听见寡妇的哭号。女人留下，还有老弱残幼，作为确保他们的丈夫和父亲忠诚的人质。我军由野人担任先锋，马格拿来指挥，他们自己的头目做军士。但首先，得把他们武装起来。"

他想榨取守夜人的军械，琼恩明白了，先是食物和衣服，土地跟城堡，现在轮到武器。他让我越陷越深。言语或许就像风，刀剑可不是。"我能匀出三百支长矛，"他不情不愿地说，"头盔也有，如果你不嫌弃它们老旧生锈、布满凹痕的话。"

"盔甲呢？"马格拿追问，"板甲？锁甲？"

"唐纳·诺伊一死，我们没有武器师傅了。"琼恩没说全。给野人装备盔甲，他们对王国的威胁会比以前翻倍。

"熟皮甲就够。"高迪爵士说，"开打后，可以从死人身上扒。"

没几人能活那么久。若史坦尼斯让自由民开路，他们会死伤惨重。"用曼斯·雷德的头骨来饮酒或许能哄莫尔斯·安柏开心，但他不会同意野人经过他的领地。自黎明之纪元以来，自由民一直在掠袭安柏家族，横渡海豹湾抢夺金子、羊群和女人，受害者包括鸦食的亲生女儿。陛下，把野人留下吧，带上他们只会激怒我父亲的封

臣。"

"你父亲的封臣似乎任何情况下都不愿支持我。我确信他们认为我……你原来说什么来着,雪诺大人?难逃覆灭命运?"史坦尼斯盯着地图,屋内陷入长久的沉默中,只有国王的磨牙声清晰可闻。"所有人都退下。雪诺大人留下。"

朱斯丁·马赛对被突然解散不太满意,但只能微微一笑,转身离开。霍普仔细打量了琼恩一番,也跟着出去。克拉顿·宋格喝干了杯中酒,跟海伍德·费尔嘀咕了几句,使得那位年轻人笑出声来。笑声透出孩子气。宋格是新近崭露头角的雇佣骑士,粗鲁又强壮。最后离开的是叮当衫,他在门口朝琼恩嘲弄地鞠了一躬,咧嘴露出满口破败的黄板牙。

"所有人"不包括梅丽珊卓女士。国王的红色阴影。史坦尼斯让戴冯再倒些柠檬水,倒满后,他喝了一口,"霍普和马赛觊觎你父亲的城堡,马赛还想得到野人公主。他曾担任我哥哥劳勃的侍从,恐怕传染了对女人的欲望。若我下令,霍普会娶瓦迩为妻,但他真正渴求的是战争。做侍从时他梦想披上白袍,但瑟曦·兰尼斯特出言反对,劳勃便没坚持——这也许是个明智的决定。里查德爵士则过于嗜杀。你想要哪个成为临冬城领主呢,雪诺?满面堆笑的还是杀人不眨眼的?"

琼恩说:"临冬城属于我妹妹珊莎。"

"我听够了兰尼斯特夫人和她的权利。"国王将杯子放到一旁,"你本应将北境带给我。你父亲的封臣会追随艾德·史塔克的儿子,甚至'胖得压死马'大人都会归附。白港会为我提供充足的供给,必要时也可为退防的基地。亡羊补牢还不晚,雪诺,跪下时你以私生子的身份抽剑向我起誓,站起来你就成了琼恩·史塔克,临冬城公爵和北境守护。"

他还要问我多少次?"我的剑已属守夜人。"

史坦尼斯一脸嫌恶，"你父亲也很固执，他称之为荣誉。好吧，荣誉得付出代价，艾德公爵自食其果。算了，或许我的决定能让你安心些：我不打算满足霍普和马赛，我想将临冬城赐予阿尔夫•卡史塔克，他是一位优秀的北方人。"

"一位北方人。"卡史塔克总比波顿或葛雷乔伊强，琼恩告诉自己，但这并未让他安心。"卡史塔克家临阵背叛了我兄长。"

"在你哥哥砍下瑞卡德伯爵的首级之后。无论如何，阿尔夫当时远隔千里。他拥有史塔克家的血统，临冬城的血统。"

"不比北境一半的家族多。"

"那些家族并未效忠于我。"

"阿尔夫•卡史塔克是个弯腰驼背的老人，即便年轻时也不像瑞卡德大人那样能征善战。严酷的战争会要了他的命。"

"他有继承人。"史坦尼斯回敬，"两个儿子，六个孙子，许多女儿。要是劳勃有这么多嫡生后代，就不用打仗死人了。"

"陛下不如提拔鸦食莫尔斯。"

"他可以在恐怖堡证明自己的价值。"

"这么说，您决意进攻？"

"将伟大的雪诺大人的忠告置之不顾？是的，我必须进攻。霍普和马赛或许野心勃勃，但他们的观点没错。我不能无所事事，坐等自己和卢斯•波顿的力量此消彼长。我得主动出击，威慑北境。"

"曼德勒家的人鱼没出现在梅丽珊卓女士的圣火中，"琼恩说，"若您能得到白港和威曼大人的骑士……"

"'如果'这种词是傻瓜的专利。我们一直没收到戴佛斯的消息，很可能他压根没到达白港。阿尔夫•卡史塔克来信说狭海上有大风暴。算了，我没时间悲伤，也没时间等'胖得压死马'大人回心转意，只能假定失去了白港。没有临冬城的子嗣支持我，收服北境的希望全寄于战争。我要从我哥哥的书本里偷师两招——说实话，劳勃他根本不读书——赶在敌人发觉之前，给予他们致命一击。"

琼恩意识到自己说什么都没用。史坦尼斯要么拿下恐怖堡，要么死在攻城战中。守夜人是不偏不倚的，一个声音说，但另一个声音又道，史坦尼斯是为王国而战，跟强取豪夺的铁民不一样。"陛下，我知道哪里可以纠集人马。把野人留给我吧，我会告诉您上哪儿去找、以及怎样收服这些人。"

"我把叮当衫留给你了。你要知足。"

"我要他们全留下。"

"你有些誓言兄弟跟我说你是半个野人，难道是真的？"

"野人对您来说只是挡箭牌，但守卫长城却大有用武之地。我会好好利用他们，我也会告诉您如何寻求胜利……首先是找到必须的士兵。"

史坦尼斯摸摸后脑勺，"你讨价还价的本事比得上卖鱼的老太婆，雪诺大人。你爹奈德·史塔克难道跟渔妇生出了你？你能提供多少人？"

"两千。或许三千。"

"三千？什么样的人？"

"骄傲，贫穷，对荣誉敏感，但作战凶猛。"

"这最好不是私生子的诡计。我要不要用三百换三千？啊，显而易见，我愿意。如果我把女孩也留给你，你能保证照顾好我们的公主吗？"

她不是公主。"当然，陛下。"

"你不用到心树下发誓？"

"不用。"这是玩笑么？由史坦尼斯口中说出来，实在难于分辨。

"那就这么定了。现在，告诉我这些人在哪儿？"

"您会在这里找到他们。"琼恩烧伤的那只手伸过地图，划向国王大道以西、赠地以南。

"山地？"史坦尼斯疑窦丛生，"那里没有城堡、道路、市镇和村庄的标记。"

"我父亲常说，地图不等于实实在在的土地。人类在那些深山幽谷间生活了几千年，由氏族首领统治。您可以称他们为小领主，当然他们不这样自称。氏族的勇士用宽大的双手巨剑战斗，普通人则挥舞投石索和花楸木杖。不得不说，他们很好斗。他们不互相争斗时，会放牧，会在寒冰湾中钓鱼，或驯养您从未见过的耐劳马匹。"

"你认为他们会为我而战？"

"如果您邀请他们的话。"

"我干吗要本末倒置，去请求自己的臣民？"

"我说的是'邀请'，不是'请求'。"琼恩收回手，"传信没多大用，陛下需要亲自去。享用他们的面包和盐，饮他们的麦酒，听他们吹笛子，赞美他们女儿的美貌和儿子的勇气，这样才会得到他们的剑。山地氏族自托伦·史塔克屈膝臣服后从未见过国王，您的到来会荣耀他们。但如果您直接命令他们为您战斗，他们只会面面相觑地说：'这家伙是谁？他不是我们的王。'"

"你说的这种氏族有多少？"

"四十个，有大有小。菲林特、渥尔、诺瑞、里德尔……不过您只需争取老菲林特和'大酒桶'，其他的自会跟从。"

"大酒桶？"

"渥尔大人，山里属他的肚子最大人最多。渥尔氏族在寒冰湾边捕鱼为生，他们喜欢警告自家孩子，如果不听话会被铁民抓走。不过要到那儿，陛下得经过诺瑞的土地。那个氏族离赠地最近，一直是守夜人的朋友。我可以给您派向导。"

"可以？"史坦尼斯抓住这个字眼，"不是将会？"

"将会。您需要向导，还有脚步稳健的矮种马。山区基本是羊肠小道。"

"羊肠小道？"国王眯起眼睛，"我说速战速决，你却要我在羊肠小道上浪费时间？"

"少龙主征服多恩，正是利用羊肠小道绕开了多恩人设在骨路的瞭望塔。"

"这故事我也知道，但戴伦喜欢自吹自擂，他那本书言过其实。战船才是赢得那场战争的关键，并非羊肠小道。奥肯菲趁多恩人的主力在亲王隘口缠斗之际，袭夺板条镇，并顺流而上直达绿血河中流。"史坦尼斯的手指重重敲打着地图。"这些山间领主不会挡我的路？"

"他们只会款待您，争相展示自己殷勤好客。我父亲曾说，他从未像巡视氏族时吃得那么丰盛。"

"为了三千人，忍受风笛和麦片粥倒没关系。"国王嘴上这样说，语气却在抱怨。

琼恩转向梅丽珊卓。"女士，我要郑重警告您。山区崇信旧神，氏族民决不会容忍您对心树无礼。"

她听了似乎颇感有趣。"无需担心，琼恩•雪诺，我不会打扰那帮山间野人和他们黑暗的神灵。我要留在这里陪伴你和你英勇的弟兄们。"

这是琼恩•雪诺最不想见到的，但没等他出言反对，国王就开口了："你不要我攻打恐怖堡，那我领着这批忠诚的战士去哪？"

琼恩看了眼地图。"深林堡。"他手指轻点。"波顿意图收拾铁民，您必须针锋相对。深林堡是深林中的山寨，容易隐蔽接近。它是木头做的，以土堤和原木栅栏来防御。的确，穿越山林进军会很缓慢，但可做到出其不意，直接杀至城堡大门前。"

史坦尼斯揉着下巴。"巴隆•葛雷乔伊首度起兵时，我在铁民最擅长的海战中击败了他们；这次是陆战，出其不意……很好，我已打败野人和塞外之王，若能再击败铁民，全北境都会知道我是货真价实的王。"

而我将得到上千名野人，琼恩心想，尽管连其半数都难以喂饱。

提利昂

"含羞少女号"在浓雾中穿行,好似盲人在陌生的大厅里摸索。

莱摩儿修女开始祈祷,浓雾弥漫,令她的声音几不可闻。格里芬在甲板上踱步,狼皮斗篷底下链甲轻响。他不时伸手摸摸长剑剑柄,仿佛是要确定武器仍挂在腰间。罗利·达克菲在右舷撑篙,耶达里在左边,耶利亚掌舵。

"我不喜欢这里,"赛学士哈尔顿咕哝道。

"起点儿雾就怕?"提利昂嘲笑他,但实话实说,起的可不是"一点儿"雾。小格里芬站在"含羞少女号"船首,拿着第三只篙,随时准备荡开自迷雾中现身的障碍物。船头船尾都点起了灯笼,然而灯光穿不透浓雾,船中间的侏儒只见两点火光在雾海中漂浮。分配给他的任务是照料火盆,确保它不熄灭。

"这不是正常的雾,胡戈·希山。"耶利亚坚持,"鼻子灵的人能闻出其中的巫术味道。在河上讨生活的船有许多葬身于此,其中既有撑篙船,也有河盗船和河上划桨大船。它们会在迷雾中孤独徘徊,永不见天日,直到被饥饿或疯狂所毁灭。这里的空中漂浮着无数含恨冤魂,水下也有饱受折磨的恶灵。"

"那里正有一个,"提利昂说。右舷处,泥泞的水底伸出一只足以阻碍船只前行的手,它只有两根指头伸出水面,但"含羞少女号"绕过去时,能看见手的下部浸在水中,阻挡了流水,水中更有一张苍白的脸孔瞪着他瞧。提利昂语调轻松,心里却很不安。这地方太诡异,充满绝望与死亡的气息。耶利亚说得对,这雾绝非自然的造物。有脏东西在水里滋生、在空气中蔓延。难怪石民们都发了疯。"

"你别乱开玩笑,"耶利亚警告,"轻声细语的活死人仇恨行动敏捷的热血人类,它们迫不及待想让更多灵魂加入它们被诅咒的行列。"

"我怀疑它们没有我这尺寸的裹尸布,"侏儒用拨火棍搅动着煤渣。

"驱动石民的,与其说是仇恨,不如说是饥饿。"赛学士哈尔顿用黄色长围巾包裹住口鼻,嗓音变得沉闷,"人类的食物都不会在这可憎的大雾里生长。瓦兰提斯的执政官会每年三次、每次各派一艘装满食物的划桨船逆流而上来这里布施,但慈悲总是来得太迟,船员们往往还落得被传染的下场。"

小格里芬道:"他们不是可以打鱼吗?"

"这里的鱼不能吃,"耶利亚道,"我绝对不碰。"

"最好连雾气也不要呼吸,"哈尔顿说,"盖林的诅咒可不是闹着玩的。"

不吸雾气,只有窒息一途。"盖林的诅咒只是灰鳞病而已,"提利昂说。这种疾病多发于孩童,多发于湿冷天气。被感染的肌肤会硬化、僵化、龟裂,提利昂从书上读到用酸橙、芥末膏和高温沐浴可以延缓灰鳞病(这是学士的说法);或采取祈祷、献祭和绝食的方式(这是修士的说法)。等熬过发病期,孩子们的皮肤上会留下显著的痕迹,但能活命。学士和修士都同意,染过灰磷病的孩子,将来不会沾染其他恶疾,更不会染上灰磷病的恶性致命变种——灰疫病。"发病原因应是由于潮湿。"提利昂说,"没有什么诅咒,别疑神疑鬼的。"

"侵略者们也都是这样盲目自信,胡戈•希山,"耶利亚说,"当年瓦兰提斯和瓦雷利亚的军队把盖林吊死在黄金笼子里,并嘲笑他召唤母亲河来保护大家的做法。但入夜后，河水果真暴涨，淹死了所有侵略者，令他们至今无法安息。这些曾经的火之王，至今还被困在水下。他们冰冷的呼吸从幽暗的河底飘上来，形成了雾气，而他们的身心都化为了坚石。"

鼻子的伤口奇痒无比，提利昂不得不伸手抓挠。老女人说的或许有理，这地方是个不祥之地，感觉又像回到了那个厕所，目睹着父亲死去。如果被困在这团灰汤里面，眼看血肉骨头化为石头，他肯定会疯掉的。

小格里芬倒满不在乎，"让他们来试试，见识下我们是什么做的。"

"我们是血肉之躯，天父和圣母用自己的形象塑造了我们。"莱摩儿修女接口。"我恳求你，莫要口出狂言。骄傲是大罪过，那些石民就很骄傲，他们中的裹尸布大王更是狂妄之极。"

炭火烤得提利昂脸庞发红，"真有裹尸布大王？我还以为那是个故事。"

"盖林死后，裹尸布大王就统治着这片迷雾。"耶达里说，"有种说法认为他其实就是从水下坟墓中爬出来的盖林。"

"死人不可能自己爬出来，"赛学士哈尔顿说，"也没有人能活过千年。确实有裹尸布大王没错，但那是几十个不同的强盗，一人死后由另一人继承。现任裹尸布大王是蛇蜥群岛来的海盗，他相信洛恩河上的收获比夏日之海丰盛。"

"是啊，这个我也听说了，"达克道，"但我更喜欢另一个版本：裹尸布大王和其他石民不同，他本是尊雕像，直到迷雾中的灰女人用冰冷的嘴唇亲吻他，让他活过来。"

"够了，"格里芬叫道，"统统给我闭嘴。"

莱摩儿修女忽然倒抽一口气，"那是什么？"

"哪儿？"提利昂眼中，除了雾还是雾。

"有东西在动。我看见了水波。"

"不过是乌龟嘛，"小王子自信满满地宣布，"一个碎骨怪，仅此而已。"他将篙子伸前，把船推离一个高耸的绿色方尖塔。

雾气越来越浓，又潮又冷。耶达里和达克挂着撑篙，前后缓慢走动，划船向前。灰雾里隐现一座半淹没的神庙，泥泞中升起一圈螺旋而上的白色大理石梯，在空中却忽然断裂。神庙背后隐约能瞥见其他建筑：破碎的尖塔、无头雕像、树根比他们的船还大的树等等。

"这是河上最美丽富裕的城市，"耶达里说，"节庆都市查约恩。"

太美太富裕也许并不明智，提利昂心想，这样会招来魔龙。现在他们深入了这座沉没的都市。有个朦胧的形体从他们头顶飞过，淡色的皮翅膀搅动了雾气。侏儒伸长脖子想瞧个清楚，但那东西稍纵即逝，消失得无影无踪。

没过多久，前方飘来一点灯光。"来船，"河对面有人低声问，"报名。"

"含羞少女号。"耶达里叫道。

"翠鸟号。上行下行？"

"下行。兽皮、蜂蜜、麦酒和牛脂。"

"上行。小刀、针线、蕾丝、亚麻布和香料葡萄酒。"

"古瓦兰提斯有什么新闻？"耶达里大喊。

"战争。"对方回答。

"在哪里？"格里芬抢着问，"什么时候？"

"过年的时候，"对方吼回来，"奈西索和马拉乔联手，大象画上了条纹。"来船经过他们，很快远去，声音也听不见了。他们眼看着雾海中的灯光消隐无踪。

"朝看不见的船大呼小叫这明智吗？"提利昂提出质疑，

"万一对方是河盗怎么办？"一路他们都很幸运，在夜幕掩护下顺利穿过了匕首湖，神不知鬼不觉，河盗自然也没来打扰。途中达克声称自己曾瞥到不洗澡的乌霍的船，好在"含羞少女号"处于顺风，而乌霍——若那真是乌霍——对他们毫无兴趣。

"河盗不会驶进伤心领。"耶达里道。

"大象画上了条纹？"格里芬兀自沉吟，"这是怎么回事？奈西索和马拉乔联手？伊利里欧贿赂奈西索执政官的钱足够收买他八回了。"

"付的是金子还是奶酪？"提利昂打趣道。

格里芬没心情："你能让这雾消散一星半点吗？省省你的俏皮话吧。"

是，父亲，侏儒几乎想接口回答，我闭嘴，不好意思。虽然他不了解瓦兰提斯人，但在他看来，虎和象协力对付龙是很自然的事。也许奶酪贩子这次错估了形势，金钱固然可以收买人心，但只有铁和血才能让人臣服。

侏儒又搅了搅炭火，吹了几口气，好让它们烧得更旺。我讨厌做这个、讨厌这雾、讨厌这个地方、尤其讨厌格里芬。提利昂还留着在伊利里欧的宅子里拔的毒蘑菇，有时候，他真想把蘑菇放进格里芬的晚餐里——可惜，格里芬几乎不吃东西。

达克和耶达里继续划船，耶利亚转动舵柄。小格里芬将"含羞少女号"从一个残塔旁推开，那塔高高在上、瞪着他们的窗户就像许多瞎了的黑眼睛。船帆松松垮垮地垂下，一丝风也没有，河水却越变越深，直到撑篙再也触不到底。水流推动他们飘向下游，飘向……

提利昂看见水中升起庞然巨物，森森耸立，似乎是一座木岛上的山丘，又或是雾中覆满了苔藓和蕨类的大石头。等"含羞少女号"靠近，他才看清那是岸边腐朽的木制堡垒，墙壁爬满地衣，堡垒上有许多细瘦的尖塔，其中许多断掉了，好似被折断的长矛。随着船行，没顶的塔越来越多，它们不断显现又很快隐匿，随之现身的还有诸多厅堂与看台，优雅的桥墩、精致的拱门、刻槽的圆柱，阳台和凉亭。

全被遗弃了、全部倒塌了、全都成了废墟。

灰藓在此地生得最厚，它们在落石上聚成巨大的环形藓丘，又覆盖了所有的塔楼。塔楼窗户被黑色的藤蔓缠绕，藤蔓从门里爬出，爬上拱道，爬上高高的石墙。实际上，四分之三的宫殿都隐藏在雾中不见天日，但提利昂仅从可以看到的部分已能肯定这座岛比红堡大十倍、美上一百倍。"这就是爱心宫啊，"他低声说。

"洛伊拿人是这么叫的，"赛学士哈尔顿道，"但在最近一千年里，它被称为伤心宫。"

废墟已够让人伤心了，思及它以前的模样则更加悲哀。这里有过欢声笑语，提利昂心想，有繁花盛开的花园和骄阳下金光闪烁的喷泉。级级阶梯絮绕着情人的脚步，而残破的圆顶屋见证了无数对夫妻的美满婚姻。由此他想到了泰莎，想到了他们短暂的结合。是詹姆干的好事，他可怜兮兮地想，他是我的至亲，是我强壮的大哥哥。小时候他给我买了那么多玩具，有铁圈、积木还有一只木雕狮子。他给我准备了第一匹小马，还教我怎么骑它。他说那是他买的妓女，我从来没有怀疑过。有什么可怀疑的呢？他是詹姆，而你只是他找来逢场作戏的礼物。在看到你第一眼的时候，在你给我第一次微笑的时候，在你允许我牵你手的时候，我都不相信你。连我父亲都不爱我，你又有什么理由为我而动心？除非是为了钱。

他的思绪穿过丝丝缕缕的灰雾，听见了一声惊天动地的弓弦响动，正在说话的泰温公爵被弩箭射穿了肚皮，一屁股坐到石地板上，慢慢等死。"妓女还能上哪儿去，"这是公爵的原话。是啊，能上哪儿去呢？提利昂很想问个清楚。父亲，我的泰莎去了哪里？

"这雾要持续多久？"

"再过一小时我们就能离开伤心岭，"赛学士哈尔顿道。"从那以后，该是愉快的航程。下洛恩河的每个拐弯处都有村庄，阳光照耀着成熟的果园、葡萄园和麦田。渔民们生活在水边，我们可以洗到热水澡，享受甘甜的葡萄酒。下游的赛荷鲁、瓦利萨和维隆瑟斯三镇都有墙垒保护，规模相当于七大王国的城市。我相信——"

"前面有光，"小格里芬警告。

提利昂也看见了。那是翠鸟号罢，或类似的撑篙船，他安慰自己，但心知肚明事情没这么简单。鼻子的伤处又痒起来，他用力挠了几下。"含羞少女号"继续前进，前方的光亮更加醒目。那是雾霭中一颗若隐若现的星，好像在召唤他们靠近。但随着他们靠近，一颗星星却裂变成两颗，接着是第三颗，最后成了水上一排凌乱的灯火。

"那是梦想桥，"格里芬指出，"看来桥上有石民。他们可能会朝我们嚎叫，但不太可能造成威胁。绝大多数石民身体虚弱、行为笨拙、动作迟缓、智力低下，他们走到生命尽头时往往会发疯，那也是他们最危险的时候。若情况有异，就用火把驱赶，但决不能触碰他们。"

"他们很可能根本没发现我们。"赛学士哈尔顿道，"划到桥下之前，大雾会掩护我们，等他们发觉，我们已过桥了。"

石化的眼睛不能视物，提利昂知道这点。通常来讲，灰鳞病症状会从四肢开始蔓延：指尖的一点污斑，变黑的脚指头，逐渐失去的触觉等等。接着麻木感从手掌爬向胳膊，或从脚掌悄悄地侵蚀小腿和大腿。被感染的肌肤会变硬、变冷，外皮变成类似石头的灰色。他听说有三种东西是医治灰鳞病的灵药：斧头、长剑和切肉刀。切除感染的躯体很多时候能阻止疾病继续发展，但不是百发百中。许多人牺牲了一只胳膊或一条腿，却发现另一只胳膊或另一条腿随后也出现了病症，而到那时已无药可救。症状扩散到脸部时，失明常常接踵而至。占据全部表皮后，疾病还会向内发展，肌肉、骨骼和内脏器官也在劫难逃。

桥在前方越变越大。格里芬说这是梦想桥，但它承载的梦想早已支离破碎。无数苍白的石拱跨立于雾海中，将伤心宫与河西相连。一半的桥拱已然塌了，或承受不住其上厚厚的灰藓的重量，或被水中粗黑的藤蔓拉扯下去。宽阔的木制桥身也早已腐朽，但沿桥有些灯笼依旧亮着。"含羞少女号"驶近后，提利昂看见灯光下石民们身影憧憧，好像灰蛾子一样绕着灯盲目转圈。他们有的是裸身，有的围着裹尸布。

格里芬见状抽出长剑。"耶罗，点火炬。孩子，你护送莱摩儿回房，并留在那里陪伴她。"

小格里芬执拗地盯着父亲，"莱摩儿知道怎么回房，我要留下来帮忙。"

"我们发誓保护你，"莱摩儿柔声说。

"我不需要保护，我使剑就跟达克一样好。我几乎是个骑士了。"

"你几乎还是个孩子，"格里芬道，"立刻照吩咐去做。"

男孩低声骂了几句，把撑篙摔到甲板上，发出的回声在雾中听来很怪异，似乎有无数根篙子先后摔了下来。"凭什么要我逃跑？要我藏起来？哈尔顿没逃，耶利亚没逃，甚至连胡戈都没有。"

"我是没逃，"提利昂说，"但我这么矮，往鸭子身后一藏就好。"他把六根火炬插进烧红的炭盆里，看着浸油的破布即刻被点燃。不要一直盯着火，他告诫自己，熊熊火焰可能导致夜盲。

"他不过是个侏儒，"小格里芬谴责地说。

"我的秘密大白于天下啦，"提利昂应和道。"没错，我还没赛学士的一条腿重要，没人管我死活吧？"尤其是我自己。"可你

不同……你是重中之重。"

"侏儒,"格里芬,"我警告你——"

一声令人发抖的哭嚎撕裂了浓雾,模糊而尖利。

莱摩儿颤抖着别过身,"七神救救我们。"

离残桥只有不到五码之遥。桥墩把河水分出白色浪花,好似疯子口吐白沫。四十尺上,石民们正围着一盏摇曳的灯咕哝念叨,在他们中的绝大多数人眼里,"含羞少女号"和漂来的浮木没区别。提利昂握紧火把,不由自主地屏住了呼吸。他们来到桥下,两边是白色的厚重桥墩,其上垂下层层灰藓,河水在周围愤怒咆哮。有一瞬间,船似乎朝右侧桥墩撞去,但达克及时用撑篙排除了险情,将船推回河道中央。几秒钟后,船过了桥,平安无恙。

提利昂没来得及喘口气,小格里芬便钳住了他的胳膊,"你什么意思?我是重中之重?你这话什么意思?为什么我是重中之重?"

"这还不明显吗?"提利昂道,"如果耶达里、格里芬乃至咱们可爱的莱摩儿落在石民手里,我们会哀悼一阵子,然后继续上路;可要你有个三长两短,整个计划就全泡汤了,奶酪贩子和太监苦心孤诣多年的大阴谋就此成了水中月镜中花……对不对?"

男孩转向格里芬,"他知道我的身份。"

即便之前不知道,这下也诈出来了。现在"含羞少女号"远离了梦想桥,只剩船尾的光亮渐行渐远,过不了多久就会完全消失不见。"你自称是小格里芬,佣兵格里芬之子,"提利昂说,"说不定你是化装来到人间的战士呢。让我仔细看看。"他抬起火炬,光芒照亮了小格里芬的脸。

"退下,"格里芬命令,"否则你会后悔的。"

侏儒没理他。"蓝发把你的眼睛衬成了蓝色,考虑得很精妙;为纪念死去的泰洛西母亲而染发,这个故事几乎让我掉下眼泪唷。

不过呢，心思缜密的人会怀疑佣兵的崽儿凭什么要涂抹圣油的修女来指导信仰？凭什么要没颈链的学士来教授历史和语言？稍微动点脑筋，也会怀疑你父亲的打算。为什么找雇佣骑士来训练你，而不是让你加入某个佣兵团当学徒？归结起来，这说明有人试图在保护你的同时，又要让你得到最好的教育，以备……以备什么？这对我还是个谜，但假以时日，我会解开的。必须承认，你这副尊容看起来特别像某个早已死去的孩子。"

男孩红了脸，"我没死。"

"你怎么做到的？我父亲大人用红袍裹住尸体，将你和你妹妹一起放在铁王座下。这是他献给新王的礼物。那些有胆掀开红袍的人都说你的脑袋被砸掉了一半。"

男孩退开一步，脸上表情困惑，"你——"

"我父亲，没错，他是兰尼斯特家族的泰温。或许您有所耳闻。"

小格里芬犹豫地说："兰尼斯特？你父亲——"

"——已经被我杀死了。陛下愿意叫我耶罗或胡戈，那请便，但我真实的身份是兰尼斯特家族的提利昂，泰温和乔安娜的亲生儿子——虽然我的父母都为我所害——别人会告诉你我犯有弑君、弑亲的罪过，嘴里没有半句真话，这些决非空穴来风……但话又说回来，咱们这群人里有谁讲过真话？就拿你'义父'来说吧，他叫格里芬，是不是？"侏儒吃吃窃笑，"你们真该感谢诸神让八爪蜘蛛瓦里斯站在你们这边，凭格里芬的演技，只消一两眼就会被那没命根子的太监给拆穿。他同样糊弄不了我。这位大爷说：我不是大人，也不是骑士。那我还可以说自己不是侏儒呢，光嘴上声明有何意义？要抚养雷加王子的独子，有谁比雷加王子最亲密的战友、前鹫巢堡伯爵和国王之手琼恩•克林顿更合适呢？"

"闭嘴，"格里芬失去了镇静。

左舷处，一只巨大的石手在水下隐约可见，两根手指露出水面。这里究竟淹没了多少石民？提利昂不禁揣测，越想越觉得背脊升起一股寒意，令他不自禁地颤抖。船正在迅速远离伤心领，透过重重雾气，他看见一座破碎的尖塔，一个无头的英雄，一棵被连根拔起的古树、其遒劲的树根伸出废弃圆顶屋的房顶和窗户。为什么周围景物如此熟悉？

正前方，一段优雅的白色大理石阶自黑水里螺旋上升，在他们头顶十尺处戛然而止。不，提利昂想，这不可能。

"前面，"莱摩尔结结巴巴地说，"有光。"

大家的目光都跟了过去。大家也都看见了。"是'翠鸟号'，"格里芬道，"或类似的撑篙船。"话虽这么说，但他又抽出了长剑。

其他人什么也没说。"含羞少女号"顺水飘荡，自进入伤心领以来就没有风来鼓动船帆，她只能凭借水流推动前进。达克努力朝弥漫的大雾中窥视，双手握紧了篙子。过了一会儿，连耶达里也停止了划船。每只眼睛都盯着远方的星火。随着距离拉近，一颗星星裂变成两颗，接着是第三颗。

"那是梦想桥，"提利昂说。

"这不可能！"赛学士哈尔顿叫道，"我们明明过了桥，河流的走向是唯一的！"

"洛恩母亲河自有其意愿，"耶达里低声说。

"七神救救我们，"莱摩儿道。

头顶拱桥上的石民们开始了嚎叫，有几个石民正指着他们。"哈尔顿，带王子下去，"格里芬下令。

晚了。船只被水流攫住，无情地朝桥墩撞去。耶达里伸出篙子，奋力将船顶回来。这猛烈的推动带得船向一边偏，穿过了一层淡灰色藓帘。灰藓的根须扫过提利昂的脸，柔软得像妓女的手指。

后方忽然"砰"地一下撞击,甲板猛烈震动,几乎把他掀飞。他侧身倒地。

一个石民跳上了船。

这个石民沉甸甸地落在舱房顶上,令"含羞少女号"剧烈摇晃,接着他用提利昂听不懂的语言吼出一个词。这时又有一个石民跳下来,落在舵柄附近。饱经风霜的木甲板被他这一下踩碎了,耶利亚厉声尖叫。

达克就在她旁边。壮汉没浪费时间去拔剑,而是直接操起撑蒿,结结实实地打中石民的胸口,将其扫入河中。石民悄无声息地被河水吞没。

格里芬也立时迎住从舱顶滚下来的石民。他右手执剑、左手拿火炬,逼得对方连连后退。水流冲得"含羞少女号"在桥下不停打转,两个人变换的身影在长满灰藓的石墙上舞蹈。那石民朝船尾退,达克拿蒿子拦住去路;他再向前冲,赛学士哈尔顿操起火炬阻挡他。最终他还是被赶到了格里芬面前。这位前伯爵灵巧地往旁一躲,手里寒光闪烁,长剑切到石民硬化的灰肤时擦出了一点火花,刹那间一条胳膊已掉在甲板上。格里芬将断胳膊踢开,耶达里和达克举着蒿子同时杀到,合力将那受伤的石民逼下船舷,掉进洛恩河的黑水中。

这时,"含羞少女号"通过了那座残桥。"全搞定了?"达克问,"总共跳下来几个?"

"两个,"提利昂打了个冷战。

"三个,"哈尔顿道,"在你后面。"

侏儒赶紧旋身,石民就在他身后。

那一跳摔断了石民一条腿,一段参差不齐的苍白骨头穿出他的烂裤子及其下的灰皮灰肉,断骨上沾了斑斑点点的棕血。尽管伤成这样,他还是跟跄着朝小格里芬扑去。石民的灰手动作僵硬,当他

用指头抓来时，血液触目惊心地从指节间渗出。男孩站着看傻了，好像自己也是石头做的。他的手按在剑柄上，却被他完全忘了。

说时迟那时快，提利昂一脚踢翻男孩，跳到他身前，拿起火炬朝石民的脸捅。断了腿的石民东倒西歪地向后退开，一边用僵硬的灰手扑火。侏儒蹒跚着跟上，挥舞火炬连削带砍，戳对方的眼睛。退啊，你向后退啊，再退一步。等退到甲板边缘，那怪物却突然朝他冲来，一把抓住火炬，从他手中掰下。操，救命，这是提利昂仅存的念头。

石民将火炬丢开，黑水浸没火焰时发出轻柔的嘶声。石民高声嚎叫。他曾是个盛夏群岛人，现在下巴和一半脸颊都石化了，但没变灰的皮肤仍是午夜般的漆黑。刚才他用力来抓火炬，皮肤因而分崩离析，血从指节里渗出，但他似乎毫无知觉。这算是一点小慈悲吧，提利昂觉得，灰磷病虽然致命，却没有痛苦。

"快退开啊！"有人在远方叫道，另一个声音则说，"王子！保护男孩！"石民摇摇晃晃地向前，双手伸出，在空中抓挠。

提利昂挺起肩膀撞了过去。

感觉就像撞上城堡的石墙，但这座城堡瘸了一条腿。石民被撞翻下甲板，途中伸手把提利昂也带了下去。他们一同摔进河里，激起滔天水柱，随即被洛恩母亲河吞噬。

扑面而来的冰冷河水犹如战锤敲打着提利昂。他感到石民的一只手在他脸上摸索，另一只手握住了他的胳膊，将他拖往黑暗的水底，他什么也看不见，鼻子呛到了水，没法呼吸。他向下沉沦，拼命挣扎，四处踢打，试图脱开那死死箍住他胳膊的手指，但石手指片刻也不曾放松。一连串气泡从他嘴角升起。世界变得黑暗，越来越暗，比他想象的更黑暗。他快窒息了。

淹死不算最糟糕的死法。说实话，早在君临他已经死去，留下的不过是一具躯壳，一个满怀怨恨的小幽魂。这小幽魂勒死了雪伊，又用十字弓射穿了伟大的泰温公爵的肚子，人们将不会为它流一滴眼泪。我将在七大王国游荡，他朝水底沉下去，心里一边想，活着的时候没人爱我，死了我要他们全都怕我。

他张嘴诅咒所有人，黑水却倒灌进肺里，令他陷入彻底的黑暗。

戴佛斯

"大人现在可以接见你了，走私者。"

前来接他的骑士身穿银甲，护胫和护手上用乌银镶嵌出涌动的海藻图案，腋下夹的头盔则被塑成人鱼王的头，有珍珠母王冠、黑玉和翡翠做的尖胡子。骑士自己的胡子是冬日大海一样的灰色。

戴佛斯起身，"您怎么称呼，爵士？"

"玛龙•曼德勒爵士。"他比戴佛斯高一头、重三石，生了一双石板灰的眼睛，说话的口气十分倨傲。"我是威曼大人的表弟，并有幸指挥他的卫队。跟我来。"

戴佛斯以使者的身份赶来白港，却被他们当俘虏对待。他住的房间虽然宽敞通风，也有漂亮家具，但门外把守森严。他可以从房间窗户眺望城墙外的白港街市，但要想下去却是万万不能。他也能看到港口的情形。"欢乐接生婆号"的卡索•摩格特比约定时间多等了他一天——一共四天——方才升帆离去，而自那以后，他又被软禁了两星期。

曼德勒伯爵的家族武士们身披蓝绿羊毛披风、手执银色三叉戟——不若寻常卫兵那样拿长矛——一名走在他前面，一名跟在他后面，他左右两边还各有一名。他们经过了炫耀一百场胜仗的褪色旗帜、破损盾牌和生锈长剑，还有二十来个被拆卸下来、裂痕累累又生了虫洞的船首像。

领主的宫殿门口两侧各有一尊大理石人鱼雕像，他们是人鱼王的小号亲戚。卫兵们打开门，里头一位司仪便用权杖末端朝陈旧的木板地重重一敲。"席渥斯家族的戴佛斯爵士驾到！"他声若洪钟般地宣告。

尽管戴佛斯曾屡次造访白港，但从未踏足新堡之内，更不用说来人鱼宫了。宫里的墙壁、地板和天花板都是用厚木板巧妙拼接而成，木板上面描绘着各式各样的海洋生物。步上高台的途中，戴佛斯踩过了彩绘螃蟹、蛤蚌和海星，这些动物隐藏在纠缠的黑色海藻和溺毙水手的尸骨中间。两边墙壁是蓝绿色深海，苍白的鲨鱼在水里穿梭，鳗鱼和八爪鱼则在岩石和沉船间蜿蜒滑行。高高的拱窗上是成群结队的鲱鱼和鳕鱼。更高的地方绘出了海平面，而房椽上挂着老旧的渔网。在他右边的天花板上，一艘战舰迎着朝阳破浪而来；左边则有一艘饱受打击、风帆破败不堪的老商船，正在竭力躲避追赶的风暴。高台后面浓墨重彩的波涛中，一只大章鱼和一只灰色海怪正在做殊死搏斗。

戴佛斯希望跟威曼·曼德勒私下会谈，无奈此刻人鱼宫中挤满了人。墙边站的女性有男性的五倍之多，少数出场的男人要么留着长长的灰胡子、要么就年轻得没胡子。修士们也到场了，还有穿白袍灰袍的神圣修女。大厅前方站了十来个穿佛雷家蓝色和银灰色服饰的人，他们面貌的相似之处连瞎子都看得出，其中许多人还佩戴着李河城的徽章：以桥连接的双塔。

早在派洛斯师傅教他认字之前，戴佛斯就已学会察言观色。这帮佛雷急着要我死，他立刻意识到。

威曼·曼德勒那双淡蓝色眼睛里也没有丝毫善意。这位大人盘踞的加垫宝座足以容下三个寻常身材的人，但曼德勒还是坐得很局促。他勉力把自己塞进座位，耷拉着肩膀，双腿摊开，双手搁在扶手上、好像重得抬不起来一样。诸神慈悲，戴佛斯看着威曼大人的面容心想，他这副尊容与其说是人，不如说像尸体。伯爵大人的灰皮肤了无生气。

古谚有云：国王和尸体的随从最多。这话在曼德勒身上得到了验证。高位左首坐了位几乎跟伯爵一样肥胖的学士，此人脸色红润，嘴唇肥厚，留一头黄金卷发；玛龙爵士占据了伯爵右手的荣誉位置。威曼伯爵脚边的加垫凳子上则坐了位粉嘟嘟的贵妇，他身后站了两个更年轻的姑娘，看模样应是姐妹。姐姐把一头褐发绑成了一根大辫子，妹妹年纪不超过十五岁，却绑了更长的辫子，还把头发染成夸张的亮绿色。

没人礼貌地招呼戴佛斯。学士开口便道："在你面前的是白港伯爵、白刃河守护、教会之盾、被放逐者的保护人、曼德河大统领和绿手骑士团的成员威曼·曼德勒大人。"他说，"按惯例，前来人鱼宫的臣属和请愿者都应向他下跪。"

洋葱骑士可以下跪，但国王之手绝对不行——那意味着他侍奉的国王地位比这肥胖的伯爵更低。"我不是来请愿的，"戴佛斯朗声道，"我也有自己的头衔：雨林伯爵、狭海舰队司令和国王之手。"

凳子上的胖女人翻个白眼。"一个没有舰船的舰队司令、一个没有手指的国王之手，侍奉着一个没有王座的国王。敢问这位一无所有的骑士先生，此行打的是什么鬼主意？"

"他身为特使而来，好媳妇，"威曼伯爵说，"他是一颗坏洋葱。史坦尼斯不满意我们派乌鸦带给他的答复，所以他又派来……这位走私贩。"他用那对深陷在肥肉中的眼睛打量戴佛斯。"我知道，你以前来过我们的城市，干过很多见不得人的勾当。我在想，你到底欠下我们多少钱财粮食？"

不比你吃一顿省下来的多。"我已在风息堡为我的走私行为付出了代价，大人，"戴佛斯摘下手套，举起左手，让大家都看到他那四根被削短的手指。

"当一辈子的贼，四个指节就算了？"凳子上的妇人咄咄逼人。她一头黄发，粉嘟嘟的圆脸很胖。"你还真会做生意啊，洋葱骑士。"

戴佛斯不跟她一般见识。"大人您乐意的话,我请求跟您私下会谈。"

大人不乐意。"我在我的亲属和忠诚的封臣、骑士们面前没有秘密,他们都是好朋友。"

"大人,"戴佛斯坚持,"我想说的话不能传入国王陛下的敌人……或是大人您的敌人耳中。"

"这里或许有史坦尼斯的敌人,但没有我的敌人。"

"连杀害您儿子的人也不算?"戴佛斯指出,"在红色婚礼上款待他的就是这帮佛雷。"

一位四肢细长的佛雷骑士踏步上前,他修面整洁,只留了一撮像密尔细剑一样的灰胡子。"红色婚礼是少狼主干的好事,他在众目睽睽之下变身成野兽,撕开了我侄儿铃铛响的喉咙。那可是个与世无争的无辜傻子啊。此后若非文德尔爵士舍身相救,少狼主还想害死我们的父亲大人。"

威曼大人忍住泪水,"文德尔一直是个勇敢的孩子。他像英雄一样死去,为父对此并不意外。"

这赤裸裸的谎言让戴佛斯惊讶得合不拢嘴。"你是说罗柏·史塔克杀了文德尔·曼德勒?"他质问佛雷。

"他杀了很多人,我儿子泰陀斯和我女婿也遭毒手。史塔克手下的北方人跟着他变身成狼,他们身上都有野兽的印记,众所周知,被狼灵咬过的人都会变成狼灵。事出无奈,我和我的兄弟们为自卫只好把他们全宰了,否则孪河城内男女老少都将尽数葬身。"

一边瞎掰还一边傻笑,戴佛斯真想拿刀割了他的嘴巴。"爵士,你叫什么名字?"

"我是佛雷家族的杰瑞爵士。"

"佛雷家族的杰瑞爵士,你是个无耻的骗子。"

杰瑞爵士颇感有趣。"有些人切洋葱时会流泪，但我从来不会。"他从皮革剑鞘中抽出钢剑，蹭出细细的声音。"你若真是个骑士，爵士先生，就请下场为你的诽谤付出代价吧。"

威曼伯爵的眼睛猛地睁开，"人鱼宫里不许流血。把剑收起来，杰瑞爵士，否则我只好下逐客令了。"

杰瑞爵士收剑入鞘。"在大人您的屋檐下，大人您的话就是法律……但这个洋葱爵爷出城时，我可要跟他做个了断。"

"血！"凳子上的妇人嚎叫道，"这颗坏洋葱要我们的血啊，大人！他难道不是来挑事儿的？我恳求您，快快把他赶走吧。他要您的子民流血，他要您英勇的儿子的血。快把他赶走！若是让太后陛下知道您接见过这个叛徒，她或许就会质疑我们的忠诚。她或许会……她可能……她……"

"事情没那么严重，我的媳妇，"威曼伯爵说，"我们不会让铁王座怀疑我们的忠诚。"

戴佛斯不喜欢伯爵的这句新保证，但他辛辛苦苦来到这里，决不能缄默不言。"铁王座上那小鬼才是篡夺者，"他说，"而我不是叛徒，我乃维斯特洛真正的国王史坦尼斯•拜拉席恩一世的首相。"

胖学士清了清嗓子。"史坦尼斯•拜拉席恩是先王劳勃——愿天父公正地裁判他——的弟弟，托曼则是劳勃的嫡生子。继承法在这点上很明确：儿子的继承权优于兄弟。"

"席奥默师傅说得在理。"威曼伯爵道，"他总能给我贤明的谏言，不管碰上什么问题，都说得有理有据。"

"亲生儿子的继承权优于兄弟，"戴佛斯同意。"但这个冠着'拜拉席恩'姓氏的托曼事实上是个私生子，就跟他哥哥乔佛里一样。他们都是弑君者的种，他们的出生冒犯了诸神和世人的一切法律。"

又一个佛雷开口："他说出这话就是自承叛逆，大人。史坦尼斯切掉了他偷窃成性的手指，您该砍下他肆意撒谎的舌头。"

"干脆砍了他脑袋，"杰瑞爵士建议，"或者让我跟他来场荣誉的决斗。"

"佛雷家的人也懂什么叫荣誉！？"戴佛斯回敬。

四个佛雷听了便向前冲去，威曼伯爵抬手制止。"不要冲动，朋友们。在……在处理他之前，我想先听听他的话。"

"你提到乱伦——可有证据，爵士？"席奥默学士发问，他把柔软的手掌交叠在肚皮上。

艾德瑞克·风暴就是证据，戴佛斯心想，可惜我把他送到了狭海另一头，以远远避开梅丽珊卓的火焰。"我所言句句是实，史坦尼斯·拜拉席恩可为我作保。"

"言语就像风。"一位站在威曼伯爵高位后的年轻姑娘说——是那位将褐发梳成长辫子的漂亮女子，"连我们姑娘家都知道，男人为达目的不择手段。"

"真凭实据胜过一面之词，"席奥默学士宣称，"论到为夺取铁王座而编造谎言，史坦尼斯·拜拉席恩决不是开先河者。"

粉嘟嘟的妇人抬起一根胖手指向下指着戴佛斯。"你听好，我们不想跟犯上作乱扯上半点瓜葛。我们白港上下都是遵纪守法的老实人，对国家忠心不二。你再在这里说些别有用心的话，小心我丈人把你关进狼穴！"

我哪里得罪了她？"抱歉，敢问女士芳名？"

粉嘟嘟的妇人气恼地哼了一声，作答的是学士："里雅夫人是威曼大人之子威里斯爵士的妻子，爵士目前还是兰尼斯特家的俘虏。"

那么她是出于恐惧。白港若倒向史坦尼斯，她丈夫就得付出生命的代价。我怎能要求威曼伯爵亲自宣判儿子死刑？若我跟他位置

互换、而戴冯是人质,我会怎么做?"大人,"戴佛斯道,"我祈祷您儿子和白港上下都平平安安。"

"又在撒谎!"凳子上的里雅夫人叫道。

戴佛斯决定不再理她,"当初罗柏•史塔克兴兵讨伐冠着'拜拉席恩'姓氏的私生子乔佛里时,白港响应了号召。现在史塔克大人虽然过世,但他的斗争并未告终。"

"罗柏•史塔克是我的封君,"威曼伯爵声明,"史坦尼斯算哪根葱?他凭什么来打扰我们?如果我记忆没错,他以前从不肯移尊就驾来北境盘桓。现在他被打得丢盔弃甲,倒是死乞白赖、跑来求人施舍了。"

"他是来拯救万民于水火的,大人,"戴佛斯坚称,"他是来保护您的土地免遭铁民和野人侵袭的。"

高位旁的玛龙•曼德勒爵士厌恶地哼了一声,"白港几世纪没见着野人了,铁民更是从未骚扰过这片海岸。史坦尼斯大人是不是还要替我们抵抗魔龙和古灵精怪呢?"

人鱼宫中哄堂大笑,威曼伯爵脚边的里雅夫人却啜泣起来。"群岛的铁民、塞外的野人……现在又来了个叛徒公爵,带来一大票土匪、叛贼和术士。"她指着戴佛斯。"噢是的,我们听说了你那个红女巫干的好事,她会要求我们为一个火魔王而背弃七神!"

戴佛斯自己也不喜欢红袍祭司,但此刻却不能随声附和里雅夫人。"梅丽珊卓女士的确是红神的女祭司,而赛丽丝王后和其他许多人皈依了她的信仰,但国王陛下的若干臣民仍保持着对七神的崇拜——包括我自己。"他祈祷不要让他解释龙石岛的圣堂或风息堡的神木林的下场。如果他们一定要问,我只能如实相告。史坦尼斯是不会允许我撒谎的。

"七神保佑着白港,"里雅夫人大声宣告,"我们不怕你的红王后或是她的神。她有什么妖术尽管来使,善男信女们的诚心祈祷将让邪恶止步!"

"没错,"威曼伯爵拍了拍里雅夫人的肩膀。"戴佛斯大人——我们姑且用'大人'来称呼你——我知道你那自称为王的主子想从我这里得到什么:刀剑、金银、还有屈膝。"他在宝座上挪了挪,用一边手肘支撑体重。"泰温公爵去世前,曾答应完全赦免白港支持少狼主的事。他提出只要我支付三千金龙,并表现出绝对忠顺,就把我儿子送还给我;卢斯·波顿——咱们新任的北境守护——则要我完全放弃对霍伍德家领地和城堡的权利,但他保证尊重我其他的产业;波顿的岳父瓦德·佛雷提出让我娶他的一个女儿,同时让我这两个站在后面的孙女跟他们家结亲。在我看来,这些条件相当宽厚,这是公平而持久的和平的良好基础,现在你却要我把它们全部推翻。我倒要问你,洋葱骑士——史坦尼斯大人能给我什么好处?"

战争、悲伤和被焚烧者的惨叫,戴佛斯心里暗想。"他能给你一个履行责任的机会,"他回答。这是史坦尼斯·拜拉席恩本人会给威曼·曼德勒的答案,首相是国王的代言人。

威曼大人倒回宝座中。"责任。我明白了。"

"白港无力孤军奋战,所以您需要国王陛下,正如国王陛下需要您。团结起来,可以携手击败共同的敌人。"

"大人,"身穿精致银甲的玛龙爵士开口,"能允许我问戴佛斯大人几个问题吗?"

"请便,表弟。"威曼伯爵闭上了眼睛。

玛龙爵士转向戴佛斯。"有几家北境诸侯愿为史坦尼斯起兵?请诚实地告诉我们。"

"阿尔夫·卡史塔克发誓效忠陛下。"

"阿尔夫不是领主,只是个代理城主。又请问,史坦尼斯大人现下据有几座城堡?"

"国王陛下以长夜堡为居城。他在南方还拥有风息堡和龙石岛。"

席奥默学士清了清喉咙,"他只是暂时拥有。风息堡和龙石岛的守军很少,铁定支撑不了多久。而长夜堡是座闹鬼的废墟,阴森而恐怖。"

玛龙爵士继续提问,"请你介绍一下,史坦尼斯现有多少武装力量?他身边有多少骑士?多少弓箭手?多少自由骑手?多少步兵?"

少之又少,戴佛斯清楚底细,随史坦尼斯北上的战士不超过一千五百名……但如果实言相告,他的使命便不可能达成。他思前想后,也没有应对之策。

"你的沉默说明了一切,爵士,你的国王只给我们带来了敌人。"玛龙爵士转向他的表哥领主。"大人您质问洋葱骑士,史坦尼斯大人能给我们什么好处?这个问题让我代他回答:他将带给我们失败和死亡,他要您骑在虚幻的战马上、提着虚幻的宝剑去打仗。"

肥胖的伯爵缓缓睁开眼睛,似乎连这样轻微的动作也颇为吃力。"我的表弟一如既往地一语中的。洋葱骑士,你还有什么可说的吗?如果没有,就让闹剧就此结束吧,我已经厌倦了你的脸。"

戴佛斯打心底里感到绝望。国王陛下不该派我,应该派个真正的领主、骑士或学士,派个舌灿莲花的能人,而非笨嘴拙舌的我。"死亡,"他听见自己说,"是的,他会带来死亡。大人您在红色婚礼上已经失去一个儿子,我则有四个儿子死在黑水河上。他们为什么死?因为兰尼斯特家族篡夺了铁王座。去君临看看托曼的样子,你将不再怀疑我的话,因为就连瞎子也能洞察真相。您问我史坦尼斯能给您什么好处?我告诉您,是复仇。为你我的儿子复仇,为你们的丈夫、父亲和兄弟们复仇,为北方人被谋害的领主、被谋害的国王、被谋害的王子复仇。复仇！"

"是的！"一个女孩高亢尖细地答应。

是那个金色眉毛、留着长长的绿辫子、还没长大的女孩。"他们谋害了艾德大人、凯特琳夫人和罗柏国王，"她说，"他是我们的国王！勇敢又高贵！却被佛雷家族无耻地谋害。如果史坦尼斯大人答应为他复仇，我们就该全力支持史坦尼斯大人。"

曼德勒把她拉到身边，"薇拉，你真是狗嘴里吐不出象牙，一开口我就想送你去当静默姐妹。"

"我只是说出——"

"我们都听见你说的了，"女孩的姐姐道，"真是不懂事的孩子，冒犯了我们的佛雷朋友。他们中的一员就要成为你的夫君了呢。"

"不，"女孩坚决地摇着头，"我不会、永远不会让他做我的丈夫。他们谋害了国王。"

威曼大人涨红了脸。"你必须接受婚约。约定的日子一到，你要么发下婚誓，要么我们就送你去当静默姐妹，教你一辈子都别想说话。"

可怜的孩子吓得脸色惨白。"爷爷，求求您……"

"别说了，孩子，"里雅夫人劝道，"不要违抗你爷爷。别说了！你什么都不懂。"

"可我记得我们的承诺，"女孩坚持，"席奥默师傅，你来告诉这帮佛雷！在征服者到来的一千年前，我们在新旧诸神面前、于狼穴之中立下了神圣的誓言与承诺。当初我们无家可归、茫然四顾，举目无亲，命在旦夕；是狼王雪中送炭，接纳庇护了我们，才使我们家得以延续。这座城市就修建在他们赠予我们的土地上。为回报他们的大恩大德，我们承诺永远做他们的臣民。我们永远都是史塔克的人！"

学士捻着脖子上的颈链,"我们的确许下过神圣的誓言,但誓言乃是针对临冬城的史塔克家族,现在临冬城已告沦陷,史塔克灭绝了。"

"就是他们杀光了史塔克家的人!"

又一名佛雷开口道:"威曼大人,我来讲几句可以吗?"

威曼·曼德勒点头同意,"雷加,我们一直乐于听取你的高见。"

雷加·佛雷以鞠躬来回应伯爵大人的恭维。他大概三十岁,或相去不远,肩膀浑圆,挺着个大肚子,穿柔软的灰色羔羊毛紧身上衣,边沿华丽地装饰着银线。他的披风也是银线编织,边沿镶松鼠皮,领口用双塔形状的搭扣别紧。"薇拉小姐,"他对绿辫子的女孩说,"忠诚是无上的美德。等你跟小瓦德成婚以后,希望你能保持这份美德。至于史塔克家,他们的男性血脉业已断绝,艾德公爵的儿子都死光了,可他的两个女儿还活着。他的小女儿正返回北境下嫁给英勇的拉姆斯·波顿。"

"拉姆斯·雪诺!"薇拉·曼德勒回敬。

"你叫他什么都可以,不管怎么说,他很快就要与艾莉亚·史塔克完婚。如果你这么看重你们家的承诺,就该支持他才对,因为他将是新任临冬城伯爵。"

"他根本配不上临冬城!他强迫霍伍德伯爵夫人嫁给她,然后把她关进牢里,逼得她吞下自己的手指。"

人鱼宫中泛起一阵低声赞同。"小姑娘说得对,"一个穿白紫服饰的矮壮男人道,他的披风用一对交叉的青铜钥匙扣住。"卢斯·波顿固然冷酷狡诈,好歹有点人性,大伙儿忍一忍也就算了。但他那个私生子……他们说他是个残暴的疯子,是个怪物。"

"他们说?"雷加·佛雷把玩着一根柔滑的胡须,露出讥讽的笑容,"你的意思是,他的敌人们如此诬陷吧……其实少狼主才是怪物，那毛头小子更像野兽不像人。他骄傲自大、残忍嗜血，还背信弃义地伤害我祖父大人。"佛雷摊开双手。"白港曾为他起兵，这点我没意见，我们家老爷子也曾被他蒙蔽。在少狼主旗下，白港和李河城并肩战斗，结下了深情厚谊，是罗柏·史塔克背叛了我们所有人。他把北境出卖给残忍的铁民，以换取对方支持他偏安三河的小朝廷。后来为一个他看得顺眼的西境婊子，他又抛弃了为他做牛做马出生入死的河间贵族，撕毁了和我祖父立定的婚约。少狼主？倒不若说他是条恶狗！他也死得像条狗。"

人鱼宫中鸦雀无声，戴佛斯能觉察到空气中的寒意。威曼伯爵俯视雷加的眼神好像在看一只即将被踩死的蟑螂……但突然间，他沉重地一点头，下巴上的肥肉随之抖动。"狗，是的，他带给我们悲伤和死亡，他就是条恶狗。请说下去。"

雷加·佛雷续道："悲伤和死亡，没错……而这位满口复仇狂言的洋葱大人将带给你们更多的悲伤和死亡。睁大你们的眼睛吧，像我祖父大人一样明白事理：五王之战已告结束，托曼是我们的国王、我们唯一的国王。我们必须团结在他周围，收拾这场不幸的战争带给国家的创伤。作为劳勃的亲生骨肉，雄鹿和狮子的传人，铁王座依律应归他所有。"

"真是睿智而诚实的宣言，"威曼·曼德勒伯爵赞扬。

"才不是！"薇拉·曼德勒跺脚叫道。

"你这小冤家，少说两句。"里雅夫人斥道，"姑娘家就该有姑娘家的样子，贫嘴多舌好没教养。"她揪住女孩的发辫，将吵闹的女孩推出大厅。她带走了我在这里唯一的朋友，戴佛斯心想。

"薇拉是个任性的孩子，"小女孩的姐姐道歉，"恐怕将来也会是个任性的妻子。"

雷加耸耸肩，"相信我，婚姻会让她变化。她会学会行事温婉、发言得体。"

"若她做不到，就让她去做静默姐妹。"威曼伯爵在宝座里挪了挪。"至于你嘛，洋葱骑士，我已听够了你的叛国言论。你要我拿全副家当去为一个僭越的国王和一个虚伪的神灵冒险，你要我牺牲唯一的儿子以支持史坦尼斯·拜拉席恩去坐那张他本无权坐上的王座。这不可能。我不会为你、不会为你主子、不会为任何人做出这等伤天害理的事。"白港伯爵脸红脖子粗地撑起身来。"我看你打骨子里仍是个走私贩，爵士，你这回是来偷窃我的黄金和鲜血的。你想要我儿子的命，我却要你纳命来。左右！把他拿下！"

戴佛斯还不及反应，已被银色长戟团团围住。"大人，"他说，"两国交战，不斩来使。"

"是吗？你像走私贩一样偷偷摸摸溜进我的城市，所以你不是领主、不是骑士、也不是使节，而是个小偷和间谍。你到我的领地来散播谎言、图谋叛逆，我本该用烧红的钳子扯下你的舌头，再把你送去恐怖堡受剥皮之刑。但念在圣母慈悲的分上，我网开一面。"他向玛龙爵士下令。"表弟，将这家伙带到狼穴，剁掉脑袋和双手，晚餐以前我要见到这两样东西。我发誓，看不到这走私贩的人头插在枪上、他满嘴谎言的口中塞进洋葱，我就一口晚饭也不吃。"

A SONG OF ICE AND FIRE

臭佬

他们给了他一匹马和一面旗,一件柔软的羊毛紧身上衣和一件温暖的毛皮斗篷,然后放他走。他今天不那么臭了。"你要么将城堡带回来,"舞蹈师达蒙把颤抖不已的臭佬扶上马,"要么就逃吧,看看自己能逃多远。相信我,大人会喜欢的。"达蒙咧嘴笑着抽了马屁股一鞭,老畜生呜咽一声,向前跑去。

臭佬不敢回头,他怕达蒙、黄迪克、咕噜这伙人会来追猎他,他怕这一切都是拉姆斯老爷的残酷玩笑——给他坐骑,放他自由,以此检验他的忠诚。他们认为我会逃跑,是吗?他们给他的是一匹饿得半死的可怜矮马,凭这畜生的八字腿,决无可能赛过拉姆斯老爷和老爷麾下猎人们的良驹。况且,拉姆斯老爷最喜欢放出姑娘们追踪新鲜猎物了。

即便他能逃,又能逃哪儿去?他身后的几座大营分别驻扎着恐怖堡、荒冢屯以及莱斯威尔家从溪流地召集的部队。另一支大军正从南面沿堤道逼近卡林湾,那是波顿和佛雷的联军,高擎着恐怖堡的旗帜。国王大道以东是荒凉贫瘠的海岸和冰冷的咸海,以西是颈泽的无尽沼地,里面布满毒蛇、蜥狮和施放毒箭的沼泽魔鬼。

他跑不了。他不能跑。

我要把城堡献给他。我能做到。我必须做到。

天色灰暗,湿雾蒙蒙,风犹如湿润的吻,从南边吹来。透过缕缕飘动的晨雾,前方隐约可见卡林湾的废墟。他的坐骑缓步朝废墟行去,马蹄挣脱灰绿色淤泥时,发出微弱潮湿的吧唧声。

我走过这条路。这是个危险的念头,令他立刻为之懊悔。

"不，"他自言自语，"不，那是另一个人的事，是你知道自己名字以前的事。"他叫臭佬，他必须记住这点。臭佬臭佬，臭不可闻，柔弱如草。

另一个人走这条路时，身后有大军跟随，整个北境团结在史塔克家族的灰白旗帜下，大举南征；如今的臭佬却是孤身一人，手中的松木旗杆上挑着和平旗帜。另一个人走这条路时，骑了精神抖擞的迅捷战马；如今的臭佬却是骑一匹衰弱得皮包骨头的矮马，而且骑得很慢，唯恐从马上摔下来。另一个人是顶尖骑手，臭佬却连马背都坐不稳。时间过去了太久太久。现在的他不是骑手，甚至不是人。作为拉姆斯老爷的宠物，他的地位比狗更低。准确的说，他是条披人皮的蠕虫。"你要假装自己是个王子，"昨晚，当臭佬泡在一桶滚水里搓洗时，拉姆斯老爷告诉他，"但我们清楚你的底细。你是臭佬，永远都是，无论闻起来有多香。你的鼻子会撒谎，所以你得记住自己的名字，记住你是谁。"

"我是臭佬，"他回答，"您的臭佬。"

"帮我办成这桩小差事，我就让你做我的狗，天天有肉吃。"拉姆斯老爷许诺。"自然，你是想做出对不起我的事：逃跑、反抗或投奔敌营。别，别否认，我不想听那些口是心非的胡话。敢对我撒谎，我就割了你的舌头。任何人处在你的位置都会企图反抗我，但我们清楚你不是人，对吧？也罢，要叛逃就叛逃吧……但打歪主意前先数数手指，想清楚代价。"

臭佬很清楚代价。七根，他心想，七根手指。七根手指还能生活。七是个神圣的数字。他清楚地记得……拉姆斯老爷命剥皮人剥他无名指时那无可名状的痛苦。

空气潮湿沉重，遍地浅水潭，臭佬小心翼翼地择路而行，踩着罗柏·史塔克的前锋部队当初为方便行军而在软泥上铺设的原木和木板。千百年前的高墙耸立处，如今只剩四散的黑色玄武岩石块，每块都大得要一百个人才能推动。有的石块沉进沼地泥泞里，只露出一角；其他的则像诸神遗弃的积木般到处倾颓，开裂粉碎，上头爬满青苔。昨晚的夜雨淋湿了巨石，在晨光中闪烁的它们好似涂了一层精亮的黑油。

更远处是要塞塔楼。

醉鬼塔倾斜得如此厉害，仿佛随时可能倒塌——它五百年来都是这副德行；森林之子塔如长矛直刺云霄，但碎裂的塔尖却透风漏雨；城门塔宽阔周正，乃是三座塔中最大的一座，塔上青苔斑斑，有棵扭曲的树从它北面石墙的缝隙间挤了出来，它左右两边还有一些城墙的遗迹。卡史塔克占据醉鬼塔，安柏家要了森林之子塔，他还记得当时的情形，罗柏的大营则设在城门塔。

他闭上眼睛，脑海里浮现出各家诸侯的猎猎旌旗，在清爽的北风中英挺招展。都不再了、都倒下了。如今吹在他面颊上的是南风，卡林湾的废墟上唯一飘扬的是黑底金色海怪旗。

有人在监视他，他感到自己成了瞩目焦点。他抬头望去，瞥见几张苍白的脸孔藏在城门塔的垛口和森林之子塔残破的雉堞间窥探。传说森林之子正是在森林之子塔上召来滔天洪水，将维斯特洛大地一分为二。

通过颈泽的唯一一条干燥道路就是堤道，而卡林湾的塔楼封锁了堤道的北方出口，犹如瓶子上的木塞。堤道很窄，而要塞经过巧妙布置，使得任何从南方来的敌人都必须从它下方中间穿过。入侵者想攻打任何一座塔，都会暴露在其他两座塔的箭矢袭击下，潮湿的石墙上还垂下条条黏滑的白色幽灵草，极难攀爬。堤道周围的沼泽地则难以通行，遍布陷坑、流沙和亮闪闪的绿草皮——若不够警惕，很容易把它们看成牢靠的立足点，但只要脚踩上去，它会立刻陷入水中。泽地中还孕育了无数的毒蛇、毒花和牙齿利如匕首的巨大蜥狮。泽地人更是世上最危险的人群——这帮泥人、沼泽鬼、吃

青蛙的始终潜伏在正派人难以察觉的角落,他们给自己取了分恩、黎德、比特、鲍格斯、喀雷、奎格、绿沼和黑泽这样的怪异姓氏。铁民统称他们为"沼泽魔鬼"。

臭佬路过一具腐烂的马尸,那马脖子上中了一箭。他靠近时,一条长长的白蛇从马儿的空眼窝里爬出来迎接。骑手的尸体——或者说尸体的残余——就躺在马尸后面,乌鸦啄掉了人脸上的肉,野狗咬穿了锁甲,把内脏拖出来。稍远处还有一具深陷在淤泥之中的尸体,只有脸和指头露出。

越接近塔楼,道路两旁的尸体也就越多。尸体的伤口中长出血吻花,花色苍白,花朵丰满润泽,宛如女人的唇。

守卫们不可能认出我。有人或许记得那个不知自己名字的男孩,但臭佬对他们而言全然陌生。尽管他已很久很久没照过镜子了,但他心知肚明自己看起来有多苍老。他花白的头发掉得厉害,剩下的那些也干枯如稻草。黑牢的生活把他摧残得比老太婆还虚弱,瘦得像根竿子的他,可能被一阵大风吹倒。

他的手……拉姆斯老爷给了他上好的黑皮手套,柔软舒适,里面填充了羊毛以掩饰失去的手指——但如果仔细观察,能发现他的三根指头没法弯曲。

"站住!"有人喝道,"你想干什么?"

"我来谈判,"他催马上前,一边挥舞和平旗帜好让对方看见。"我没带武器。"

城头没有回答。他知道,墙里面的铁种正商量是接纳他、还是乱箭齐发。没关系了。痛快一死要比完不成使命、夹着尾巴回到拉姆斯老爷身边好上百倍。

城门忽然打开。"快啊!"臭佬刚扭头,便有一枝飞箭射来。那箭是从右边半淹在泽地中、曾为要塞幕墙的碎石堆里发射的。箭矢射穿了和平旗帜,缠在旗杆上头,离他的脸只差不到一尺。他吓得不轻，赶紧扔掉旗帜，从马背上滚了下来。

"进来，"那声音又喝道，"快点，笨蛋，快进来！"

臭佬手脚并用地爬上台阶，又一枝箭从他头顶掠过。有人抓住他，把他拖了进去，他听见大门轰然关闭。接着他被提了起来，粗暴地推到墙上，一把匕首抵在喉头。一张大胡子的脸凑得如此之近，他甚至能清点对方的鼻毛。"你是谁？来此有何目的？快回答，否则他的下场就是榜样。"守卫将他的头一扭，让他看见门边地上腐烂变绿、爬满蛆虫的尸体。

"我也是铁种，"臭佬撒谎道。那个不知自己名字的男孩确实是铁种，但臭佬诞生于恐怖堡的黑牢之中。"看看我。我是巴隆大王之子，你的王子殿下。"他本可报上名字，但那两个字卡在喉咙里就是出不来。臭佬，我是臭佬，臭名昭著，声似稚鸟。不过，他必须暂时忘记自己的名字。无论处于多绝望的境地，没有人会对臭佬这样的东西投降。他必须暂时装出王子的样。

抓他的人盯着他的脸，眯眼查看，嘴唇怀疑地扭成一团。他一口黄板牙，呼吸里有麦酒和洋葱的臭味，"巴隆大王的儿子被杀光了。"

"我的两个哥哥死了，但我没死。拉姆斯大人在临冬城俘房了我，现在他派我来跟你谈判。你是这里的头儿吗？"

"我吗？"对方放低匕首，退后一步，差点绊倒在尸体上。"我不是，大人。"他的锁甲锈迹斑斑，皮甲已经腐烂，一只手背上的溃疡还在流血。"拉弗·肯宁是司令大人指派的指挥官，我只是个守门的而已。"

"这又是谁？"臭佬踢了门边的尸体一脚。

守卫看向尸体的眼神，仿佛是第一次看见它。"他嘛……他喝了这里的水。我不得不割了他喉咙，以阻止他继续尖叫。这里的水会让人闹肚子，不能喝，我们只喝麦酒。"守卫搓了搓脸，他的眼

睛红肿发炎。"以前我们会把尸体拖进地窖,地窖和地下河相通。现在大家都懒得费事,在哪儿倒下的就搁哪儿。"

"还是地窖比较好。把他们留给水,留给淹神。"

对方哈哈大笑,"地窖里什么神也没有,大人,只有老鼠和水蛇。白晃晃的蛇有人腿那么粗,有时甚至会爬上台阶,趁你睡觉时咬你。"

臭佬清楚地记得恐怖堡下黑牢里的老鼠,记得老鼠在他牙齿间蠕动,记得舌尖热血的滋味。如果我失败,拉姆斯老爷就会把我送回黑牢,还要剥掉我另一根手指的皮。"剩下多少守卫?"

"不太多,"铁民回答,"具体数目我也不清楚。总之损失惨重。我想醉鬼塔里还有人,而森林之子塔已经空了。几天前,达衮·考德刚进去检查过,他说里面只有两个人活下来,而且都靠吃尸体为生。如果您相信的话,他把两个人都宰了。"

卡林湾守不住了,臭佬意识到,只是没人帮他们解脱。他揉揉嘴,掩住缺失的牙齿,然后道:"我得跟指挥官谈谈。"

"跟肯宁谈?"守卫有些迷惘。"他什么也谈不了啦,他快死了,甚至已经死了。我好些天没见着他……上一次还是……"

"他在哪?带我去见他。"

"那谁来守门呢?"

"就他吧,"臭佬踢了死尸一脚。

这个举动让对方又笑了,"是啊,有何不可?那么随我来。"他从墙上的台子里拔下一根火炬,用力挥了几下,直到火焰熊熊燃烧、放出光亮。"走这边。"守卫带他穿过一道门,上了螺旋梯。他们上楼时,火炬的光在黑石墙上影影绰绰地闪耀。

阶梯尽头的黑暗房间烟雾缭绕,闷热至极。窄窗上挂了张破兽皮以隔绝外面的潮气,一大块泥炭在火盆里闷燃。房间里的气味很糟糕,混合了霉菌臭、尿臭和屎臭,烟雾中混着疾病的味道。地板上铺了肮脏的灯芯草,角落里的一大堆稻草就是床铺。

拉弗·肯宁蜷缩在小山一样高的毛皮下打摆子。他的装备堆在旁边——长剑、斧头、全身锁甲、钢铁战盔。他的盾牌上刻有风暴之神的乌云手掌,神的指尖朝汹涌的大海射出霹雳闪电。然而这纹饰已经褪色剥落,下面的木头正在腐烂。

拉弗本人也在腐烂。毛皮底下他什么也没穿,却烧得厉害,苍白浮肿的皮肤上布满流脓的脓疮和疥癣。他的脑袋左右不齐,有一边脸颊高高肿起。他的脖子充血膨胀,变得比他的脸还大。同肿起的脸颊一侧的胳膊粗得像根原木,上面爬满白色蛆虫。看样子,很多天没人帮他洗澡或是修面了。他的一只眼睛流出脓汁来,胡须里全是干掉的呕吐物。"他怎么搞成这副模样?"臭佬问。

"他在城垛上吃了沼泽魔鬼一箭。只是擦伤,然而……那帮魔鬼在箭上涂毒,把自己的屎和更糟糕的东西抹在上面。我们用沸酒为他清洗伤口,但不顶事。"

我没法跟他谈判。"杀了他。"臭佬吩咐守卫,"他已经不行了,全身都是淤血和蛆虫。"

对方目瞪口呆地看着他,"可是司令大人任命他为指挥官哪。"

"没用的马就得杀。"

"马?我哪来的马?"

我有马。回忆忽然涌来。笑星就像活人那样惨叫,它鬃毛着火,后腿人立,痛得死去活来,伸出蹄子朝四面乱踢。不,不,那不是我的马,臭佬从来没有马。"我替你动手。"臭佬拾起拉弗·肯宁靠放在盾牌上的长剑——他还有足够的手指来握剑——挥动剑刃切开那躺在稻草堆上的生灵的肿胀咽喉,浓浓的黑血和黄色脓汁从皮肤下面喷涌而出。肯宁剧烈抽搐了一下,便僵硬不动,一股难以形容的恶臭弥散开去。臭佬快步冲到阶梯口,这头的空气固然阴冷

潮湿，但比屋里已是清新多了。那个铁民也跌跌撞撞地跟上他，脸色刷白，拼命忍住干呕。臭佬抓住他的胳膊，"副指挥是谁？其他人呢？"

"在城头或是大厅里，不睡觉的就喝酒。您愿意的话，我带您去找。"

"带路吧，"拉姆斯只给了他一天时间。

大厅由黑石砌成，天花板很高，尽管宽敞通风，却依旧烟雾缭绕。石墙上点缀着巨大的白苔斑块，被经年累月的炉火熏黑的壁炉中，如今只有一块泥炭在低沉燃烧。一张有几世纪历史的雕花大石桌占据了大厅的主要空间。我曾坐在那里，他还记得，罗柏居首，他右手是大琼恩，左手是卢斯·波顿。葛洛佛家的人挨着赫曼·陶哈，卡史塔克和他的儿子们在对面。

现在有二十来个铁民在桌边饮酒，其中只有少数几个用淡漠呆滞的目光目送他进门，大部分人对他毫无兴趣。他不认得这些人。其中有些人的斗篷用银色鳕鱼形状的搭扣扣住——考德家族在铁群岛地位不高，人们认为他们家的男人都是窃贼和懦夫，女人是会跟父兄上床的淫妇。铁舰队回师时，叔叔留下这帮人，对此他一点也不奇怪。这也让我的任务简单多了。"拉弗·肯宁已死，"他宣布，"现在谁是头儿？"

众酒徒茫然地看着他。有人甚至笑出声来。另一个人吐了口唾沫。最后有个考德接口道："你又是何方神圣？"

"我乃巴隆大王之子。"臭佬，我是臭佬，臭名昭著，毫无节操。"我奉霍伍德伯爵和恐怖堡的继承人拉姆斯·波顿之命而来。他在临冬城俘虏了我，如今他和他父亲又率兵从南北两面包围了卡林湾。然而拉姆斯大人慈悲为怀，决定给你们一次机会，只要你们在太阳落山前献出城池。"他把交给他的信抽出来，扔到酒鬼们饮酒的桌子上。

有人拿起信，在手上转，又摸了摸信上的粉色封蜡。片刻后，这人道："一张羊皮纸有啥用？我们要奶酪，还有肉。"

"咱们要武器，"那人旁边的灰胡子老人接口。老人的左臂已被截掉，留下一截断桩。"剑和斧子。啊，还要弓，一百张崭新的弓。并给咱们补充人手。"

"铁种不投降，"第三个人说。

"这话对我父亲说去。谁都知道，劳勃攻破派克城后巴隆大王屈膝求饶了——否则他只有死路一条。你们也一样。"他朝那张羊皮纸比划。"打开封蜡，仔细拜读。这是一份正式文件，由拉姆斯大人亲笔手书。你们只需放下武器，随我出城，大人自会喂饱你们，并送你们平安前往磐石海岸，到那里找船回家。不答应只有死。"

"你是在威胁？"有个考德站起身。这是个大块头，凸眼珠，宽嘴巴，肤色像死人一样惨白。他这副尊容让人觉得他父亲是跟鱼交配才生下他，但他配着长剑。"达衮·考德不向任何人投降。"

不，求你了，听听我的话吧。想到任务失败、两手空空夹着尾巴回去见拉姆斯老爷的后果，他几乎要当场尿裤子。臭佬臭佬，屁滚尿流。"这就是你们的回答？"他觉得自己的声音过于虚弱，"考德可以代表你们全体吗？"

放他进门的守卫不太确定，"维克塔利昂命令我们坚守此地，这是司令的命令，我亲耳听见的。他吩咐肯宁'守住卡林湾，直到我回来'。"

"是啊，"独臂老人接口，"他是这样说的。他回去参加选王会，但他发誓一定会头戴浮木王冠、率领一千名勇士王者回来。"

"我叔叔不会回来了。"臭佬告诉大家，"选王会选中的是他哥哥攸伦，而鸦眼的目标跟他不同。再说，你们以为我叔叔看重你们吗？说穿了，在他眼里你们一文不值，所以才被留下来当替死

鬼。他就像在沙滩上甩靴子上的泥似的把你们甩掉了。"

这番话正中靶心。他可以从他们的目光中，从他们互相观望、或是皱眉低头瞅着酒杯的神情里看出来。他们都担心自己被抛弃，现在我把他们的恐惧说了出来。说到底，他们又不是著名头领的亲属，也没有铁群岛显赫家族的血统，只不过是奴工和盐妾的后代而已。

"投降，就能自由离开？"独臂老人问，"这张纸上是这样写的？"他轻轻摸了摸羊皮纸，上面的封蜡仍旧完好无损。

"你读了就知道，我所言丝毫不差。"他回答，虽然心知肚明这帮人没一个识字。"对守规矩的俘虏，拉姆斯大人都待之以礼。"是啊，一点没错，老爷本可割了我舌头，或是把我从脚跟直剥到大腿，但他只不过要了我的手指、脚趾跟另外一点东西……"弃剑投降，就能活命。"

"妖言惑众！"达衮·考德拔出长剑，"你是个出了名的变色龙，我们凭什么相信你？"

他喝醉了，臭佬意识到，是酒精在说话。"信不信随你，我只是来帮拉姆斯大人送信。现在我该回去了，晚上还要享用野猪烧萝卜大餐，并用烈性红酒冲下肚。愿意跟我走的，可以共享盛宴；留下的人最多只能苟活一天。恐怖堡公爵将统领骑士们沿堤道北进，他儿子会带着他留下的精锐亲兵从北方支援。战斗一旦打响，决无宽恕余地。战死的算是幸运儿，若是被擒，多半会被丢给沼泽魔鬼们料理。"

"够了，"达衮·考德吼道，"你以为空口大话能吓住铁民？滚吧，滚回你主子那里，否则我要把你开膛破肚，将肠子扯出来，让你亲口吃下去！"

他还待再说，眼睛却陡然睁大——"咻"的一声闷响，一把飞斧钉在了他额头中央。考德松开剑，像钩子上的鱼那样挣扎了几下，便脸朝下倒在桌上。

扔斧子的是独臂老人。他手握另一把飞斧站起身。"谁还想死？"他质问其他酒徒，"活得不耐烦的就开口，老子满足他。"达衮·考德的脑袋里流出几道红色细流，沿石桌缝隙蔓延开来。"老子要活命，不想干坐在这鬼地方烂掉。"

有人喝了一大口麦酒，又有人用杯子里的酒冲开流向他座位旁的鲜血。没人说话。当独臂老人把飞斧插回腰带上时，席恩明白自己赢了。他几乎又是个人了，因为他办成了拉姆斯老爷交代的差事。

他亲手扯下海怪旗。失去的手指有些碍事，幸亏拉姆斯老爷为他留下更多的手指。铁民们准备了大半个下午方才出城投降。他们的人数比他想象中要多——城门塔中有四十七人，醉鬼塔里有十八人。这些人中，有两个已奄奄一息，不可能活命，还有五人虚弱得无力步行，但尚有五十八人能作战。虽然他们的状况窘迫不堪，可若是拉姆斯老爷强攻的话，恐怕会损失三倍于此的士兵。老爷派我来真是神机妙算。臭佬一边想，一边爬回矮马背上，准备带领这支破破烂烂的队伍，穿过沼泽地返回北方人的营地。"把武器留下，"他告诉俘虏们，"剑、弓，还有匕首都不能带。携带武器的人会被当场格杀的。"

一行人返回花了臭佬独自前来的三倍时间，因为铁民们制做了四顶粗糙的担架来担走不动的人，第五人由其子背负。为照顾同伴，铁民们走得很慢，一路莫不胆战心惊，唯恐沼泽魔鬼射出致命的毒箭。死了也好，一了百了。臭佬只希望射他的是个好箭手，让他干净利落地死去。像个男人一样死，不要受拉弗·肯宁那样的折磨。

独臂老人一瘸一拐地跛行在队伍前列，他自称是阿大克·汉博利，在大威克岛有一位岩妻和三名盐妾。"启航时，我那四个女人

有三个肚子大了，"他吹嘘道，"而咱们汉博利家向来以生双胞胎著称。我回去的头一件事就是数数自己添了多少儿子。或许我会用您的名字来为哪个小子命名咧，少爷。"

是吗？就叫他臭佬吧，他心想，要是哪天他不听话，你可以切掉他的脚趾，让他去吃老鼠。他扭头啐了一口，心里觉得说不定拉弗·肯宁的结局还比较美好。

当拉姆斯老爷的大营在前方出现时，板岩灰的天空淅淅沥沥下起了小雨。有个哨兵沉默地注视着他们走过，空中弥漫着营火被雨水浇灭后散发的潮湿烟气。有个贵族少爷带一队骑兵包抄了铁民们的退路，那贵族的盾牌上有马头纹章。莱斯威尔家的，臭佬意识到，罗杰或瑞卡德。他分不清这两人。"就这些吗？"贵族少爷骑在栗色战马上问。

"其他人都死了，大人。"

"我还以为他们人很多呢。我们曾三次攻打卡林湾，三次都被他们打退。"

因为我们是铁种，他油然生出一股强烈的自豪，半晌间似乎又成了王子，巴隆大王之子，派克岛的传人。不过，光是产生这念头都太危险。他必须记住自己的名字。臭佬，我是臭佬，臭名缠绕，处处讨饶。

来到营门口，猎狗们的吠叫预示着拉姆斯老爷亲自迎降。他带着妓魔和六七个亲信，包括剥皮人、酸埃林、舞蹈师达蒙，大小瓦德等。狗们簇拥在周围，朝陌生人咧牙咆哮。杂种的娘们儿们。臭佬心想，但他知道千万、千万、千万不可在拉姆斯老爷身边说出这个形容。

臭佬滚鞍下马，单膝跪下。"大人，卡林湾属于您了。这些就是守军残部。"

"没几个嘛。这般顽强的对手，真想多多收容。"拉姆斯的淡色眼珠闪了闪,"你们一定饿坏了。达蒙、埃林,去照顾他们。取葡萄酒、麦酒以及所有能吃的东西。剥皮人,送伤员去见学士。"

"是,大人。"

有几个铁民低声道谢后,才拖着脚步去营地中间的营火旁休息。有个考德家的人甚至想亲吻拉姆斯老爷的戒指,但猎狗们在他靠近前就把他赶走了,艾丽森更是撕下他半片耳朵。即便鲜血如注流下颈项,那人还是如捣蒜般点头哈腰,满口赞扬大人的慈悲心肠。

等铁民全部离开,拉姆斯·波顿转向臭佬,露出笑容。他拍了拍臭佬的后脑勺,又把臭佬的脸拉近亲吻,耳语道:"我的老朋友臭佬,你们真把你当王子了么?铁民哪铁民,真是帮不长眼的呆瓜,连诸神都在发笑。"

"他们只想回家,老爷。"

"那你想要什么,我亲爱的臭佬?"拉姆斯凑在他耳边,如情人蜜语般轻细地说。他的呼吸有香料热酒和丁香的味道,煞是甜美。"如此英勇的表现理应得到奖赏。我没法让你再长出手指脚趾来,但肯定能为你做点儿什么。要不要我放你自由?解除你对我的义务?你想不想跟他们回去,回到冰冷灰海中鸟不生蛋的岛上继续当你的王子?还是说你宁肯留下来做我忠实的仆人?"

一把冰冷的尖刀正沿着他的背脊向上爬。小心,他告诉自己,千万、千万小心。老爷的笑容,老爷闪烁的眼珠,老爷嘴角亮晶晶的唾液都让他警惕。他见过老爷露出这样的神态。你不是王子。你是臭佬,只是臭佬,臭佬臭佬,狼狈如蚤。快说出他想要的答案哪。

"老爷,"于是他道,"我就留在这里,留在您身边,哪里也不去。我是您的臭佬,只想全心全意服侍您。至于我有什么要求……一袋葡萄酒足矣……红葡萄酒,最烈性的那种,可以醉人

的……"

拉姆斯老爷哈哈大笑,"你不是人,臭佬,只是我的宠物。但我满足你的要求,瓦德,拿酒给他喝。你别怕,我以身为波顿的荣誉起誓,不会再把你扔进黑牢了。现在我们让你做狗,天天有肉吃,我还会给你留下足够多的牙齿来吃肉。你就睡在我的姑娘们身边好了。本,能不能给他备个项圈?"

"没问题,大人,"老骨头本道。

老头对他挺好的,不止给他戴上了项圈,还给他弄来一张破毯子和半只鸡。为了这只鸡,臭佬和猎狗们打了一架,但这确实是他自临冬城以来吃过的最美味的东西。

而那酒……那酒浑浊酸臭,但确实够烈性。臭佬蹲坐在猎狗们中间喝了个痛快,直喝到天旋地转。他张嘴呕吐,吐完擦擦嘴,又接着喝。喝光酒后,他闭眼躺下。醒来时,有只狗正在舔他胡须里的污物,镰刀般的弯月划破了厚重的黑云。

夜色中传来阵阵惨叫。

他把狗推开,翻了个身,继续睡。

第二天清晨,拉姆斯老爷派出三名骑手沿堤道南下,去通知父亲大人他已扫清障碍。城门塔上,昨日臭佬扯下派克岛金色海怪旗的地方,如今升起了波顿家族的剥皮人旗。朽坏的木板道两旁的沼地里,深深插进许多木竿,血淋淋的鲜红尸体正在竿子上腐烂。一共六十三人,臭佬就是知道,六十三人,一个不少。其中有个人少了条胳膊,另一个嘴里塞了张羊皮纸,上面的封蜡都没有打开。

三天后,卢斯·波顿军的前锋开始缓缓穿过废墟,并接受这些可怕哨兵的敬礼——前锋由四百名身着蓝灰服饰的佛雷骑兵组成,每当太阳从乌云中露头,骑兵们的矛尖就会反射出刺眼的光芒。前锋由瓦德老侯爵的两个儿子统领。其中一个十分强壮,生了副巨大的尖下巴,胳膊上肌肉虬结;另一个生了对靠得很近的眼睛,眼珠子里显出饥渴的神情。他还有尖鼻子、光头，稀疏的棕色胡须遮不住满是软肉的下巴。霍斯丁和伊尼斯。他在知道自己的名字以前就认得他们了。霍斯丁是头公牛，不轻易发火，但一旦被激怒就会不依不饶。他是瓦德侯爵的子孙里最凶猛的战士；伊尼斯年长，行事更残酷、也更狡猾——他更像个指挥官，而非单纯的剑客。这两人都经验丰富。

北方人紧跟在前锋军后，褴褛的旗帜在风中扑哧作响。臭佬目送他们经过，发现他们大多是步兵，且人数太少。他还记得当初团结在临冬城冰原狼旗下、随少狼主南征的大军的空前盛况。接近二万名执剑提枪的战士随罗柏出征，如今只剩五分之一回来，其中大多还是恐怖堡的人。

在队伍中央、人员最密集的地方，骑行着一位在血红色皮革加垫上衣上外罩黑灰色板甲的人。此人的腋甲被锻造成人头形状，人头张嘴发出痛苦的哀嚎。此人肩披一件绣有无数血点的粉色羊毛披风，严实阖上的头盔顶部有一簇长长的红丝流苏。泽地人的毒箭伤不着卢斯·波顿，臭佬看见他的第一眼就想到。有辆密闭马车呻吟着紧跟在他后面，由六匹强健的驮马牵引，车前车后都有十字弓手警卫。马车上的暗蓝色天鹅绒帷幕挡住了外人的视线。

队伍末端是辎重车队——摇摇晃晃的马车上装满了给养和战利品，还有些车子载着伤员和残废。后卫部队也是佛雷家的，至少一千名士兵，或许更多，包括弓箭手、长矛手、装备镰刀和削尖木棍的农民、自由骑手、骑射手以及一百名骑士。

拉姆斯老爷大步流星地前去迎接父亲，戴着项圈、拴上铁链、穿回烂衣服的臭佬和其他狗们一起跟上老爷。但等黑甲骑士打开头盔，臭佬却不认得那张脸。拉姆斯老爷的笑容更是顿时凝固，接着怒容满面，"这是干什么？耍我吗？"

"这是保险起见，"卢斯·波顿轻声说着，拉开马车帘子走出来。

恐怖堡公爵跟他的私生子长得不太像。他修面整洁，皮肤光滑，相貌普普通通，虽不英俊却也不丑。长年的军旅生涯没有给他留下伤痕，尽管已四十好几，但他脸上见不到几丝皱纹，鲜少浮现岁月的痕迹。他嘴唇极薄，抿紧时几乎成了一条线。总而言之，卢斯•波顿那张脸有种不受时间影响的城府与镇静，无论发怒还是欣喜，那张脸都用同样的方式来表达。他跟拉姆斯只有一点神似，那就是他们的眼睛。他的眼睛就像冰。臭佬很想知道卢斯•波顿这辈子是否哭过，如果有的话，流出的也是冰吗？

那个叫席恩•葛雷乔伊的男孩喜欢在罗柏•史塔克的战争会议上挪揄波顿，嘲笑对方轻声细语的说话方式，还拿水蛭开玩笑。那个男孩一定疯了，恐怖堡公爵可不是拿来寻开心的人。你只消看他一眼，就会明白在他任何一根粉色脚趾头里包含的残忍，比佛雷一家人合起来还多。

"父亲，"拉姆斯老爷在他的主子面前跪下。

波顿公爵盯着他审视了一会儿。"起来吧，"他转身扶两位年轻仕女下马车。

头一个女孩是个矮子，非常肥胖，生了张红彤彤的圆脸，三重下巴在黑貂皮兜帽下颤巍巍地晃。"这是我的新夫人。"卢斯•波顿宣布，"瓦妲夫人，这是我的庶出子。亲吻你继母的手，拉姆斯。"拉姆斯老爷照办。"接下来，我想你应该还记得艾莉亚小姐，你的未婚妻。"

第二个女孩十分苗条，比他记忆中要高——这当然不足为奇，女孩在这个年纪总是长得很快——身穿白缎子镶边的灰羊毛裙服，外披白貂皮斗篷，并用银制狼头搭扣别住。她的暗褐色秀发一直垂下半个后背，她的眼睛……

她不可能是艾德大人的女儿。

艾莉亚继承了她父亲的眼睛，史塔克家族的灰眼睛。随着年龄的增长，女孩儿头发可以留长，个子可以长高，奶子可以更丰满，但决不可能改变眼睛的颜色。这一位是珊莎的小伙伴，总管的女儿。珍妮，是了，她是珍妮·普尔。

"拉姆斯大人，"女孩在拉姆斯老爷面前行了个屈膝礼。这也不对。真正的艾莉亚·史塔克会当面吐他口水。"我渴望做您的好妻子，为您生下许多强壮的儿子。"

"你会的，"拉姆斯老爷保证，"很快就会了。"

琼恩

蜡烛在一汪烛泪中奄奄一息，晨光钻过百叶窗缝隙，照进屋内。琼恩又在工作时睡着了。桌上的书堆积如山，这些书是他借着灯笼光，花了半晚上在灰尘仆仆的地窖里找到，并亲自搬回来的。山姆说得没错，书籍亟待分类整理、按序摆放。但不识读写的事务官们做不了这个，只能等山姆回来。

如果他能回来。琼恩很担心山姆和伊蒙学士。卡特·派克从东海望来信说暴鸦号发现斯卡格斯岛岸边有艘划桨船的残骸。不过，船员们没法确定那是史坦尼斯·拜拉席恩的雇佣舰船，是黑鸟号，抑或其他经过的商船。我想保护吉莉和孩子，难道反而让他们葬身鱼腹了？

几乎未动的晚餐早已在他肘边冻结。忧郁的艾迪给他倒了满满一盘子食物，好让三指哈布臭名昭著的"三肉汤"把陈面包泡软。兄弟们之间流传的笑话说里面的三种肉是羊肉、羊肉，还有羊肉，但或许胡萝卜、洋葱和芜菁更接近答案。一层油脂浮在菜羹之上。

史坦尼斯走后，波文·马尔锡曾劝琼恩搬回国王塔里熊老原先的房间，但他拒绝了。随便搬进国王的房间会被误解为他认定国王回不来。

自史坦尼斯南下后，黑城堡陷入了一种奇怪的倦怠，似乎自由民和黑衣兄弟都屏息以待将要发生的事情。院子和餐厅大多时候空空如也，司令塔寂寞无人，旧大厅仍是一堆焦黑木头，而哈丁塔看起来见风就倒。唯一的生气是兵器库外的长剑劈砍冲撞声。埃恩·伊梅特正高喊着要跳脚罗宾端好盾牌。我们最好都端好盾牌。

琼恩洗脸更衣，走出兵器库，在院子短暂停留了一下，稍稍鼓励跳脚罗宾和伊梅特手下其他的新兵。同往常一样，他谢绝了泰的护卫请求——他倒是想多带些人，可一旦发生流血冲突，一个护卫也于事无补——但他带着长爪，白灵也跟在脚边。

到达马厩时，忧郁的艾迪已将司令大人的鞍马备齐。波文·马尔锡监督马车集合。总务长正沿着队列小跑，指指点点，大声呼喝，脸被冻得通红。等他看到琼恩，脸更红了："司令大人。您真的坚持这……"

"……愚行？"琼恩替他说完。"请告诉我你不是想说'愚行'，大人。是的，我坚持，这事讨论过很多次了。东海望需要人手，影子塔需要人手，毫无疑问，灰卫堡和冰痕城也需要，我们还另有十四座空虚的要塞，长城的很多部分都无人守望防卫。"

马尔锡撅起嘴唇。"莫尔蒙大人——"

"——死了。而且没死在野人手里，却死于他信任的誓言兄弟。他在位上会做什么，不会做什么，你我都无从知晓。"琼恩调转马头。"别废话了，走。"

忧郁的艾迪听到了整个对话。等波文·马尔锡小跑离开，他冲其背影点点头，"真是个石榴，里头全是子，能把人噎死。我宁愿吃个芜菁。从没听说芜菁害死过人。"

这种时刻琼恩最想念伊蒙学士。克莱达斯能把乌鸦照顾好，但他的学问和经验尚不及伊蒙·坦格利安的一成，更别提智慧了。从某些角度而言，波文是个难得的好人，但在头骨桥负伤的阴影让他变得冥顽不灵，日复一日重弹闭关自守的老调。此外，奥赛尔·亚威克沉默寡言、冷漠无趣，而守夜人的首席游骑兵近来牺牲得太快。守夜人失去了太多好手，马车前行时，琼恩回忆着。熊老、断掌科林、唐纳·诺伊、贾曼·布克威尔，我叔叔……

车队沿国王大道南行，小雪倏忽而至，长长的车队由十二名长

矛兵和十二名弓箭手护卫——士兵都骑马——缓缓驶过旷野、溪流和树木密布的山坡。近几次去鼹鼠村的经历非常糟糕，守夜人遭遇了推搡咒骂和人们阴郁的怒视。波文·马尔锡认为这次最好别冒险，琼恩难得地跟他意见一致。

总务长当先开路，琼恩落后几码，忧郁的艾迪·托勒特陪在他身边。自黑城堡向南半里，艾迪驱策矮种马靠近琼恩："大人？看哪，山上的大醉汉。"

所谓的大醉汉是棵白蜡树，在寒风几百年的压迫下向一侧倾斜。现在这棵树有了张脸。肃穆的嘴巴，破败树枝搭成的鼻子，深深刻在树干上的眼睛，它越过国王大道望向北方，望向城堡和长城。

野人到底还是把他们的神祇带了过来。琼恩不奇怪，人们不会轻易舍弃自己的神祇。不过这样一来，梅丽珊卓女士在长城外的表演陡然间成了闹剧。"看上去有点像你啊，艾迪。"他努力表现出轻松的样子。

"是的，大人，虽然我鼻子上不长叶子，但其他方面么……梅丽珊卓女士会不开心的。"

"她不喜欢，让大家别传出去。"

"但她能在火焰里看到的。"

"不过是烟雾和灰烬罢了。"

"还有烧活人咧，很可能被烧的就是我，如果我鼻子上长叶子的话。我总担心自己被烧掉，真希望在那之前就死了。"

琼恩回望了那张脸一眼，思忖谁刻了它。他在鼹鼠村周围布置守卫，既保证麾下乌鸦不受女野人引诱，也防止自由民偷溜到南方去打劫。但显然，在白蜡树上雕刻的家伙躲过了他的守卫。这个人能躲过守卫，其他人肯定也能。我得把守卫加倍，他郁闷地想，加倍地浪费人手，那些人本该在长城上巡逻。

马车顶着纷飞雪花,穿过结冻的土地继续缓慢南行。一里之后,他们看到了第二张脸,刻在结冰小溪边的栗树上,眼睛盯着溪上古老的木板桥。"祸不单行,"忧郁的艾迪说出自己的看法。

栗树枯叶落尽,宛若白骨,但光秃的树枝并不是空荡的。垂于小溪的低枝上有只乌鸦,正竖起羽毛抵御寒冷。它看到琼恩,张开翅膀,尖叫一声。琼恩举手打个呼哨,这只硕大的黑鸟便振翅飞来,高叫:"玉米,玉米,玉米。"

"玉米给自由民,"琼恩告诉它,"不是给你的。"他心想,若事情没有转机,凛冬到来前他们就得吃乌鸦。

琼恩确信马车上的兄弟们也看到了这些脸,虽然大家没多啰唆,但眼神说明了一切。曼斯·雷德曾形容下跪之人基本都是绵羊。"狗也能统御绵羊,"塞外之王宣称,"但自由民,哼哼,有些是影子山猫,有些是石头。前者不仅不听约束,还会将你的狗撕成碎片;后者嘛,不伸腿踢就不动弹。"山猫和石头都不愿放弃祖祖辈辈信仰的神灵,转向全然陌生的红神屈膝。

来到鼹鼠村北,他们在标定村镇边界的巨大橡树上看到了第三张脸,它用深陷的眼睛盯着国王大道。这张脸一点也不友好,琼恩·雪诺意识到。先民和森林之子于远古时代刻在鱼梁木上的脸通常是严厉或狂野的,但这张巨橡树上的脸却格外愤怒,似乎要拔地而起,朝他们高声咆哮。刻痕很新鲜,正如雕刻它的人所受的创伤。

鼹鼠村总是比看上去要大,因为它大部匿于地下,以阻隔严寒和积雪。这种布局如今显出了价值。瑟恩的马格拿假道攻打黑城堡时,曾将空旷无人的鼹鼠村付之一炬,地面只留焦黑的房梁石头……但在结冻的土地下,暗室、甬道和地窖安然无恙。自由民们现下就住在里面,他们像用来命名村庄的鼹鼠一样,在黑暗中挤做一团。

马车在铁匠铺的残骸前停下,围成半圈。旁边有群脸蛋冻得红

彤彤的小孩在堆雪城堡，但看到黑衣兄弟便四散跑开，消失在一个个洞口中。没多久，成年人纷纷从地下冒出，恶臭气息紧随其后，混杂了没洗澡的身体、污秽衣物和粪便尿液的味道。琼恩的一名部下皱了皱鼻子，和旁边人说了什么。嘲笑自由的味道，他猜测。黑衣兄弟们太喜欢取笑鼹鼠村蛮子的臭味了。

真是帮猪脑子，琼恩心想。自由民和守夜人没什么不同，都是有的干净，有的肮脏，更多的人有时干净有时脏。现在的恶臭，只不过是因为上千人挤在原本为不到一百人修建的地下室和甬道里。

野人们熟悉了规矩。他们一言不发地在马车后排好队，男女比例约一比三，很多成年人带着孩子——那些苍白瘦弱的小东西，紧抓着妈妈的裙子，还好没几个是怀抱中的婴儿。婴儿都在行军中死去了，他明白，没死于战争的，也死在了国王的栅栏里。

战士的状况比较好。朱斯丁·马赛在会上声称有三百名适龄男子，这数字是海伍德·费尔伯爵亲自清点的。此外还有矛妇。五十，六十，甚至一百个矛妇。琼恩知道，费尔算上了负伤的人，此刻他看到二十来个伤员——有的拄着粗陋拐杖，有的没了胳膊甩着空袖管，有的只剩一只眼睛或半张脸，甚至有人丢了双腿被两个朋友架着。每个人都无精打采，面容憔悴。残人，他心想，活死人不只有尸鬼一种。

当然，不是所有人都活得有气无力。六名身着青铜鳞甲的瑟恩人站在地窖阶梯旁，绷着脸观望，无意加入队列。有个秃头壮汉站在旧铁匠铺的废墟里，琼恩认出那是狗头哈玛的弟弟哈尔克。哈玛的猪都不见了。肯定被吃掉了。还有两名披毛皮的硬足民，精瘦凶狠，在雪地里也打着赤脚。羊群里还是有狼的。

琼恩上次拜访瓦迩时，她曾提醒他："自由民和下跪之人的相同处远多于不同处，琼恩·雪诺。男人就是男人，女人就是女人，无论长城内外。好人坏人，英雄恶棍，正直良善，欺诈骗徒，胆小懦夫，伪善君子……我们那都有，你们也不少。"

她说得没错。关键在于区分，分清绵羊和山羊。

黑衣兄弟开始分发食物。他们带来硬邦邦的咸牛肉片、鳕鱼干、干豆子、芜菁、胡萝卜、几袋大麦粉和小麦粉、盐腌蛋、几桶洋葱跟苹果。"你可以拿一个洋葱或一个苹果。"琼恩听到毛人哈尔对一位女人说，"但不能都拿。必须挑一个。"

女人似乎没明白，"每样我都要两个。一个给我，另一个给我男娃。他病了，苹果会让他好起来。"

哈尔摇摇头，"他必须自己来拿苹果，或拿洋葱，不能都拿。你也是。现在，苹果还是洋葱？赶紧的，后面还有好多人呢。"

"苹果。"她说。他递给她一个苹果，又陈又干，既小且皱。

"快走，女人。"隔着三个位置的男人喊道，"外面很冷的。"

女人没理他。"再给个苹果，"她告诉毛人哈尔，"给我男娃。求你，这个太小了。"

哈尔看向琼恩，琼恩摇摇头。苹果快没了。如果前面的人要两个就给两个，后来的就拿不到了。

"让开，"站在后面的女孩猛推了女人一下。女人一个趔趄，丢掉苹果，摔倒了。她手里其他的食物也都飞了出去。豆子散落一地，芜菁滚到烂泥里，面粉袋子破了，珍贵的面粉撒在积雪中。

于是怒吼阵阵，有古语也有通用语。另一辆马车旁爆发了更多的推搡。"这根本不够，"一个老人咆哮道，"该死的乌鸦就他妈想饿死咱们。"被推倒的女人跪在地上，挣扎着寻捡她的食物。琼恩瞥到几码外寒光闪过，他手下的弓箭手们纷纷搭箭弯弓。

他在马鞍上转过身子。"罗里。让他们安静。"

罗里把巨大的号角举到嘴边，用力吹响：

啊呜呜呜呜呜呜呜呜呜呜呜呜呜呜呜呜呜呜呜呜呜

骚乱和推搡都停了，头都转过来，一个孩子开始啼哭。莫尔蒙的乌鸦从琼恩左肩走到右肩，摇头晃脑，念念有词："雪，雪，雪。"

琼恩直等到声音散尽，才驱马上前，走到众人视线当中。"我们已尽可能地供养你们，尽可能地与你们分享食物。苹果、洋葱、萝卜、胡萝卜……一个漫长的冬天等在所有人前面，而我们的储备并非无穷无尽。"

"你们这群乌鸦吃得够好了。"哈尔克分开人群，走上前。

就是现在。"我们要保卫长城，而长城保卫王国……现在保卫着你们。你们知道我们要面对什么样的敌人，你们知道它们的凶险。你们当中有人见过它们。尸鬼和白鬼，蓝眼黑手的死物。我也见过它们，抵抗过它们，并把其中一只送下地狱。它们会杀戮人类，之后操纵人类的尸体来攻打人类。巨人尚且无法抵挡，何况你们这些瑟恩人、冰川部落、硬足民、自由民……随着白昼渐短黑夜渐冷，它们愈发强大，逼得你们背井离乡，成百上千地向南迁徙……你们到这里来是为什么？不就是为了摆脱它们吗？你们寻求安全，而长城保证了你们的安全，我们这群被你们鄙视的黑乌鸦保证了你们的安全。"

"保证我们安全地挨饿。"一个满脸风霜的矮胖女人说，她看起来像是矛妇。

"想要更多食物？"琼恩问，"食物是给战士的。帮我们保卫长城，你们会吃得和乌鸦一样好。"等食物短缺时，也和乌鸦一样糟。

一片沉寂，野人们谨慎地交换眼神。"吃。"乌鸦嘀咕道，"玉米，玉米。"

"为你们而战？"这人口音浓重。是赛贡，年轻的瑟恩马格拿，他的通用语半生不熟。"不为你们而战。杀了你们更好。杀光你们。"

乌鸦扑扇着翅膀。"杀，杀。"

赛贡的父亲是前任马格拿，他在攻击黑城堡时，被垮塌的楼梯压得粉身碎骨。谁叫我去和兰尼斯特合作，我也会这么想，琼恩对自己说。"你父亲试图杀光我们，"他提醒赛贡，"尽管他很英勇，但终归失败。如果他成功……现在谁来保卫长城？"他转身背向瑟恩人，"临冬城的城墙同样坚固，如今却沦为焦黑废墟、残破不堪。城墙的坚固程度取决于守城的人。"

一名胸前抱着芜菁的老人开口："你屠杀我们的人，你让我们挨饿，现在又想让我们当奴隶。"

一个身材敦实、脸庞通红的男人高喊附和："我宁愿啥也不穿，也不要披块破黑布。"

一位矛妇大笑，"连你媳妇都不想看你光身子，靶子。"

七嘴八舌同时响起，瑟恩人用古语叫嚷，一个小男孩哭起来。琼恩·雪诺等所有声音归于平静，才转向毛人哈尔："哈尔，你对这女人说过什么？"

哈尔迷惑不解。"关于食物的？苹果还是洋葱？我说的就这个。他们得挑一个。"

"你们得挑一个。"琼恩·雪诺重复，"你们所有人。你们无需发下我们的誓言，我也不在乎你们信仰什么神。我自己信奉北方的旧神，而你们可以信奉红神、七神，或是任何能聆听你们祈祷的神。我们只需要长矛、弓箭和守望长城的眼睛。

"我接受任何年满十二岁、懂得持矛射箭的男孩。我接受老人、伤员、残废，甚至那些不能再战斗的人。他们可以执行别的任务：为箭支上羽、给山羊挤奶、收集木柴、清理马厩……工作多种多样。我也接受女人，需要保护的腼腆姑娘就不用了，请矛妇们自告奋勇。"

"女孩呢？"一个女孩问。她看起来和琼恩最后一次见到的艾莉亚差不多大。

"十六岁以上的。"

"可男孩十二岁的你都要。"

在七大王国，十二岁的男孩通常可以充当侍从或侍酒，其中很多已受训多年；十二岁的女孩则还是孩子。但这些是野人。"就按你说的，男孩和女孩年满十二岁就可以。但必须服从命令，所有人都必须服从命令。我不要你们向我屈膝臣服，但我会为你们指派队长和军士，规定你们何时起床何时睡觉，哪里吃饭，何时饮水，该穿什么，何时拔剑放箭。守夜人是终生职，我不会这样要求你们，但你们在长城期间，必须听命于我。谁不听指挥，我就砍谁的头。问问我的弟兄，我是不是说话算话，他们都见证过。"

"砍头。"熊老的乌鸦尖叫，"砍头，砍头，砍头。"

"选择权在你们。"琼恩·雪诺告诉野人们，"愿意帮我们保卫长城的，就跟我们一起返回黑城堡，我会供给装备和食物。剩下的，拿好芜菁和洋葱，爬回洞里吧。"

那小女孩第一个站出来。"我能打。我妈是个矛妇。"琼恩点点头，看着她从两个老头中间挤出来，心想：她可能还没十二岁。但他不打算拒绝这唯一的新兵。

两名不到十四岁的男孩跟着她站出来，接着是名浑身伤痕的独眼男人。"我见过那些东西，那些死物。乌鸦也比它们强。"然后又有一位高个矛妇、一名拄拐杖的老人、一个一条胳膊萎缩的圆脸男孩和一个年轻男子，他的红发让琼恩想起了耶哥蕊特。

然后是哈尔克。"我不喜欢你，乌鸦，"他吼道，"但我也没喜欢过曼斯，跟我老妹一样。既然我们可以为他而战，为啥不能为你而战？"

坚冰被打破了。哈尔克声名很高。曼斯说得没错。"自由民不追随姓氏，或是缝在衣服上的小动物，"塞外之王曾对他说，"他们不会见钱眼开，不会趋炎附势，也不关心别人的职位或祖先。他们崇拜力量，追随强者。"

哈尔克的亲戚们随他站出来，接着是一名哈玛的旗手，随后是她的部下，最后是听说过他们英勇事迹的人：耄耋老人和青涩小子，壮年战士，伤员残废，二十几个矛妇，甚至还有三名硬足民。

但没有瑟恩人。马格拿转身消失在甬道入口，他那些穿青铜鳞甲的属下紧跟其后。

等最后一个皱巴巴的苹果发完，马车上已挤满野人，比他们早上从黑城堡出发时整整多出六十三人。"你拿他们怎么办？"沿国王大道返回途中，波文·马尔锡问琼恩。

"训练他们，武装他们，然后分派出去。派往需要的地方。东海望，影子塔，冰痕城，灰卫堡。我打算再开放三座堡垒。"

总务长回望一眼。"包括女人？弟兄们可不习惯有女人混在中间，大人。他们的誓言……这会挑起争斗和强奸……"

"这些女人带着刀，也知道怎么使。"

"那等矛妇割开某位弟兄的喉咙，我们怎么办？"

"我们会失去一个人，"琼恩说，"但刚刚得到了六十三个。你擅长计数，大人，我数错了请纠正：账面上我们赚了六十二人。"

马尔锡很不服气，"是增加了六十三张嘴，大人……这里边有多少战士，他们又会为谁而战呢？我承认，如果异鬼杀到门口，他们八成会站在我们这边……但如果巨人克星托蒙德或哭泣者召集起上万个嚎叫的蛮子，到时会怎样？"

"到时自然会知道。让我们祈祷这事永远不要发生吧。"

提利昂

他梦见了父亲大人和裹尸布大王,在梦中他们是一体。父亲用石化的手臂搂抱他,想给他一个灰吻。他骤然惊醒,口干舌燥,满嘴血腥味,心脏在胸腔内咚咚狂跳。

"死侏儒复活啦,"哈尔顿宣布。

提利昂摇摇头,试图挣脱梦境的缠绕。伤心岭。我淹死在伤心岭。"我没死。"

"这可难说,"赛学士居高临下站在他面前,"达克,当个好鸭子,煮些肉汤给咱们的小朋友喝。他一定饿坏了。"

提利昂发现自己竟躺在"含羞少女号"上,盖着有浓浓醋味的烂毯子。船已过伤心岭,之前溺水的记忆是一场梦中之梦罢。"我怎么闻起来像恶心的醋坛子?"

"莱摩儿用醋为你洗过身子。有人说这样就能预防灰鳞病——我对此深表怀疑,但试试总没坏处。格里芬把你捞上来后,正是莱摩儿为你清出肺里的积水。你当时冷得跟冰块似的,嘴唇发紫。耶达里要把你扔回去,但男孩坚决不许。"

王子救了他。回忆如潮水般涌来:石民伸出伤痕累累的灰手,血从指节处渗出。他犹如沉重的压箱石把我拽向深水。"格里芬把我捞上来的?"他一定是恨我入骨,否则怎不让我死掉呢?"我昏迷了多久?船现在到了哪里?"

"赛荷鲁镇。"哈尔顿从袖子里摸出一把小刀。"给,"他朝下扔给提利昂。

侏儒往后一缩,小刀插在他两腿之间的甲板上,嗡嗡颤动。他把它拔出来，"干吗？"

"把靴子脱了。拿刀戳每根手指和脚趾。"

"这……很痛啊。"

"希望如此。快脱。"

于是提利昂依次脱下左右脚的靴子，再褪掉长袜，仔细打量脚趾。在他眼中，趾头还是老样子，不好也不坏。他试探性地戳了戳大脚趾。

"用点力，"赛学士哈尔顿敦促。

"要见血吗？"

"必要的话。"

"我是不是每个脚趾都得留道疤？"

"叫你做这个当然不是数脚趾头，而是确认你还有痛觉。戳下去会痛，可谓不幸中的万幸；如果什么也感觉不到，那你就惨了。"

灰鳞病……提利昂情不自禁地畏缩。他苦着脸刺向另一根脚趾，眼看着一串血珠子沾在小刀尖端。"痛极了。你满意了？"

"我高兴得想跳舞咧。"

"你的脚比我的还臭，耶罗，"达克端来一杯肉汤，"格里芬警告过你别碰石民。"

"没错，可惜他忘了警告石民别碰我。"

"你边刺边注意有没有小块坏死的灰皮、指甲有没有变黑。"哈尔顿说，"如果发现这样的迹象，千万别犹豫，失去一根脚趾总比失去一只脚要好，失去一条胳膊也好过终日在梦想桥上嚎啕。方便的话，现在刺另一只脚。然后还有手指。"

侏儒盘起发育不良的短脚，开始刺另一边的脚趾头。"我那话儿需要扎吗？"

"刺一刺没损失。"

"是你没损失。嗨,想想我用它干过那么多坏事,真不如切掉算了。"

"你随意。等你切下来,我们会把它晒干、填满,拿出去当幸运符高价售卖。侏儒的命根子据说有魔力唷。"

"说得好,多年来,我可是跟各路美女大力宣扬过它的疗效呢。"提利昂用小刀刺向大拇指,血珠子一下冒了出来。他赶紧拿嘴吮吸。"还要我自虐多久?如何确定我完全没事儿了?"

"要我说实话?"赛学士道,"没法百分百确定。你喝了一肚子河水,很可能已经开始变灰——从内部器官开始,首先是心和肺。如果事情真是这样,那么扎脚趾头或拿醋洗澡都毫无意义。你刺完了,喝点肉汤吧。"

肉汤滋味不错,但提利昂注意到用餐期间赛学士横了张桌子在他们之间。"含羞少女号"目前停靠在洛恩河东岸一个风化的码头墩上,往下两个墩子的地方,有艘瓦兰提斯河上战舰正在卸下士兵。商店、摊贩和仓库都挤在河边的砂石墙下,墙后隐约能看见城市的塔楼和圆顶,夕阳为它们镀上了一层红光。

不,这不是城市。赛荷鲁镇乃是古瓦兰提斯治下的一座镇子。这里不是维斯特洛,在这里,这还算不上一座城。

莱摩儿带着王子登上甲板。她看见提利昂,便冲过来拥抱他。"圣母慈悲。我们一直在为你祈祷,胡戈。"

至少你祈祷了。"这回我不反对祈祷。"

小格里芬的情绪就没那么高了。他闷闷不乐,为自己被强留在"含羞少女号"上、不能与耶达里和耶利亚一起上岸而愤愤不平。"我们是为你安全着想,"莱摩儿劝慰王子,"局势动荡啊。"

哈尔顿解释道:"从伤心岭南下至赛荷鲁镇这段路,我们曾三次看见游牧骑兵沿河东岸向南奔驰。都是多斯拉克人。有一次他们离得如此之近,我们甚至听得见发辫的铃铛声。入夜后,在东方的丘陵背后还能看见他们的营火。河上出现了满载奴兵的瓦兰提斯战船和河上战舰。显然，执政官们担心赛荷鲁镇会遭到多斯拉克人的攻击。"

这不难理解。沿河各大镇子只有赛荷鲁镇坐落于洛恩河东岸，对马王们而言，它是最容易到手的猎物。但这里没什么好抢的。如果我是卡奥，我会佯攻赛荷鲁镇，吸引瓦兰提斯人来援，然后兼程南下，全力进攻瓦兰提斯城。

"我懂得如何使剑。"小格里芬不服气。

"在动荡的时代，连你最勇猛的祖先也会依靠御林铁卫来保护自身安全。"莱摩儿已换掉修女袍，转而装扮成富商的妻女。提利昂仔细打量着她。迄今为止，他轻易破解了格里芬和小格里芬的蓝发之谜，而耶达里和耶利亚似乎只是船夫，达克更是为人单纯，只有这莱摩儿……她到底是谁？为什么加入这个团队？依我判断，肯定不是为了钱。王子跟她有何关系？她真的是修女吗？

哈尔顿也注意到她的装扮，"咱们要突然放弃诸神的眷顾了么？莱摩儿，我更喜欢你穿修女袍的样子。"

"我更喜欢你裸着身子。"提利昂说。

莱摩儿谴责似地瞪了他一眼，"讲这种话的人太不纯洁了。修女袍是维斯特洛人的特有打扮，可能会引来不必要的注意。"她回头望向伊耿王子，"你不是唯一一位需要隐藏身份的人。"

男孩不吃这套。看来，他虽是众人呵护下的完美王子，却仍旧未脱稚气，对这个世界和世上的危险懵懵懂懂。"伊耿王子，"提利昂提议，"既然我俩都被困在这条船上了，可否有幸与您来一盘席瓦斯棋，以打发时间呢？"

王子兴趣缺缺地看了他一眼，"席瓦斯我玩腻了。"

"受够了输给侏儒，是吗？"

不出提利昂所料，激将之计果然奏效。"去拿棋盘棋子，我要

给你点颜色瞧。"

他们就在甲板上、舱房背后盘腿下棋。小格里芬以攻势开局,他的龙、大象和重骑兵一股脑儿都摆在前面。这是年轻人的阵法,大胆而愚蠢,一心求胜却不顾后果。他让王子先走。哈尔顿站在后头,远远地观战。

王子伸手去拿他的龙,提利昂清了清嗓子。"换成我,我不会走那一步。把龙太早释放出来将是着臭棋。"他无辜地笑笑。"你父亲很清楚盲目冒进的下场。"

"你认识我的生父?"

"是的,我见过他二三回。不过劳勃杀他的时候我才十岁,而平素家父把我小心翼翼地藏在凯岩城里头,不拿出去献丑。我不敢声称自己跟雷加王子有多亲密,不像你的'义父'。你知道的吧,这位克林顿大人是王子最好的朋友?"

小格里芬扫开眼前一髻蓝发,"他们曾一起在君临当侍从。"

"克林顿大人是你们家真正的朋友,否则怎么解释他居然会如此忠心耿耿,拼命保护剥夺了他领地和头衔、并将他流放海外的国王的孙子?你祖父做的事实在令人遗憾,若非他把雷加王子的好朋友赶走,当年家父洗劫君临时,这位好朋友不正可以保护雷加的宝贝小王子,阻止那桩脑袋砸墙、脑浆满地的惨祸么?"

男孩脸一红,"我说了,那不是我,是从臭水湾找来的皮革匠之子。他母亲生他时难产而死,而他父亲为一壶青亭岛的金色葡萄酒就把他卖给了瓦里斯伯爵。毕竟,他有很多儿子,却从没尝过金色葡萄酒。瓦里斯把那个臭水湾的崽给了我母亲大人,把我带走了。"

"这样啊,"提利昂移动大象,"臭水湾的王子死翘翘以后,太监又把你偷运过狭海,交给他的大胖子朋友奶酪贩子。接着奶酪贩子把你藏在撑篙船里,再找来一位流放在外的伯爵作你义父。这是个精彩的故事，将来你夺回铁王座，歌手们必定要绘声绘色地描绘你的流亡经历……当然啦，前提是美丽的丹妮莉丝肯与你结为连理。"

"她会的。她必须这么做。"

"必须？"提利昂喷了喷嘴，"这话作女王的可不愿听。你是个完美的王子，无可挑剔，阳光勇敢，一张俏脸蛋儿能让七国随便哪个黄花闺女怀春；可惜丹妮莉丝·坦格利安不是黄花闺女，她是多斯拉克卡奥的遗孀、龙的母亲和奴隶城邦的梦魇，是长了乳头的征服者伊耿。她可不像你想象的那么温顺。"

"可她会答应的。"伊耿王子的声音有些惊惶，很显然，他没考虑过未来的新娘拒绝自己的可能性。"你又不了解她，"他抓起重骑兵，狠狠地落子在棋盘上。

侏儒耸耸肩，"我了解她整个童年时代都在四处逃亡，缺吃少穿，复仇的梦想和愿景支撑着她活下去。我了解她从一个城市逃到另一个城市，满怀恐惧，终日担惊受怕。除了一个疯疯癫癫的哥哥，她举目无亲……最后这个哥哥还为一支多斯拉克军队就把她给卖了。我了解到在大草原上的某个地方，她的龙诞生了，她也获得了新生。她一定很骄傲。她怎么可能不骄傲？除了骄傲，她还剩下什么？她也一定很强大，她怎么可能不强大？多斯拉克人鄙视弱者，丹妮莉丝若是个弱女子，早就落得跟韦赛里斯一样的下场。她一定还很凶狠，阿斯塔波、渊凯和弥林就是最好的证据。她穿越了大草原和红色荒原，经历了刺客、阴谋和巫术的轮番袭击，她失去了兄弟、丈夫和儿子，她用穿着凉鞋的纤纤细足，把奴隶贩子的城市踏在脚下。好了，当你捧着乞丐碗来到这样一位女王面前，你觉得她会怎么看你？你又该怎么说呢？'早安，姑姑，我是你死而复生的侄儿伊耿，这辈子都躲在撑篙船上。可我现在洗掉蓝发，决定做真龙了。我请求你……哎呀，我忘了提，关于铁王座的继承顺位

我可比你靠前哟。'"

伊耿气歪了嘴,"我才不会像乞丐一样去见我姑姑。我会亲提大军、以血亲的身份去会她。"

"你没有大军,只有偏师一支。"很好,这番话果然刺激了他。侏儒不由得想起乔佛里。我真是有激怒王子们的天赋啊。"丹妮莉丝女王才拥有真正的大军,而她的军队与你无关。"提利昂移动十字弓兵。

"随你怎么说,反正她一定会嫁给我。克林顿大人早有安排,我把他当家人一样信任。"

"那你或许比我更像个傻瓜弄臣。谁也不能信任,我的好王子,你既不能信任没颈链的学士和你义父,也不能信任英勇的达克、可爱的莱摩儿或是其他把你从豆荚里呵护长大的好朋友,而你最最不能信任的是奶酪贩子、八爪蜘蛛和你一心想娶的龙女王。你要让怀疑在心底生根,怀疑能让你在夜里保持警惕。睡得不沉总比长眠不醒要好。"侏儒将他的黑龙推过山脉。"我是没资格指点江山的,毕竟,你义父是声名赫赫的诸侯,我不过是畸形小魔猴。只能说若我们地位互换,我会剑走偏锋。"

这话让男孩来了兴致,"怎么个剑走偏锋?"

"若我是你?我会西征而非东行。我会在多恩领登陆,就地树起王旗。想征服七大王国,没有比现在更成熟的时机。铁王座上坐着一个少不更事的孩子,北境陷入了混战,河间地被践踏得大伤元气,风息堡和龙石岛则仍由叛军盘踞。冬天一到,全国都会挨饿,而谁在打理这一切棘手问题、谁控制着君临七大王国的小国王呢?很不幸,是我亲爱的老姐,而且她身边没有合适的助手。我哥哥詹姆堪称宇内名将,但他对权力没兴趣,别人把权柄交给他,他会躲得远远的。我叔叔凯冯倒可以干摄政王——如果别人要他承担这份责任的话,他本人是决不会主动夺权的。诸神把他塑造成追随者,并非领袖人物。"诸神和我父亲大人。"梅斯·提利尔很想借机更上一层楼,但我的亲戚们会联合抵制他。除此以外,没有人喜欢史坦尼斯。这样一来剩下谁呢?只有瑟曦。

"分裂的维斯特洛正在流血,而我亲爱的老姐在为她疗伤止痛……但她用的是盐,对此我毫不怀疑。瑟曦跟残酷的梅葛一样温柔,跟庸王伊耿一般无私,她还有疯王伊里斯的睿智。她睚眦必报,无论是别人真犯了错,还是她自己幻想出来的。她分不清谨慎和懦弱的区别,听不进逆耳忠言,最最可怕的是,她还贪婪得要命。她贪求着权力、荣耀和爱戴。托曼的王位有我父亲大人苦心经营的诸多盟友支持,本来很稳固,但你瞧着吧,她很快会把这些全部摧毁,一个也不剩。现在你登高一呼,遭到冷遇的人们自会群起响应,你不仅能赢得大小诸侯,也能赢得老百姓的拥戴。但你万不可犹豫太久,王子殿下,因为时不我待。正所谓天与不取,反受其咎;时至不行,反受其殃。你一定要赶在我姐姐垮台之前登陆维斯特洛,以防强者乘虚而入。"

"可是,"伊耿王子提出,"没有丹妮莉丝和她的龙,怎么打胜仗呢?"

"你无需打胜仗,"提利昂告诉他,"你只需做足了样子,大肆收揽各界支持,然后坐等丹妮莉丝大军跟来就好了。"

"你先前说她不会要我。"

"这话话糙理不糙。我的意思是如果你求告着要牵她的手,她便很可能瞧不起你。"侏儒又耸耸肩,"你莫非想把重夺铁王座的希望完全寄托在一个反复无常的小女人身上?如果抢先登陆维斯特洛……到时候,你拥兵自重,谁也不会把你当乞丐。你勇猛无畏地从天而降,充分展示了坦格利安族人的风采,有先祖征服者伊耿之风。你将证明自己是真龙后裔。"

"我不是说了吗,我很了解这位小女王的底细。就让她从别人口中听说大哥雷加被谋杀的儿子还活着的事实,听说这个勇敢的孩子在维斯特洛树起了她列祖列宗的真龙王旗,听说为了给父亲报仇、为了重夺坦格利安家族的王位这个孩子面临了天大的压力,正寡不敌众地奋战……到那时她会以风和海所能容许的最快速度赶到你身边。你是她最后的血亲,而这位龙之母、解放者一直以救世济人自诩。这个女孩宁可让奴隶城邦陷入血海,也不愿把城邦里的陌生人留给锁链奴役,她怎可听任自己的侄子身陷险境而置之不管呢?当她率军驰援时,你们初见面已是平起平坐的领袖,男女搭配,并非女王和女王的仆从。到时候,她又如何会看不上你呢?仔细想一想罢。"侏儒微笑着拿起自己的龙,让它飞过棋盘。"陛下请原谅,您的国王已无处可逃。这盘棋您只走了四步。"

王子吃惊地看着棋盘。"我的龙——"

"——远水解不了近渴。您早该把它放进战场中央。"

"可你说——"

"我骗了您。谁也不能信任,记得将龙带在身旁。"

小格里芬跳将起来,一脚踢飞了棋盘。席瓦斯棋子朝四面八方飞去,在"含羞少女号"的甲板上旋转蹦跳。"给我拣,"男孩下令。

说不定他真是坦格利安家的人。"是,陛下,"提利昂趴在甲板上,爬来爬去地拣棋子。

接近黄昏时,耶达里和耶利亚才回船。一个搬运工推着独轮车跟他们一起回来,车上高高地堆满了各种补给:盐和面粉,新搅拌的黄油,亚麻布包裹的培根条,一袋袋橙子、苹果与梨子。耶达里的一边肩膀上扛了桶葡萄酒,而耶利亚背了条梭子鱼,那鱼几乎有提利昂那么大。

耶利亚看见侏儒站在跳板末端,猛然止步,把耶达里撞了个趔趄,那条梭子鱼差点掉进河里——幸亏达克手快。耶利亚瞪着提利昂，伸出三根指头做了个奇特的戳刺姿势。避邪姿势。"我来帮你拿鱼吧，"侏儒对达克说。

"不行，"耶利亚厉声叫道，"滚远点。除了给你吃的东西，你不准碰任何食物。"

提利昂举手投降，"悉听尊便喽。"

耶达里把葡萄酒桶沉沉地放到甲板上。"格里芬呢？"他问哈尔顿。

"还在睡。"

"赶紧叫起来。我们打听到了重要消息。女王的事在赛荷鲁镇已是路人皆知，他们说她还留在弥林城，正面临重重危机，难以脱身。按照市场里买卖人的说法，古瓦兰提斯很快也会向她宣战。"

哈尔顿撅起嘴，"鱼贩子们的闲话不足取信。不过无论如何，格里芬会想听听这些消息，你也知道他的个性。"赛学士赶紧下甲板去找他。

原来那女孩根本没有出发西进。她肯定有她的考虑。从弥林到瓦兰提斯，横亘着五百里格的沙漠、山脉、沼泽和废墟，中途还有名声不佳的玛塔里斯。都说那是一座怪物之城，但若绕行内陆，又到哪里去找食物和饮水呢？海路虽快，可惜没船的话照样一筹莫展……

格里芬从甲板下现身时，梭子鱼已被叉了起来，放在火盆上滋滋地烤，耶利亚边转烤鱼、边挤手里的柠檬。佣兵穿上了锁甲、狼皮斗篷、软皮手套和深色羊毛马裤。即便他惊讶于提利昂的康复，除了通常的严肃目光外也没有旁的表示。他把耶达里招到船尾，在那里低声交流，侏儒听不清他们说了些什么。

最后格里芬下定决心，"我们必须先弄清谣言的虚实。哈尔顿，你上岸尽量打听，最好能找到魁沃。先去'河上民'和'彩乌龟'这二家馆子碰碰运气，反正他爱去的地方你最清楚。"

"是。我把侏儒也带去罢。四只耳朵总比二只管用,而且魁沃是个棋迷。"

"很好。务必赶在明天日出前回来。如果临时情况有变,你直接去找黄金团。"

他天生有股发号施令的官老爷气派,提利昂暗想。

哈尔顿披上兜帽斗篷,提利昂脱下自制的杂色衣,换上一身浅褐和灰色相间的服装。格里芬从伊利里欧的箱子里为他们一人取了一小袋银币,"给你们买通消息用。"

等他们来到河滨,暮色已逝,黑夜笼罩。他们经过的许多船似已被遗弃,连跳板都收了起来。其他船上则站满了穿盔甲的人,那些人用怀疑的目光打量着他们。镇墙下的商贩摊位个个挂着羊皮纸灯笼,诸多彩色光圈照亮了鹅卵石路。提利昂看着哈尔顿的脸变成绿色、接着是红色,然后又成了紫色。在周围嘈杂的外乡话音里,他听见高处传来奇特的乐声:那是尖细的长笛,伴随着鼓点。在他们身后,有只狗吠个不停。

妓女们都出来接客了。无论河上还是海边,港口都是一样性质:有水手的地方就有妓女。父亲是这个意思吗?妓女还能上哪儿去,当然是漂洋过海去。

然而兰尼斯港和君临的妓女好歹是自由人,她们在赛荷鲁镇的同行却都是奴隶,这些人的右眼下方都有泪珠刺青,刺青将她们永远地钉在耻辱柱上。如果说衰老是罪过,丑陋就是双重罪过,而这帮人又老又丑,正常男人看到她们都应该打消掉发泄的欲望。提利昂蹒跚着向前走,他能感受到她们的目光,听到她们彼此窃窃私语、掩嘴嬉笑。你会以为她们从没见过侏儒呢!

临河门由一队瓦兰提斯长矛兵守卫,火把的光映照在他们钢甲手套前伸出的铁爪上。他们的头盔也被做成虎头模样,绿色条纹刺青横贯头盔下的两边脸颊。提利昂知道,瓦兰提斯的奴兵对自己的虎纹刺青非常自豪。他们向往自由吗？他思考着，如果那小女娃儿女王宣布给他们自由，他们会怎么做？他们真的是老虎吗？我又真的是狮子么？

一个虎兵发现侏儒后，说了个笑话，逗得同伴们哈哈大笑。等提利昂走近大门口，此人摘下铁爪拳套和拳套下汗津津的皮手套，用一只手钳住侏儒的脖子，另一只手粗鲁地抚摸他的头。提利昂吓得不敢动弹，好在对方很快松手。"这是什么缘故？"他询问赛学士。

"他说摸侏儒的脑袋可以带来好运气，"哈尔顿用本地语言跟守卫交流了几句后，回答提利昂。

提利昂强迫自己朝那守卫微笑，"告诉他，含侏儒的老二意味着洪福齐天。"

"算了吧，老虎牙齿可是很利的。"

另一名守卫举着火把朝他们不耐烦地晃了晃，催促他们赶紧进门。于是哈尔顿规规矩矩地领着他踏进赛荷鲁镇，提利昂拖着腿谨慎地跟在后头。

门内是一个开阔的方形广场，即便现在这个时辰，广场内也很拥挤，人声鼎沸，灯火通明。旅馆和妓院门口都用铁链悬着灯笼，镇里的灯笼都是彩色玻璃做的，不是羊皮纸。在他们右手边有一座红石建筑的神庙，神庙外点着夜火，一位红袍僧站在神庙阳台上，朝夜火前聚集的一小群人大声宣讲。有些旅客在一家旅馆门口玩席瓦斯棋，醉酒的士兵们从妓院里进进出出。有个女人在马厩外抽打一只骡子。一辆双轮车由一只白色矮象牵引，从他们面前隆隆驶过。这是另一个世界，提利昂心想，但本质上跟我的世界没什么区别。

广场中央有个巨大的无头白色大理石雕像，雕像身披异常华丽的铠甲，胯下战马也是同样打扮。"这又是何方神圣呢？"提利昂

问。

"这是荷罗诺执政官,身为那个流血世纪里的瓦兰提斯英雄,他连续四十年当选。最后他厌倦了选举,自封为终生执政。但瓦兰提斯人不买账,他们很快就处死了他。他被绑在两只大象上,活活扯成两半。"

"他的雕像缺了个头。"

"因为他是虎党的人。象党夺权后,该党信徒大肆打击报复,所有被他们认为该为战乱和死亡负责的虎党人士,其雕像的头都被敲了下来,"赛学士耸耸肩,"不过这些都是几百年前的事了,我们最好去听听那和尚怎么说。我敢打赌我刚才听见了丹妮莉丝的名字。"

他们穿过广场,加入红神庙前不断膨胀的人群。由于四周围满了本地人,侏儒除了别人的屁股外几乎什么也看不到;他倒是能听见红袍僧的宣讲,可惜半句也不懂。"你能听明白他说什么吗?"他用通用语询问哈尔顿。

"能——如果没有矮冬瓜在我身边聒噪的话。"

"我没聒噪,"提利昂不高兴地抱起胳膊,朝后面看去,研究起那些倾听宣讲的男男女女来。无论他转向哪里,都能看见脸庞上的刺青。他们是奴隶。在这些听讲的人里面,自由民和奴隶的比例约是一比四。

"和尚在号召瓦兰提斯参战,"赛学士为他翻译,"但是要参加正义的一方,为光之王而战。他说是拉赫洛塑造了太阳和群星,并与黑暗进行永恒的搏斗。他说奈西索和马拉乔背弃了光明,被东方的黄色鹰身女妖腐蚀了心智。他还提到……"

"龙。他说的是龙。我听懂了这个词。"

"没错。他说魔龙将载她踏上光荣之路。"

"她?丹妮莉丝?"

哈尔顿点头。"瓦兰提斯的本内罗宣布,她的崛起实现了上古预言。她自烟与盐之地降生,未来将重塑这个世界。她是亚梭尔·亚亥转世……她将战胜黑暗、带来永不终结的长夏……连死神也将向她屈服,为她的事业流血牺牲的人必将获得重生……"

"我会在同一个躯壳里重生吗?"提利昂问。听讲的人越来越多,人们从四面八方向他挤过来。"本内罗又是谁?"

哈尔顿抬起一边眉毛。"他是瓦兰提斯红神庙的至高牧师,号称真相之火、睿智之光、光之王的首仆、拉赫洛之奴。"

提利昂唯一认识的红袍僧就是密尔的索罗斯,那个态度和蔼的好酒胖子,穿一件满身酒渍的红袍,混迹于劳勃的宫廷,似乎生平只做过两件事:一是尝尽国王的美酒,二是点燃长剑去参加团体比武。"我宁可面对那些肥胖堕落、信仰缺缺的酒肉和尚。"他告诉哈尔顿,"那种和尚满心只想坐坐绸缎软垫,吃点糖果,诱骗小男生。这号狂信徒却是麻烦制造者。"

"他们制造的麻烦或许对我们有利。我知道上哪儿去寻找答案。"哈尔顿带他越过无头英雄,来到广场对面一座石头大旅馆前。旅馆门口挂着一只巨龟的锯齿状甲壳,甲壳被涂上了鲜艳的色彩。旅馆里头则点了百来只阴郁的红烛,犹如许多飘渺的星星。空气中满是烤肉和香料的气息,有个一边脸颊带有乌龟刺青的女孩在为客人们倒淡绿色葡萄酒。

哈尔顿在门廊处停步,"那儿,就那两人。"

他指的那两个男人坐在小隔间里就着精雕的石棋盘对弈席瓦斯,棋盘边放了一只红烛,两人下得聚精会神。其中一人面黄肌瘦,长着稀疏的黑发和突出的剑鼻;另一位则是肩宽体胖,肚子浑圆,一头杂乱的卷发覆盖了颈项。两个人都不肯抬头看他们一眼,直到哈尔顿拖了把椅子,坐在两人之间说:"你们两位加起来也下不过我的侏儒。"

胖子抬起眼睛，不满地瞪着搅局者，用古瓦兰提斯话念叨了什么。他说得太快，提利昂听不清。瘦子则向后靠到椅背上。"你要卖他？"他用维斯特洛通用语问，"执政官的马戏团正缺会下席瓦斯的侏儒。"

"耶罗不是奴隶。"

"真可惜，"瘦子捻起一只玛瑙大象。

棋盘对面，执白的胖子不屑地嘟起嘴唇，移动重骑兵。

"你太大意了，"提利昂说。他明白自己应该扮演的角色。

"就是这样，"瘦子同意。他用自己的重骑兵回应，两人飞快地厮杀了几回合，直到瘦子笑着说："将，朋友。"

胖子怒视着棋盘，站起来用本地话咆哮了几句。他的对手笑笑。"来吧，至少这矮冬瓜没他臭，"瘦子示意提利昂坐进空位，"小不点儿，我就跟你来一盘。把银子放桌上，我们来瞧瞧你的游戏本领。"

你指什么游戏？提利昂几乎脱口而出。他坐进椅子里，"吃饱喝足我才玩得好。"瘦子听了便转过头，招呼奴隶女孩端来食物和饮料。

哈尔顿开口介绍："这位是可敬的魁沃·诺加斯，赛荷鲁镇海关长官。我从没在席瓦斯棋盘上讨得他半点便宜。"

提利昂心领神会。"或许我的运气比较好哟，"说罢他打开钱包，把银币一个接一个地叠在棋盘边，直到魁沃露出微笑。

两人在挡板背后摆棋时，哈尔顿问："下游有些什么新闻？听说要开战了？"

魁沃耸肩，"渊凯人迫不及待地想开战。他们自封为贤主大人，有多贤良我不清楚，但确实很精明。他们的使节带着很多箱金子和宝石来到我们城市，还带来二百位精选的奴隶，都是些身段火辣的女孩和皮肤细腻的男孩，精通七种春啼之术。据说那使节夜夜宴请达官贵人，出手更是豪爽大方。"

"渊凯人连你们的执政官都能收买？"

"只收买到奈西索，"魁沃移开挡板，凝神研究提利昂的布局。"马拉乔纵然老迈得没了牙齿，毕竟还是虎党的人，而多法斯明年肯定选不上。于是整个城市都被拉到了战争道路上。"

"这是为什么呢？"提利昂不明白，"弥林远隔重洋，那位甜美的小女王到底是哪里冒犯了古瓦兰提斯？"

"甜美？"魁沃哈哈大笑，"哪怕从奴隶湾传回的故事只有一半属实，那女孩儿也是个怪物。传说她残忍嗜血，谁敢顶撞就会被钉在木桩上、缓缓地受死；她是个女巫，用新生幼儿的血肉来喂她的龙；她还是个嘲笑诸神、撕毁条约、威胁使节、屠戮忠臣的背誓者。他们还说，她欲火焚身，不仅和男人、女人以及太监交媾，甚至找来狗和孩子满足欲望，被她玩腻了的伴侣下场都极悲惨。她用身体来交换男人的灵魂。"

噢，太棒了，提利昂心想，如果她肯用身体来换，我很乐意把我畸形的小灵魂交给她。

"他们说，"哈尔顿道，"你说的'他们'，都是那些被她从阿斯塔波和弥林驱逐的奴隶贩子吧，我看全是造谣诽谤。"

"谣言总有其真实源头。"魁沃提出，"那女孩招惹瓦兰提斯的真正原因在于她过于狂妄，竟想凭一己之力废除奴隶贸易。奴隶贸易可不单是奴隶湾的生计，它关系着全世界海上贸易的平衡，龙女王说关闭就把它给关闭了。在黑墙之内，拥有古老血脉的旧贵族现在食不甘味、睡不安寝，连厨房里的奴隶磨刀子的声音都怕。放眼整个瓦兰提斯，是奴隶为我们生产粮食、清洁街道、教育孩子，是奴隶为我们守卫城墙、驾驶战舰、冲锋陷阵。现在这些奴隶统统把目光转向东方，翘首盼望光辉灿烂的救星女王，那所谓的解放者。不仅旧贵族不能容忍这种情况，连城里的穷人也没法忍受。按

照法律,哪怕乡下最卑微的乞丐其地位也高于奴隶,现在龙女王要把他们最后一点安慰也夺走,能不让人愤慨么?"

提利昂让他的长矛兵前进。魁沃用轻骑兵防守。提利昂又把十字弓兵前移了一格。"外头的红袍僧似乎认为瓦兰提斯应该站在银女王一方,而不是反对她。"

"那帮臭和尚要是有点脑子,就该管住自己的舌头。"魁沃·诺加斯道,"他们的信徒已经跟其他神的崇拜者发生了冲突,本内罗的狂言最终会为他招来杀身之祸。"

"本内罗的狂言?"侏儒把玩着暴民,一边问。

瓦兰提斯人摆摆手,"在瓦兰提斯城内,每晚都有好几千奴隶和自由民聚集在神庙广场上,听本内罗叫嚣什么泣血之星和清洁世界的火剑。他说倘若瓦兰提斯的执政官们一意孤行、执意跟银女王作对,城市必遭焚毁的命运。"

"这种预言我也可以说嘛。噢,晚餐来了。"

晚餐是一大盘垫在切好的洋葱上的烤山羊肉,山羊肉上撒了许多香料,外焦里嫩、鲜美多汁。提利昂撕下一小块来,烫着了指头,但肉实在美味,所以他忍不住又撕了一块。他用淡绿色的瓦兰提斯酒把食物冲下肚,这是好久以来他喝过的最接近美酒的事物。"好吃极了,"他边说边拿起了龙。"这是游戏里最强有力的棋子,"他边说边用龙吃掉了魁沃的大象,"而丹妮莉丝·坦格利安有三条。"

"她有三条龙,"魁沃同意,"却要对抗三十万敌人。黄砖之城不止派出格拉兹旦·莫·厄拉兹这一位使节。新吉斯的军团已确定将加入贤主大人们一方,向弥林宣战。除此之外,他们还争取到脱罗斯人、埃利亚人,乃至多斯拉克人的支持。"

"多斯拉克人就在你们的城墙外头虎视眈眈。"哈尔顿指出。

"那是波诺卡奥的队伍。"魁沃又挥了挥白皙的手,以示不屑，"马王们经常来，送上礼物，他们自会离开。"他再度移动投石机，吃掉了提利昂的雪花石膏龙，接下来是一场屠杀，侏儒勉强招架了十几个回合。"悔不当初吧，"魁沃得意洋洋地说，一边把那叠银币收走，"再来一盘？"

"不用了，"哈尔顿，"我的侏儒已经学会谦卑之道。我想我们是时候回船上去了。"

他们走回广场，夜火仍在燃烧，但布道的红袍僧和围观群众都早已散去。妓院窗户里透出蜡烛摇曳的火光，飘来女人的笑声。"还不到深夜呢，"提利昂道，"也许魁沃没有倾情相告。妓女们天天接客，消息比较灵通。"

"你对女人这么饥渴啊，耶罗？"

"男人总不能光靠手指，你说是吧？"妓女也许正是去了赛荷鲁镇，也许这就是泰莎的归宿，一边脸颊刺上泪珠刺青。"该死的，我几乎被淹死了，需要找个女人安慰一下。我还要确定自己的命根子没变成石头咧。"

赛学士哈哈大笑，"我在门口等，别搞得太久。"

"噢，这你不用担心。女人碰到我，巴不得尽快完事。"

这家妓院完全无法与侏儒在兰尼斯港或君临常光顾的窑子相提并论。店主除了瓦兰提斯话，别的都不会，但银币的声音在哪儿都畅通无阻。提利昂交了钱，他便领提利昂穿过拱门来到一个香气弥漫的大房间。屋里四个无所事事的奴隶女孩摆出各种各样的半裸姿势。其中有两个至少四十岁了，最年轻的大约十五或十六岁。虽然这些女人没他在码头见到的妓女那么丑，但也实在称不上标致。其中一人显然怀了孕，另一位太胖、只顾玩弄两个乳头上的铁乳环。她们四个的一只眼下都有泪珠刺青。

"有会说维斯特洛话的女孩没？"提利昂问。店主茫然地瞅着他，似乎不能理解，因而提利昂又用高等瓦雷利亚语重复了一遍。

这回对方听懂了些词汇，便用瓦兰提斯语吼了几句。"日落女孩"是侏儒唯一听明白的话。他认为这是指女孩出自日落国度的意思。

全妓院只有一个女孩符合要求，可她不是泰莎。她满脸雀斑，一头浓密的红色卷发——多半她乳房上也有雀斑，阴毛也是红的吧。"就这个，"提利昂道，"我还要一壶酒。红酒配红发，才叫绝配呢。"妓女看着他的烂鼻子，透出极度嫌恶的神情。"我冒犯你了吗，亲爱的？我是个讨人厌的大怪物，如果我父亲没死掉烂掉的话，他一定会好心警告你的。"

虽然这女孩看起来像是维斯特洛人，但一句通用语也不会说。或许她早在婴儿时期就被奴隶贩子抓走了。她的闺房很小，但地上有张密尔地毯，床上铺的是羽毛毯子而非稻草床垫。我上过更糟的床。"可以告诉我你的芳名吗？"他从她手里接过一杯葡萄酒，一边问。"听不懂？"这酒果然又烈又酸，酒劲直冲脑门。"我想我只需向你的蜜穴进军就够了，"他用手背擦干嘴。"你跟怪物睡过吗？这可是千载难逢的体验机会。快把衣服脱光，脸朝下趴床上去，大爷我管你高不高兴。"

她不解地看着他，直到他从她手中一把抓过酒壶，再把她的裙子从头上掀下。现在她明白了他的需求，但并不热情。不管怎样，提利昂太久没碰过女人，所以在她体内抽送到第三下就射了。

他翻过身去，没有任何满足感，却是满心羞愧。这样做不对，我到底变成了怎样一个可怜又可恨的怪物啊。"你认识叫泰莎的女人吗？"他一边问，一边看着自己的种子从她体内流出、流到床上。妓女什么也没说。"你知道妓女都上哪儿去了吗？"她还是没吱声。他看见她背上纵横交错、伤痕累累。这女子跟尸体没两样，我等于是在跟死人做爱。连她的眼睛也了无生气。她连厌恶我的力气都没有。

他要酒。要灌醉自己。于是他双手捧住酒壶，凑到嘴边。鲜红的酒液倾泻而下，流过喉咙，也淌满下巴，浸湿了胡子，浸透了羽毛床。在昏暗的烛光下，这就跟毒死乔佛里的那杯酒一模一样。他一口气把酒喝完，将酒壶摔到地板上，然后连滚带爬地跳下床去找夜壶。这里没有夜壶。他胃里阵阵翻搅，不由自主地蹲下，就着地毯狂呕不休。那张精美厚实的密尔地毯，此刻跟谎言一样带给人安慰。

妓女凄惨地哭起来。他们会把一切都怪罪到她头上，他羞愧地想。"提着我的人头去君临吧。"提利昂劝她，"我老姐会让你入宫做官家仕女，再也没有人敢鞭打你了。"妓女仍旧听不懂。所以他粗暴地分开她的腿，爬到中间，又占有了她一次。至少，这种滋味她是懂的。

葡萄酒没了，他也发泄完毕。他胡乱抓起女孩的衣服，朝房门扔去。妓女明白暗示，赶紧逃走，把他一个人留在黑暗中，沉沦在羽毛床里。我是个烂醉如泥的酒鬼。但他不敢阖眼，生怕就此睡着。在梦境的帷幕之中，伤心领等着他。无尽的石阶向上延伸，又陡又滑又坎坷，裹尸布大王就住在石阶顶上。我不要见什么裹尸布大王，提利昂摸索着穿好衣服，连滚带爬地出门找楼梯。格里芬会剥了我的皮。哈，有何不可？如果全天下有哪个侏儒活该受罚，那就是我了。

楼梯下到一半，他忽然失足，好在及时伸手，勉强以翻筋斗的姿势落地，没有摔个狗吃屎。底楼大堂的妓女们眼看着他落到地上，纷纷露出惊讶的表情。提利昂又翻了个滚，朝她们鞠了一躬。"我喝醉了状态最好。"他转向店主，"很抱歉我糟蹋了你的地毯，不是那女孩的错。我赔你。"他抓了一把银币，朝对方抛过去。

"小恶魔，"身后有个低沉的声音呼唤他。

呼唤他的男人坐在角落里，被阴影笼罩，膝上有个妓女扭来

扭去。我先前没发现这妞，若早些看见铁定挑她上楼，不要那雀斑女。这女子比其他妓女都年轻，苗条又漂亮，有一头长长的银发，估计是里斯人……但坐在她身下的男人显然来自七大王国，此人身体健壮，肩膀宽阔，至少有四十岁，甚至更年长。他的头已经半秃，粗糙的胡子覆盖了脸颊和下巴，胳膊上的体毛也特别浓密，甚至指节间也长了毛。

提利昂不喜欢此人的长相，更不喜欢此人外套上绣的人立大黑熊。羊毛外套，这么热的天还穿羊毛外套，除了骑士谁会这么疯狂？"异国闻乡音，身为游子的我非常荣幸。"他敷衍道，"但恐怕您认错了人。我是胡戈·希山，好朋友，我能请您喝杯酒吗？"

"我喝得够多了，"骑士推开妓女，站起身。他的剑带挂在旁边墙壁的钉子上，他一把取下，并抽出武器。精钢摩擦皮革的声音让妓女们着了迷，她们痴痴呆呆地看着，烛光在她们眼中闪烁。店主则已不见踪影。"你是我的了，胡戈。"

提利昂知道自己既打不过，也跑不了。喝得烂醉如泥，连靠嘴皮子脱身都做不到。他只好摊开双手，"您要如何发落我呢？"

"我要把你，"骑士一字一顿地说，"献给陛下。"

丹妮莉丝

格拉茨旦·卡拉勒在十二名白圣女的陪同下来到大金字塔，这些贵族女孩还太年轻，尚不能进入神庙的情欲园侍奉。她们全身包裹在白袍中，还带上白面纱，象征纯洁。一身绿袍的骄傲老妪则被小女孩们环伺其中。

女王热情地迎接她们，她命弥桑黛招待女孩们吃饭和娱乐，与绿圣女私下共进晚餐。

丹妮的厨师们准备了一顿大餐：撒了芳香的碎薄荷的蜜汁烤羊羔，配上她最喜欢的绿色小无花果。负责端盘倒酒的是她最喜爱的两名质子——小鹿般眼睛的女孩挈萨和瘦弱的男孩克拉扎。他们是兄妹，又是绿圣女的表亲，圣女吻了他们，询问他们是否一切安好。

"他们很贴心，两个都是。"丹妮告诉圣女。"挈萨有时会唱歌给我听，她嗓子真好。克拉扎则和其他男孩一起在巴利斯坦爵士手下受训，学习西方的骑士道。"

"他们与我血浓于水。"绿圣女一边看着挈萨为她倒上深红色葡萄酒，一边说。"他们能让陛下满意，我就放心了，希望我也能如此。"这老妪白发苍苍，皮肤如羊皮纸般稀薄，但岁月不曾使她的双眸黯淡分毫。它们同她的袍子一样碧绿，其中充满悲悯与睿智。"恕我冒犯，明光您看起来……很疲惫。您睡得好么？"

丹妮只能苦笑。"不太好。昨晚有三艘魁尔斯划桨船趁夜色偷偷上溯斯卡札丹河。龙之母的仆从向它们的帆射出火箭，将燃烧的沥青抛向它们的甲板，但这些船还是逃脱了，没受重创。魁尔斯

人意图如封锁海湾那样将河流也封锁。他们已不再是孤军作战,有三艘新吉斯来的划桨船和一艘脱罗斯武装商船加入他们。"脱罗斯对她结盟提议的答复是宣布丹妮为"妓女",要她将弥林归还伟主大人;这也比玛塔里斯人的答复强,后者派回的篷车装了个雪松木箱,箱子里放着她三名使节腌过的脑袋。"或许你的神祇能帮助我们,来一场大风拂去海湾里的战舰。"

"我会向神灵祈祷献祭,或许吉斯众神能听到我的呼声。"格拉茨旦·卡拉勒抿了口酒,但双眼一直盯着丹妮。"昨夜城内似乎也不太平。我听闻又有自由民遇害。"

"有三人遇害。"丹妮不无苦涩,"那帮懦夫闯进纺织工家里——除了为这世界增光添彩,她们从未做过任何坏事,我的床头还挂着她们送的挂毯。鹰身女妖之子砸了她们的纺织机,奸淫了她们,然后割了她们的喉咙。"

"我们听说了。明光您还是鼓起勇气以德报怨,没有伤害任何一位贵族质子。"

"迄今为止,没有。"丹妮对这些孩子的喜爱日益加深。他们有的羞涩,有的外向,有的可爱,有的阴郁,共同之处是天真漂亮。"杀了小侍酒,谁来帮我端盘服务呢?"她努力让声音听起来轻描淡写。

但女祭司没笑。"据说圆颅党会拿他们喂您的龙,一命抵一命。每死一名兽面军,他们就杀一名质子。"

丹妮拨弄着盘中食物。她不敢看向克拉扎和挈萨,害怕自己哭出来。圆颅党的心肠比我狠多了。他们已为质子的事吵过好几次。"鹰身女妖之子正在金字塔内洋洋得意,"斯卡拉茨今早刚告诫她,"您不取首级,还留着这些质子干吗?"在他眼中,丹妮只是个软弱的妇人。哈茨雅已经够了。用孩子的鲜血换来的和平有什么意义?"他们又没杀人,"丹妮无力地对绿圣女说,"我不是屠夫女王。"

"弥林为此感激您，"格拉茨旦·卡拉勒说。"听说阿斯塔波的屠夫国王死了。"

"他命令手下进攻渊凯人，却死于哗变。"丹妮酸溜溜地说。"国王尸骨未寒，就有人取而代之，自称克莱昂二世，那家伙被割喉前只在位八天。谋杀者戴上王冠，克莱昂一世的情妇也自命为女王。阿斯塔波人称他们为'割喉国王'和'婊子女王'。渊凯人和他们的佣兵团在城外虎视眈眈，城内的两派人马却斗得热火朝天。"

"真是悲惨。我的明光，能否允许我冒昧地献上谏言？"

"你知道我有多重视你的谏言。"

"听我一言，结婚吧。"

"哦。"丹妮毫不意外。

"您常说自己只是个年轻女子。看看您，豆蔻年华，涉世不深，难承风雨，如何独自面对这些考验？您需要一位国王与您分忧。"

丹妮叉起一大块羊肉，咬下一口，慢慢地嚼。"那您说，这位国王能否一口气将札罗的舰队吹回魁尔斯？能否举手投足间解阿斯塔波之围？能否让我的子民填饱肚子，为我的街道带来安宁？"

"您能么？"绿圣女反问。"国王不是神，但一位强壮男子能做不少事。在我的人民眼中，您是海那边过来的征服者，想要屠杀我们，并奴役我们的孩子。一位国王可以改变这些看法。一位出身高贵、有纯正吉斯卡利血统的国王可以帮您统治这座城市。否则我担心，您的统治会如开始那般地结束，在血与火之中终结。"

丹妮继续拨弄盘子里的食物。"那吉斯众神希望谁做我的国王和伴侣呢？"

"西茨达拉·佐·洛拉克，"格拉茨旦·卡拉勒果断指出。

丹妮并未故作惊讶。"为什么是西茨达拉？斯卡拉茨也是贵族出身啊。"

"斯卡拉茨姓坎塔克，西茨达拉姓洛拉克。恕我冒犯，我的明光，只有真正的吉斯人能明白两者的区别。我常听说您是征服者伊耿、睿智的杰赫里斯与龙主戴伦的后代；与之相对，高贵的西茨达拉是圣明的马兹达罕、英俊的哈扎克与解放者扎那克的子孙。"

"他的祖先和我的祖先都早已作古。西茨达拉能召唤他祖先的灵魂出来帮弥林抗敌么？我需要船只和士兵，你却给我一堆祖先。"

"我们是古老的民族，祖先对我们非常重要。嫁给西茨达拉·佐·洛拉克并诞下子嗣，这男孩将以鹰身女妖为父，以真龙血脉为母，预言在他身上实现，您的敌人将如春雪般消融。"

骑着世界的骏马。丹妮知道预言。预言是言语的组合，而言语就像风。洛拉克与她不会有后代，真龙与女妖不可能结合。当太阳从西边升起，从东方落下，等海水干枯，山脉像枯叶一样随风吹落，我的子宫才会再度胎动……

……但丹妮莉丝·坦格利安有别的孩子，成千上万的孩子，在她打碎枷锁时他们称她为母亲。她想到坚盾、想到弥桑黛的哥哥、想到弹得一手好琴的瑞罗娜·蕤娥。跟谁结婚都无法让他们起死回生，但如果找个丈夫可以结束屠杀，那她亏欠死者这段婚姻。

如果我嫁给西茨达拉，斯卡拉茨会转而与我为敌吗？与西茨达拉相比，她更信任斯卡拉茨，但立圆颅大人为王将是场灾难。此人易怒又记仇，跟她本人一样不受欢迎。西茨达拉则广受尊敬，至少在她看来如此。"我这位候选夫婿怎么想？"她问绿圣女。他觉得我美吗？

"陛下当面问他便是。高贵的西茨达拉已在下边等候。如果您愿意，随时可以召见他。"

"你倒是安排得十分妥当啊，女祭司，女王暗想，但她咽下怒火，面露微笑。"有何不可？"她召唤巴利斯坦爵士，让老骑士护送西茨达拉上来。"要爬很长一段阶梯，让无垢者帮他。"

等西茨达拉爬完阶梯，绿圣女也结束了用餐。"圣主，请允许我先行告退。您和高贵的西茨达拉有许多要事讨论，我不便打扰。"老妪在唇上轻涂一点蜂蜜，在挈萨和克拉扎的额头分别印下离别的吻，然后用面纱遮住脸。"我将返回圣恩神庙，向神灵祈祷，让女王做出睿智的选择。"

她离去后，丹妮让挈萨满上酒杯，然后遣退孩子们，宣西茨达拉·佐·洛拉克觐见。他敢再为他宝贝的竞技场说一个字，我就把他从露台上扔下去。

西茨达拉穿了件朴素的绿长袍，外套棉背心。他进来后深鞠一躬，神情肃穆。"你就不能对我笑笑？"丹妮问他，"我就那么难看么？"

"您的美丽让我变得拘谨。"

算是个好开端吧。"陪我喝杯酒。"丹妮亲自为他倒酒。"你知道自己为何被召见。绿圣女似乎认为我若选你为夫，烦恼都将迎刃而解。"

"我绝不会如此鲁莽承诺。人生就要忍辱负重，唯有死亡能终结一切烦恼。但我相信自己可以帮您。我有钱有权还有人脉，身上流淌着古吉斯的血统。我没结过婚，但拥有两名庶出子嗣，一男一女，这证明我能带给您继承人。我可以让这座城市服从您的统治，并终结夜幕下小巷中的谋杀。"

"你能？"丹妮盯着他的眼睛。"鹰身女妖之子会为你放下屠刀？难道你是其中一员？"

"不是。"

"就算是，你会承认么？"

他笑了。"不会。"

"圆颅大人会让你供出真相。"

"没错，斯卡拉茨很快就能让我招供。让他提审我，第一天，我是鹰身女妖之子；第二天，我就成了鹰身女妖；第三天，您将得知当年在日落国度谋杀您父亲的，乃是仍为孩童之身的我。他会把我钉在木柱上，让您亲眼目睹我惨死……但一切结束之后，谋杀依然继续。"西茨达拉向她探了探身。"或者您与我成婚，让我来阻止他们。"

"你为什么帮我？为了王冠？"

"我不否认，王冠很适合我，但我想要的不止于此。如果我告诉您，我想保护自己的人民，正如您想保护您的自由民，您会觉得奇怪吗？弥林经不起第二场战争了，我的明光。"

这是个好答案，说得很实在。"战争非我愿。我曾击败渊凯人，却在本可洗劫他们的城市时手下留情。克莱昂国王要出军攻打渊凯，我拒绝与之同谋。即便现在，当阿斯塔波深陷重围，我依然袖手旁观。而魁尔斯……我从未伤害魁尔斯……"

"从未有意伤害，这没错。但魁尔斯是商人之城，商人热爱银钱的响声和金币的光华。您在这里禁止了奴隶贸易，影响遍及自维斯特洛到亚夏的广阔世界。奴隶是魁尔斯繁荣富强的根本，除此之外，脱罗斯、新吉斯、里斯、泰洛西、瓦兰提斯……很多很多地方也离不开这个，陛下。"

"让他们来吧，他们会发现我是比克莱昂更棘手的敌人。我宁愿与之决一死战，也不能让我的孩子再被奴役。"

"您有别的选择。我可劝说渊凯人承认您现有的自由民，只要圣上同意，自今日起不再阻挠黄砖之城的奴隶贸易和奴隶训练，一切就可兵不血刃地解决。"

"除了那些渊凯人将要交易和训练的奴隶的血，"话虽如此，但丹妮心知他所言不错。这或许是我们能期望的最好结局。"你还未曾示爱呢。"

"若您喜欢，我会表示的，我的明光。"

"这可不是一个坠入爱河的男人会说的话。"

"什么是爱？是欲望吗？没有一个健全男人见过您后不想得到您，丹妮莉丝，然而这不是我娶您的原因。在您到来之前，弥林已行将就木，我们的统治者尽是些命根枯萎的干瘪老者和下体褶皱的古板老妪。他们端坐在自己的金字塔上，啜饮杏子酒，侃侃而谈古帝国的光辉岁月，丝毫不顾时光飞逝，城市的砖块在他们脚下崩塌成灰。习俗和禁令将我们死死限制，直到您用血与火换来了新时代。在这个时代，一切皆有可能。嫁给我吧。"

他长得并不难看，丹妮告诉自己，而且他有王者的口才。"吻我。"她命令。

他再次握住她的手，亲吻她的指尖。

"不是这样的。要当是在吻自己的妻子。"

于是西茨达拉轻轻扶住她的肩膀，好像在对待小鸟。他身体前倾，双唇印在她唇上。这干巴巴的一吻轻柔短暂，丹妮毫无感觉。

"要我……再吻一次么？"吻完后，他问。

"不了。"当她在露台上的浴池中沐浴时，小鱼会轻啄她的双腿，那触感都比西茨达拉•佐•洛拉克这一吻来得热烈。"我不爱你。"

西茨达拉耸耸肩。"迟早会，日久生情，大家都知道。"

你我之间不会，她想着，何况达里奥近在眼前。我想要的是他，不是你。"迟早，我得回到维斯特洛，夺回曾属于我父王的七大王国。"

"迟早，凡人皆有一死，但现在考虑死亡没有意义。我宁愿将每一天都看作新的开始。"

丹妮双手合什。"言语就像风，即便爱与和平的言语也不例外。我相信行胜于言。在我的七大王国，骑士会游历冒险，向心爱的少女证明自己的价值。他们会去寻找魔剑、黄金宝藏，以及从龙穴里偷出王冠。"

西茨达拉挑了挑眉毛。"龙我只在您这里见过，魔剑更是罕有。不过如果您想要，我倒是乐意送您戒指、王冠和成箱的金币。"

"我想要和平。你说你能帮我终结夜幕下小巷中的谋杀，那就去做吧。结束这见不得光的战争，大人。这是我交给你的任务。只要有九十个日夜不再发生谋杀，我觉得你就够资格坐上王位。你能做到么？"

西茨达拉若有所思："九十个日夜不出现横死之人，然后我们在第九十一天成婚？"

"或许吧。"丹妮故作羞赧地一笑。"不过年轻女孩的善变众所周知，我可能仍想要一把魔剑。"

西茨达拉又笑了。"那您也会如愿以偿，我的明光。汝愿即吾命。最好让您的总管着手筹备我们的婚礼。"

"这是高贵的瑞茨纳克最乐意干的事。"如果弥林人得知婚礼即将举行，那即便西茨达拉实现不了承诺，也势必能换来几夜安宁。圆颅大人会对我不满，但瑞茨纳克•莫•瑞茨纳克肯定会开心得起舞。丹妮不知这些人谁更关心她。她需要斯卡拉茨和兽面军，也必须对瑞茨纳克的谏言保持戒心。小心芳香的总管。是不是瑞茨纳克、西茨达拉还有绿圣女联合起来陷害我？

西茨达拉•佐•洛拉克前脚离开，身披长长白披风的巴利斯坦爵士就出现在丹妮身后。长年累月在御林铁卫当差让白骑士学会了如何在丹妮宴客时隐匿形迹，但他从未远离。他听到了刚才的事，丹妮一看就知道，并且不赞成。他嘴边的皱纹加深了。"那么，"丹妮对他说，"我又要结婚了。您不为我高兴么，爵士先生？"

"如果那是您的旨意，陛下。"

"你是不会挑选西茨达拉作我丈夫的。"

"这种事不容我置喙。"

"的确，"丹妮同意。"但我希望你能理解。我的子民正在流血，他们接连丧命。一位女王不属于自己，而属于国家。联姻还是屠杀，全在我一念之间。要么结婚，要么打仗。"

"陛下，恕我直言？"

"当然。"

"您有其他选择。"

"维斯特洛？"

他点点头。"我发誓效忠陛下，无论您身在何处都要守护您。我会永远守在您身旁，无论此地抑或君临……但您属于维斯特洛，属于您父亲的铁王座，而七大王国绝不会接受西茨达拉•佐•洛拉克为王。"

"正如弥林不会接受丹妮莉丝•坦格利安。绿圣女说得没错，我需要一位国王来辅佐我，一位有古吉斯血统的国王。否则，他们总是视我为未开化的野蛮人——无端破门而入、用木桩钉死他们的亲人并夺走他们财富的野蛮人。"

"而在维斯特洛，您将被看做在异乡漂泊多年的游子，如今终于归来继承大业。您的人民会为您欢呼雀跃，七国的善男信女将对您敬爱有加。"

"维斯特洛遥不可及。"

"在此逡巡也不能让它变近。我们越早离开——"

"我知道。我知道！"丹妮不知道怎样让他明白。她同他一样想回维斯特洛，但她必须先将弥林安置妥当。"九十天是很长一段时间，西茨达拉可能失败。无论如何，他的行动会为我争取时间，

用来联合其他城邦、加强城防，并且——"

"如果他成功了呢？陛下您打算怎么做？"

"履行女王的责任。"她的语气变得冰冷。"你见证了我哥哥雷加的婚礼。你认为他的婚姻是为了责任还是爱情？"

老骑士犹豫了。"伊利亚公主是一位很好的女士，陛下。她善良聪慧，有温柔的心灵和敏锐的头脑。据我所知，王子非常喜爱她。"

喜爱，丹妮心想，这个词多么意味深长啊。最终我也会喜爱西茨达拉·佐·洛拉克的。谁知道呢。

巴利斯坦爵士继续道："我也见证了您父母的婚礼。恕我直言，他们两人之间连喜爱都谈不上，王国也为这场婚姻付出了昂贵的代价，陛下。"

"既然不相爱，为何要结合？"

"您祖父指配的。一位森林女巫曾说，他们的结合可以诞生出预言中的王子。"

"一位森林女巫？"丹妮十分震惊。

"她随荒石城的简妮一起进宫。她发育不良，身体畸形，很多人说她是个侏儒，但她跟简妮夫人很亲，简妮夫人公然宣称她是森林之子。"

"她后来怎样了？"

"盛夏厅。"这个词隐隐带着不祥意味。

丹妮叹口气。"你下去吧。我累了。"

"遵命。"巴利斯坦爵士鞠了一躬，转身离开，却又在门口停下。"抱歉我忘了，门外有一位访客。是否通知他明天再来见您？"

"谁？"

"纳哈里斯。暴鸦团回来了。"

达里奥。丹妮觉得心脏在胸腔一通乱跳。"他们回来多……他什么时候……？"她已经语无伦次。

巴利斯坦爵士似乎明白她的意思。"他到达时陛下正在接见女祭司，不太方便。我可以让他明天再来。"

"不。"知道我的团长近在眼前，我怎么还睡得着？"让他马上来见我。还有……今晚不需要你护卫了，和达里奥在一起很安全。哦，方便的话叫伊丽和姬琪来。还有弥桑黛。"我要梳洗，我要将自己收拾得漂漂亮亮。

当她的女侍们赶过来时，她激动地吩咐个不停。

"陛下想穿什么样的衣服？"弥桑黛问。星光和浪花，丹妮想，一缕袒露左胸的丝衣，应该可以取悦达里奥，噢，还要在发间编上鲜花。他们相见之后，从渊凯到弥林的一路上，达里奥每天都送鲜花给她。"把那件胸前缀珍珠的灰色亚麻长袍拿来。哦，还有我的白狮皮。"她在卓戈的白狮皮包裹中最有安全感。

丹妮莉丝于露台上接见团长，坐在梨树下的石雕凳子上。弯弯的月牙在群星拱卫下漂浮在城市的夜空中，达里奥•纳哈里斯神气活现地走进来。他站着不动时也很神气。团长将条纹灯笼裤塞进紫色高帮皮靴，上身穿白丝衬衫，外罩金锁甲，三叉胡染成紫色，绚丽的髭须则是金色，长长的卷发梳成中分。他腰间两侧分别挂着细剑和多斯拉克弯刀。"光辉的女王啊，"他说，"我不在的日子里，您愈发明艳动人了。真不可思议！"

丹妮早就习惯了这样的奉承，然而来自达里奥的赞美和出自瑞茨纳克、扎罗或西茨达拉口中的不一样。"团长大人，据说你在拉扎出色地为我们服务。"我好想你。

"您的团长活着就是为服务他残忍的女王。"

"残忍？"

月光反射在他眼中。"他将自己人全抛下，先走一步，只为早

些见到她的面庞,结果只能眼巴巴看着她和干瘪的老太婆一起吃羔羊和无花果,倍受煎熬。"

那是因为他们没禀告我你回来了,丹妮想,否则我肯定不顾一切,马上召见你。"与我共进晚餐的是绿圣女。"最好别提西茨达拉。"我急需她的忠告。"

"我只急需一样:丹妮莉丝。"

"需要叫食物么?你肯定饿坏了。"

"我两天没吃东西,但现在我在这里,秀色可餐。"

"我的美貌填不饱你的肚子。"她拽下一颗梨扔给他。"吃吧。"

"女王的命令哪敢不从。"他咬了一口梨,金牙在月光下闪烁,果汁顺着紫色胡子滴下来。

潜伏在女王内心深处的女孩想狠狠吻他。他的吻一定猛烈粗暴,她告诉自己,他才不会在意我的哭喊和要他停下的命令。但她心中女王那部分知道这很荒诞。"讲讲你的旅程。"

他漫不经心地耸耸肩。"渊凯派佣兵封锁凯塞山口。那群佣兵自称长枪团,我们在夜晚偷袭,将不少敌人直接送下地狱。在拉扎,我杀了手下两名军士,因为他们想偷我的女王送给羊人作礼物的珠宝和金盘。其他就和我承诺的一样。"

"战斗中损失了多少人?"

"九人,"达里奥回答,"但有十二个长枪团的兵决定与其送命,不如归顺暴鸦团,因而还赚了三个。我告诉他们与您的龙并肩作战要比跟它们作对活得久,他们显然认同我的话。"

这却让丹妮警觉。"他们可能是渊凯的奸细。"

"没这么傻的奸细。您不了解他们。"

"你也不了解啊。你信任他们么?"

"我信任所有的手下——不过只在口水能吐到的范围内。"他吐出一颗籽，对丹妮的疑虑报以微笑，"要我提着他们的首级来见您么？您想要的话，我马上带来。一个秃头，两个满头辫子，还有一个把胡子染成四种颜色。哪有奸细会留这种胡子啊？您说呢？有个抛石手可以在四十步外用石头打中虫子的眼睛，还有个面目狰狞的家伙对付马很有一套。女王若要他们死……"

"我不要他们死。我只是……让你盯紧他们。"她觉得自己表现得很蠢。她和达里奥在一起总感觉笨手笨脚的。笨嘴拙舌，春心涌动，反应迟钝。他会怎么看我啊？她换个话题。"羊人能否送来食物？"

"粮食将由驳船通过斯卡札丹河送抵，我的女王，其他货物则由商队翻越凯塞山口带来。"

"不能通过斯卡札丹河，它已被封锁。海路也是。你可以看见海湾中那些船。迄今为止，魁尔斯舰队驱逐了弥林三分之一的渔船，扣留了三分之一，剩下的根本不敢离港。我们仅存的一点贸易渠道被切断了。"

达里奥扔掉梨核。"魁尔斯人血管里流的是奶。让他们见识见识您的龙，保管他们落荒而逃。"

丹妮不想提龙。尽管卓耿根本没回城，农夫们仍不停地带着烧焦的骨头来见她，向她哭诉丢失的羊。有人报告曾在河北岸见他盘旋在多斯拉克海上空。除他之外，深坑下的韦赛利昂已挣断了一根链子；他和雷哥日益狂躁。无垢者告诉她，铁门曾一度烧得通红，一整天没人敢碰。"阿斯塔波也被围困了。"

"这我知道。有位活得够久的长枪团员说红砖之城已开始人吃人，他还说弥林的好日子也要到头。为此我割了他舌头，拿去喂野狗。狗不吃骗子的舌头，但野狗吃了他的，因此我知道他说的是真话。"

"弥林城内也有一场战争。"她将鹰身女妖之子、兽面军和砖

墙上的鲜血标记统统告诉了达里奥。"我四面受敌,城内城外都有敌人。"

"主动出击。"达里奥马上说,"如果四面受敌,被动防御就是等死,左支右绌终有应接不暇之日。不,当你四面受敌时,找出最弱的那个,迅力扑杀,再跨过尸体逃离。"

"我能逃到哪儿?"

"逃到我的床上,我的臂膀中,我的心里。"达里奥的弯刀和细剑的刀柄被雕刻成黄金女人,赤身裸体,神态放荡。他的大拇指以淫秽的方式拂过这两个雕像,嘴角露出坏笑。

丹妮满脸通红。那就像是在爱抚她。如果我拉他上床,他会不会觉得我太淫荡?他想让丹妮当他的妍头。我不该单独召见他。靠近他太危险了。"绿圣女说我必须嫁给吉斯人,让他做我的国王,"她有些慌乱地说,"她劝我嫁给高贵的西茨达拉·佐·洛拉克。"

"那瘪三?"达里奥轻笑,"你想找个太监上床,何不找灰虫子?你真的想要一个国王?"

我想要你。"我想要和平。我给了西茨达拉九十天期限,让他结束城内的谋杀。如果他做到,我就嫁给他。"

"让我做你的丈夫吧,我九天之内就能结束一切。"

你知道我不能那么做,她差点脱口而出。

"你应该斩草除根,而非扬汤止沸,"达里奥自顾自说着。"要我说,杀光他们,抄他们的家。下一道密令吧,您的达里奥将让他们的头颅堆得比这座金字塔还高。"

"如果我知道罪魁祸首——"

"扎克、帕尔还有玛瑞克。他们,以及其他所有伟主大人。还会有谁?"

他真是既英勇,又嗜血。"我们无法证明是他们所为。你要我屠杀自己的臣属么？"

"您的臣属很乐意杀了您。"

他离开得太久，丹妮差点忘了他是什么人。佣兵天性狡诈，她提醒自己，反复无常，言而无信，残忍好杀。他本性难移，永远不是做国王的料。"那些金字塔很坚固，"她解释，"我们要花很大代价才能攻下。况且只要攻打一个，其他的马上会群起反抗。"

"那就找些理由让他们从金字塔里出来。一场婚礼？有何不可？你宣布要下嫁西茨达拉，所有的伟主大人都会出来看热闹。等他们齐聚在圣恩神庙，让我收拾他们。"

丹妮被吓住了。他是头怪物。一头英勇的怪物，但仍是怪物。"你让我当屠夫国王？"

"宁为刀俎不为鱼肉。强者都是屠夫，包括女人在内。"

"我这个女人就不同。"

达里奥耸耸肩。"大部分女人除了想给国王暖床，为国王孕育子嗣，别无所求。你想当这类人，就嫁给西茨达拉吧。"

她有些生气。"你是不是忘了我是谁？"

"没有。你自己呢？"

韦赛里斯会为他的傲慢砍他的头。"我是真龙血脉。别给我上课。"丹妮莉丝霍地站起，白狮皮从她肩头滑落，堆在地上。"退下。"

达里奥夸张地鞠了一躬。"听凭差遣。"

他离开后，丹妮莉丝召回巴利斯坦爵士。"派暴鸦团出去。"

"陛下？他们刚回来……"

"我要他们出去。让他们侦查渊凯内陆，并保护经过凯塞山口的货车。今后达里奥向你汇报就可以。把该付的辉币付给他，保证他手下人人有份，但别让他再出现在我面前。"

"如您所愿，陛下。"

当晚,丹妮辗转反侧,难以入眠。她甚至叫来伊丽,希望女侍的爱抚能让她放松,但只做了一会儿工夫便将多斯拉克女孩推开。伊丽甜美可爱,身体柔软,且心甘情愿,可毕竟不是达里奥。

我做了什么啊?丹妮蜷在空荡荡的床上想。我等他回来等了那么久,结果又将他打发走。"他会把我变成怪物,"她轻声说,"一个屠夫女王。"但她随即想到飞走的卓耿,还有深坑中的其他龙。我手上也沾满鲜血,心里也是。有什么区别呢?达里奥和我,我们都是怪物。

流亡首相

怎去了那么久？格里芬在"含羞少女号"上来回踱步，焦急地想。难道哈尔顿也跟提利昂·兰尼斯特一样跑了？莫非瓦兰提斯人逮捕了他？我该让达克菲同去。哈尔顿不值得信任，在赛荷鲁镇，他放跑了侏儒。

"含羞少女号"停在杂乱的长码头某个肮脏的角落里，靠着一艘上榜出售多年却无人问津的撑篙船，以及一艘油漆得富丽而庸俗的戏子驳船。戏子们是喧哗吵闹的一群人，他们喜欢引经据典地彼此争论，又喝得个个酩酊大醉。

离开伤心岭以来，始终是湿热天气，此刻火热的骄阳在南方高悬于维隆瑟斯镇熙熙攘攘的水码头上，但格里芬顾不上关心这些了。黄金团就扎营在离镇三里的南方，比计划中的位置要靠北得多，而马拉乔执政官派出五千步兵和一千骑兵随行监视，切断了佣兵团前往河口三角洲的路。除此之外，丹妮莉丝·坦格利安还隔着半个世界之遥，而那提利昂·兰尼斯特……好吧，他现在可能在任何地方。若诸神保佑，兰尼斯特那颗畸形的脑袋此刻已被送回了君临；但很可能侏儒就在左近，好端端地一边大口喝酒、一边实施着某些邪恶计谋。

"七层地狱，哈尔顿死到哪儿去了？"格里芬向莱摩儿女士抱怨，"买三匹马能有多费事？"

她耸耸肩，"大人，把孩子留在船上是不是更安全？"

"是更安全，但不明智。他是成人了，而这是他注定要走的路。"格里芬没心情争论。他厌倦了躲藏、厌倦了等待、厌倦了谨

慎。况且现在也没时间谨慎。

"这些年,为隐藏伊耿王子的身份,我们付出了太多太多。"莱摩儿提醒他,"我知道,终有一天他会洗净头发,宣告王者归来,但不是现在,不是在佣兵的军营里。"

"如果哈利·斯崔克兰想对他不利,把他藏在'含羞少女号'上也于事无补。斯崔克兰手下可有一万佣兵,而我们只有达克。伊耿是个完美的王子,我们必须让他们看到这点,让斯崔克兰跟他的手下了解他,毕竟他们都是他的人。"

"他们是他的人那是因为总督用重金收买。事实上,他们不过是一万名全副武装的陌生人,再加上更不可信赖的随从和营妓之流。万一有个闪失,我们苦心经营的一切都会付诸流水。如果说胡戈的脑袋可换来领主地位,想想看瑟曦会怎么奖励帮她除掉铁王座真正继承人的人呢?大人,你不了解这帮佣兵,你离开黄金团十多年,老朋友们都死了。"

黑心……格里芬离开时,米斯·托因是那么精神抖擞,很难接受他现在进了坟墓的事实。他成了长杆上的黄金头骨,而无家可归的哈利·斯崔克兰接替了他的位置。他明白莱摩儿的忠告很有道理,不管黄金团成员的亲属或先祖是谁,他们现在都是佣兵,佣兵是不值得信任的,可……

昨晚他又梦见了石堂镇。他独自一人手持长剑,挨家挨户搜查。他踢碎房门,冲上楼梯,从一个屋顶跳到另一个屋顶,耳边始终回响着远处的钟声。青铜钟的轰鸣和银铃铛的摇晃,联合起来在他脑海里敲打,令人发狂的不谐音符逐步膨胀,直到他脑袋似被贯穿,直到他头痛欲裂。

鸣钟之役过去了十七年,但那钟声却缠上了他,犹如一场慢性疾病。人们说,江山易主是因为雷加王子在三叉戟河上倒在了劳勃的战锤下,可要是狮鹫能在石堂镇杀掉雄鹿的话,后来的事根本不会发生。那天的丧钟为大家而鸣。为伊里斯及其王后，为多恩的伊莉亚和她的小女儿，为七大王国正直诚实的男男女女。为他的银王子。

"按计划，等见到丹妮莉丝女王才能揭开伊耿王子的身份，"莱摩儿还在说。

"计划的前提是那女孩主动西进。现在龙女王把这计划化为了灰烬，去感谢潘托斯的蠢胖子吧，我们只抓住了龙尾巴，却已经引火烧身。"

"伊利里欧不可能未卜先知，知道那女孩选择留在奴隶湾。"

"正如他不知道乞丐王会这么死去，不知道卓戈卡奥会步其后尘。那胖子的预言鲜少成真。"格里芬用戴手套的手拍了拍长剑柄。"莱摩儿，我跟着那胖子吹的笛起舞多年，有什么收获？现在王子已长大成人，他的时刻——"

"格里芬，"耶达里用盖过戏子们铃铛声的声音大嚷，"哈尔顿回来了。"

终于回来了。哈尔顿热得浑身汗湿，亚麻布薄袍的腋窝下，浸出了两个深色的圈。他穿过码头，来到船边。在赛荷鲁镇，他独自一人悻悻地回船，承认自己弄丢了侏儒，此后一直拉长了脸。好歹这回他弄到三匹马，算是没搞砸。

"把孩子带上来，"格里芬吩咐莱摩儿，"帮他准备好。"

"是。"她不快地答应。

就这样吧。他对莱摩儿女士渐生好感，但这并不意味着作决定需要征求她同意。她的职责只是指导王子七神信仰的教义——这点她完成得很好——但光靠祈祷是没法夺回铁王座的。战争，这是格里芬的使命。他辜负了雷加王子，但只要一息尚存，他就决不会辜负雷加的儿子。

哈尔顿带来的马他不太满意。"只买到这些？"他向赛学士抱

怨。

"只有这些，"哈尔顿顶嘴道，"而且你想象不到买它们花了多少钱。现在多斯拉克人渡了河，维隆瑟斯镇里一半的人都想逃走，马是一天一个价。"

我应该自己去买。出了赛荷鲁镇那档子事，他无法再像从前那样信任哈尔顿了。他被花言巧语所惑，竟让侏儒单独去逛窑子，自己跟个白痴一样在广场上闲晃。妓院老板坚称侏儒是被人拿剑绑架走的，但格里芬持怀疑态度。小恶魔诡计多端，天知道这是不是他自导自演的戏，妓女们口中的醉酒凶徒完全有可能是其预先安排的亲信。此事我也有责任。在侏儒舍身挡在石民和伊耿之间以后，我便对他放松了警惕。看见他的第一眼，我就该割了他喉咙。

"就骑这些吧，"他告诉哈尔顿，"反正军营就在南边三里地外。"乘"含羞少女号"过去比较快，但他不愿向哈利·斯崔克兰暴露他和王子的秘密基地；他也不愿带着王子涉过泥泞的水滨浅滩去会面——那样的方式也许适合佣兵父子，却与前首相及其辅佐的王子殿下全然不配。

莱摩儿带着王子从船舱中出来，格里芬将他仔仔细细、从头到脚审视了一番。王子佩上了长剑和匕首，穿着擦得锃亮的黑皮靴和一件镶血红缎边的黑色大氅。他的头发认真梳洗打理过，再染成暗蓝色，衬得眼睛也是蓝的。他喉头用黑铁链串了三颗硕大的方形红宝石，那是伊利里欧总督送的礼物。黑与红，正是龙的颜色。很好。"你今天很有王家风范，"他告诉孩子，"你父亲也会为你骄傲的。"

小格里芬把手指插进头发里面，"可我讨厌染成蓝发。我们应该把它洗掉。"

"你很快就会如愿了，"格里芬自己也想回归本色，虽然他的红发已开始变灰。他拍拍男孩的肩膀，"出发吧！你的军队正等着你检阅。"

"我的军队，我喜欢这说法，"一丝笑容在王子脸上一闪而过，"可他们真是我的军队吗？他们都是佣兵。耶罗曾警告说谁也不能信任。"

"他说的倒在理。"格里芬承认。如果黑心还是团长就好了，可惜米斯·托因死了四年，而无家可归的哈利·斯崔克兰完全是另一种人。但他不能把人心险恶讲得太透，小恶魔已在孩子年轻的头脑里种下了太多猜疑。"所谓知人知面不知心，身为王子，你完全有理由警惕……但另一方面，成大事者不拘小节，做事却不能畏手畏脚、杯弓蛇影。"伊里斯王就是反例，到最后，连雷加也放弃了父王。"最好的方式是不偏不倚，保持折中，让别人用忠诚的服务来逐步赢得你的信任……同时你要大度地接纳他们，慷慨地奖励他们。"

男孩点点头，"我会记得的。"

他们把三匹马中最好的一匹给了王子，那是一匹大骟马，淡灰近乎于白。格里芬和哈尔顿骑在不那么优良的坐骑上，一左一右跟随王子。南行的路在维隆瑟斯镇高高的白色墙垒下延伸了半里多，然后沿着蜿蜒的洛恩河，经过柳树林、罂粟花田和一座高大的木制风车，风车叶片像老人的骨头一样动起来便吱咯作响。

太阳西沉，他们来到河边的黄金团营地。这是一座连亚瑟·戴恩看了都会赞许的军营——布局严整，井井有条，无懈可击。军营周围挖了深深的壕沟，里面装上削尖木桩；军营中帐篷排列成行，留出宽阔通道。厕所修在水边，所有排泄物皆被水流冲走。马儿统一拴在北面，在拴马的地方之外，更有二十几只大象在水边漫游，用鼻子拨弄芦苇。格里芬满意地看着这群灰色巨兽。全维斯特洛找不出一匹战马能与之抗衡。

营地周边的长杆上高高飘扬着佣兵团的金色战旗。甲胄在身、

手执长枪和十字弓的哨兵在旗下往返巡逻，监视着附近的风吹草动。格里芬素来担心黄金团在哈利·斯崔克兰指挥下会变得纪律松弛——此人向来是个好好先生，对交朋友比治军在行——现下感到由衷的欣慰。

在营门口，哈尔顿跟负责守卫任务的军士交代了几句，对方便差人去找队长。来人的形象跟格里芬记忆中相比并无二致，依然那么丑：这个佣兵大腹便便、一身横肉，脸上伤疤纵横交错，右耳看起来像被狗啃过，左耳则全没了。"当上队长了，佛花？"格里芬道，"我还以为黄金团的标准比较高。"

"比你以为的更惨，"福兰克林·佛花说，"他们让我做了骑士。"他扣住格里芬，来了个令人喘不过气的熊抱。"即便以入土十多年的死人的标准，你的气色也很糟糕。染了蓝发，是吗？哈利说你要来，我差点吓得尿裤子。还有哈尔顿，你还带着这老小子啊？嘿，你个冷冰冰的臭婊子，很高兴见到你。"他转向小格里芬。"这位是……"

"我的侍从。孩子，这位是福兰克林·佛花。"

王子点头致意，"佛花是私生子的姓，你来自河湾地。"

"对喽。我妈本是果酒厅的洗衣妇，后来被领主的儿子强暴了，所以我算得上是个烂苹果佛索威。"佛花挥手示意他们进门，"跟我来吧，斯崔克兰已经让所有军官到大帐集合，召开军事会议。该死的瓦兰提斯人正磨刀霍霍，逼迫我们表明意图。"

黄金团的士兵们在帐篷外耍骰子、喝酒、拍赶苍蝇。格里芬不知其中有多少人清楚他的身份。大概没几个，毕竟过了整整十二年。即便那些曾跟他并肩作战的人，他们认识的也只是火红胡须、遭到流放的琼恩·克林顿大人，不是这个修面干净、一头蓝发的佣兵格里芬。对知情者们来说，克林顿是因为盗窃佣兵团的公共财产而被丢脸地赶出了团队，之后在里斯买醉身亡。这是个可耻的谎言，他始终耿耿于怀,但瓦里斯坚持要这样安排。"我们不想要任何人来歌颂忠勇的流亡首相。"太监装腔作势地咯咯笑着解释,"英勇牺牲的你会被人们怀念,但当个窃贼、酒鬼和懦夫的话则人人避而远之,很快就会被忘却。"

太监怎能了解男人的荣誉?为孩子的缘故,格里芬答应了八爪蜘蛛的要求,但暗地里痛恨着这份强加的侮辱。诸神保佑,让我活着看到孩子坐上铁王座,看到瓦里斯为此付出代价。到时候,我们来瞧瞧是谁被人忘却。

团长的帐篷由金线缝成,周围插了一圈长矛,每根长矛顶上都挂着镀金头骨。有颗头骨特别大,奇形怪状,它下面那颗头却只有孩子的拳头大小。凶暴的马里斯和他不知名的弟弟。其他头骨没有太多特点,只是有的人生前被锤子敲死,砸得头骨开裂,另有颗头骨有整齐的尖利牙齿。"哪个是米斯?"格里芬听见自己发问。

"这个,最后这个。"佛花指给他看,"你在这里等,我去通报。"说完他便钻进帐篷,留下格里芬追悼老友的镀金头骨。米斯·托因爵士生前相貌丑陋,却有个著名的帅气先祖——"黑发骑士"特伦斯·托因。据说特伦斯的容貌不仅被歌手们歌颂,也让国王的情妇动心。米斯却生了大耳朵、歪下巴,还有琼恩·克林顿毕生所见最大的鼻子。不过当他朝你展开笑颜时,这些都无关紧要了。根据盾牌上的纹章,部下们叫他黑心,他对此欣然接受。"团长就该被人畏惧,不论对朋友还是对敌人,"他宣扬道,"他们觉得我越残酷越好。"这当然不是事实。托因是个天生的战士,勇猛但为人公正。他是士兵们的慈父,对流亡首相琼恩·克林顿尤为关照。

死神剥去了他的耳朵、鼻子及所有血肉,只把笑容留下,转化为金灿灿的枯骨微笑。事实上,所有骷髅都在笑,连立在中央高杆上的"寒铁"也一样。他笑什么呢?他声名扫地、孤独地客死异乡。临终前,伊葛·河文爵士下达了那道著名的命令:把他头骨的皮

肉煮掉，将骨头镀金，西渡复国之日，后人要举着它上阵。黄金团的历任团长继承了这个传统。

说实话，若非为了孩子，琼恩·克林顿很可能加入他们的行列。他在黄金团中服役五年，一路升迁至托因的左右手。如果留下，米斯的继任人很可能是他，并非哈利·斯崔克兰。但格里芬不后悔自己的选择。西渡复国之日，我要统率大军，决不以头骨的形象回去。

佛花掀开帐篷，"进来吧。"

他们进去时，黄金团的高级军官们纷纷从凳子或折叠椅上起立致意。老朋友们用微笑和拥抱来欢迎格里芬，团里的新人则表现得较为正式。并非每个人都欢迎我回来。有的人笑里藏刀。直到刚才，他们中的绝大多数人还坚信琼恩·克林顿伯爵早已进了坟墓，而且认定那是他最好的归宿——盗窃兄弟们的公共财产是大忌。换做格里芬本人，也会那样想。

福兰克林爵士一一作介绍。很多佣兵队长顶着私生子的姓氏，如佛花、河文、希山、石东等，但也有在七国比较显赫的姓氏。格里芬数到两位斯壮、三位培克、一位穆德、一位罗斯坦、一位曼达克和一对科尔兄弟。不过姓氏并不重要，在佣兵团里，人们可以随心所欲地称呼自己。黄金团的佣兵将世俗的财富统统展示在外，颇有暴发户气质，这点跟其他团队并无不二：他们佩上镶宝石的剑和雕花盔甲，穿着上好的丝衣和沉重的金丝项圈，尤其是每个人胳膊上的黄金臂环价值连城，足以充当领主的赎金。一个臂环代表了在团中一年的服役经历。满脸疹子的马柯·曼达克——他烧掉了脸上的奴隶刺青，留下一个洞——还戴了一串黄金头骨。

军官们并非全部来自维斯特洛。指挥弓兵队的黑巴曲是盛夏群岛人，皮肤黑如煤炭，他从黑心的时代起一直负责这个职务，今天披了一件绿橙相间、异常华美的羽毛披风；肤色惨白的瓦兰提斯人高利斯·艾多因接替了斯崔克兰的财务官职位，他一边肩膀垂下豹皮，如鲜血般红艳的头发披散在肩，末端扎了许多涂过油的辫子，不过他的尖胡子却是黑色的；新任情报官里斯人兰索诺·马尔没跟格里芬照过面，此人有淡紫色眼睛和白金色头发，连妓女也会嫉妒他肥厚艳丽的红唇。乍看上去，他就是个女人。他还把指甲涂成紫色，戴着珍珠和紫水晶的耳坠。

这帮人有的是鬼魂、有的是骗子，格里芬审视着一张又一张面孔，心里下了结论。从失败的战争、失败的事业、失败的叛乱中活下来的失败者。这是一个失败者的团队，其成员个个声名扫地、漂泊无依，但这却是我的军队，是我们最大的希望。

于是他转向哈利·斯崔克兰。

无家可归的哈利看起来几乎不像个战士。他身材肥胖，有一颗大大的圆头，淡灰色眼睛，稀疏的头发被他拨开用来掩盖光头。此刻斯崔克兰坐在行军椅上，脚伸在一盆盐水里泡着。"原谅我不能起身迎接，"他打过招呼，"行军太辛苦，我的脚太容易起水泡了。真是个诅咒啊。"

这是虚弱的表现，你听起来就像个老女人！斯崔克兰家族自黄金团成立之日起就是团队的核心成员。哈利的曾祖父曾在第一次黑火叛乱中为黑龙旗而战，并因此失去了所有封地。"我们是四代尽忠啊，"哈利曾骄傲地说，真不明白连续四代逃窜流亡的生涯有什么值得夸耀的？

"我可以为你调一帖药膏，"哈尔顿提出，"还有多擦点矿物盐，可以让皮肤更坚硬。"

"你真好心，"斯崔克兰举手示意他的侍从。"威金，给客人们倒酒。"

"谢谢，但是不了，"格里芬说，"我们喝水就好。"

"如你所愿。"团长抬头朝王子微笑，"这孩子一定就是令郎了。"

他知道实情吗?格里芬猜不透,米斯告诉了他多少?瓦里斯对保密要求特别严格。太监、伊利里欧和黑心三人达成的协议只有他们自己清楚,黄金团内无人知晓。不知情便无从泄密。

但保密期结束了,现在该结束了。"没有比他更高贵的孩子,"格里芬宣布,"但他不是我儿子,也不姓格里芬。大人们,我为您们带来了龙石岛亲王雷加与多恩公主伊莉亚所生之长子伊耿·坦格利安……很快,经由您们的帮助,他将登基成为伊耿六世,七国统治者,安达尔人、洛伊拿人和先民的国王。"

一片沉默,没人喝彩。有人清了清喉咙。科尔兄弟中的一位拿酒壶斟了杯葡萄酒,高利斯·艾多因一边玩弄鬈发、一边用格里芬听不懂的语言嘟囔着,莱斯维尔·培克咳嗽了一声,曼达克和罗斯坦则交换了眼神。他们都知道,格里芬猛然意识到,他们都知道。他旋身转向哈利·斯崔克兰,"你何时公布的?"

团长在脚盆里蠕了蠕起泡的脚,"兵团抵达河边时,当时整个团队骚动不安。大伙儿的心情不难理解,放弃了在争议之地的轻松差事,到底为什么?就为了在这该诅咒的酷热天气里艰苦跋涉,眼看着金钱耗尽、刀剑生锈么?何况我还回绝了一份优厚的合约。"

这个消息让格里芬起了鸡皮疙瘩,"谁的合约?"

"渊凯人的。他们派来瓦兰提斯的使节已招募到三个佣兵团去奴隶湾参战,第四个目标就是我们。他许诺将密尔人当初给我们的合约报酬翻倍,此外还赠送黄金团里每位士兵各一个奴隶、每位军官十个奴隶。至于我本人,礼物是一百名美貌处女。"

七层地狱。"这意味着数以万计的奴隶。渊凯人上哪儿去找那么多奴隶?"

"上弥林。"斯崔克兰招呼他的侍从,"威金,拿毛巾来。这水凉了,我的脚趾头皱得跟葡萄干似的。不,不是那条毛巾,要软的那条。"

"你严词拒绝了他。"格里芬道。

"我说我想多考虑一下。"侍从替他擦脚,哈利皱了皱脸。"对趾头温柔点儿,孩子,你可以把它们想象成薄皮葡萄。你要弄干它们,而不是挤碎它们。轻拍,别用力,对啰,就这样。"他转头回望格里芬,"严词拒绝就太不明智了,团里的弟兄们会质疑我是不是鬼迷心窍。"

"你们很快就会有活可干。"

"是吗?"兰索诺·马尔接口,"我想你应该知道那坦格利安女孩根本没向西走?"

"我们在赛荷鲁镇听说了这个传闻。"

"这是千真万确、明明白白的事实,让人难以理解的事实。怎么会这样?她何不一把火烧了弥林,将财物洗劫干净,一走了之?换成你我,都会这样做。奴隶城邦富得流油,而她的征服战争正缺金子。留下来有何意义?这是出于恐惧?出于疯狂?抑或出于淫欲?"

"原因并不重要,"哈利·斯崔克兰卷开一双条纹羊毛长袜,"重要的是她人在弥林我们却在这里,而瓦兰提斯人的猜疑正一天比一天深。我们千里迢迢赶来,是为了拥护可以带我们回家、让我们荣归维斯特洛的国王和王后,但这个坦格利安女孩似乎对种橄榄树比对夺回父亲的王位更感兴趣。她的敌人正在编织包围网。渊凯、新吉斯、脱罗斯,现在又加上血胡子和褴衣亲王……很快古瓦兰提斯的舰队也要启程去奴隶湾。她靠什么来对抗呢?拿棍子的床奴么?"

"她有无垢者,"格里芬说,"还有龙。"

"龙,哼,"团长并不信服,"她的龙还小,当宠物还差不多。"斯崔克兰小心翼翼地用袜子盖住水泡,再慢慢拉到脚踝。

"等她的敌人从四面八方扑过来，区区几条小龙能起什么作用？"

崔斯坦·河文在膝上敲打着手指，"依我之见，我们必须尽快赶到她身边。既然丹妮莉丝不来找我们，我们就得去找她。"

"我们学会水上漂了吗，爵士？"兰索诺·马尔不满地问，"我再说一遍：趁早打消走海路接近银女王的念头。我扮成商人，独自溜进瓦兰提斯侦察过，意图统计有多少船可资利用。港口里确实挤满了各式各样大小不一的划桨船、平底船和大帆船，但我们只能与走私者和海盗合作。克林顿大人曾在本团服役多年，想必很清楚底细，本团足有一万人，其中包括五百名骑士——每名骑士备三匹马、一名侍从，每名侍从还各有一匹马——此外别忘了大象。几艘海盗船那是杯水车薪，我们需要一整支海盗舰队……即便我们能组织起这样一支舰队，根据从奴隶湾传回的消息，我们还要突破针对弥林城的海上封锁。"

"我们可以假意答应渊凯人的条件，"高利斯·艾多因劝道，"让渊凯人送我们去东方，然后在弥林城下归还他们的金子。"

"一次毁约已经玷污了团队的声誉，我不允许这种情况再度发生。"无家可归的哈利·斯崔克兰用手捧住起泡的脚，停下来说，"我提醒你，签下这份秘密协议的是米斯，不是我。当然，我很乐意履行协议，但你总得向我指明履行的方法吧？现在一切证据表明，那坦格利安女孩根本没心思回到西方。或许在她眼中，维斯特洛不过是她父亲的王国，弥林才是她的天下；或许她打算吞并渊凯，做一统奴隶湾的女王。如果情况是这样，如果她挑战失败，那她早在我们赶到前就身败名裂了。"

听他说出这番丧气话格里芬并不意外。哈利·斯崔克兰是个八面玲珑的家伙，在谈判桌上远比在战场上灵光。他精通生财之道，但有没有勇气带兵打仗却很成问题。

"陆路也可以考虑。"福兰克林·佛花建议。

"走恶魔之路等于送死,行军途中恐怕团里一半人要当逃兵,剩下的还得在路上折损一半。很遗憾,虽然这话难以启齿,但我认为伊利里欧总督和他的朋友在这小鬼女王身上寄托了太多不理智的希望。"

错,格里芬心想,他们最不理智的就是信任你。

这时,伊耿王子开口了。

"请将希望寄托在我身上,"他打破僵局,"丹妮莉丝不过是雷加王子的妹妹,我却是雷加的嫡生长子。你们只需要我这一条真龙。"

格里芬把戴黑手套的手放在伊耿王子肩上。"说得好,"他评价,"但说话之前要三思。"

"我七思八思都有了,"男孩坚持,"我凭什么要像乞丐一样到我姑姑驾前摇尾乞怜?我的继承顺位在她之上。就让她来找我吧……来维斯特洛找我。"

福兰克林•佛花哈哈大笑。"我喜欢这主意。向西航行,不去东方。把小女王留给她的橄榄树,大伙儿齐心协力拥戴伊耿王子夺回铁王座。这孩子有胆量,是条汉子!"

团长的表情像被人扇了一巴掌,"你脑子晒糊了不是,佛花?我们需要那女孩,需要这场婚事。如果丹妮莉丝承认了我们的王子并让他做她的未婚夫,那么七大王国也会有样学样;反过来,没得到她的肯定,诸侯们一定会嘲笑他的声明,把他当骗子和冒牌货,说我们弄虚作假。退一步讲,我们怎么去维斯特洛?兰索诺刚说得那么清楚:没船。"

这家伙怕打仗,格里芬意识到,怎能选他作黑心的接班人?

"去奴隶湾是没船,但去维斯特洛不同;海上遭到了封锁,但只是东方洋面。瓦兰提斯的执政官肯定很乐意礼送我们出境,听说我们要回七大王国,他们甚至可能为我们打点好一切。没有哪个城

邦喜欢自己家门口驻着一支军队。"

"他说的没错。"兰索诺·马尔表示同意。

"现在狮子应该嗅到了龙的气味，"科尔兄弟中的一位说，"但瑟曦的注意力全放在弥林和弥林的女王身上，对我们的王子殿下她是一无所知。等我们悄然登陆，树起大旗，肯定能争取到许多支持。"

"我们是能争取到一些拥戴，"无家可归的哈利说，"但不是许多。别忘记，雷加的妹妹有龙，雷加的儿子却没有。没有丹妮莉丝和她的军队——尤其是没有无垢者——我们在战场上难操胜算。"

"伊耿一世夺得维斯特洛并没靠太监帮助，"兰索诺·马尔辩道，"伊耿六世为什么就一定需要？"

"按照计划——"

"什么计划？"崔斯坦·河文叫道，"胖子的计划吗？那个每月都要发生变化的计划？先是说韦赛里斯·坦格利安将率领五万名多斯拉克哮吼武士加入我方，然而乞丐王却死于非命；随后他又把希望寄托在他妹妹身上，说那个娇弱的小女王要带着三条新孵出的龙返回潘托斯。结果呢？结果那女孩带着她的龙在奴隶湾现身！还留下一串冒烟的城市；这回胖子要我们去瓦兰提斯接她，结果又成泡影！

"我受够了伊利里欧的计划。劳勃·拜拉席恩没有龙能赢得铁王座，我们也可以。即便有个三长两短，人们不肯揭竿而起，大伙儿也还可以退回狭海对岸，就像当年的寒铁等人那样。"

斯崔克兰顽固地摇头，"这件事的风险——"

"——并不大。泰温·兰尼斯特丧命后，七大王国群龙无首，正是开战的好时机。铁王座上坐着另一个小鬼，比之前那个更小，而王国上下各路叛党就像秋天的落叶那么多。"

"话虽如此,"斯崔克兰道,"但凭我们一个佣兵团孤军奋战——"

格里芬受够了懦弱的团长,"我们不是孤军奋战。多恩领会加入我方,它一定会加入,因为伊耿王子是雷加和伊莉亚的儿子。"

"没错,"男孩赞同,"而我们在维斯特洛的敌人是谁呢?不过一个女流之辈!"

"一个兰尼斯特女人。"团长强调,"想清楚,那婊子身边有弑君者辅佐,还有凯岩城的全部财富作为后盾。此外,伊利里欧说小鬼国王与提利尔的女儿有了婚约,这意味着我们还要与强大的高庭为敌。"

莱斯维尔·培克一拳砸在桌上,"虽然流亡了一百年,但我们在河湾地还是有朋友的。高庭并不像梅斯·提利尔想象的那么强大。"

"伊耿王子殿下,"崔斯坦·河文朗声道,"我们都是您的臣子。请问向西航行而非向东,是您的旨意吗?"

"是。"伊耿急切地回答,"如果我姑姑想留在弥林,就让她留下。凭着你们的宝剑和忠诚,我将亲自夺回铁王座。让我们立刻行动起来,以迅雷不及掩耳之势出击,赶在兰尼斯特醒悟之前赢得几场胜利。这样的话,我相信我们一定能赢得许多人的支持。"

河文微笑着赞许。其他人若有所思地交换着眼神。然后培克道:"我宁肯死在维斯特洛也不要死在恶魔之路。"马柯·曼达克扑哧笑着回应:"我嘛,我宁愿快活地活着,享受富饶的田产和一座大城堡。"福兰克林·佛花将剑柄一拍,叫道:"能宰几个佛索威,干这票就值了!"

所有人七嘴八舌地同时发言,格里芬意识到局势已被成功扭转。我不知道伊耿还有这手。这么做并不谨慎,但他受够了谨慎、受够了守秘、受够了等待。无论成败,在死之前他一定要再见到鹫

巢堡，一定要葬在父亲身畔的墓穴。"

于是黄金团的军官们一个接一个起立、下跪，将剑放在年轻的王子脚边。最后一个这么做的是他们的团长无家可归的哈利·斯崔克兰，他起了水泡的脚还有一边没穿上袜子。

夕阳染红了西天，长矛上的黄金头骨洒下血红的阴影。离开团长的帐篷后，福兰克林·佛花主动提出要带王子在军营里转转，让他手下的"孩儿们"瞻仰瞻仰。格里芬答应了他的要求。"记住，在我们渡过狭海之前，对普通士兵而言他还是小格里芬。等我们登上维斯特洛的海岸，再洗净他的头发，让他穿上自己的盔甲。"

"好嘞，我明白，"佛花拍拍小格里芬的背，"跟我来。我从厨子开始介绍，都是些好小子。"

他们走后，格里芬回头吩咐赛学士，"快骑回'含羞少女号'，把莱摩儿女士和罗利爵士带来。别忘了伊利里欧的箱子，尤其要照看好箱子里的钱和盔甲。替我感谢耶达里和耶利亚，他们的任务至此圆满结束，将来陛下重夺王位后，决不会忘记他们。"

"遵命，大人。"

等哈尔顿出发，格里芬独自一人钻进了无家可归的哈利特意为他安排的帐篷。

他心知肚明，前路凶险重重，但有什么关系呢？凡人皆有一死，他只需抓紧时间。他已等了十几年，诸神一定会怜悯他、再多给他几年光阴，好让他亲眼看着义子坐上铁王座、复兴王朝，好让他收回自己的领地、用回自己的姓氏、赢回自己的荣誉。迄今为止，只要他阖上双眼，梦中总会出现那刺耳的钟声。

琼恩·克林顿独自一人待在帐篷里，就着从门口射进来的残阳的金红光线，甩掉狼皮斗篷，从头顶脱下锁甲衫，坐到行军折凳上，再摘下右手手套。他右手中指的指甲已漆黑犹如黑玉，灰皮肤几乎蔓延到了第一个指节处；右手无名指也开始发黑，当他用匕首尖捅它的时候，没有任何感觉。

　　他清楚自己难逃一死，但他还有时间。一年、两年、五年，有的石民甚至能活过十年。这段时间足够他漂洋过海，回到鹫巢堡，断绝篡夺者的血脉，匡扶雷加的儿子。

　　到那时，琼恩·克林顿伯爵也就死而无憾了。

风吹团员

谣言如席卷营地的热风。她来了。她的大军已经出发。她南下直取渊凯,打算烧光这座城市、杀尽里面的人民,而我们要北上抵抗她。

这消息是青蛙从稻草迪克那里打听到的,稻草迪克是从老骨头比尔那里听到的,而老骨头比尔又是从潘托斯人米利欧·密拉克斯那里听来,此人有个表弟是褴衣亲王的侍酒。"他老表在长官的帐篷里听卡戈亲口讲的。"稻草迪克吹嘘,"我们日落前就会出发,到时候你看是不是真的。"

至少这部分基本是真的。不久后,褴衣亲王通过军官和军士层层传令:拔营、备鞍、把东西装上骡子,军团明日破晓前出发。"渊凯杂种们不会放咱进黄砖之城,唯恐咱搞了他们的女子。"生了对斜眼的密尔十字弓手巴奇——这名字的意思是扁豆——预测,"我们会在城下获得给养,甚至会获得一些精力充沛的新马,随后就会被赶过去与龙女王跳舞。到时候你可得跳快些哟,小青蛙,还要记得把主人的剑擦亮点,他很快就要用上它了。"

在多恩领,昆廷·马泰尔是堂堂的亲王殿下,在瓦兰提斯他是商人的仆从,而在奴隶湾的岸边他成了青蛙,担任侍从,侍奉被佣兵们取了个新外号叫"愁肠"的大个子秃顶多恩骑士。风吹团的佣兵们习惯于互起外号,这些外号起得千奇百怪,而且随他们心血来潮而改变。他们叫他"青蛙",是因为每当"大人物"下令时,他都跑得飞快。

在风吹团里,即便团长也不会泄露真名。现存的自由佣兵团有许多是在瓦雷利亚末日浩劫后那个充斥着鲜血与混战的世纪里诞生的,更多的则是朝令夕改、随时可能解散。风吹团介于两者之间,它有三十年历史,三十年来一直由那位说话轻声细语、眼神哀伤忧郁的潘托斯贵族统领。此人自号褴衣亲王,一头银灰头发,一身银灰盔甲,但他褴褛破烂的披风是由许多种颜色的布料缝成,有蓝色、灰色、紫色、红色、金色、绿色、洋红、朱红和天蓝色,由于多年风吹日晒,布料均已褪色。稻草迪克跟大家讲过褴衣亲王的来历,说他二十三岁那年被潘托斯的总督们推举为统治亲王,而几小时前他们刚砍了上一任亲王的脑袋。褴衣亲王不接受任命,他挂上剑,骑上最好的坐骑,逃到了争议之地,再也没有回归故国。他加入过次子团、铁盾团和慕女团,最后和五个同伴一起组建了风吹团。六个创始人到今天只有他活着。

青蛙不知这些故事里有多少真实成分。从瓦兰提斯签约加入风吹团至今,他都只能在远处遥望褴衣亲王,没有靠近的机会。毕竟多恩人是新手、是招募来挡箭的靶子,在二千人的团队中他们三个属于边缘人物,不受团长待见。"我不要当侍从,"当盖里斯·丁瓦特——在风吹团中他化名"多恩的杰罗德",以便和"红背杰罗德"、"黑人杰罗德"区分。但大人物偶尔会说漏嘴,他只得给自己加上丁克这名字——提出这个伪装时,昆廷曾强烈抗议。"我在多恩赢得了马刺,我跟你一样是骑士。"

但盖里斯终究是对的:他和阿奇都是昆廷的保镖,而跟在大人物身边昆廷显然会更安全。"阿奇是我们三人中最棒的战士,"丁瓦特指出,"我们必须确保你完成与龙女王结婚的任务。"

不管结婚还是交战,我很快会面对她了。然而丹妮莉丝·坦格利安的消息昆廷听得越多,他就越害怕彼此的见面。渊凯人说她用活人喂龙,用处女的热血洗澡,以保持皮肤光洁柔嫩。扁豆嘲笑这种说法,但强调说银女王的性欲特别强。"她手下有个佣兵团长来

自命根子一尺长的家族，"他绘声绘色地说，"然而这么长的命根子还是满足不了她。她跟多斯拉克人混得太久，习惯于被种马骑，觉得男人不够威猛。"聪明的瓦兰提斯剑客"书本"平素终日埋首于古旧易碎的卷轴当中，他觉得龙女王不仅杀人不眨眼、还是个疯子。"她的卡奥为了让她做女王，不惜动手谋杀她哥哥，谁料她为了做卡丽熙又害死了卡奥。她施行血祭，说谎跟呼吸一样自然，翻脸比翻书还快。她撕毁条约、拷打使节……她跟她爹一样是个疯子，这是血脉决定的。"

血脉决定的。维斯特洛人尽皆知，伊里斯二世是名副其实的疯王，他流放了两任首相、烧死了另一个。如果丹妮莉丝跟她父亲是一个模子打出来的，我还得娶她么？道朗亲王根本没同他讨论过这个话题。

不管怎样，青蛙很庆幸能将阿斯塔波抛在身后。他目睹的红砖之城，乃是世上最接近地狱的地方。渊凯人已把碎裂的城门重新堵上，让一幕幕惨剧在城内自行上演，但之前骑过红砖街道时的所见所闻，已足以令昆廷·马泰尔终生被噩梦萦绕。尸体堵塞河流，披着烂袍子的女祭司被钉死在广场的木桩上，大群大群闪着油光的绿苍蝇密密麻麻覆盖了她的尸身。垂死的人在街上盲目地徘徊，沿途留下一摊摊血迹。孩童为争夺一锅没煮熟的小狗杀红了眼。阿斯塔波最后的自由王尖叫着被人脱光衣服，扔进竞技场让二十几条饿狗扑食。火，城里到处是火，直到现在只消闭上眼睛，他还能看见那冲天火势；火舌从比他毕生所见的任何城堡都更高大的金子砖塔中钻出来，一束束油腻的烟雾跟着盘旋升腾，犹如猖狂的黑色巨蛇。

每当吹起南风，即便已离城三里扎营，他们还是能闻到浓烈的烟味。在摇摇欲坠的红砖城墙背后，阿斯塔波的大火虽得到了控制，但并未彻底熄灭。灰烬在微风中懒洋洋地飘散，犹如又大又脏的雪花。走吧，赶紧走吧。

大人物持相同意见。"该上路了，"青蛙找到他时，他又在跟扁豆、书本和老骨头比尔玩骰子，而且又是输家。佣兵们都爱跟愁肠赌，他下注跟打架一样一往无前，胜算却比之差得太多。"取盔甲来，青蛙，你把锁子甲上的血迹擦干净没？"

"擦干净了，爵士。"愁肠的锁甲又旧又沉，修来补去，历经岁月侵蚀。他的头盔、护喉、护胫、护手和东拼西凑的板甲也是这般陈旧。青蛙的装备稍好一些，盖里斯爵士的行头则比愁肠这套还破烂——这些装备就是武器师傅口中最典型的"佣兵装"。昆廷搞不清之前有多少人穿过这些盔甲，又有多少人穿着它们死去。在瓦兰提斯，他们放弃了自己的优良盔甲，一同抛弃的还有随身携带的黄金和各自的真名。来自世家豪门的富裕骑士不可能渡过狭海来作佣兵——除非是犯了重罪遭到流放。"我宁可当穷光蛋也不要扮罪犯。"盖里斯要他做选择时，昆廷如此宣布。

撤营花去风吹团近一小时时间。"现在出发。"褴衣亲王骑在高大的灰色战马上，用字正腔圆的高等瓦雷利亚语朗声下令——高等瓦雷利亚语勉强可算是风吹团的通用语言。那战马的两条后腿边拖着无数布条，都是亲王格杀敌人后从敌人的罩袍上割的，想来亲王的披风也是这样缝成的吧！亲王已年过六旬，显得很苍老，但他在高高的马鞍上坐得又高又直，洪亮的嗓音更足以传遍战场的每个角落。"阿斯塔波不过是开胃菜，"他叫道，"弥林才是盛宴。"佣兵们歇斯底里地呐喊叫好，他们的长枪上瑟瑟飞舞着淡蓝色丝绸三角旗，而在最高点飞扬的是风吹团的标志——蓝白相间的燕尾旗。

三个多恩人跟着同伴们一起喝彩，保持沉默势必引来不必要的注意。但当风吹团沿海岸大道、紧跟在血胡子的猫之团后面开拔北上后，青蛙来到多恩的杰罗德身边。"得赶快行动，"他用维斯特洛通用语说。团里没几个维斯特洛人，而且此刻都不在左近，"得赶快找机会逃。"

"别在这儿讨论，"盖里斯装出在跟他开玩笑的样子，"晚上扎营后再谈。"

走古吉斯卡利海岸大道的话，从阿斯塔波到渊凯约有一百里格，从渊凯到弥林又有五十里格。佣兵团有马，急行军六天就能到渊凯，按通常行军速度也只需八天；老吉斯派的几个军团由于是步行，要多花一半的时间；至于渊凯的奴兵……"有那样的将军当头儿，他们真该庆幸没被直接带进海里。"扁豆评论。

渊凯人里的将军可不少，其中一位名叫亚克哈兹•佐•亚扎克的老英雄被委任为大元帅。不过风吹团的团员们都没见过此人的真面目，他总待在一架由四十个奴隶担着的大轿子里。

大元帅手下的将领大家倒是见过，渊凯贵族就跟蟑螂一样繁多。他们中一半的人不是叫格哈兹旦，就是叫格拉兹旦、马兹达罕或格拉扎克——要把这些相似的吉斯卡利名一一区分开实在太难为佣兵们，所以在团里他们也都一一有了外号。

最出名的是黄鲸鱼。这个超级大胖子，总是穿带金流苏的黄丝托卡长袍，他胖得没人帮助就站不起来，甚至控制不住排泄，所以身上永远有股尿骚味，无论抹多浓的香水都无法掩盖。传说他是渊凯首富，爱好收罗各种畸形怪胎，他的怪胎奴隶包括一位生了山羊蹄子山羊腿的男孩、一位长胡子的女子、一位从玛塔里斯搞来的双头怪及一位夜里为他暖床的双性人。"那家伙可神奇哟，既有那话儿又有那洞哟，"稻草迪克说得眉飞色舞，"前些年黄鲸鱼还养了个巨人，观赏巨人干奴隶女孩是他的余兴节目。现在巨人死了，听说他愿意付一大袋金子买个新的。"

第二出名的是女将军。她骑坐在一匹红鬃毛的白骏马上，指挥着一百名魁梧的奴兵。这些奴兵都很年轻，是女将军亲自培育和训练出来的。他们身材精瘦、肌肉强健，除了裹腰布、黄披风和刻有春宫图的青铜长盾之外别无长物。他们的主人年纪不满十六岁，却得意洋洋地自命为渊凯的丹妮莉丝·坦格利安。

小鸽子其实比通常意义上的侏儒要高一些,青天白日下大家都可以把他跟后者区分开。可惜他偏要像巨人一样大摇大摆地走路,迈开肥胖的短腿,挺起圆滚滚的胸脯,雪上加霜的是,他麾下的士兵是风吹团的佣兵们见过最高的人,连其中的矮子都有七尺高,高的接近八尺。个中原因是这帮人本已长脸长腿,装饰华丽的盔甲上还绑了高跷,好让他们站得更高。他们身穿粉色珐琅鳞甲,头戴细盔,盔上饰有尖锐的铁制鸟嘴和随风摇摆的粉色羽冠。他们的后臀上各挂了一把长曲剑,手上各握着一柄与他们等高的长矛,长矛两端都有树叶形状的利刃。

"小鸽子配种繁殖出这窝大鸽子。"稻草迪克告诉大家,"他从世界各地收购高个奴隶,并让他们交配,生出的高个子后代编入这支'苍鹭军'。他的理想是有朝一日能省掉高跷。"

"不如放刑台上把人拉长得了。"大人物没好气地建议。

盖里斯·丁瓦特笑道:"好可怕哟,粉甲粉毛的高跷战士,有比这更可怕的吗?他们来追我的话,我怕是会笑得尿裤子。"

"都说苍鹭是有王家风范的动物。"老骨头比尔说。

"单腿站立吃青蛙就叫王家风范?"

"苍鹭的胆子可小了。"大人物语带不屑地插嘴,"有回我跟丁克和克莱图斯去打猎,在浅滩里发现一群苍鹭在饱餐蝌蚪、小鱼之类的。啊,看着是挺威风,可一见猎鹰掠过,它们吓得好像碰上了龙,纷纷仓皇逃命,动静之大,搞得我的马把我掀了下来。克莱图斯搭箭射下来一只,尝起来像鸭子,但油脂太少不好吃。"

不过小鸽子和他的苍鹭军比起被佣兵团称为叮当大人的傻瓜三兄弟来,又成了小巫见大巫。渊凯的奴兵上次对阵龙女王的无垢者时溃不成军,于是叮当大人们煞费苦心想出应对之策:把奴兵十人一组用铁链栓起来,手腕连手腕,脚踝连脚踝。"这帮可怜虫要不

一起跑,要不一个也跑不掉,""稻草"迪克呵呵笑着描述,"即便一起跑,也跑不了多快。"

"这帮浑人走得也慢,"扁豆抱怨,"十里格外就能听见铁链声。"

这只是一长串滑稽的渊凯将领的代表,除之还有摇屁股大将、烂醉征服者、兽舍掌管、布丁脸、兔子、战车手和香水英雄等人。有的只带了二十个兵,有的却带了两百甚至两千人,都是他们自己装备训练的奴兵。这些人个个家财万贯、狂妄无比,统统自封为将军,除了亚克哈兹•佐•亚扎克谁也不服。他们瞧不起佣兵,自己却为行军路上谁先谁后的问题吵个不停。

这会儿风吹团才行军三里,渊凯军就被抛开二里半。"一群惹人厌的尿黄傻瓜,"扁豆咒道,"他们甚至想不明白暴鸦团和次子团为啥会倒向龙女王。"

"依他们的脑子,当然觉得就是钱啦,"书本说,"否则干吗付我们这么多?"

"金钱固然妙,保命更重要。"扁豆道,"在阿斯塔波,我们已跟跛子跳过一回舞。等到在战场上面对无垢者,难道还要再跳一次?"

"我们在阿斯塔波跟无垢者交手了。"大人物指出。

"但没跟'真正的'无垢者打过。拿屠夫的切肉刀割掉男孩的蛋蛋、再递给他一顶尖刺盔并不能让男孩摇身一变成为无垢者。真正的无垢者是龙女王麾下的成品,他们是不会因为你放了个屁就落荒而逃的。"

"除了他们,还有龙。"稻草迪克边说边扫视天空,仿佛一提起龙,就可能引发飞来横祸。"孩子们,都把剑磨利点,真正的战斗在等着我们。"

真正的战斗,青蛙边想边反胃。阿斯塔波城下的战斗对他来说够真实了，虽然其他佣兵觉得不带劲。"这叫屠杀，不叫战斗。"战后，有人听见战士诗人丹佐·德汉如此断言。丹佐是风吹团里的队长，身经百战，而青蛙只在训练场和比武场上打过，所以他觉得老兵的说法应该是正确的吧。

至少一开始像是真正的战斗。他还记得黎明时分被大人物踢醒后，那种浑身紧绷的感觉。"快穿盔甲，懒虫，"大人物笼罩在他身前，大吼大叫，"屠夫国王带兵杀出城了。快起来，除非你想当他案板上的肉！"

"屠夫国王死了。"青蛙抵抗着睡意。他们从古瓦兰提斯乘船到此，刚下船听到的第一个消息就是屠夫国王的死讯。又一个叫克莱昂的人接任国王，但其在位十分短暂。如今阿斯塔波由一名妓女和一个疯狂的理发师分治，他们的支持者在街上混战。

"也许他们散播假消息，"大人物回答，"也许又一位屠夫当了国王，也说不定就是头一个屠夫从坟墓里尖叫着复活、要拿渊凯人开刀咧。少他妈废话，青蛙，快穿盔甲！"帐篷里一共睡了十名佣兵，他们都迅速起身，匆忙穿好马裤和靴子，把长锁甲当头套下，系牢胸甲，绑紧护胫和护臂，最后拿起头盔、盾牌和剑带。跟往常一样，盖里斯头一个穿戴整齐，阿奇次之，然后他俩一起帮助昆廷。

三百码外，阿斯塔波新造的无垢者们自城门蜂拥而出，在开裂的红砖城墙下排好阵型，曙光闪烁在他们的尖刺青铜盔和长矛矛尖上。

三个多恩人离开帐篷，飞快地朝拴马的地方跑去。要开战了。自会走路起，昆廷就一直在学习如何使用长矛、利剑和盾牌，但此刻他脑海忽然一片空白。战士，请让我勇敢起来，青蛙祈祷。远方战鼓擂响：咚咚咚咚咚咚。大人物给他指出屠夫国王的所在。只见那人十分高大，穿一身青铜鳞甲直挺挺地骑在一匹披甲战马上，

晨光照耀下显得勇不可当。战斗开始前，盖里斯悄然骑到他身旁，"不管发生什么，跟紧阿奇。一定要记得，你是我们中唯一能娶到那女孩、完成任务的人。"话音刚落，阿斯塔波人便开始进军。

不管死活，总之屠夫国王打了贤主大人们一个措手不及。当无垢者挺起长矛向前推进时，渊凯将领们还在慌慌张张地扣托卡长袍，忙乱集结手下训练不佳的奴兵。若非盟军和被他们鄙视的佣兵出力，渊凯人当天必遭惨败——眼见情况危急，风吹团和猫之团在几分钟之内悉数上马，轰隆隆地朝阿斯塔波人的侧翼发起冲锋；新吉斯人的一个军团从营地另一头穿过渊凯人的阵地紧急赶到，顶住无垢者，与他们短兵相接。

剩下的就是屠杀，屠夫国王把刀拿反了方向。卡戈单刀直入，骑着胯下那匹大马，从国王身边的保镖中冲杀过去，用那柄瓦雷利亚钢制的亚拉克弯刀，将伟大的克莱昂从肩膀到屁股一刀劈成两半。青蛙没有亲眼见证这一壮举，但目击者都说克莱昂的青铜甲像丝绸一样被轻易切开，冒出令人窒息的恶臭和无数蠕动的蛆虫。克莱昂终究是死了，却又被绝望的阿斯塔波人从坟墓里挖出来，塞进盔甲，绑在马上，以为新组建的无垢者部队增添信心。

当克莱昂的尸体倒下时，所谓的"无垢者"果然士气崩溃，抛下长矛和盾牌，掉头逃跑，然而阿斯塔波的城门却在他们身后紧紧关闭。青蛙参与了随之而来的无情屠戮。风吹团一路踏过恐慌的太监们，他紧跟在大人物的马屁股后面，左劈右砍。他们的楔形纵队犹如锋利的矛尖直接穿透了敌阵，到另一边褴衣亲王又重新整队，组织第二次冲杀。直到这第二次冲锋时，青蛙方才平复心情，好好瞧了瞧那些尖刺青铜盔下的脸。他意识到绝大多数敌人都没他大。不过是些哭喊着妈妈的小男生，他心里这么想，手上却杀人不停。离开战场时，他剑上沾满了鲜血，胳膊酸痛得抬不起来。

这不算是真正的战斗，他提醒自己，真正的战斗很快就要到来。而我们必须在那之前逃营，否则就会站在错误的一边参战。"

当晚，风吹团在奴隶湾海边安营扎寨。青蛙抽到头一班守夜的签，被派去看守马匹。日落后不久，盖里斯来找他，半轮月亮映照在海面上。

"你该把大人物也叫来。"昆廷说。

"他跟老骨头比尔耍得正欢，怕是今天就要输光银子了咧。"盖里斯笑道，"别管他，他会照我们安排的去做，虽然他不见得喜欢。"

"我也不喜欢。"昆廷深感不安。在人满为患的船上承受风浪颠簸，吃爬满象鼻虫的硬面包，喝黑漆漆的朗姆酒直到烂醉如泥，睡在发霉的稻草堆上鼻孔充斥着同伴的体臭……这些遭遇当他在瓦兰提斯签下合约、承诺为褴衣亲王效命一年时已有心理准备。苦虽苦，却是冒险生涯必不可少的一部分，他告诫自己要坚持、忍耐。

但背叛却是另一回事。渊凯人付钱雇他们从古瓦兰提斯远渡重洋过来、为黄砖之城而战，现在这几个多恩人却要临阵脱逃、做变色龙，这是对同伴们赤裸裸的背叛。加入风吹团昆廷纵是万般无奈，但毕竟签下了合约，又跟佣兵同伴们一起用餐、喝酒、战斗、分享故事——虽然对方的语言他大半不懂，而他一遍又一遍地讲着编造的故事，作为去弥林的船票。

这个法子不太荣誉。早在商人之屋，盖里斯就警告过他。

"丹妮莉丝可能正领军南下，逼近渊凯城。"他们在马匹间行走，昆廷说。

"不，"盖里斯道，"这种可能性不大。类似谣言传了不止一两回。阿斯塔波人信心满满地期待丹妮莉丝带着她的龙来为他们解围，结果她无动于衷。她现在也不会来。"

"我们并不知道实情，至少无法确定。无论如何，我不能跟我的求爱对象交手，我们必须脱身。"

"到渊凯城下再说。"盖里斯比画着周围的丘陵地,"这是渊凯人的地盘,没人会庇护三个逃营者。而渊凯以北是无主之地,行动方便得多。"

他说得没错,尽管如此,昆廷还是无法打消心中的疑惑。"大人物交了太多朋友,他明知我们早晚得开溜去见丹妮莉丝,但要他抛弃并肩作战的战友,一定很不乐意。如果我们等待太久,以至于在开战前夜才动身的话,他是不会走的。这点你跟我一样清楚。"

"不论什么时候动身,终究是逃营,"盖里斯争辩,"褴衣亲王决不宽恕逃兵。他会派人追捕,到时候咱们就只能祈求七神保佑了。被抓住的话,幸运的结局是切掉一只脚以防我们再逃营;倒霉的下场则是扔给'美女'梅里丝料理。"

这个名字让昆廷踌躇,他惧怕美女梅里丝。这个维斯特洛女人比他还高,差一拇指就到六尺。她干佣兵干了二十年,无论外表内心,哪里还有半点美的迹象?

盖里斯抓住他胳膊。"再等等。多等几天。我们已经穿越半个世界,多忍耐几里路又有什么关系?等到了渊凯城北,机会会出现的。"

"如你所说,"青蛙犹豫地答应……然而不知怎的,诸神这回听见了他的祈祷,很快就把机会奉上。

那是两天后的事。修夫·亨格福德骑马来到他们的营火边,叫道:"多恩人,团长召见。"

"他找哪位?"盖里斯问,"我们都是多恩人。"

"那你们统统都去。"亨格福德素来一张苦脸,嘴里没好话。他残了一只手——作为曾经的军团财务官,他被褴衣亲王逮住中饱私囊,于是割掉三根手指,降为军士。

怎么回事?到目前为止,青蛙觉得团长连他们的存在都不清楚。不过亨格福德已打马回头,没法多问了。他们只能叫上大人物,遵令前去大帐。"什么都别承认,做好动手的准备。"昆廷叮嘱同伴们。

"我随时做好了准备。"大人物说。

当多恩人来到褴衣亲王那顶巨大的厚帆布灰帐篷——他自诩这是他的帆布城堡——时,里面已挤满了人。昆廷花了一点时间才意识到被召来的人都来自七大王国,或至少自称拥有维斯特洛血统。都是流亡者或流亡者的子孙后代。据稻草迪克说,团里共有六十个维斯特洛人,现下有二十多位就在这个帐篷里,包括迪克自己、修夫·亨格福德、美女梅里丝、金发刘易斯·兰斯特——他是团里最好的弓箭手。

丹佐·德汉也在场,他身旁站着高大的卡戈。现在佣兵们改口叫他"屠尸手"卡戈,但不敢当面这么叫,因为他暴躁易怒,动不动就会操起那柄狠毒的黑色弯刀——世上有几百柄瓦雷利亚长剑,但瓦雷利亚亚拉克弯刀却屈指可数。

丹佐·德汉和卡戈并非维斯特洛人,但他俩是褴衣亲王最信任的队长,是亲王的左膀右臂。一定有什么大事发生。

开口的是褴衣亲王本人。"亚克哈兹刚传下军令。"他讲述道,"现在的情况是剩余的阿斯塔波人不愿在地洞里多待了,毕竟城内除了尸体什么也没留下。他们成群结队地涌出城,为数好几百,或许好几千,个个又饿又病。渊凯人当然不乐意让这批人靠近黄砖之城,所以命我们前去处理,拉网搜捕,把他们赶回阿斯塔波或赶往北边的弥林。如果龙女王愿意接待,那敢情好,这帮人不但是多余的嘴巴,其中还有一半染上了血瘟。"

"渊凯比弥林近得多,"修夫·亨格福德指出,"他们不听话怎么办,大人?"

"我不是要大家备好剑和枪么,修夫?最好把弓箭也带上。记得不可靠近染上瘟疫的人。我决定派出半数人马去附近的丘陵地执

行这个任务,这些人将分成五十个巡逻队,每队二十人。血胡子接到了同样的命令,猫之团也要参加。"

大伙儿面面相觑,有几个人还低声唠叨了几句。眼下风吹团和猫之团虽然都接受了渊凯的合约,但一年前他们还在争议之地捉对厮杀,结下不少仇怨。猫之团团长血胡子是个大嗓门的蛮汉,嗜杀成性,曾毫不掩饰地叫嚣要干掉"披一身破烂披风的糟老头"。

"稻草"迪克清清喉咙,"不好意思,大人,我注意到在这里集合的人都来自七大王国。大人您的组团思想从不是将团员按血统或语言组合,这次为什么要把我们安排成一队呢?"

"问得好。你们先向东骑行,深入丘陵地,再绕过渊凯城,直取弥林。路上如果遇见阿斯塔波人,赶往北边或直接杀掉……这并非你们的使命,你们的使命是避开黄砖之城,去找龙女王的巡逻队。次子团或暴鸦团都行。找到就加入他们。"

"加入他们?"私生子欧森•石东爵士问,"您要我们当变色龙?"

"是的。"褴衣亲王回答。

昆廷•马泰尔差点笑出声。诸神真是太疯狂了。

他身边的维斯特洛人不安地扭着身子。有人直勾勾地盯着酒杯,好像能从中发掘答案。修夫•亨格福德皱起眉头。"您觉得龙女王会收下我们……"

"她会。"

"……即便她收下我们,接下来该怎么办?我们是间谍?刺客?信使?您打算改旗易帜吗?"

卡戈怒目而视,"这得由亲王殿下决定,亨格福德,你只需乖乖照办。"

"是,我是殿下忠诚的部属。"亨格福德赶紧举起只剩两根指头的手掌表示。

"咱们别兜圈子了。"战士诗人丹佐·德汉开口,"渊凯人的状况太糟糕,风吹团既然参战,就一定要站在胜利者一边。亲王殿下的意思是多留条后路。"

"梅里丝是你们的队长,"褴衣亲王宣布,"她明白我的意图……而丹妮莉丝·坦格利安大概更容易接受女人。"

昆廷回头瞥了美女梅里丝一眼,刚好对上对方冷漠死寂的目光,不禁打了个哆嗦。这安排可不妙。

稻草迪克仍不信服,"那女孩不是傻瓜,不会就这么轻信我们,即便我们带上梅里丝。该死,最让人不放心的就是梅里丝。我跟她干过好多回,但一句知心话也没说过哟。"他咧嘴而笑,帐篷里却没有人跟着笑。美女梅里丝的表情则恐怖至极。

"你没想明白,迪克。"褴衣亲王说,"你们都是维斯特洛人,因此也都算是她的朋友。你们说她的家乡话、敬拜她的神灵。至于动机嘛,你们每个人或多或少都在我手下吃了点亏。迪克,团里没有人挨过我那么多鞭子,亮出你的背就是证明;修夫被我砍下三根指头;梅里丝被半个团的人强暴过——不是我们这个团,但没必要让她知道;至于林地的威尔,你本身就是个坏透了的种;欧森爵士怪我不该派他兄弟去伤心岭;路西法爵士耿耿于怀的是被卡戈抢走的奴隶女孩。"

"他跟她上过床就该把她还给我,"路西法·朗抱怨,"他没道理杀她。"

"她长得丑,"卡戈说,"理由足够了。"

褴衣亲王毫不在意他们两人。"维伯,你一心惦记着在维斯特洛失去的土地;兰斯特,我杀了你心爱的男孩;至于三个多恩人,你们觉得上当受骗。我在瓦兰提斯答应过丰厚的掠获,结果在阿斯塔波大家没搞到多少值钱家什,其中我还赚了大头。"

"这话说得不差。"欧森爵士道。

"最好的谎言里往往包含有许多真相，"褴衣亲王续道，"你们每个人都有充足的理由背叛我。丹妮莉丝·坦格利安知道佣兵都是反复无常的，她麾下的次子团和暴鸦团以前也拿过渊凯人的钱，但当局势不妙时，却毫不犹豫地倒向她。"

"我们何时动身？"刘易斯·兰斯特问。

"立即出发。路上特别留心猫之团和长枪团，除了在这个帐篷里的，没有人知道你们逃营的真实目的。如果过早暴露行藏，你们会被当成逃营犯处斩足之刑，甚至被当成变色龙开膛破肚。"

三个多恩人一言不发地离开了大帐。二十个操通用语的同伴，昆廷满腹思量，想找个地方说悄悄话都难。

但大人物在他背上猛拍一掌："真是天助多恩，让我们踏上寻龙之旅吧。"